Marlene Bach wurde 1961 in Rheydt geboren und wuchs nahe der holländischen Grenze auf. Sie ist promovierte Psychologin und lebt seit 1997 in Heidelberg. Im Emons Verlag erschienen bereits ihre Romane »Elenas Schweigen«, »Kurpfälzer Intrige« und »Ab in die Hölle«.

Dieses Buch ist ein Roman. Handlung, Personen und manche Orte sind frei erfunden. Ähnlichkeiten mit lebenden oder toten Personen sind rein zufällig.
Die Eichendorff Gedichte enstammen folgender Quelle: Joseph von Eichendorff: Gedichte. Reclam, Stuttgart, 1997.

MARLENE BACH

Kurpfalzblues

DER BADISCHE KRIMI

emons:

Umschlagfoto: Joachim Funke
Bildbearbeitung: Heribert Stragholz
Umschlaggestaltung: Tobias Doetsch, Berlin
Druck und Bindung: CPI – Clausen & Bosse, Leck
Printed in Germany 2010
ISBN 978-3-89705-757-9
Der Badische Krimi
Originalausgabe

Goldstrahl durch die Wolken bricht,
verzaubert die Stadt mit sanftem Licht.
Oh, Heidelberg, oh heile Welt,
Fassade, die zum Narren hält –
denn schon tropft von Idylle pur
blutrot des Todes Leichenspur.

Tödliche Träume

Eine leichte Brise, so sanft auf der Haut, als würde jemand zärtlich darüber streichen. Hohe Palmen, gebeugt vom Wind, mit Kokosnüssen zwischen den grünen Blättern. Feiner weißer Sand. Türkisblaues Meer. Wellen, die ans seichte Ufer plätschern.

Und ganz am Ende, da, wo Strand und Himmel sich berühren, ein kleines Haus, weiß angestrichen, mit Tischen und Stühlen davor und gelben Sonnenschirmen, die in den blauen Himmel leuchten. An der Hauswand ein Schild, auf dem in großen Lettern »Leas Restaurant« zu lesen ist.

Die Tür des Hauses öffnet sich, eine junge Frau tritt heraus, barfuß, schlank, mit langem weizenblondem Haar, ein buntes Tuch um den schönen Körper geschlungen. Einen kurzen Moment hält sie ihr Gesicht in die Sonne, dann schaut sie hinaus auf das Meer.

Auf den Wellen tanzt ein winziger Punkt. Er kommt näher und näher, wird größer und größer, verwandelt sich in die Silhouette eines jungen Mannes. Muskulös und braun gebrannt balanciert er auf einem Surfbrett über das Wasser, die dunkel gelockten Haare flattern im Wind.

Er lässt sich von den Wellen bis an den Strand tragen, das Surfbrett gleitet noch ein paar Meter über den Sand, dann steigt er ab, geht langsam auf das kleine weiße Haus zu, den Blick auf die junge Frau gerichtet. Er bleibt vor ihr stehen, legt seine Hände um ihre Hüften und zieht sie an sich.

»Hallo, Lea«, flüstert er.

Und aus war es. Vorbei.

Ihr Traum endete immer an der gleichen Stelle, zerplatzte wie eine Seifenblase, die riesig und schillernd schön durch die Luft waberte, um dann am Kühlschrank anzustoßen und nichts als ein paar nasse Spritzer auf dem Boden zu hinterlassen.

Lea griff nach ihrer Sporthose und schaute unter das Bett. Irgendwo mussten ihre Joggingschuhe doch sein.

Vielleicht hieß er Tom. Max wäre auch nicht schlecht. Aber wer wusste schon, ob die in Australien ähnliche Namen hatten wie hier. Vielleicht hießen die Jungs da ganz anders. Egal. Auch für den hässlichsten Namen ließ sich irgendeine gute Abkürzung finden. Das sah man ja an Cloe.

Sie sollte Cloe fragen, ob sie darauf bestand, dass ihr Name mit auf dem Schild stand. »Leas & Cloes Restaurant«. Ging auch noch. Aber »Leas Restaurant« klang einfach schöner, und man konnte es sich besser merken. Cloe würde das schon verstehen.

Sie musste sich beeilen. Nicht mehr lange, und es würde dunkel werden. Sie hasste diese dämlichen Arbeitszeiten, hasste es, in dieses Korsett gezwängt zu sein.

Morgens rein in die Apotheke, abends raus aus der Apotheke. Ein Kunde nach dem anderen, hier tat was weh, da tat was weh, ständig das Gejammer, und wenn einer mal nicht jammerte, dann wurde man garantiert angehustet oder angeniest.

Unter dem Bett waren die Schuhe nicht. Auch nicht in dem winzig kleinen Flur. Aber unter dem Küchentisch wurde sie endlich fündig.

Zwei Minuten später lief Lea die Treppe hinunter, die blonden Haare zum Zopf gebunden, der hin und her wippte.

Im Hausflur war das Licht kaputt, wieder einmal. Trotzdem konnte sie im Halbdunkel den weißen Umschlag sehen, der aus ihrem Briefkasten herausschaute. Bestimmt wieder irgendeine blöde Reklame.

Sie zog den Brief hervor. Es stand keine Adresse darauf.

Das Papier, das sie in dem Umschlag fand, war sorgfältig gefaltet. Lea strich es glatt und überflog die gedruckten Zeilen:

Schönste der Schönen, die mein Herz betört,
befruchtet von der Schlange, die dein Schreien nicht hört.
Der Einsamkeit Klaue, todbringend die Pein,
der Bräutigam kann länger nicht ohne dich sein.
Nun erlischt der Sonne wärmender Strahl,
erlöst werd' ich endlich von grausamer Qual.
Es ist an der Zeit, die Nebel steigen,
komm, Gottesbraut, komm, zum Hochzeitsreigen.

Wenn das Reklame war, dann war sie auf jeden Fall voll daneben. *Gottesbraut*. So ein Schwachsinn.

Den Brief noch in der Hand, riss Lea die Haustür auf und trat hinaus in die frische Abendluft. Endlich war es abgekühlt. Der Sommer war entsetzlich drückend und schwül gewesen. In den engen Gassen der Altstadt hatten die Mauern die Hitze gespeichert wie in einem Backofen, sodass sie nachts manchmal glaubte, in ihrem kleinen Zimmer ersticken zu müssen.

Aber das war ihr letzter Sommer in einem Backofen. Ganz bestimmt.

Sie zerriss den seltsamen Brief und warf ihn in die Mülltonne. Dann lief sie über das Kopfsteinpflaster in Richtung Alte Brücke. Es dämmerte schon, aber sie musste raus, sie brauchte das Laufen, um den Kopf frei zu bekommen.

Sie konnte arbeiten, Menschen etwas verkaufen und trotzdem die ganze Zeit an etwas anderes denken. Die dunklen Wolken machten sich einfach in ihrem Kopf breit, egal was sie gerade tat. Nur beim Laufen, da lösten sie sich langsam auf.

Bald würde alles besser werden. Die Wolken würden verschwinden, ewiger Sonnenschein – wenn sie erst einmal weg war von hier. Weg aus dieser verdammten Stadt, weg aus dieser ganzen verdammten Gegend.

Wenn sie irgendwo erzählte, dass sie in Heidelberg lebte, kamen immer die gleichen Kommentare. *Wie schön! Da war ich auch schon mal. So romantisch.*

Bla, bla, bla. Sie konnte es nicht mehr hören.

Wenn man als Tourist kam, im Sonnenschein auf dem Marktplatz saß und Pizza und Eis in sich reinstopfte, dann war es vielleicht eine schöne Stadt. Für sie nicht.

Zu viele schlechte Erinnerungen. Zu viele Nächte, die sie in ihrer stickigen kleinen Wohnung unter dem Dach wach gelegen hatte.

Mit gleichmäßigen Schritten lief Lea über die Brücke, die Stufen hinunter, und bog auf den schmalen Pfad, der am Ufer des Neckars entlangführte.

Sie würde es schaffen, wegzugehen. Sie wusste, dass sie es schaffen würde. Man musste nur an seine Träume glauben. Australien. Das weiße Haus am Strand. *Leas Restaurant.*

Sie rannte über den gepflasterten Weg, an der hohen Sandsteinmauer entlang, unter dem Vorsprung, den die darüberliegende Straße bildete. Über sich konnte sie die Autos hören, die dort entlangfuhren. Aber sonst war es heute still hier.

Sie kannte die Geräusche am Fluss, sie kam fast jeden Abend hierher. Manchmal rauschte das Wasser des Neckars in hohem Tempo vorbei, ein andermal gluckerte und gluckste es, mal schien es fast zu flüstern. Leise, als ob die Wassergeister etwas erzählen wollten.

Aber heute schwieg der Fluss. Seine Oberfläche war ganz glatt und dunkel. Fast sah es aus, als habe er aufgehört zu fließen.

Lea lief, weiter und weiter. Konzentrierte sich auf ihren Atem. Einatmen, ausatmen, Schritt für Schritt, so lange, bis sie den Schweiß an ihren Schläfen spüren konnte.

Inzwischen waren auch die letzten Spaziergänger verschwunden. Niemand war mehr zu sehen. Nur die Bäume am Ufer streckten wie riesige gebeugte Gestalten ihre knorrigen Arme über den Fluss.

Ein Geräusch. Lea schaute sich um, blickte suchend in das Dämmerlicht. Aber schon war es wieder still.

Obwohl sie schwitzte, spürte sie die Kälte, die an ihren Beinen hochkroch, über ihre Schenkel, ihr Gesäß, bis hin zum Rücken. Kälte, die vom Wasser kam.

Lea drehte um. Es war genug für heute. Sie musste noch Vokabeln lernen.

Erstaunlicherweise kam sie gut mit. Dabei war sie in der Schule so eine Niete in Englisch gewesen. Restaurant, das hieß auf Englisch das Gleiche wie auf Deutsch. Aber wenn es nur Kleinigkeiten zu essen gab, wie nannte man das? Snackbar?

Erst im letzten Moment sah Lea den großen Ast, der quer über dem Weg lag. Fast wäre sie darüber gestolpert.

Aber es lag noch etwas auf dem Boden, schimmerte hell. Eine Geldbörse. Daneben einige Münzen und ein Zwanzigeuroschein. Hatte das schon da gelegen, als sie hergelaufen war? War sie so in Gedanken gewesen, dass sie es nicht bemerkt hatte?

Lea bückte sich. Es war nicht nur *ein* Geldschein. Verstreut über dem Weg lag eine ganze Reihe von Scheinen und Münzen, fast so, als habe jemand nach einem Bankraub seine Beute verloren.

Sie spähte den Weg entlang. Niemand war zu sehen. Dann fing sie an, aufzusammeln, was sie im schwachen Licht entdecken konnte. Münze für Münze, Schein für Schein steckte sie in ihre Hosentasche, folgte der Spur des Geldes, bis sie direkt am Ufer stand.

Hinter ihr ein Geräusch. Ein Fuß, der aufgesetzt wurde, ein Schritt, leise, voller Vorsicht. Und doch laut genug, dass Lea ihn hören konnte.

Sie stand da wie erstarrt, den Blick auf die Lichter am anderen Ufer gerichtet. Traute sich kaum zu atmen.

Bestimmt hatte da eben noch nichts gelegen. Kein Ast und auch kein Geld.

Wie konnte sie nur so dumm sein.

Langsam drehte sie sich um.

Der Schlag traf Lea mit voller Wucht.

Sie fiel zur Seite, sackte zusammen, ein Stoß, und sie stürzte in den dunklen Fluss hinein. Hände legten sich auf ihre Schultern und drückten sie unerbittlich nach unten. Eiskalt strömte das Wasser in ihre Lunge und holte sie für einen kurzen Moment ins Bewusstsein zurück. Voller Panik schnappte sie nach Luft.

Vergeblich.

Bilder stiegen in ihrem Kopf hoch wie die Luftblasen zur Oberfläche des Flusses.

Die kleine Lea im weißen Kleid unter dem Kirschbaum, eine Puppe auf dem Arm, ein Käfer auf einem Blatt, grüngolden schillernd. Der Vater, am Esstisch, eine halb volle Flasche auf der karierten Tischdecke. Die Mutter, die den Kopf zur Zimmertür hereinsteckt. Was machst du, Lea? Träumst du wieder?

*

Es gab so einiges, was Hauptkommissarin Maria Mooser in ihrem Leben lieber nicht gesehen hätte. Die Leiche dieser jungen Frau gehörte ganz sicher mit dazu.

Sie lag auf dem schmalen Weg am Neckarufer, wo Schlammspuren von einer hastigen, aber leider erfolglosen Rettungsaktion zeugten. Die Kleidung klebte auf ihrem schlanken Körper wie eine zweite Haut. Sie hatte ein ausnehmend hübsches, fast noch kindlich wirkendes Gesicht.

Ein ganz klein wenig erinnerte Maria die Tote an ihre Tochter Vera, wenn sie früher nach langem Rufen endlich mit blau gefrorenen Lippen aus dem Badeweiher kam.

Je jünger und unschuldiger ein Mordopfer aussah, umso schwieriger war es, nicht einfach dazustehen und in dumpfes Brüten darüber zu verfallen, wie schlecht die Welt war. Das wusste sie nach über dreißig Jahren bei der Kripo nur zu gut. Trotzdem, sie konnte es ihrem Assistenten nicht durchgehen lassen.

»Alsberger, ich kann sehen, dass Sie die Augen zu haben.«

Er stand mit gesenktem Kopf neben ihr, sodass es für alle anderen wohl so aussehen musste, als würde er interessiert auf den Leichnam starren.

»Machen Sie die Augen auf und schauen Sie hin, sonst rede ich so laut, dass alle mitbekommen, was wir beide hier besprechen.«

Alsberger schluckte, dann öffnete er die Augen. Mit seinem hellen Mantel und seinem grünlich bleichen Gesicht sah er aus wie ein großes Gespenst.

»Beschreiben Sie mir, was Sie sehen. Ganz neutral und sachlich. Wie früher in der Schule. Bildbeschreibung, das kennen Sie doch, oder?«

Es hatte keinen Zweck, wenn sie ihn schonte. Er musste endlich lernen, ein Mordopfer anzuschauen, ohne gleich in Ohnmacht zu fallen.

Alsberger starrte eine Weile nach unten, auf die Schuhe der Toten, räusperte sich noch zweimal, bevor er zögernd begann.

»Eine junge Frau ... schätzungsweise Anfang zwanzig, blaugrüne Augen, ovale Gesichtsform, circa eins fünfundsiebzig groß. Bekleidet mit Turnschuhen, schwarzer Jogginghose und einem roten T-Shirt. Es ist alles nass. Ihr Gesicht ...«, er schluckte noch einmal, »ihr Gesicht ist gräulich blau angelaufen, der Mund steht offen, und die Augen ... die Augen sind weit aufgerissen.«

»Und woran können wir erkennen, dass die junge Dame nicht freiwillig im Wasser gelandet ist?«

»Die Kordel, am rechten Handgelenk. Die Kordel, mit der sie an dem Ast festgebunden war, der dahinten ins Wasser hängt.«

Alsberger schaute zum Ufer, wo die Äste der Bäume so tief hingen, dass sie an manchen Stellen schon in den Fluss hineinragten.

»Das hätte sie zur Not auch noch selbst hinbekommen. Was nicht?«

»Also Raubmord war es nicht«, war Alsbergers Antwort. »Sie hatte ja Geld in den Hosentaschen. Das können wir wohl ausschließen.«

»Das habe ich nicht gefragt! Was erzählt uns diese Leiche noch? Die Male an ihrem Nacken, Alsberger! Nun gehen Sie mal was näher ran.«

Widerstrebend blickte er erneut zur Toten hinunter. Er hatte sich noch keine fünf Zentimeter nach vorn bewegt, als hinter ihnen lautes Geschrei ertönte.

»Ich warne euch. Wehe, ihr tretet über die Absperrung! Wehe! Hier ist schon genug rumgetrampelt worden!«

Es war Jantzek, der Leiter der Spurensicherung, der mit hochrotem Kopf in einigen Metern Entfernung stand. Er war in einen weißen Schutzanzug eingehüllt, so wie seine Mitarbeiter, die dabei waren, das Gelände abzusuchen.

Jantzek hatte einen schmalen Streifen des Weges abstecken lassen, auf dem alle anderen sich zu bewegen hatten, um bloß keine Spuren zu zerstören oder gar ein paar eigene zu hinterlassen.

Jantzek hatte sich auch schon ausgiebig vor dem verstörten älteren Herrn, der die junge Frau aus dem Wasser gezogen hatte, über Zeugen ausgelassen, die, statt direkt die Polizei zu rufen, mit völlig sinnlosen Rettungsaktionen nur alles zertrampelten.

Maria hatte den eingeschüchterten Mann schließlich beiseitegenommen und ihm aufgetragen, sich – in ausreichendem Sicherheitsabstand zu Jantzek – ans Ufer zu setzen und nicht vom Fleck zu rühren, bis sie wiederkam.

»Kein Schritt daneben! Verstanden?«, brüllte Jantzek ihnen noch einmal zu.

»Genau. Nicht dass wir hier noch irgendwelche Spuren verwischen.« Alsberger drehte sich um.

»Sie bleiben gefälligst hier! Verdammt noch mal, Alsberger, Sie sind hier bei der Kripo und nicht im Mädchenpensionat. Sie müssen sich endlich daran gewöhnen, dass wir mit Leichen zu tun haben. Die sehen nun mal nicht immer schön aus, wenn man ihnen den Hals umgedreht oder ihnen ein Loch in den Kopf geschossen hat!«

Und das war der Freund ihrer Tochter! Wie konnte sich Vera nur in dieses Sensibelchen verlieben.

Maria hatte sich fast an ihn gewöhnt, in letzter Zeit sogar manchmal gedacht, dass Alsberger doch ein ganz patenter Kerl war und es gar nicht so verkehrt wäre, wenn er ihr Schwiegersohn werden würde. Sie hatte ihn sogar vor ein paar Monaten, als sie beide halb tot vor Sorge um Vera waren, einmal geduzt. Aber in Situationen wie dieser machte er alles wieder zunichte.

Alsberger stand da, mit hängenden Schultern.

»Die Frau ist tot! Oder glauben Sie, die greift gleich nach Ihrem Bein, um Sie zu Neptun in den Neckar zu ziehen? Die tut Ihnen doch nichts!«

»Das ist es nicht«, murmelte er.

»Was dann?«

Seine Stimme war so leise, dass Maria Mühe hatte, ihn zu verstehen.

»Man kann einen toten Körper beschreiben, aber das Grauen, das diese Frau erlebt hat, was ist damit? Was für entsetzliche Angst muss sie gehabt haben? Was für ein Monster muss das gewesen sein, dass er sie auch noch festbindet.«

Alsberger sah mit einem seltsam entrückten Gesichtsausdruck auf den Fluss.

»Man kann es noch spüren. Die Angst. All das Schreckliche, was hier passiert ist. Wie ein böser Geist, der noch da ist.«

Maria verschlug es die Sprache. Böse Geister! Was sollte sie denn darauf noch erwidern? Vielleicht die Weihrauchampel rausholen und den Pfarrer bestellen?

Zum Glück kam Jörg Maier, der Rechtsmediziner, den Weg entlang.

»Nehmen Sie sich ein Beispiel an ihm. Der hat schon weit Schlimmeres gesehen als das hier und noch nie auch nur mit der Wimper gezuckt.« Und bissig fügte sie hinzu. »Egal wie viele böse Geister über einer Leiche rumschwirren.«

Endlich ein vernünftiger Mensch. Einer, der nicht cholerisch war und gleich herumschrie und der auch ganz bestimmt nicht an Geister glaubte. Maria freute sich, ihn zu sehen. Denn Jörg Maier war zudem noch ein attraktiver Mann, groß, schlank, mit grauen Schläfen. Und einigen Eheproblemen, die dazu geführt hatten, dass seine Frau ausgezogen war und er und Maria etliche nette Abende miteinander verbracht hatten.

»Hallo, ihr zwei!«, begrüßte er sie und lächelte, sodass die kleinen Fältchen um seine Augenwinkel sichtbar wurden.

»Schön, dass du da bist«, erwiderte Maria, während Alsberger, die Hände in den Manteltaschen vergraben, mit finsterer Miene nickte.

»Na, dann wollen wir uns mal ansehen, wen es diesmal erwischt hat.«

Er stellte seine Tasche ab und beugte sich zu der Toten.

»In der Tasche hat er übrigens eine Fliegenklatsche, falls noch ein paar Geister da sind«, raunte Maria Alsberger zu.

Es war genau der Moment, in dem der Rechtsmediziner jäh hochfuhr und einen Schritt zurückwich. Ein Schritt, der ihn zu nah ans Ufer kommen ließ. Er schwankte und versuchte mit rudernden Armbewegungen das Gleichgewicht zu halten.

Alsberger sprang auf ihn zu, um ihn festzuhalten. Doch er stolperte, fiel nach vorn. Und gab Jörg Maier den letzten entscheidenden Stoß.

Unglücksraben

Es war ein einziger Alptraum. Aber einer, der sich leider nicht vertreiben ließ.

Die nasse Hose klebte an Marias Beinen, und in ihren Schuhen spürte sie den kalten Schlamm des Neckars. Vor ihr stand Jörg Maier, tropfnass, mit einer Decke um die Schultern. Er verarztete Alsberger, der am Ufer saß.

Die beiden waren von Mitarbeitern der Spurensicherung umringt, die mit besorgten, manche auch mit belustigten Gesichtern, zusahen. Ihr Chef, Jantzek, stand ein paar Meter entfernt, der Gruppe den Rücken zugewandt, die Hände in die Seiten gestützt, und starrte auf das gegenüberliegende Ufer.

Nicht nur Maria war in den Fluss gesprungen, um Jörg Maier wieder auf die Beine zu helfen. Alle, die es gesehen hatten, waren zu Hilfe geeilt, und sosehr Jantzek auch geschrien hatte, niemand hatte sich mehr um irgendwelche Absperrungen gekümmert. Überall auf dem gepflasterten Pfad konnte man kleine Wasserlachen und die Abdrücke von verschlammten Schuhen sehen.

Unglücksrabe Alsberger war beim Versuch, Jörg Maier festzuhalten, der Länge nach hingefallen. Er hatte, nachdem er gelandet war, kurz den Kopf gehoben und den Grund für seinen Sturz gesehen: Sein rechter Fuß hing unter dem linken Bein der Toten. Seitdem schwieg Alsberger, und das Entsetzen stand ihm ins Gesicht geschrieben.

Von einer kleinen Platzwunde an der Stirn zog sich ein rotes Rinnsal Blut über seine Wange. Hätte man ihn neben die tote junge Frau gelegt, niemand hätte daran gezweifelt, dass hier ein grausamer Doppelmord geschehen war.

Ein bisschen Aufmunterung konnte nicht schaden.

»Und, Alsberger, wie sieht es aus?« Maria bückte sich zu ihm. »Werden Sie es überleben, oder sollen wir noch einen Sarg dazubestellen?«

»Maria!«, mahnte Jörg Maier.

Aber Alsberger schien sie gar nicht gehört zu haben. Er starrte weiter vor sich hin.

Es blieb Maria keine Zeit, sich etwas Besseres auszudenken. Jantzek war zu ihnen getreten. Sie kannte den Leiter der Spurensicherung schon seit vielen Jahren. Er war ein Choleriker, der schnell herumschrie, aber meistens war es dann auch wieder gut. Seinen momentanen Gesichtsausdruck kannte Maria allerdings noch nicht.

Seine Augen hatten sich zu schmalen Schlitzen verengt. Er sah aus wie eine Schlange, die gleich nach vorn schnellen würde, um ihr Opfer mit einem einzigen Biss voll Gift zu pumpen. Und dieses Opfer war, daran gab es keinerlei Zweifel, Alsberger.

»Alle wieder an die Arbeit«, fuhr er seine Männer an.

Als der kleine Trupp sich aufgelöst hatte, baute er sich vor Alsberger auf, die Hände immer noch in die Seiten gestützt. Es war unschwer zu merken, dass er seine Wut nur mühsam im Zaum halten konnte.

»Das wird Konsequenzen haben!«, brachte er gepresst hervor. Dann drehte er sich um und zischte Maria im Vorbeigehen zu: »Bring dieses Weichei hier weg, sonst passiert ein Unglück.«

Maria verstand Jantzeks Zorn nicht ganz. Schließlich hatte Alsberger, zugegebenermaßen etwas ungeschickt, nur versucht, Jörg Maier zu helfen. Aber ihren Assistenten von hier wegzubringen war wahrscheinlich wirklich eine gute Idee. Neben einer Leiche verarztet zu werden war sicher nicht das, was ihm im Moment guttat.

»Ist alles in Ordnung mit ihm?«, fragte Maria.

Jörg Maier nickte. »Das ist nur oberflächlich. Nichts Schlimmes passiert. Aber der junge Kollege braucht jetzt einen Kaffee, und wir brauchen wohl ein paar trockene Kleider.«

Er schaute zu der Leiche.

»Ich kenne die Frau übrigens. Sie heißt Rikner oder Rinkner oder so ähnlich. Sie hat bei einer Bekannten von mir in der Apotheke gearbeitet. Nettes Mädchen.«

Dass Jörg Maier nicht vor irgendwelchen bösen Geistern erschrocken zurückgewichen war, das hatte Maria sich schon denken können.

»Kennst du sie näher?«

»Nein. Ich bin ihr ein paarmal in der Apotheke begegnet, mehr nicht. Machte einen ganz patenten Eindruck. Sie hat mich nur einmal kurz gesehen, und beim nächsten Mal wusste sie gleich wieder, wer ich war.«

Er trat zu der toten jungen Frau und beugte sich hinunter. Vorsichtig hob er ihren Kopf an.

»Da ist Schaum im Mund. Sieht am ehesten nach Ertrinken aus. Wegen der Tatzeit melde ich mich noch mal. Das kann ich so auf die Schnelle nicht sagen. Dazu brauche ich die Wassertemperatur und muss wissen, wie kalt es heute Nacht war.«

Mit einer fast zärtlichen Geste strich er ihr die nassen Haare aus dem Gesicht.

»Davor habe ich immer Angst gehabt. Dass mal jemand dabei ist, den ich kenne.«

Maria wusste, was er meinte. Man sah den Menschen vor sich, sah ihn lachen, hörte seine Stimme, hatte Bilder im Kopf, die ihn lebendig werden ließen. Und die Schutzmauer, die sie brauchten, um an ihrer Arbeit nicht zu verzweifeln, wurde brüchig.

»Lass die Obduktion doch von jemand anderem machen«, schlug sie vor.

»Ist schon gut. Geht schon.« Er nahm seine Tasche und schaute zum Neckar. »Sieht irgendwie unheimlich aus, findest du nicht?«

Nebel stieg empor, zog sich in die Höhe und schwebte in grauen Fetzen über dem Wasser. Feine Gespinste, die bald zerrissen, sich neu zusammenfügten, auf der Wasseroberfläche zu tanzen schienen, um sich schließlich im Nichts aufzulösen.

Wie Geister, die bei Anbruch des Tages nach und nach verschwanden.

Maria brachte Alsberger nach Hause. Kein großer Umweg. Er wohnte wie sie in der Heidelberger Weststadt, nicht allzu weit von ihr entfernt.

Sie fuhr nicht gern Auto in Heidelberg. Zu enge Straßen, zu viel Verkehr, und die Parklücken waren entschieden zu klein. Eigentlich war Alsberger daher nicht nur ihr Assistent, sondern auch ihr Chauffeur. Diesmal aber saß er auf dem Beifahrersitz und hatte noch immer kein Wort gesagt.

»Und, was macht der Kopf? Soll ich Sie lieber zum Krankenhaus fahren?«

Wie üblich hatte Maria am Bismarckplatz versäumt, sich rechtzeitig einzuordnen. Während sie hektisch die Spur wechselte, sagte Alsberger endlich etwas. Allerdings so leise, dass Maria es nicht verstand.

»Vielleicht könnten Sie so laut reden, dass ich eine winzig kleine Chance habe, Sie zu verstehen?«

»Ein Weichei, hat er gesagt. Ich habe es genau gehört«, kam es schließlich von der anderen Seite.

Erstaunlicherweise klang Alsberger nicht einmal beleidigt, obwohl er gern beleidigt war. Eher erschüttert.

»Nun nehmen Sie sich das nicht so zu Herzen. Sie kennen Jantzek doch. Wenn der wütend wird, weiß er nicht mehr, was er sagt. Morgen ist das alles wieder vergessen.«

»Sie denken doch das Gleiche über mich.«

»Ach was! Natürlich nicht.«

Hoffentlich sah er jetzt nicht rüber. Wahrscheinlich wurde ihre Nase gerade so lang, dass sie damit gleich an die Windschutzscheibe stoßen würde.

»Nein. Sie denken nur, dass ich ins Mädchenpensionat gehöre.«

Also doch beleidigt. Alles andere wäre ja auch ein kleines Wunder gewesen.

»Das war doch nicht so gemeint, Alsberger.«

Ihre Nase war schon wieder ein Stück länger geworden. Sie konnte es genau spüren. Angestrengt schaute sie auf die Heckklappe des Kombis vor ihr. Jetzt sollte sie wohl am besten mal etwas Nettes sagen.

»Ich habe nur gemeint, dass Sie besser ins Mädchenpensionat gehen sollten, weil die Frauen Ihnen da lebendig zu Füßen liegen würden und nicht tot. Und wir beide wissen doch, dass Ihnen das eindeutig lieber ist, oder?«

Sie lächelte ihm zu. Aber als sie seinen Gesichtsausdruck sah, fiel es ihr wieder ein: Alsberger verstand ihre Späße nicht. Hatte sie noch nie verstanden und würde sie wahrscheinlich auch nie verstehen.

Er knurrte etwas, das klang wie: »Verarschen kann ich mich alleine.«

Das war es. Kein Wort mehr, bis sie ihn vor dem Haus rausließ.

Weichei. Sensibelchen. Maria kurvte durch das Einbahnstraßenlabyrinth der Weststadt. Was auch immer. Ganz verkehrt war das auf jeden Fall nicht.

Fünf Minuten später hatte sie ihre Wohnung in der Dantestraße erreicht. In Windeseile zog sie sich um und wechselte die nassen Schuhe gegen ein paar trockene aus. Als sie die Tür aufriss und in den Hausflur stürmte, stieß sie um ein Haar mit Arno Herkel zusammen, der auf dem Weg ins Obergeschoss war.

»Meine schöne Nachbarin! Mal wieder in Eile, was?«

Er war offensichtlich gerade vom Einkaufen zurückgekommen und stand mit Plastiktüten bepackt vor ihr.

Arno Herkel lebte seit einigen Monaten in der Wohnung über ihr, vorübergehend, wie er immer wieder betonte. Er war Journalist und schrieb Reiseberichte, zurzeit einen ganzen Reiseführer über Heidelberg.

Allerdings schien er nicht gerade einer der Fleißigsten zu sein. Anders war wohl kaum zu erklären, dass er immer noch in der Wohnung seiner Tante lebte, die nach einem unglücklichen Sturz in ein Altersheim gezogen war.

Arno hatte auch graues Haar, wie Jörg Maier, allerdings schon etwas ausgedünnt, war leicht untersetzt und hatte ein Faible für Maria. War Jörg Maier für Marias Geschmack zu zurückhaltend mit Sympathiebekundungen, Arno war es nicht. Er ließ keine Gelegenheit aus, ihr zu signalisieren, dass er an mehr interessiert war als an guter Nachbarschaft.

»Das dickste Huhn, das ich kriegen konnte.« Er hielt mit Besitzerstolz eine der Plastiktüten in die Höhe. »Ich würde vorschlagen, wir essen es mit viel Knoblauch. Kleiner Salat dazu?«

Sie hatten verabredet, dass Maria am Abend zum Essen hochkommen sollte, wie so oft in den letzten Wochen. Arno war ein begnadeter Hobbykoch und hatte sie mit Lammkeulen, Kaninchenragout, Bergen von Bratkartoffeln und Zitronenhühnchen verwöhnt.

Arno konnte kochen, dass Maria das Wasser schon im Mund zusammenlief, wenn sie ihn nur sah. Nett war er auch, aber es kribbelte eben nicht im Bauch, und sie war sich sehr unsicher, was von ihrer Sympathie für ihn wohl übrig blieb, wenn sie Sahnesoße und Tiramisu abzog.

»Tut mir leid. Wir haben einen neuen Fall. Heute klappt es bestimmt nicht. Ich hätte dich noch angerufen.«

Arno ließ die Tüte sinken. »Schade.« Die Enttäuschung war ihm anzusehen. »Und was mache ich jetzt?«

»Wie wäre es mit Einfrieren?«

»Du lässt uns also wirklich sitzen? Mich und das dickste Huhn in ganz Heidelberg? Überleg dir das lieber noch einmal!«

»Es tut mir wirklich leid, Arno.« Vor allem wegen des Huhns, aber man musste ja nicht immer alles sagen, was einem durch den Kopf ging. »Und jetzt sollte ich mich beeilen. Mach's gut. Ich melde mich.«

War wahrscheinlich besser so. Jedes Abendessen mit Arno hinterließ unweigerlich ein paar kleine Fettpölsterchen auf ihren sowieso nicht mehr allzu schlanken Hüften.

Als die schwere Haustür hinter ihr ins Schloss fiel und sie auf den Wagen zuging, spürte sie es. Dieses ungute Gefühl, dass sie irgendetwas vergessen hatte. Irgendetwas Wichtiges. Etwas *sehr* Wichtiges.

Du lässt uns also wirklich sitzen. Sitzen lassen. Verdammt! Sie hatte den Zeugen sitzen lassen. Am Neckarufer. Einfach vergessen!

*

Hans Martinsen war ein ausgesprochen geduldiger Mensch.

»Mir ist inzwischen auch ganz schön kalt«, war die einzige Beschwerde, die von ihm zu hören war. Seine Lippen waren blau, und eine Gänsehaut überzog seine Arme.

Maria bot an, ihn nach Hause zu fahren, damit er sich umziehen konnte – gleiches Recht für alle. Herr Martinsen nahm dankbar an.

Mit seinem runden Gesicht erinnerte er sie ein wenig an einen Schuljungen. Herr Martinsen war etwas übergewichtig und wirkte nicht gerade wie die Sportskanone, die allmorgendlich zur Joggingtour an den Neckar aufbrach. Man konnte nur hoffen, dass seine Kondition besser war, als es auf den ersten Blick aussah, und er die Wartezeit in nasser Hose gut überstanden hatte.

Maria lenkte den Wagen durch Neuenheim, den Stadtteil Heidelbergs, der sich direkt an das nördliche Neckarufer anschloss. In einigen Straßenzügen standen hohe alte Häuser dicht bei dicht und die Autos davor Stoßstange an Stoßstange.

Herr Martinsen aber lebte in dem Teil, wo frei stehende Ein- und Zweifamilienhäuser reichlich Platz für Kind und Kegel versprachen.

Das Haus, vor dem er sie anhalten ließ, hatte eine hellgelbe Fassade und eine lange gepflasterte Auffahrt, die zu einer großen Garage führte. Und es sah ganz danach aus, als sei hinter dem Haus sogar noch ein Garten. Ein absoluter Luxus in Anbetracht der Neuenheimer Immobilienpreise.

»Habe ich von einer Tante geerbt. Die hatten mal eine kleine Fabrik. Textilien«, erklärte Herr Martinsen, der ihren erstaunten Blick bemerkt haben musste, fast entschuldigend.

Er suchte nach seinem Schlüsselbund und öffnete die Eingangstür.

»Ich ziehe mir nur schnell etwas Trockenes an. Bin gleich wieder da.«

Maria wartete im Wohnzimmer. Ein heller, freundlicher Raum, mit großem Fenster zu einem Garten hinaus, genau wie sie vermutet hatte.

Auf der Ledercouch lag eine flauschige Decke, so als sei gerade erst jemand darunter hervorgekrochen. Davor standen ein paar Pantoffeln, auf dem Wohnzimmertisch ein leeres Bierglas und ein Schälchen, in dem ein paar Erdnüsse lagen.

Maria hatte sich kaum in einem der breiten Sessel niedergelassen, als es an der Haustür klingelte. Schnell sprang sie auf.

»Ich geh schon, das ist mein Kollege«, rief sie in den Flur.

Da Alsberger sicher noch etwas Erholung brauchte, hatte sie Dieter Mengert dazubeordert.

»Mein Gott, wie siehst du denn schon wieder aus!«, begrüßte sie ihn an der Tür.

Er war seit Jahren einer ihrer engsten Mitarbeiter, auch wenn ihr nicht immer alles an ihm passte. Vor allem nicht seine Frisur.

»Gefällt es dir?«

Der Mann in der abgewetzten Lederjacke strich sich mit der Hand über den nahezu kahl rasierten Schädel und grinste.

»Nein. Ich steh nicht so auf Igel.«

Mengert war Mitte vierzig und durchaus attraktiv – wenn er sich nicht ständig dadurch verunstalten würde, dass er mit irgendeinem Rasierer seine Haare selbst schnitt. Wahrscheinlich mit der kürzesten Einstellung, die möglich war. Praktisch und billig, wie er immer wieder betonte.

Maria schätzte die momentane Stoppellänge auf nicht mehr als zwei Millimeter.

Herr Martinsen hatte sich inzwischen umgezogen und hantierte in der Küche herum. Als er mit Teekanne und Tassen ins Wohnzimmer kam, waren seine Lippen nicht mehr blau, und auch die Gänsehaut war verschwunden.

Herr Martinsen war Geologe, wie sie erfuhren, hatte sich aber vorzeitig berenten lassen. Auf Marias Fragen hin begann er zögerlich zu erzählen. Joggen war er am Neckar, allerdings erst zum zweiten Mal.

»Ich habe ein bisschen zu viel auf den Rippen. Als ich letztens beim Arzt war, hat er mir ins Gewissen geredet. Ich bin sowieso nicht der Gesündeste, und dann war auch noch das Cholesterin zu hoch und der Blutdruck. Da habe ich gedacht, jetzt muss ich wirklich etwas tun.«

Herr Martinsen drückte wie zum Beweis mit dem Zeigefinger auf seinen Bauch und sah dabei aus wie das Knack-und-Back-Männchen persönlich.

»Ich bin extra früh raus. Um die Zeit ist es so schön da unten am Fluss, und vor allem hat man noch seine Ruhe. Heute war es ein bisschen neblig. Ich bin ein Stück gelaufen, und dann … dann habe ich sie gesehen.«

Er räusperte sich. »Möchte jemand Tee?«

Umständlich füllte Hans Martinsen die Tassen, lief noch einmal in die Küche, um Zucker zu holen, den niemand verlangt hatte. Er machte ganz den Eindruck, als würde er am liebsten nicht mehr über das reden, was er gesehen hatte.

»Sie hing im Neckar, am Ufer, unter dem Gebüsch«, begann er schließlich. »Erst habe ich um Hilfe gerufen, aber es war ja niemand da außer mir. Also bin ich ins Wasser und habe versucht, sie rauszuziehen.«

Er stockte, trank von seinem Tee.

»Aber es ging nicht. Sie hing fest. Ich habe gezogen, sosehr ich konnte. Dann habe ich die Kordel gesehen, die zu diesem Baum führte. Sie war um ihr Handgelenk gebunden. Ich ... Ich habe sie losgemacht. Ich meine, ich ... Ich musste sie doch losmachen. Natürlich habe ich gesehen, dass sie tot ist. So wie sie da im Wasser hing. Aber ... ich ... es tut mir wirklich leid ...«

Er holte tief Luft, als läge ein zentnerschwerer Stein auf seiner Brust.

»Es war wahrscheinlich ein Fehler«, fuhr er fort. »Ich hätte sofort die Polizei rufen sollen. So wie dieser Mann gesagt hat. Der war ganz rot im Gesicht, so hat er sich aufgeregt, weil ich sie losgebunden habe. Ich dachte schon, der bekommt gleich einen Herzinfarkt. Ich ... es tut mir wirklich leid. Ich wusste nicht, dass man das nicht tun soll.«

»Sie haben das alles völlig richtig gemacht, Herr Martinsen«, versuchte Maria ihn zu beruhigen.

Spurensicherung hin oder her, so konnte man mit den Leuten nicht umgehen. Weder mit Zeugen noch mit Mitarbeitern. Jantzek verlor langsam jegliches Maß. Für ihn bestand die Welt nur noch aus Spuren. Und wer eine Spur vernichtete, der war automatisch sein Feind.

Mengert, der es sich in einem der wuchtigen Sessel bequem gemacht hatte, beugte sich nach vorn.

»Und die Frau hing unter dem Gebüsch?«, fragte er.

Herr Martinsen nickte.

»Und Sie haben sie vom Weg aus sehen können?«

Nun nickte Hans Martinsen nicht mehr. Verunsichert schaute er zu Mengert, dann zu Maria.

»Also?«, hakte Maria nach.

Herr Martinsen sah vor sich auf den Couchtisch.

»Ich ... Ich habe ... Ich habe ...«, stotterte er.

... sie gesehen, weil ich mal musste und ins Gebüsch gepinkelt habe, beendete Maria innerlich seinen Satz.

»Ich komme gleich wieder.«

Abrupt stand er auf und verschwand in Richtung Flur. Dann war es eine ganze Weile still. Als er wieder ins Wohnzimmer zurückkam, hatte er die nasse Hose in der Hand, die er zuvor getragen hatte. Er suchte in ihren Taschen, zog etwas hervor und hielt es Maria hin.

»Ich hatte es einfach völlig vergessen. Wegen der Aufregung und allem. Es tut mir sehr leid. Wirklich.«

In seiner Hand lagen etliche Münzen. Ein blinkender Cent, ein paar Fünfzigcentstücke und einige Eineurostücke.

Genau wie Maria war auch Herr Martinsen ganz offensichtlich ein schlechter Lügner. Seine Nase wurde zwar nicht länger, aber sein Gesichtsausdruck verriet ihn. Er hatte die Münzen in seiner Hosentasche nicht vergessen. Er hatte Angst gehabt. Angst, angebrüllt zu werden, weil er am Tatort etwas aufgehoben hatte. Angst, noch mehr falsch gemacht zu haben.

Am besten sollten sie Jantzek in Kur schicken. Oder ein Pfund Beruhigungspillen in den Kaffee mischen.

»Ein paar lagen auf dem Weg. Erst habe ich nur den Cent gesehen. Ich hebe sie immer auf. Wer den Pfennig nicht ehrt, ist des Talers nicht wert. Das hat mir meine Mutter so beigebracht. Und dann habe ich gesehen, dass da noch mehr war.«

Er legte die Münzen auf den Tisch und ließ sich auf die Couch fallen.

»Ein Euro und noch einer, mal fünfzig Cent. Ich heb auf und heb auf, und dann stehe ich am Ufer, direkt vor diesem Gebüsch. Erst habe ich nur etwas Rotes im Wasser gesehen. Da hat jemand eine Tasche weggeworfen, habe ich gedacht. Irgendwo geklaut, schnell das Geld rausgeholt und dann weg damit. Aber das Rote, das war keine Tasche, das war ... das war sie ... ihr Pulli ... Ihre Haare schwammen oben auf dem Wasser. Wie Seetang.«

Herr Martinsen fuhr sich mit der Hand über die Augen, so als könne er damit das Bild vertreiben.

»Das ist alles so furchtbar. Die Frau, die ist doch nicht selbst ins Wasser gegangen. Da bindet man sich doch nicht irgendwo fest, oder? Im Fernsehen, da werden Leute erschossen oder erstochen, da kann man Leichen sehen noch und noch, das macht einem gar nichts aus. Aber wenn man dann in Wirklichkeit davorsteht, wenn es quasi vor der eigenen Haustür passiert ... Und ich, ich muss sie natürlich finden. Mich erwischt es immer. Ich bin der geborene

Pechvogel. Wenn bei mir das Butterbrot runterfällt, dann garantiert auf die Wurstseite.«

Maria wusste nicht, was sie darauf erwidern sollte. Außer dass sie auch mal Pechvogel sein wollte, wenn von der Tante ein Haus in Neuenheim zu erben war.

»Jemand verliert sein Geld, und ich lande mit der Nase direkt vor einer Leiche. So ein idiotischer Zufall, das kann auch nur ...«

Hans Martinsen hielt inne und schaute auf das Geld, das vor ihm auf dem Couchtisch lag. Man konnte förmlich sehen, wie die Gedanken, die in seinem Kopf herumschwirrten, sich langsam klärten, wie Kaffeesatz, der sich nach und nach in der Tasse zu Boden senkt. Gedanken über Zufälle, seltsame Zufälle und Zufälle, die so unwahrscheinlich waren, dass es keine mehr sein konnten.

»Schon komisch, dass da das Geld lag. Ausgerechnet an der Stelle«, flüsterte er. »Glauben Sie, dass er das ... dass der Mörder es dahin gelegt hat, damit der nächste Trottel die Frau findet? Jemand, der blöde genug ist, jedem Cent hinterherzukriechen. Und ich habe es angefasst. Das Geld eines Mörders!«

Und Hans Martinsen, Pechvogel vom Dienst, starrte so entsetzt auf die Münzen, als habe er sich ganz bestimmt daran vergiftet.

Im Land des Riesen

»Wie bei Hänsel und Gretel.« Arthur Pöltz sah auf den Beutel mit den Geldstücken, der vor ihm lag. »Nur dass die Spur nicht mit Brotkrumen gelegt wurde, sondern mit Geld.«

Maria hatte sich auf dem Stuhl niedergelassen, der vor seinem Schreibtisch stand. Sie öffnete die Papiertüte und holte den Schwedenplunder heraus, den sie eben in der gegenüberliegenden Bäckerei gekauft hatte.

»Ja. Sieht ganz so aus, als hätte unser Täter den guten Herrn Martinsen angelockt.« Genussvoll biss sie in das süße Stückchen. »Die Tote hatte auch jede Menge Geld lose in der Hosentasche. Münzen und Scheine. Über achtzig Euro. So viel nimmt man nicht unbedingt mit, wenn man mal eben joggen geht. War bestimmt die gleiche Nummer.«

»Was für eine Nummer?«

»Na, die Anlocknummer. Nach Geld bückt sich doch jeder. Martinsen wurde so zur Leiche gelockt. Und vorher Lea Rinkner vom Weg ins Gebüsch. Oder der Täter wollte, dass sie abgelenkt ist, damit er sich besser an sie heranschleichen kann. Irgend so was.«

Auch Arthur schien leicht abgelenkt. »Möglich«, antwortete er und schaute mit wehmütigem Blick auf das Plunderteilchen in Marias Hand.

Oh je! Arthurs Diät. Das hatte sie mal wieder vergessen.

»Stört dich das?«, fragte Maria.

»Nein, nein. Iss nur.«

Arthur machte schon seit fast einem halben Jahr Diät und hatte inzwischen deutlich abgenommen. Auch wenn Maria vermutete, dass er immer noch einen guten Zentner Übergewicht mit sich rumschleppte. Aber Arthur war eisern, und das hatte einen guten Grund: Sabine, sein neuer Schwarm.

Maria beriet Arthur in Sachen Sabine. Die Treffen wurden sorgfältig vor- und nachbereitet. Allerdings war außer Kaffeetrinken und Kinobesuchen noch nicht viel passiert, und manchmal befürchtete

Maria, dass Sabine die ganze Angelegenheit vielleicht etwas anders sah als Arthur.

»Wenn Alsberger wieder da ist, fahren wir zu den Angehörigen. Auf nüchternen Magen schaff ich das nicht.«

Irgendwie hatte sie immer das Gefühl, sich entschuldigen zu müssen, wenn sie in Arthurs Gegenwart etwas aß. Eine Zeit lang waren alle mit ihrem Käsekuchen, den Thunfischstangen und Fleischkäsebrötchen in ihren Büros verschwunden. Aber auf Dauer hatte das niemand durchgehalten, denn bei Arthur Pöltz gab es immer Kaffee und ein offenes Ohr für Probleme aller Art.

Er war die gute Seele der Abteilung. Und auch wenn er im Außendienst wegen seines Übergewichts nicht mehr eingesetzt wurde, gehörte er genau wie Dieter Mengert bei Mordfällen immer zum festen Kern des Ermittlungsteams.

»Die war noch so jung. Gerade mal zwanzig. Was für ein Glück, dass Jörg sie kannte«, sagte Maria, noch kauend. »Das spart uns eine Menge Arbeit. Die Apothekerin hat sie eindeutig identifiziert.«

Sie hatten in der Apotheke angerufen, die Jörg Maier genannt hatte. Lea Rinkner war am Morgen nicht zur Arbeit erschienen. Nachdem sie mit einem Polaroidfoto von der Toten dort gewesen waren, gab es keinen Zweifel mehr an der Identität der jungen Frau.

»Dass die keine Papiere bei sich hatte, als die joggen war, das verstehe ich ja noch.« Arthur hatte sich auf seinem Bürostuhl zurückgelehnt und schaute nun angestrengt auf den gegenüberliegenden Schrank. »Aber die wohnte doch allein, hast du erzählt. Da hätte sie ja wohl einen Hausschlüssel dabeihaben müssen.«

»Vielleicht war da ein Anhänger dran, der Anfangsbuchstabe vom Vornamen oder so, und der Täter hat ihn mitgenommen, um ihre Identifizierung zu erschweren.«

»Das kann ich mir nicht vorstellen. Nein, der Schlüssel muss irgendwo im Neckar liegen, sonst macht das andere keinen Sinn. Er legt mit Geldstücken eine Spur zur Leiche hin. Und er hat die Frau festgebunden. Das hat verhindert, dass sie abgetrieben wird. Der Täter wollte, dass die Leiche gefunden wird. Der wollte nichts vertuschen.«

»Stimmt. Sieht ganz so aus.«

»Aber warum, Maria? Normalerweise tut ein Mörder alles, um die Tat, solange es eben geht, zu verheimlichen. Die Opfer werden in kleine Teile zerhackt, im Wald verscharrt oder in Beton gegossen. Und hier? Man präsentiert uns die Leiche auf dem Tablett.«

»Hmm«, pflichtete Maria bei, während sie den letzten Bissen hinunterschluckte.

»Dieser Mensch möchte, dass alle möglichst bald mitbekommen, was er getan hat.« Arthurs Gesicht hatte einen besorgten Ausdruck angenommen. »Ich befürchte, er will vor allem eines: Aufmerksamkeit. Hoffentlich geht das gut.«

»Wir haben eine ermordete junge Frau. Ich würde mal sagen, da ist schon was nicht gut gegangen.«

»Ich dachte auch eher an das, was noch passieren könnte. Wenn so jemand erst einmal einen solchen Schritt getan hat ... Das ist wie eine Schwelle, die überschritten wird.«

Maria wusste, was Arthur befürchtete.

»Natürlich. Der böse Serienkiller! Ein Verrückter, der am Neckar in der Uferböschung hockt und eine Frau nach der anderen umbringt, damit er in die Zeitung kommt. Das nächste Opfer häutet er wahrscheinlich noch, genau wie der bei Hannibal Lecter.«

»Vielleicht.«

»Ach hör doch auf, Arthur«, entgegnete Maria. »Du solltest dir im Fernsehen nicht immer diese Gruselkrimis ansehen.«

»Hat der Mörder etwas hinterlassen? Irgendetwas, was auf ihn hinweist? Ein Zeichen?«

»Stell dir vor: nichts. Nicht mal seine Visitenkarte.«

Ärgerlich knüllte sie ihre Tüte zusammen und warf sie voller Schwung in Richtung Papierkorb, der neben der Tür stand. Leider steckte genau in diesem Moment Alsberger den Kopf herein. Ihr Wurfgeschoss traf ihn an der Schläfe.

Alsberger bückte sich und hob wortlos das Papier auf.

»Tut mir leid! Tut mir wirklich sehr leid!«, versicherte Maria eilig.

Aber Alsbergers Gesichtsausdruck ließ keinen Zweifel aufkommen: Er glaubte ihr kein Wort.

Maria seufzte. »Dann fahren wir mal zu den Angehörigen. Arthur, sorg dafür, dass die Geldstücke in die Kriminaltechnik kommen.«

Alsberger war schon wieder zur Tür hinaus, als Arthur seine Schreibtischschublade aufzog.

»Warte noch mal eben, Maria.«

Er holte ein schwarzes Kästchen hervor und öffnete es.

»Schau mal, was hältst du davon?«

Ein kleines goldenes Herz glänzte ihr auf dunklem Samt entgegen.

»Schön, nicht?« Arthur strahlte. »Meinst du, es gefällt Sabine? Da wird sie sich doch freuen, oder?«

Alsberger war wieder in der Tür erschienen.

»Fahren wir jetzt oder nicht?«, fragte er vorwurfsvoll.

Und Maria war dankbar, dass sie nicht antworten musste.

*

Ein riesiges angenagtes Stück Käse. Es war immer das Gleiche, was Maria durch den Kopf ging, wenn sie die Berghügel nördlich von Heidelberg sah. Dort, wo früher Porphyr abgebaut worden war, leuchtete das offen liegende ockerfarbene Gestein auch heute noch weithin bis in die Ebene, und es sah ganz so aus, als hätte eine gigantische Maus mit spitzen Zähnen Stück für Stück abgeknabbert.

Sie waren auf der A 5 Richtung Norden unterwegs. In der Apotheke, in der Lea Rinkner gearbeitet hatte, wusste man, dass ihr Vater in Ladenburg wohnte. Kurz vor der Autobahnausfahrt kündete ein Schild stolz von der alten Römerstadt.

Ein Kleinod der Kurpfalz, wie ein älterer Nachbar Maria einmal versichert hatte. Und in der Tat, Ladenburg war ein beliebtes Ausflugsziel für die ganze Umgebung. An sonnigen Wochenenden strömten Scharen von Radlern aus Heidelberg und Mannheim herbei, um auf dem Marktplatz im Schatten der hohen Fachwerkhäuser Kaffee und Kuchen zu vertilgen.

Früher war Maria auch manchmal mit dem Rad hier gewesen, zusammen mit ihrem Mann. Das war allerdings, bevor er seine Midlife-Crisis bekommen hatte und meinte, sie wegen eines jungen Hühnchens verlassen zu müssen.

»Ich glaube, hier geht es rein.« Maria zeigte auf das Straßenschild.

Sie bogen in eine Gasse, in der Häuser, gestrichen in Altrosa, Hellgrün oder Ocker, dicht beieinanderstanden, dazwischen manchmal Hoftore, manchmal auch ein kleiner Garten. Irgendwo hörte man einen Hahn krähen.

»Dahinten, das muss es sein.«

Im Vergleich zu manch anderem Haus in der Straße wirkte das, in dem Lea Rinkners Vater lebte, unscheinbar, fast schon baufällig. Der Putz bröckelte an verschiedenen Stellen von der Fassade, und die Läden an den Fenstern sahen aus, als sei es besser, sie nicht mehr zu benutzen.

Alsberger parkte den Wagen ganz in der Nähe, dann gingen sie über das buckelige Kopfsteinpflaster.

Maria klingelte an der Haustür und klingelte noch einmal.

Nichts passierte.

»Hören Sie das?« Alsberger ging zu dem grün gestrichenen Tor, das in die Mauer neben dem Haus eingelassen war. »Da ist jemand im Hof.«

Ein lautes Geräusch war zu vernehmen, das in regelmäßigen Abständen wiederkehrte.

Alsberger schlug mit der Faust auf das Tor.

»Hallo! Hallo, ist da jemand?«

Keine Antwort.

Er drückte die große gusseiserne Klinke herunter.

In dieser Gegend gab es etliche Häuser mit wunderschönen Innenhöfen, die zwischen Wohnhaus und den hohen Holzscheunen lagen, in denen früher oft Tabak getrocknet worden war. Innenhöfe wie Paradiese, voll von Oleanderbüschen, Geranienkübeln und heimeligen Sitzecken.

Dieser Innenhof war das krasse Gegenteil davon. Der Boden war asphaltiert, an der Wand rechts standen Mülltonnen. Keine Pflanze, keine Bank, nichts. Am Ende des Hofes sah man auf das dunkle, fast schwarze Holz einer Scheune, über deren Tor der riesige bleiche Schädel eines Tieres hing.

Ein Elch- oder ein Hirschgeweih hätte vielleicht noch dekorativ gewirkt, aber das, was dort zu sehen war, war ein länglicher, schmaler Schädel mit Hörnern, der dem ganzen Innenhof eine morbide Wildwest-Atmosphäre gab.

Die eine Hälfte des Scheunentores stand offen, und es war deutlich zu hören, dass die Geräusche aus dem Inneren kamen.

Vorsichtig warf Maria einen Blick hinein. Es dauerte einen Moment, bis sich ihre Augen an das dämmrige Licht gewöhnt hatten.

Der Mann, den sie dort im Halbdunkel sah, schien riesig zu sein. Er stand mit dem Rücken zu ihr, breitbeinig, die Arme über den Kopf gestreckt. Maria konnte den blanken Stahl der Axt sehen, die er in den Händen hielt. Er ließ sie auf den Holzklotz niedersausen, mit einer solchen Wucht, dass die Holzscheite rechts und links zur Seite flogen.

»Herr Rinkner!«, rief Maria.

Der Mann hielt inne, drehte sich um, die Axt in der Hand. Sein Kopf war so groß, dass sie unweigerlich an den Schädel über dem Scheunentor denken musste. Ein paar strähnige Haare klebten auf seiner verschwitzten Stirn, das Kinn war mit grauen Stoppeln übersät.

Brigitte Bardot hätte ihre Freude an ihm gehabt. Ein normannischer Kleiderschrank – der allerdings etwas verwahrlost aussah. Seine Hose hatte Flecken auf einem Bein, das karierte Hemd hing zur Hälfte in und zur Hälfte aus dem Hosenbund.

»Was wollen Sie hier?«

»Sind Sie Kurt Rinkner?«

Maria hielt ihm ihren Dienstausweis hin.

Der Mann warf einen kurzen Blick darauf, und sein Gesichtsausdruck wurde noch mürrischer, als er ohnehin schon gewesen war.

»Mooser, Kripo Heidelberg. Es geht um Ihre Tochter, Lea.«

»Hat sie was ausgefressen?«

»Nein. Aber … vielleicht besprechen wir das lieber im Haus.«

»Lea ist nicht da.«

»Das wissen wir. Es wäre wirklich besser, wenn wir hineingehen würden.«

Rinkner legte die Axt auf den Holzklotz.

»Kommen Sie mit«, sagte er.

Sie folgten ihm zum Hintereingang des Hauses, einen dunklen schmalen Flur entlang, bis in die kleine Küche. Rinkner setzte sich auf die Holzbank, die an der Wand stand. Eine Zeitung lag auf dem Tisch davor, daneben ein Aschenbecher voller Zigarettenstummel.

Maria blieb stehen. Kurt Rinkner machte nicht den Eindruck, als habe er Interesse daran, dass sie sich zu ihm setzten.

»Also, was?«, fragte er und starrte vor sich auf das blaue Wachstischtuch.

»Ihre Tochter wurde heute Morgen tot aufgefunden. Wir müssen leider davon ausgehen, dass sie ermordet wurde.«

Der Kopf des Riesen sackte ganz langsam ein wenig tiefer. Es war so still in der kleinen Küche, dass man eine Stecknadel hätte fallen hören können.

Maria kannte das. Der Schock. Der Schmerz, der sich erst langsam seinen Weg bahnte. Die Menschen erstarrten, bevor das Elend aus ihnen herausbrach.

Doch es geschah nichts. Minutenlang saß Rinkner bewegungslos da.

»Es wäre schön, wenn Sie uns etwas über Ihre Tochter erzählen würden. Je mehr wir über sie wissen, desto besser für unsere Ermittlungen«, sagte Maria schließlich.

Der Riese rührte sich nicht.

»Hat sie Ihnen irgendetwas erzählt? Gab es Ärger, Streit mit jemandem? Hat sie sich bedroht gefühlt?«

Wieder keine Antwort.

Nun setzte Maria sich doch auf den einzigen Stuhl, der vor dem Küchentisch stand. Das hier würde wohl länger dauern. Alsberger, der nur noch die Möglichkeit gehabt hätte, sich zu Kurt Rinkner auf die Bank zu setzen, blieb weiter in respektvollem Abstand stehen.

Aus dem Mülleimer, der offen in der Ecke stand, strömte fauliger Geruch. Man hörte das leise Summen einer Fliege, die suchend kreuz und quer durch den Raum flog, um sich schließlich in der Spüle auf einem Teller mit eingetrockneten Essensresten niederzulassen.

»Wo ist Leas Mutter?«

Rinkner hob den Kopf, aber er schaute Maria immer noch nicht an. Sein Gesicht war aschfahl.

»Tot«, antwortete er mit monotoner Stimme.

»Wann haben Sie Lea das letzte Mal gesehen?«

»Keine Ahnung.«

»Ungefähr würde uns schon reichen.«

»Irgendwann. Letzte Woche oder so.«

»Hatte sie einen Freund?«

»Weiß ich nicht.«

»Hatte sie Ärger mit irgendjemandem?«

Nun schaute er doch zu Maria herüber.

»Ich weiß nichts. Sie hat nie was erzählt. Meine Tochter hat es nicht für nötig gehalten, ihrem Vater irgendwas zu erzählen. Und jetzt gehen Sie besser.«

»Vielleicht hatte sie Freundinnen, Bekannte? Für uns ist alles wichtig.«

Rinkner griff zu einem Päckchen Tabak, das auf dem Tisch lag, und begann, sich eine Zigarette zu drehen. Seine Hände zitterten so, dass ein Teil des Tabaks danebenfiel. Mit einer unwirschen Handbewegung wischte er die Krümel vom Tisch, dann zündete er die Zigarette an und inhalierte tief.

»Herr Rinkner, haben Sie meine Frage verstanden?«

»Haben Sie meine Antwort nicht verstanden?«, entgegnete er.

Für einen Moment war Maria perplex. So viel offene Feindseligkeit hatte sie selten beim Überbringen einer Todesnachricht erlebt.

»Können wir noch etwas für Sie tun? Sollen wir jemanden anrufen, den Sie jetzt gerne bei sich hätten?«

»Nein. Verschwinden Sie.«

Zweifellos wollte Kurt Rinkner ihnen nichts erzählen. Er wollte allein sein, und wie ein Tier, das sich in die Ecke gedrängt fühlte, biss er zu, um sie zu vertreiben.

»Wir kommen ein andermal wieder.«

»Wenn Sie meinen«, erwiderte der Riese.

Rinkner rührte sich nicht, als sie gingen. Wie versteinert blieb er auf der Küchenbank sitzen.

»Was war *das* denn?«, fragte Alsberger, als sie wieder im Auto saßen.

»Keine Ahnung. Vielleicht war er so schockiert. Früher haben sie die Überbringer schlechter Nachrichten geköpft. Da sind wir wahrscheinlich noch gut weggekommen.«

Wie üblich blockierte der Sicherheitsgurt. Ärgerlich zerrte Maria daran, bis er endlich nachgab.

»Also, ich finde, das machte eher den Eindruck, als wäre dem egal, was mit seiner Tochter passiert ist.«

»Wer weiß das schon, Alsberger. Wir können nicht in die Leute hineinschauen.«

»Sicher. Wie Sie meinen.«

Es war nicht zu überhören: Alsberger war ganz und gar nicht ihrer Meinung.

»Was meinen *Sie* denn?«

Er zögerte.

»Nun spucken Sie es schon aus.«

»Na ja. Normalerweise fragt man ja wohl nach, wenn die eigene Tochter ermordet wurde. Also ich würde wissen wollen, ob man den Täter schon kennt, wo man meine Tochter gefunden hat und wie sie umgebracht wurde. Sie nicht?«

»Jeder reagiert anders.«

»Aber so nicht. Nicht auf den Tod einer Tochter. Da stimmt irgendetwas nicht.«

»Er hat gesagt, dass sie sich letzte Woche noch gesehen haben.«

»Na und? Was heißt das schon?« Alsberger fädelte sich auf die Schnellstraße ein, die zur Autobahn führte. »Vielleicht haben sie sich da gestritten. Ich finde den auffällig. Für mich ist der verdächtig.«

Alsbergers Schnellschüsse. Es war jedes Mal das Gleiche. Er biss sich direkt zu Beginn der Ermittlungen an einer Person fest, die ihm irgendwie suspekt schien, und dabei blieb es dann. Maria hasste es.

»Mein Gott! Nur weil er uns gegenüber unfreundlich war, muss er nicht gleich der Mörder sein. Manche heulen eben nicht, wenn die Polizei dabei ist.«

»Ich glaube nicht, dass der überhaupt heult. Der wirkte auf mich nicht traurig. Eher gefühlskalt. Wahrscheinlich einer von diesen Soziopathen.«

»Ja, ja, Hannibal Lecter und Konsorten, ich weiß schon.« Sie konnte nicht verhindern, dass ihre Stimme gereizt klang. »Nur weil jemand nicht die Gefühle zeigt, die Sie erwarten, heißt es noch lange nicht, dass er keine hat.«

Maria sah aus dem Fenster, auf die Setzlinge einer Baumschule, die im Feld neben der Straße so exakt hintereinander aufgereiht standen, als habe man beim Pflanzen das Lineal angelegt. Sie sollte ihn einfach reden lassen und gar nicht hinhören, sonst gab es nur wieder die übliche Streiterei.

Aber leider gab Alsberger keine Ruhe.

»Warum haben Sie denn nicht nach seinem Alibi gefragt?«

»Oh, mein Assistent ist mal wieder klüger als der Papst! Wissen Sie denn, wann Lea Rinkner ermordet wurde? Ich noch nicht.«

»Na, irgendwann gestern Abend oder Nacht muss es ja wohl passiert sein. Die Frau war doch schon steif.«

»Sie müssen es ja wissen. Sie haben es ja überprüft.«

»Dieser Rinkner wollte auf jeden Fall, dass wir möglichst schnell verschwinden. Als ob er Angst hätte, wir könnten irgendetwas aus ihm rauskriegen.« Alsberger nickte, so als stimme er sich selbst zu. »Am Ende hat er die Tatwaffe noch im Haus.«

»Sie ist ertrunken, Alsberger. Ich glaube nicht, dass der Neckar in den Küchenschrank passt.«

»Wahrscheinlich ist sie ertrunken. Aber wissen wir das schon? Sind wir klüger als der Papst?«

»Besserwisser.«

Maria hatte es nur ganz leise gesagt. Aber eben doch nicht leise genug.

»Warum fragen Sie mich denn überhaupt?« Alsbergers Stimme war laut geworden. »Demnächst behalte ich meine Meinung für mich.«

»Prima. Endlich mal eine gute Idee.«

Die nächsten drei Minuten herrschte eisiges Schweigen. Nach weiteren drei Minuten tat es Maria leid. Schließlich war Alsberger ihr Fast-Schwiegersohn. Und dass Kurt Rinkner sie aus dem Haus haben wollte, daran bestand nun wirklich kein Zweifel.

Außerdem mochte sie nicht streiten. Es war klar, dass sie es nicht schaffte, ihre guten Vorsätze länger als zwei Tage durchzuhalten, aber eine halbe Stunde sollte man vielleicht schon hinbekommen.

Sie kramte aus ihrer Jackentasche eine Pappschachtel hervor.

»Auch eins?«, fragte sie und hielt sie Alsberger hin.

Der warf ihr einen verunsicherten Blick zu. Dann angelte er sich eines der gelben Bonbons.

»Vielleicht gibt es ja noch andere Gründe dafür, dass wir möglichst schnell verschwinden sollten. Was meinen Sie?«

Maria bemühte sich um den friedlichsten Tonfall, den sie hinbekam.

Anscheinend hatte Alsberger das Versöhnungsangebot verstanden. Er grummelte etwas, das wie eine Zustimmung klang. Grübelnd biss er auf seinem Bonbon herum, sodass man ein lautes Knirschen hören konnte.

»Also?«, fragte Maria.

»Vielleicht hat er etwas gegen die Polizei. So aus Prinzip, meine ich. Oder irgendeinen Dreck am Stecken, von dem wir auf keinen Fall was mitbekommen sollen.«

»Lutschen, nicht kauen, Alsberger. So machen Sie sich die Zähne kaputt.«

Aber Alsberger schien völlig in Gedanken versunken zu sein.

»Oder«, sagte er, »Rinkner hatte noch etwas vor. Seine Tochter hat ihm angeblich nichts erzählt, aber wer sagt denn, dass das stimmt. Vielleicht weiß er etwas. Zum Beispiel über jemanden, der ihr nachgestellt hat. Oder offen gedroht hat. Vielleicht kennt er den Mörder.«

Maria schaute wieder aus dem Fenster. Aber sie sah keine Felder mehr, keine Bäume, kein Grün. Was sie sah, waren Rinkners riesige Pranken, die die Axt hielten.

Alsberger redete viel, wenn der Tag lang war. Und oft genug lag er mit seinen Vermutungen daneben. Aber manchmal eben auch nicht.

Rinkner hatte sich hinter seiner abweisenden Fassade verschanzt. Er hatte nicht getobt, nicht geweint. Aber die Anspannung, die er ausstrahlte, hatte die ganze Küche gefüllt, bis in den letzten verdreckten Winkel.

Wenn er nun den Mörder seiner Tochter wirklich kannte? Mit so einer Axt konnte man ja auch noch ganz andere Dinge machen als Holz hacken.

»Drehen Sie um, Alsberger. Wir fahren zurück.«

Sicher war sicher.

Alsberger schaute in den Rückspiegel, dann wendete er kommentarlos den Wagen.

»Nun machen Sie mal ein bisschen schneller«, trieb Maria ihn an.

Die Strecke war frei. Alsberger trat auf das Gaspedal.

Er sah es vor ihr und reagierte so schnell, dass sie keine Chance hatte, irgendetwas zu verhindern: Ein Hase war vom Feld auf die Fahrbahn gelaufen und schon fast auf der linken Seite angekommen, als er plötzlich eine Kehrtwende machte und wieder zurückrannte, direkt auf ihren Wagen zu. Nicht minder erschrocken als der Hase riss Alsberger das Steuer nach rechts.

Wie eine Rakete schoss das Auto über den Straßenrand hinaus und ruckelte über den Acker, als ob man mit einem Traktor hundert fahren würde. Nur der Sicherheitsgurt bewahrte Maria davor, gegen die Wagendecke geschleudert zu werden.

Als das Auto endlich zum Stehen kam, herrschte einen Moment Stille. Dann drehte Alsberger sich zu ihr. Er war fast noch bleicher als am Morgen neben der Leiche.

»Sind Sie verletzt?«, fragte er.

Maria fühlte sich, als sei sie Achterbahn gefahren, aber weh tat nichts. Auch wenn sie den Sicherheitsgurt oft genug verfluchte, manchmal leistete so ein lästiges Ding eben doch gute Dienste.

»Sagen Sie mir, dass das nicht wahr ist!«

Er hatte sie ins Feld katapultiert. Für einen Hasen!

»Es tut mir leid. Es war ein Reflex. Ich konnte gar nicht …«

»Die Polizei, dein Freund und Helfer.« Maria schnallte sich ab. »Wir bremsen auch für Tiere.«

»Wirklich, ich …«

»Halten Sie die Klappe, Alsberger.«

Dass er ins Mädchenpensionat gehörte, war diesmal eindeutig noch das Netteste, was ihr durch den Kopf ging.

Der Motor war ausgegangen. Alsberger drehte den Schlüssel im Zündschloss herum und gab Gas. Das Auto sprang an, ruckte kurz nach vorn und ging wieder aus.

»Scheiße«, fluchte er.

Er probierte es noch einmal. Diesmal lief der Motor weiter, aber hinter ihnen flog eine Fontäne aus braunem Staub in die Höhe, ohne dass sie sich auch nur einen Zentimeter bewegt hätten. Maria konnte förmlich spüren, wie der Wagen sich immer tiefer in die Erde eingrub.

»Jetzt hören Sie schon auf, das macht es ja nur schlimmer.«

Zwanzig Minuten später war klar, dass sie das Auto so nicht frei bekommen würden. Zwanzig Minuten, in denen sie eines völlig vergessen hatten: Kurt Rinkner.

Maria rief Dieter Mengert an und lief zurück zur Straße. Sollte Alsberger sich selbst darum kümmern, dass ihn jemand aus dem Dreck zog.

Als sie am Straßenrand stand und wartete, schwirrten die Bilder durch ihren Kopf.

Rinkner, die Axt hoch über dem Kopf erhoben. Rinkner, der eine Tür zertrümmerte und alles kurz und klein schlug, was sich dahinter verbarg. Der den blanken Stahl auf den Mörder seiner Tochter niedersausen ließ.

Maria verfluchte Alsberger, dass er sie auf diesen Gedanken gebracht hatte, und verfluchte ihn noch mehr, weil sie seinetwegen eine halbe Stunde auf einem Acker verbracht hatte.

Sie schaute die Straße entlang. Auto um Auto fuhr vorbei, manche im Schneckentempo, die Fahrer mit neugierigem Blick auf den Wagen im Feld.

Endlich kam Mengert und hielt am Straßenrand.

»Dieser Idiot«, schimpfte Maria, als sie in den Wagen stieg.

»Was war denn?« Mengert schaute neugierig zu Alsberger, der neben dem Wagen im Feld stand. »Bisschen zügig überholt?«

»Nein, unser Tierliebhaber ist einem Hasen ausgewichen.«

»Einem Hasen? Deshalb setzt der die Kiste ins Feld?«

Mengert lachte. Bis sie in der Straße waren, in der Kurt Rinkner lebte, hatte er so viele Witze über Alsberger und den Hasen gerissen, dass er sich die Tränen vom Gesicht wischen musste.

»Da vorne ist es«, sagte Maria. »Und jetzt hör endlich auf, hier rumzugackern. So lustig ist die Geschichte nun auch wieder nicht.«

Sie parkten den Wagen. Maria klingelte, aber wie schon bei ihrem ersten Besuch blieb die Tür verschlossen.

»Eben hat er auch nicht aufgemacht. Wir probieren es über den Hof.«

Sie ging zu dem grünen Tor und drückte es auf. Der Innenhof wirkte wie ausgestorben. Das Tor zur Scheune stand immer noch halb offen, aber diesmal war kein Geräusch zu hören.

»Hat der die Kuh vom Nachbarn geschlachtet?« Mengerts Blick war auf den Tierschädel gefallen, der an der hölzernen Scheunenfront hing.

Die Hintertür, die ins Haus führte, stand weit offen. Maria rief in den dunklen Flur hinein.

»Herr Rinkner?«

Ein kalter, kaum spürbarer Lufthauch zog ihr entgegen. Vorsichtig ging sie hinein.

»Herr Rinkner, sind Sie da? Ich bin es noch einmal, Mooser, von der Kripo!«

Irgendwo tickte eine Uhr. Maria ging langsam weiter. Ein kleiner Schatten kam auf sie zugelaufen. Eilig huschte er an ihr vorbei. Eine Katze, die sie aufgescheucht hatten und die vor den Eindringlingen ins Freie floh.

Die Küchentür war angelehnt. Vorsichtig drückte Maria sie auf. Es war niemand da. Der trostlose Anblick hatte sich nicht geändert. Nur dass jetzt auf dem Küchentisch eine leere Flasche Schnaps zu sehen war.

Mengert stand hinter Maria in der Tür und spähte in den Raum. »Der hat sich bestimmt die Hucke vollgesoffen und liegt im Bett.«

Es war wie ein Drang. Eine innere Stimme, die Maria sagte, dass sie nachschauen musste, jetzt sofort.

Sie musste wissen, ob die Axt noch da war.

»Ich geh mal in die Scheune. Sieh du dich hier um, ich bin gleich wieder da.«

Sie zwängte sich an Mengert vorbei und ging raus auf den Hof, zu dem Tor in der dunklen Holzwand.

Als sie in das Dämmerlicht der Scheune trat, wusste sie, dass etwas nicht stimmte. Sie konnte es förmlich spüren.

Vor ihr schimmerte das helle Holz des Schaftes. Die Axt lag auf dem Boden.

Was fehlte, war etwas anderes.

Die Visitenkarte

Der Balken zog sich durch den hinteren Teil der Scheune, in einer Höhe, dass selbst ein so großer Mann wie Rinkner ihn nicht mehr ohne Weiteres erreichen konnte.

Darunter stand, was Maria vermisst hatte: der Holzklotz, auf dem Kurt Rinkner vor einer knappen Stunde die Axt abgelegt hatte.

Er war nicht sehr hoch, vielleicht nur einen halben Meter, aber doch hoch genug. Rinkner hatte, darauf stehend, ein Seil um den Balken legen können. Am Ende des Seils war eine Schlinge, gerade so groß, dass sein mächtiger Schädel hindurchpasste.

Der Strick pendelte hin und her, kaum wahrnehmbar.

Rinkner selbst lag auf dem Boden neben dem Holzklotz. Unverletzt, wie Maria schien, aber er regte sich nicht.

»Herr Rinkner!«

Sie beugte sich über ihn. Er schlug die Augen auf, blickte einen kurzen Moment verwirrt an ihr vorbei. Dann versuchte er, sich aufzurichten, sackte aber gleich wieder zusammen.

Er sagte etwas, so verwaschen, dass Maria es nicht verstand.

Sie beugte sich tiefer zu ihm hinunter. Mit einer Schnelligkeit, mit der sie nicht gerechnet hatte, hob der Riese seine Pranke, packte sie an der Jacke und zog sie zu sich.

»Kaker...laken.« Er stierte sie mit glasigem Blick an und hauchte ihr seinen Alkoholdunst ins Gesicht. »Überall Kakerlaken. Aus allen Löchern ...«

Langsam löste sich seine Hand wieder. Sein Kopf sank auf den Boden, er schien wegzudämmern.

Eine fremde Stimme ließ Maria erschrocken herumfahren.

»Ist es mal wieder so weit.«

Hinter ihr stand eine kleine grauhaarige Frau mit einem Eierkarton in der Hand. Sie schüttelte missbilligend den Kopf.

Mengert rief den Krankenwagen. Während sie warteten, versuchte Maria mit der älteren Dame ins Gespräch zu kommen.

Elisabeth Bechmann wohnte in derselben Straße, drei Häuser

weiter. Frau Bechmann redete allerdings nicht gern über die Nachbarschaft.

»Ich bring ihm einmal die Woche Eier. Zehn Stück kriegt er«, erklärte sie Maria auf die Frage, was sie denn über Herrn Rinkner wisse. »Unsere Hühner legen so viele, die kriegen mein Mann und ich allein gar nicht gegessen. Das liegt am Futter.«

Danach schwieg sie, eingeschüchtert von der Tatsache, dass gleich zwei Polizeibeamte vor ihr standen.

Erst nachdem Mengert sich interessiert nach dem Hühnerfutter erkundigt und sich von Frau Bechmann die besondere Bedeutung von Muschelkalk und Austernschalen bei der Hühnerhaltung hatte erklären lassen, wurde sie gesprächiger.

Zwanzig Cent das Ei bezahle der Herr Rinkner. Das sei so gut wie geschenkt. Sie habe ihn schon des Öfteren volltrunken und nicht mehr ansprechbar vorgefunden. Allerdings noch nie unter einem Strick.

»Der braucht sich auch nicht aufhängen. Wenn der so weitermacht, säuft der sich sowieso die Leber kaputt. Mein Mann hat gesagt, noch ein, zwei Jahre, und der ist hinüber.«

Aber eigentlich kenne sie Herrn Rinkner kaum. Der rede ja hier mit niemandem. Mit seiner Frau, mit der habe sie sich manchmal unterhalten. Aber die sei schon ein halbes Jahr, nachdem die Rinkners hergezogen waren, gestorben.

»Schlaganfall. Am Tag vorher habe ich sie noch gesehen. Und dann war sie tot.«

Eine nette Frau. Immer freundlich und höflich, was die Nachbarin vom Witwer ganz und gar nicht behaupten könne, vor allem nicht, wenn er getrunken habe.

»Aber dass der säuft, ist ja auch kein Wunder. Der hockt nur im Haus. Schaffen geht der auf jeden Fall nicht.«

Die Tochter von Herrn Rinkner habe sie immer wieder einmal gesehen, meistens am Wochenende. Aber sonst wusste Frau Bechmann über Lea leider wenig zu berichten.

»Die sind ja neu zugezogen«, entschuldigte sich die grauhaarige Frau. »Die wohnen erst seit vier Jahren hier.«

»Na, das ist ja noch nicht so lange.« Maria nickte verständnisvoll.

Der Krankenwagen kam. Sie schickten Frau Bechmann nach Hause, die sichtlich erleichtert samt Eierkarton wieder verschwand.

Während Rinkner abtransportiert wurde, klingelte Marias Handy.

Es war Jörg Maier aus der Rechtsmedizin.

»Ich habe das Mädchen jetzt hier auf dem Tisch. Sie ist tatsächlich ertrunken. Es gibt auch eine Schädelverletzung am Hinterkopf, die aber sicher nicht tödlich war. Hämatome an den Schultern und im Hals-Nacken-Bereich. Keine Anhaltspunkte für ein Sexualdelikt. Sieht ganz so aus, als hätte man ihr einen Schlag versetzt und sie dann unter Wasser gedrückt.«

Maria hörte, wie er in irgendwelchen Unterlagen blätterte.

»Geschätzter Todeszeitpunkt zwischen achtzehn dreißig und zweiundzwanzig Uhr. Und dann ist da noch etwas, was für euch sicher interessant ist. Der Täter hat etwas hinterlassen. Ein kleines Geschenk.«

»Ein Geschenk?«

»Sie hatte es im Mund. Ein Eincentstück. Unter der Zunge. Ich habe es zur Technik geschickt.«

»Ein Cent? Sie hatte einen Cent im Mund?«

»Ja. Blitzeblank. Sieht aus wie neu. Den endgültigen Obduktionsbericht bekommt ihr in zwei, drei Tagen.« Und etwas leiser fügte Jörg noch hinzu: »Ich freue mich schon auf Samstag. Meinst du, das klappt, oder musst du jetzt arbeiten?«

Jörg Maier hatte sie zu sich nach Hause eingeladen. Das erste Mal. Sonst hatten sie sich immer in irgendeiner Kneipe oder im Restaurant getroffen.

»Ich versuche es auf jeden Fall. Mach's gut, Jörg.«

Sie hätte ihm gern auch gesagt, dass sie sich auf den gemeinsamen Abend freute. Aber Mengerts Ohren standen eindeutig in Lauschposition.

»Was hat die?«, fragte er, sobald sie das Gespräch beendet hatte. »Geld im Mund?«

»Ein Eincentstück.«

»Die steckt sich doch keinen Cent in den Mund, wenn die joggen geht! Oder ist das so ein neuer Gesundheitsspleen?«

»Ich befürchte, nicht.«

»Wenn das der Täter war …« Mengert runzelte die Stirn. »Vielleicht soll das so was wie sein Markenzeichen sein. Und der Typ ist Banker oder Kassierer. Auf jeden Fall spinnt der.«

Ein gefundenes Fressen für die Medien. Maria konnte sich die Überschriften in den Zeitungen schon lebhaft vorstellen. Die Tatsache, dass die Leiche festgebunden war, dann diese eine kleine Münze. Die Medien liebten es. Mord gespickt mit kleinen mysteriösen Besonderheiten.

Das würde jede Menge Aufmerksamkeit provozieren. Genau wie Arthur gesagt hatte. Aber noch hatten sie in der Hand, was an die Öffentlichkeit gelangen würde.

Als Rinkner von den Sanitätern an ihnen vorbeigetragen wurde, erschien Alsberger im Hof. Verblüfft starrte er den Männern mit der Trage hinterher.

»Was ist denn passiert?«

»Er hat versucht, sich aufzuhängen. Aber der war so blau, dass er es nicht mehr geregelt bekommen hat.« Mengert grinste ihn an. »Und, was machen die Häschen?«

Alsberger antwortete nicht. Stattdessen lief er so rot an wie Maria während ihrer schlimmsten Hitzewallungen.

»Mit dem Wagen alles in Ordnung?«, fragte sie.

Alsberger nickte. Er sah leicht verdreckt aus. Und seinen Mantel hatte er auch nicht mehr an. Ob er wirklich eines seiner heiligen Kleidungsstücke geopfert hatte, um es unter ein durchdrehendes Rad zu legen?

Türen wurden zugeschlagen, der Krankenwagen fuhr ab.

Alsberger schaute ihm hinterher. »Erst reagiert er, als ginge ihn der Tod seiner Tochter nichts an«, sagte er, »und dann versucht er, sich umzubringen?«

Maria ahnte schon, worauf es hinauslief.

»Auch wenn es Ihnen nicht passt: Es reagieren nicht alle nach Norm«, erwiderte sie. »Es gibt Menschen, die explodieren nicht, die implodieren«, erwiderte sie.

»Ja. Und es gibt auch Menschen, die versuchen, sich aufzuhängen, wenn sie etwas getan haben, was sie bereuen.«

»Lassen wir das Spekulieren.« Sie merkte, wie ihr Blutdruck schon wieder in die Höhe stieg. Sie hatte wirklich anderes zu tun, als sich über Alsberger zu ärgern. »Jetzt fahren wir erst einmal zu Lea Rinkners Wohnung.«

Die Wohnung lag in dem Teil der Altstadt, der zu Marias Vorzeigeprogramm gehörte, wenn sie Besuch von auswärts bekam.

Die übliche Tour. Man fuhr mit der Bergbahn hoch zur Schlossruine und schlenderte einmal durch den weitläufigen Garten. Dann umrundete man das große Fass, verweilte kurz vor der Holzfigur des Hofzwergs Perkeo, erörterte dessen kleines Alkoholproblem, um anschließend von der Terrasse vor dem Friedrichsbau bewundernd auf die Altstadt zu sehen.

Danach ging es zu Fuß den Berg hinunter bis zur Alten Brücke, um von dort nun wiederum zum Schloss hochzusehen, einmal den Kopf in die ausgehöhlte Affenskulptur vor dem Brückentor zu stecken und erschöpft in eines der Cafés einzufallen.

Das wirkte immer. Die Gäste waren begeistert, Heidelbergs Ruf als »Perle am Neckar« weiter zementiert.

Was die Wohnqualität anging, existierten in der Altstadt allerdings ziemliche Unterschiede. Es gab die renovierten Schmuckstücke mit entsprechenden Mietpreisen. Und es gab manches Haus, das von außen das schöne Altstadtambiente aufs Beste ergänzte, von innen dann aber vor allem eines war: alt.

In so einem Haus hatte Lea Rinkner gewohnt. Die Holzstufen im dunklen Treppenhaus waren ausgetreten, die Tapete schmuddelig grau und von etlichen Umzügen arg gebeutelt. Die Beleuchtung im Treppenhaus spendete gerade so viel Licht, dass man sich auf den Stufen nicht den Hals brach. Unten im Flur funktionierte sie gar nicht.

Als sie das Treppenhaus hochstiegen, klingelte Alsbergers Handy.

»Hallo, Schätzchen«, hörte Maria ihn hinter sich sagen.

Das musste dann wohl ihre Tochter Vera sein.

»Ach ja. Und, wie ist es gelaufen?«

Alsberger war stehen geblieben, und Maria kämpfte sehr damit, es ihm gleichzutun und zu lauschen. Aber sie konnte auch so hören, was er sagte.

»So ein Idiot. Das ist unmöglich. Ja, genau. Geh und beschwer dich.«

Mit jeder Stufe, die Maria weiterstieg, wurde das Mithören ein wenig schwieriger.

»Ich bin mit deiner Mutter unterwegs ... Ja, mach das ... Also gut, bis später.«

Sie verstand es gerade noch mit Müh und Not. Dann kam Alsberger auch schon hinter ihr die Treppe hochgestürmt.

Sie wartete, aber er sagte nichts.

»Und?«, fragte sie, als sie fast oben waren.

»Was, und?«

»Hat sie mir keine Grüße ausrichten lassen?«

Alsberger stutzte einen Moment. »Doch, doch. Natürlich.«

Es war gelogen. Hundert Prozent. Vera hatte ihr nichts ausrichten lassen. Nicht den allerkleinsten Gruß.

Vera hatte sie schon seit mindestens zwei Wochen nicht mehr angerufen. Und wenn sie anrief, dann erzählte sie in letzter Zeit meist irgendetwas Belangloses. Früher hatten sie stundenlang telefoniert. Vera hatte ihr erzählt, wenn sie Ärger hatte, sie hatte sich *ihren* Rat eingeholt.

Und jetzt? Jetzt hatte sie Alsberger.

Maria konnte nicht anders, sie musste einfach fragen.

»Hat sie Ärger an der Uni, oder weshalb soll sie sich beschweren?«

»Nichts Besonderes. Vera macht das schon.«

Na, prima. Das war doch mal eine informative Antwort.

Maria konnte gut verstehen, warum Kurt Rinkner so verbittert gewesen war, als er davon sprach, dass seine Tochter ihm nichts von sich erzählt habe. Da zog man die Brut groß, hörte sich jahrelang das Gejammer an, und dann wurde man einfach abserviert.

Ärgerlich stapfte sie die letzten Stufen zu Lea Rinkners Wohnung hoch.

Die Tür stand offen, einige Kollegen von der Spurensicherung waren vor Ort. Jantzek war nirgends zu entdecken, was Maria nicht allzu sehr bedauerte. Wahrscheinlich durchkämmte er mit dem Rest der Truppe immer noch das Neckarufer.

Mit Latexhandschuhen und Überschuhen versehen, durften sie in die Wohnung.

Im winzigen Flur musste man sich an einem Schrank vorbeiquetschen, dahinter waren eine kleine Küche mit einem Tisch an der Wand und das einzige Zimmer. Auf dem großen Bett lagen jede Menge Kissen, es gab einen kleinen lindgrünen Sessel und ein winziges Tischchen, darauf eine Vase mit einer dunkelroten Rose.

An den Wänden standen die üblichen Ikearegale, bis obenhin vollgestopft.

Lea Rinkner schien ein Faible für historische Romane gehabt zu haben. Außerdem fanden sich noch zwei Bildbände über Australien, einer über Thailand, etliche Lehrbücher für pharmazeutisch-technische Assistenten und ein Englischlehrbuch, auf dem eine junge Frau strahlte, als habe die Queen persönlich sie zu Tee und Törtchen in den Buckingham-Palast eingeladen.

Das allerdings, was die Atmosphäre der kleinen Wohnung ausmachte, waren die offensichtlich selbst gemalten Bilder, die überall mit Heftzwecken an der Wand befestigt waren. Bunt und farbenfroh verbreiteten sie ein Flair von Sommer und Sonne.

Ein leuchtend roter Klatschmohn, jede Menge Variationen von »Strand mit Palmen«, goldene Abendsonnen, die in tiefblauem Wasser versanken. Und am Rand der Bilder überall Leas Unterschrift.

Alsberger kam zu ihr. Er hielt zwei Fotos in der Hand.

»Hier, die standen im Regal.«

Eine Porträtaufnahme von einer älteren Frau mit weißblonden Haaren und verhärmtem Gesicht, die sich bemühte, freundlich in die Kamera zu lächeln.

Auf dem anderen war dieselbe Frau zu sehen, scheinbar in etwas jüngeren Jahren. Diesmal stand ein Kind daneben, ein Mädchen, das sich an sie schmiegte und um das sie liebevoll den Arm gelegt hatte. Man konnte sich gut vorstellen, dass Lea Rinkner als Kind so ausgesehen hatte.

»Die Frau muss ihre Mutter sein«, erläuterte Alsberger überflüssigerweise.

Maria drehte das Foto um. Auf der Rückseite stand in großer Schrift: Für meinen kleinen Spatz, von Mama. Ich hab dich lieb!

Mein kleiner Spatz. Das hatte sie früher auch oft zu Vera gesagt. Als die noch auf ihrem Schoß sitzen und am liebsten jeden Abend bei ihr im Bett schlafen wollte. Als sie drauflosplapperte, sobald sie morgens die Augen aufschlug, und alles, was sie beschäftigte, unbedingt ihrer Mutter mitteilen musste.

Einer der weiß bekleideten Männer hielt einen roten Stringtanga hoch, den er aus einer Schublade gezogen hatte.

»Auch nicht schlecht, was?«, rief er dem Kollegen im Flur zu.

»Geh gefälligst respektvoll mit den Sachen einer Toten um«, ranzte Maria ihn an. »Was meinst du, wenn das die Unterwäsche deiner Tochter wäre, würdest du sie dann auch hier herumzeigen?«

Der Mann im weißen Schutzanzug warf ihr einen verwunderten Blick zu.

»Auch eine von den Mimosen«, hörte sie ihn leise vor sich hin sagen.

»Was hast du gemeint?«

»Schon gut, schon gut.«

Maria ging lieber in die Küche. Noch eine blöde Bemerkung von diesem Menschen und sie würden aneinandergeraten.

An einem Pinnbrett neben der Tür hing eine Reihe Zettel. Eine Anmeldung für einen Englischkurs bei der Volkshochschule. Gutscheine vom Kaufhof, die zehn Prozent Ermäßigung versprachen. Und jede Menge Postkarten. Maria nahm sie ab.

Ein mysteriöser F. schickte Urlaubsgrüße aus Mallorca. Das war allerdings schon zwei Jahre her. Jana gratulierte zum Geburtstag und wünschte alles Liebe. Und irgendeine Cloe schien eine Vorliebe für kluge Sprüche zu haben. Auf jeden Fall hatte sie Lea gleich mit mehreren davon bedacht.

Wenn du willst, kannst du alles, stand auf der einen Postkarte mit ihrer Unterschrift. *Schau zurück und du bleibst stehen, sieh nach vorn und du wirst gehen,* auf der anderen. Von der Sorte gab es noch drei weitere.

»Die anderen gefallen mir ja ganz gut«, sagte Alsberger. »Aber das. So was würde ich mir nicht gerne beim Frühstück ansehen.«

Er zeigte auf das Bild, das über dem kleinen Küchentisch hing.

Es war eine Bleistiftzeichnung, grau in grau. Tannen, ein Wald, mehr skizziert als ausgemalt, eine Hütte, daneben ein Mann, dessen Gesicht kaum zu erkennen war. In der Hütte sah man ein vergittertes Fenster, dahinter ein Mädchen mit Zöpfen. Ihr Mund war mit einem dicken Strich schwarz übermalt, als sei er mit einem Pflaster zugeklebt.

Lea hatte es geschafft, so viel Angst in den Gesichtsausdruck des Kindes zu legen, dass man fast Mitleid mit ihm bekam.

Alsberger beugte sich vor.

»Scheint schon älter zu sein. Das Papier ist ein bisschen vergilbt.«

Maria hatte etwas entdeckt, was sie viel mehr interessierte.

An der Küchenwand hing ein Kalender, einer von der Sorte, wie sie oft zum Jahreswechsel den Zeitungen beilagen. An bestimmten Daten waren Namen eingetragen, wahrscheinlich Geburtstage von Freunden und Bekannten.

Dann in einer Spalte im August ein Spruch: *Träume werden wahr – Corti macht's möglich*. Dahinter ein Smiley. Bei anderen Daten standen kleine Ziffern: 1Ü, 1/2Ü, 1F ... Unsystematisch waren sie über das Blatt verteilt.

Maria löste die Heftzwecken und nahm den Kalender vorsichtig von der Wand, um ihn genauer anzusehen.

»Haben Sie eine Idee, was das bedeuten soll, Alsberger?«

Er beäugte neugierig die Eintragungen.

»Ich schätze mal, das hat mit ihrer Arbeit zu tun. ›1Ü‹ heißt vielleicht eine Überstunde. Und ›F‹ könnte die Freistunde sein.«

Alsberger tippte auf den Eintrag im August.

»Was ist denn ›Corti‹? *Träume werden wahr – Corti macht's möglich.* Hört sich irgendwie nach Reklame an.«

Maria sah auf den Finger, mit dem er auf den Kalender tippte. Sie kniff die Augen einmal zusammen. Und noch einmal.

»Sagen Sie mir, dass das nicht wahr ist, was ich sehe.«

Sie hatte es Alsberger leise zugeraunt, so leise, dass keiner der anderen es verstehen konnte.

»Was denn?« Irritiert schaute er auf den Kalender. »Dieser Spruch? *Träume werden wahr – Corti macht's möglich?* Was ist denn damit?«

»Das meine ich nicht!«

Nun verstand auch er, was sie meinte. An seiner rechten Hand fehlte ein winzig kleines Detail: der Plastikhandschuh.

»Sie wollen mir doch nicht erzählen, dass Sie *so* in den Sachen hier gewühlt haben?«

»Ich habe ihn gerade erst ausgezogen«, beteuerte Alsberger. »Es juckte entsetzlich. Es war einfach nicht zum Aushalten. Sehen Sie, ich habe schon überall Flecken auf der Hand. Hier, alles ganz rot!«

»In der Tat, Alsberger«, fauchte sie ihn an, »ich sehe rot!«

Sie hängte den Kalender wieder an die alte Stelle, drückte die vier Heftzwecken ganz langsam in die Wand. Und bei jeder Heftzwecke stellte sie sich vor, es sei eine lange Nadel, die sie durch ein Voodoo-Püppchen stach. Ein Püppchen, das ganz genauso aussah wie Alsberger.

»Wir gehen jetzt hier raus und kümmern uns um die Nachbarschaft. Sie werden dabei Ihre Hände in die Hosentaschen stecken. Wenn Sie hier auch nur noch einen einzigen Tapser hinterlassen, stoße ich Sie die Treppe runter.«

Warum hatte Gott sie mit diesem Assistenten bestraft? So viele Sünden konnte sie gar nicht begangen haben, dass sie das verdient hatte.

Die Dame, die laut Türschild im ersten Stock lebte, war offensichtlich nicht zu Hause, genauso wenig wie der Mieter in der Parterrewohnung.

»Wir probieren es eins weiter«, entschied Maria.

Sie hatten gerade das Haus verlassen, als ein Mädchen auf den Eingang zusteuerte.

»Zu wem möchten Sie denn?«, fragte Maria.

»Geht Sie das was an?«, kam es in trotzigem Tonfall zurück.

Das Mädchen war dunkel gekleidet, von der Statur her schmal und klein, hatte schwarze kurze Haare, die in allen Richtungen vom Kopf abstanden. Und an den Rändern war sie ziemlich durchlöchert: Eine Metallkugel glänzte am linken Nasenflügel, daneben ein silberner Ring. An der Ohrmuschel zog sich dekorativ eine Reihe winziger Totenköpfe hoch.

»Wenn Sie zu Frau Rinkner wollen, dann schon.« Maria zog ihren Dienstausweis hervor. »Mooser, Kripo Heidelberg. Und wer sind Sie?«

Das Mädchen kam auf Maria zu. »Darf ich mal sehen?«

Sie streckte die Hand aus.

Doch statt den Ausweis zu nehmen, stieß sie Maria mit voller

Wucht aus dem Weg. Dann spurtete sie los, die Gasse hoch, wie von einer Meute wilder Hunde gehetzt.

Alsberger hatte nur den Bruchteil einer Sekunde gezögert, bevor er losrannte, dem Mädchen hinterher.

Maria war zur Seite getaumelt, dann lief auch sie los. An der Ecke der Gasse angekommen, sah sie das Mädchen durch die Menge jagen. Sie rempelte die Leute an, schlug Haken wie ein Hase auf der Flucht. Die Menschen blieben stehen, schimpften.

Zum Glück war Alsberger deutlich besser in Form als Maria, die Mühe hatte, die beiden überhaupt im Blick zu behalten. Schon bald war er nur noch wenige Meter hinter der Flüchtenden.

Am Universitätsplatz strömte eine Gruppe Japaner aus dem Käthe-Wohlfahrt-Laden. Alle mit schwarzen Haaren, alle dunkel gekleidet. Das Mädchen mischte sich unter die Menge und war verschwunden.

Als Maria ankam, stand Alsberger ratlos da.

»Scheiße, sie ist weg«, stieß er atemlos hervor.

Maria hielt sich die stechende Seite. »Sie kann ja nicht weit sein.«

Vor ihr bauten sich die Japaner im Eingang des Ladens auf und übten sich im Heidelberger-Touristen-Lächeln, während einer von ihnen den Fotoapparat zückte.

»Vielleicht ist sie ins Geschäft gegangen. Sie suchen hier draußen weiter, Alsberger.«

Sie bahnte sich einen Weg durch die fröhlich schwatzenden Touristen.

Als Maria den Laden betrat, war es, als sei sie mit einer Zeitmaschine einige Monate in die Zukunft katapultiert worden. Hier war eindeutig nicht mehr Herbst, sondern schon Advent. Wie immer in diesem Geschäft, egal ob draußen Kirschbäume blühten oder ob es dreißig Grad im Schatten waren.

Engelchen, Rentiere und Silberglöckchen – tausende glitzernde Kleinigkeiten versetzten potenzielle Käufer von einer Minute auf die andere ins Weihnachtswunderland. Verschlungene Pfade zogen sich über zwei Etagen durch die alten, holzgetäfelten Räume, vorbei an Holzmännchen aus dem Erzgebirge, Krippenfiguren, rotbemützten Wichtelmännchen und Schneekugeln.

Maria ging an einem gigantischen Nussknacker vorbei in den

nächsten Raum, in dem sich Tannenbäume mit Lichterketten munter um die eigene Achse drehten. Winzlinge im Vergleich zu dem riesigen weißen Plastikbaum im Zentrum des Ladens, der an die sechs Meter hoch und über und über mit roten und goldenen Kugeln behängt war.

Sie schaute sich um, aber in dem Dickicht von drehenden Bäumen und rotierenden Weihnachtspyramiden konnte sie das Mädchen nirgends entdecken.

Der Gang führte um den Riesenbaum herum und endete vor einem lebensgroßen Weihnachtsmann mit rotem Gewand und weißem Wallebart, der dekorativ einen Treppenabgang verstellte. Maria zwängte sich an ihm vorbei und versuchte hinunterzuspähen.

In diesem Moment brach hinter ihr ein Tumult aus. Empörte Aufschreie, Glas fiel zu Boden und zerbrach.

»Hey, you fucking bastard«, rief jemand sehr unweihnachtlich.

Auf der anderen Seite des Riesenbaumes stürmte das Mädchen mit der schwarzen Jacke in Richtung Ausgang.

Maria lief los. Sie hatte wohl einfach vergessen, dass sie inzwischen ein wenig breiter war als vor ein paar Jahren. Vielleicht war auch der Weihnachtsmann dicker als üblich. Auf jeden Fall rempelte Maria ihn an, er kippte nach vorn, Richtung Riesenbaum.

Schreie auf der anderen Seite, man hielt sich entsetzt die Hände vor den Mund, starrte mit weit aufgerissenen Augen auf die zu Boden kippende Figur, die die gigantische weiße Plastiktanne streifte.

Es klirrte und klimperte. Glaskugeln fielen aus sieben Metern Höhe zu Boden, Engelchen aus weißen Federn schwebten im Senkflug herab. Über allem der helle Ton eines silbernen Glöckchens, der langsam verebbte.

Der Baum hatte unter dem bangen Blick der Kunden bedrohlich hin und her geschwankt. Ganz langsam kam er wieder zur Ruhe, ein letztes Zittern durchlief ihn, dann stand er wieder da, ganz so, als habe er elastische Wurzeln, die bis unter den Universitätsplatz reichten.

Maria zwängte sich durch die Menschenmenge. Eine Verkäuferin im Dirndl stellte sich ihr beherzt in den Weg.

»So geht es ja nun nicht!«

»Polizei, lassen Sie mich durch!«, rief Maria ihr zu und zog den Dienstausweis hervor, während sie sich vorbeidrängte.

Sie kam bis zum Nussknacker. Dann gab es einen Ruck. Das Geräusch vom zerreißenden Stoff ihrer Jacke, die sich in der hölzernen Faust der riesigen Figur verfangen hatte. Maria stolperte, fiel hin. Ein stechender Schmerz fuhr durch ihren Fuß, kleine Sternchen flirrten vor ihren Augen.

Mühsam rappelte sie sich auf und humpelte zur Tür hinaus, von der Helligkeit draußen geblendet.

Als sie alles wieder sehen konnte, erkannte sie in einigen Metern Entfernung Knecht Alsberger. Er hatte ein Geschenk für sie. Ein Geschenk, das zappelte und zeterte und an dessen Ohr eine Reihe kleiner silberner Totenköpfe glänzte.

Gemeinsam einsam

Das Mädchen saß vor ihr, hatte die Arme auf den Tisch gelegt und den Kopf darin vergraben. Herzzerreißende Schluchzer waren zu hören.

Immerhin wussten sie inzwischen, dass sie es mit Clothilde Pettke zu tun hatten. Laut Ausweis war Clothilde neunzehn, was Maria kaum glauben konnte, denn das Mädchen sah aus, als wäre sie gerade einmal fünfzehn.

Die schwarze Jacke, die sie trug, war ihr mindestens drei Nummern zu groß, den mageren Körper darunter konnte man nur erahnen. Alles unter der Jacke schätzte Maria auf maximal Größe 34, wenn es denn nicht sogar aus der Kinderabteilung stammte.

Nachdem Clothilde Pettke vor dem Laden direkt in Alsbergers Arme gelaufen war, hatten sie sie in die Polizeidirektion verfrachtet.

Clothilde Pettke bockte und dachte gar nicht daran, ihnen irgendetwas zu erzählen, schon gar nicht, warum sie wie von Höllenhunden gehetzt vor der Polizei davongelaufen war.

Aber als Maria ihr mitgeteilt hatte, dass Lea Rinkner tot sei, war es vorbei mit der frechen Fassade. Das Mädchen hatte sie mit großen Augen angeschaut und ihr unterstellt, sie würde lügen.

»Leider nicht«, hatte Maria entgegnet. »Sie wurde ermordet. Man hat sie heute Morgen gefunden.«

Seitdem weinte Clothilde Pettke. Genauer gesagt seit einer guten Dreiviertelstunde.

»Sie haben Lea wohl sehr gerne gemocht?«

Maria schaute auf den bebenden Körper vor ihr.

»Wie wäre es mal mit Naseputzen?«, versuchte sie es etwas praktischer.

Sie gab Alsberger, der neben ihrem Schreibtisch saß und abwechselnd auf seinen Schreibblock oder verlegen Löcher in die Luft starrte, ein Zeichen.

Er suchte in seiner Jackentasche und holte ein Tempo hervor.

Maria schob das Taschentuch über den Tisch. Dann tippte sie

dem Mädchen vorsichtig auf den Arm. Dahinter wurde es ein wenig stiller.

»Wir finden auch furchtbar, was mit Lea passiert ist. Wir wollen herausfinden, wer das getan hat. Vielleicht können Sie uns dabei helfen?«

Allmählich ließ das Schluchzen nach. Für eine Weile war nichts mehr zu hören. Dann schob sich eine kleine magere Hand hervor, tastete nach dem Tempo. Es dauerte eine Weile, die Nase wurde geputzt.

»Das Arschloch soll verschwinden«, sagte das Mädchen schließlich mit trotzig klingender Stimme.

»Ich nehme mal an, Sie meinen Herrn Alsberger?«

Alsberger hatte Clothilde Pettke nicht gerade sanft festgehalten, aber sie wäre wohl auch kaum stehen geblieben, hätte er sie höflich dazu aufgefordert.

Das Mädchen hob ein wenig den Kopf. Ihr Gesicht war nass vor Tränen.

»Das Arschloch soll rausgehen. Ich lass mich nicht verprügeln.«

»Hier verprügelt Sie niemand, Frau Pettke.«

Schon hatte sie den Kopf wieder in ihren Armen vergraben. Zurück im Schneckenhaus. Maria seufzte.

»Alsberger, gehen Sie mir mal einen Kaffee holen. Und ich brauche etwas zu essen. Am besten was von drüben aus der Bäckerei.«

Alsberger warf ihr einen giftigen Blick zu.

Natürlich fiel sie ihm damit in den Rücken. Natürlich machte man so etwas nicht. Theoretisch zumindest. Aber man zog sich auch nicht die Handschuhe aus, wenn man in der Wohnung eines Mordopfers war. Und man setzte nicht den Dienstwagen in den Acker.

Wortlos stopfte Alsberger sein Blöckchen in die Jackentasche, stand auf und ging.

»Also, Frau Pettke, was können Sie mir über Lea Rinkner erzählen?«, fragte Maria.

Das Mädchen setzte sich auf, wischte sich mit dem Ärmel über das Gesicht. Ein Gesicht mit Stupsnase, grünen Augen und jeder Menge Sommersprossen.

»Nennen Sie mich Cloe«, sagte sie.

Maria konnte es verstehen. Zu jemandem mit Totenkopfsteckern im Ohr passte weder »Frau Pettke« noch »Clothilde«.

»Also gut, Cloe. Erzählen Sie mir etwas über Lea. Oder wollen Sie mir zuerst verraten, warum Sie vor uns davongelaufen sind?«

»Ich kann nicht viel über Lea erzählen. Außer dass sie nett war.«

Cloe konnte Maria nicht ansehen, während sie das sagte. Wieder mal jemand, der schlecht lügen konnte.

»Wann haben Sie sich kennengelernt?«

»In der Nachtschicht. Vor ein paar Monaten.«

»Lea Rinkner war Apothekenhelferin. Die hatte keine Nachtschicht.«

Cloe verdrehte die Augen.

»Oh Mann. In der Nachtschicht. In der Musikfabrik. Disco! Musik. Du verstehen?«

»Danke, danke, Omi hat es begriffen. Hatte Lea einen Freund?«

Lea hatte keinen Freund. Lea wollte auch keinen Freund. Zumindest im Moment nicht. Und wenn Lea etwas wollte oder nicht wollte, dann zog Lea das auch durch. Lea war zielstrebig. Lea wusste immer, was sie wollte. Lea war nämlich die Tollste, die Größte und die Schönste.

Zumindest für Cloe.

Cloe machte keine Ausbildung. Cloe war ohne Abschluss von der Schule gegangen. Cloe räumte in einem Drogeriemarkt Regale ein, lebte bei ihrer Mutter und träumte von all dem, was Lea in ihren Augen schon erreicht hatte.

»Sie war einfach super. Mit ihr konnte ich über alles reden, egal was.«

Cloe hatte schon wieder angefangen zu weinen. Sie kramte Marias Taschentuch hervor, inzwischen ein weißer nasser Klumpen.

Es klopfte. Alsberger musste zur Bäckerei gerannt sein und sich vorgedrängelt haben.

»Hier«, sagte er und legte mit missmutigem Blick eine Brötchentüte auf den Schreibtisch.

Cloe hatte sofort den Kopf gesenkt und sah aus wie eine Schildkröte, die sich gleich unter ihren Panzer zurückziehen würde.

Maria öffnete die Tüte. Ein verlockend aussehendes Käse-Schinken-Brötchen.

»Ach, hatte ich nicht gesagt, dass ich eine Thunfischstange haben wollte? Na, so was. Wären Sie wohl so lieb und würden eben noch mal rübergehen? Und den Kaffee nicht vergessen!«

Alsberger kniff die Lippen zusammen und warf ihr einen wütenden Blick zu. Er riss Maria die Brötchentüte aus der Hand und ging zur Tür, die er mit Schwung hinter sich zuknallte.

Cloe wurde wieder zehn Zentimeter größer. Ein zaghaftes Lächeln tauchte auf dem verquollenen Gesicht auf.

»Warum sind Sie vor uns davongelaufen?«, fragte Maria.

»Sie können auch gerne ›Du‹ sagen«, bot Cloe an, wie zur Belohnung dafür, dass Maria Alsberger wieder hinausgeschickt hatte.

»Also gut, Cloe. Warum bist du eben davongelaufen?«

»Der Typ sah so brutal aus.«

»Welcher Typ?«

»Na dieser Arschberger. Der für Sie die Brötchen holen geht.«

»Der heißt nicht Arschberger, sondern Alsberger, und brutal sieht der ganz bestimmt nicht aus.« Maria lehnte sich zurück. »Vielleicht probierst du es mal mit der Wahrheit.«

Cloe schaute auf das nasse Taschentuch in ihrer Hand.

»Lea ist wahrscheinlich gestern Abend ermordet worden. Wo warst du denn, sagen wir mal, so zwischen halb sieben und zehn?«

Das Mädchen sah Maria ungläubig an.

»Sie sind wohl total durchgeknallt. Sie glauben doch nicht, dass *ich* Lea etwas getan habe?«

»Du bist weggelaufen, als du uns gesehen hast. Das machen nur Leute, die etwas zu verbergen haben. Wo warst du gestern Abend?«

»Zu Hause. Sie können ja meine Mutter fragen.«

»Und weshalb bist du vor uns abgehauen?«

Gleich würde sie wieder weinen. Man konnte sehen, wie ihre Augen immer glänzender wurden.

»Cloe, wenn du mir jetzt nicht sagst, warum, bleibst du verdächtig. Dann müssen wir dich weiter verhören. Und wenn du nichts mit Leas Tod zu tun hast, dann verschwenden wir damit stundenlang unsere Zeit, und Leas Mörder kann sich freuen. Du tust ihm einen Gefallen damit. Was Besseres kann dem gar nicht passieren.«

Cloe kaute eine Weile auf ihren Lippen, dann zog sie ihre dicke schwarze Jacke auf. Umständlich suchte sie in der Innentasche, holte schließlich ein kleines rechteckiges Etwas hervor und legte es auf den Tisch. Es war in Alufolie eingewickelt.

Maria nahm es und packte es aus. Ein harziger schwarzer Klumpen kam zum Vorschein.

»Es ist nicht von mir«, beteuerte Cloe, »ganz bestimmt nicht. Und viel ist es auch nicht. Dann ist es doch nicht so schlimm, oder?«

»Kommt drauf an. Haschischbesitz macht sich nie gut, wenn man mit der Polizei zu tun hat.«

»Ich habe es für einen Freund verwahrt. Er hat es mir gegeben, weil er Angst hat, seine Mutter könnte es bei ihm finden. Er ist schon mal erwischt worden.«

»Oder war das für Lea?«

»Nein. Lea hat so etwas nicht angepackt. Nie im Leben. Ganz bestimmt nicht. Lea hat nicht mal ein Bier getrunken. Da war sie ziemlich extrem.«

»Hast du noch mehr davon?«

Cloe schüttelte den Kopf.

»Weißt du«, Maria beugte sich zu Cloe vor, »bei geringen Mengen können wir auf eine Anzeige verzichten.« Sie wickelte den schwarzen Klumpen sorgfältig wieder ein. »Ich kann das hier also ganz einfach vergessen. Wenn ich mich etwas anstrenge, wird mir das sicher gelingen. Aber es wäre nett, wenn du dann auch etwas für uns tust.«

»Und was?«

»Du schreibst mir alles auf, was du über Lea weißt. Und machst mir eine Liste, wie ihre Bekannten und Freunde heißen, wen sie mochte und wen sie nicht mochte.«

»Aber ich habe doch schon gesagt, dass ich kaum etwas über Lea weiß.«

»Du hilfst mir, Leas Mörder zu finden, und ersparst dir einiges an Ärger. Okay?« Maria nahm das silberne Päckchen, drehte und wendete es. »Oder wir müssen mal feststellen lassen, ob das hier nicht mehr als nur eine ›geringe Menge‹ ist.«

»Ist schon gut. Ich versuch es. Aber nicht jetzt, bitte.« Cloe sah erbärmlich aus. »Ich kann das im Moment nicht. Mir fällt jetzt nichts ein. Bitte, bitte, darf ich erst mal gehen?«

Maria war hin- und hergerissen. Aber wenn sie Cloe festhalten und unter Druck setzen würde, war es sehr wahrscheinlich, dass sie nichts aus ihr herausbekam. Solange Cloe nichts sagen wollte, würde sie nur lügen oder bocken.

»Also gut. Morgen um zwölf bist du hier. Sind wir uns da einig?«

Cloe nickte.

»Wenn du nicht kommst, lass ich dich suchen. Und sei dir sicher, wir werden dich finden. Ist deine Mutter jetzt zu Hause?«

»Glaub schon.«

»Dann werden die Kollegen dich nach Hause bringen. Und sie werden deine Mutter fragen, ob du gestern Abend dort warst. Das müssen wir tun, das ist Routine.«

Cloe schien erleichtert. »Passt schon.«

Cloe unterschrieb das Protokoll und ging brav mit den Beamten mit, um sich mit dem Bullentaxi, wie sie es nannte, nach Hause bringen zu lassen.

Als sie weg war, suchte Maria Alsberger. Er saß in seinem Büro, die leere Brötchentüte neben sich auf dem Schreibtisch.

»Und, wo bleibt mein Kaffee?«

Ein kleiner Witz. Aber Alsberger sah das wohl anders. Wie üblich. Mit verbissener Miene starrte er auf den Bildschirm seines Computers.

»Ich musste Sie rausschicken«, erklärte Maria. »Das Mädchen hätte sonst nie den Mund aufgemacht.«

»Sie haben mich zum Deppen gemacht.«

»Es ging nicht anders.«

»Doch, es ging schon anders. Sie wollten es nicht anders.«

Maria warf das kleine silberne Päckchen auf seinen Schreibtisch.

»Ich mag keine Schokolade.«

Alsberger vermutete nach den Zitronenbonbons vom Vormittag anscheinend einen neuen Bestechungsversuch.

»Der Grund, warum sie abgehauen ist. ›Schwarzer Afghane‹.«

Er warf einen kurzen abschätzigen Blick darauf.

»Genauso sah die auch aus.«

»Es ist doch immer schön, mehr über die Vorurteile meiner Mitarbeiter zu erfahren. Das Mädel hat drei Ringe zu viel am Ohr, also nimmt sie Drogen. Sonst noch was?«

»Ich habe mir erlaubt, meine Zeit zum Arbeiten zu nutzen, statt weiter für Sie einkaufen zu gehen.«

Alsberger griff nach einer Aktenmappe und hielt sie Maria hin.

»Kurt Rinkner ist bekannt. Geldstrafe wegen Trunkenheit im Straßenverkehr, Entzug der Fahrerlaubnis. Und noch mal eine Geldstrafe wegen Beleidigung. Als die Kollegen ihn zur Blutentnahme mitnehmen wollten, ist er ausgerastet.«

Maria nahm die Unterlagen und sah sie durch.

»Er trinkt und neigt zu Wutausbrüchen«, fuhr Alsberger fort. »Das ist jemand, der sich nicht unter Kontrolle hat.«

Rinkner, der aggressiv wurde, wenn er getrunken hatte? Der gewalttätig wurde? Der, wenn er wütend, verzweifelt und betrunken genug war, vielleicht sogar mit der Axt zuschlagen würde?

Maria konnte es sich vorstellen.

Aber das, was mit seiner Tochter passiert war, das hatte nichts mit Kontrollverlust zu tun. Der Täter hatte Lea Rinkner aufgelauert, hatte sie niedergeschlagen, um sie wehrlos zu machen und unter Wasser drücken zu können, hatte eine Kordel mitgebracht, um sie festzubinden.

Das war geplant gewesen, gut durchdacht und nicht das Werk eines betrunkenen Affekttäters.

Maria klappte die Mappe zu.

»Und weil Rinkner säuft und sich mit der Polizei anlegt, hat er auch seine Tochter umgebracht? Brauchen Sie das, damit Ihr Weltbild stimmt, Alsberger? Schwarz-Weiß, aber Grau passt leider nicht rein?«

»Mein Weltbild ist weder schwarz noch weiß, sondern einfach nur realistisch.«

»Also gut. Ziehen wir Erkundigungen über Rinkner ein.« Das hätten sie sowieso gemacht, damit vergab sie sich nichts. »Aber das sollen die Kollegen tun«, fügte sie hinzu. »Sie brauche ich für anderes.«

Maria wusste, dass Alsberger sich nur zu gern selbst darum gekümmert hätte. Aber so wie sie ihn kannte, würde das garantiert dazu führen, dass er sich weiter in seinen Verdacht gegen Kurt Rinkner verrannte.

Unvermittelt wurde die Tür aufgerissen. Arthur stand da und japste nach Luft.

»Da bist du ja, Maria! Komm schnell! Sie faxen es gerade.«

»Wer faxt was?«

Aber Arthur hatte sich schon wieder umgedreht und eilte über den Flur zu seinem Büro. Als sie in den Raum kamen, spuckte das Faxgerät ein Blatt aus.

»Ein Radiosender«, keuchte Arthur. »Sie haben eben angerufen. Es war bei ihnen in der Post. Das muss vom Täter sein. Sie haben versprochen, nichts zu bringen, bis wir grünes Licht geben.«

Arthur nahm das Blatt mit den gedruckten Zeilen, schnappte noch ein paarmal nach Luft. Dann las er vor, was dort stand:

Erster Akt

Einsamkeit quält,
zerstückelt das Herz,
wen immer erwählt,
grausam der Schmerz.

Ans Licht getrieben,
voller Seelenqual,
Schattenreich entstiegen,
im grünenden Tal.

Wo auf Berges Rücken
Ruinen stolz liegen,
wo die Rebenhügel
im Strome sich spiegeln.

Gefunden die hold Feine,
die Schönste, sie ist sein,
so lieblich wie keine,
nun führt er sie heim.

Zur Braut sie genommen,
zur Fähre geleitet,
der Winter wird kommen,
der Weg ist bereitet!

Kein Zauber war's
und nicht gelogen,
sein Reich war's,
wo sie eingezogen.

»Darunter steht: *Für meine schöne Tote am Neckar. Weiterleiten an die Polizei. Bis morgen 24.00 Uhr jede Stunde im Radio verlesen.*«

Für einen Moment war Maria völlig perplex. Sie nahm das Fax und las es noch einmal.

»Ein Gedicht? Was soll das?«

»Die Überschrift, Maria! Die Überschrift!« Arthur zeigte auf das Blatt. »›Erster Akt‹. Das ist unser Täter! Es ist eine Ankündigung! Eine Warnung! Dass es einen zweiten Akt geben wird und vielleicht einen dritten und einen ...«

»Ja, und dann ist ganz Heidelberg tot.« Wenn sie eines jetzt nicht brauchen konnte, dann war es Panikmache. »Beruhige dich mal wieder.«

»Das kann genauso gut von einem Trittbrettfahrer sein«, sagte Alsberger. »Heute Morgen haben bestimmt einige Leute mitbekommen, dass am Neckar eine Leiche gefunden wurde.«

Arthur schüttelte den Kopf. »Nein, nein! Das passt doch alles zusammen. Die Geldspur am Tatort, damit die Leiche auch nur ja entdeckt wird, der Brief an den Sender. Dieser Mensch will in die Öffentlichkeit. Das ist garantiert von ihm. Das ...«, er tippte noch einmal auf das Blatt, »das ist unser Mörder!«

»Gib mir die Nummer von diesem Radiosender.« Maria griff zum Telefonhörer. »Wir treffen uns in einer halben Stunde im Besprechungsraum.«

Auf dem Briefumschlag, der beim Sender eingegangen war, gab es keinen Poststempel. Jemand musste ihn persönlich dort eingeworfen haben. Den Briefkasten hatte man am Morgen zwischen neun und zehn Uhr geleert, die Post aber erst am frühen Nachmittag durchgesehen.

Maria hörte es nicht gern. Der Brief für die *schöne Tote am Neckar* musste schon vor neun beim Sender gewesen sein.

Dass jemand die Bergung der Leiche beobachtet, sofort ein Gedicht geschrieben hatte und nach Mannheim gerast war, um es beim Sender einzuwerfen, überzeugte nicht sonderlich. Dieses Schreiben konnte eigentlich nur vom Täter sein.

Maria kündigte an, dass sie jemanden vorbeischicken würde, der den Brief abholte. Zum Glück schien es keinen Ärger zu geben. Man war kooperativ und versicherte, nichts im Alleingang zu unternehmen.

Bis zur Besprechung hatte sie alle Mitarbeiter zusammengerufen, die sie in der Sonderkommission dabeihaben wollte. Neben dem Kernteam aus Arthur, Alsberger und Mengert gab es noch viele andere, deren Hilfe sie brauchen würde. Sie freute sich, dass Malek und Becker auch wieder mit dabei sein konnten, zwei jüngere Kollegen, mit denen sie schon gute Erfahrungen gemacht hatte.

In großer Runde diskutierten sie über den Brief. Das Gedicht war für alle gut sichtbar an die Wand projiziert.

Als kleine Entschädigung dafür, dass sie Alsberger zum Bäcker gejagt hatte, bat Maria ihn, die Sitzung zu leiten. Sie wusste, dass er so etwas gern machte und gut konnte. Er blieb sachlich, behielt den Überblick, und vor allem schrieb er hinterher klaglos Protokoll.

»Die Tatsache, dass ›Einsamkeit‹ und Begriffe wie ›Seelenqual‹ und ›Schattenreich‹ benannt werden, könnte auf Depressionen hinweisen. Indem er die Frau tötet, holt er sie in sein ›Reich‹, möglicherweise fühlt er sich selbst wie tot, wie innerlich abgestorben«, fasste Alsberger nach einiger Zeit die Diskussion über mögliche Tätermerkmale zusammen. »Insgesamt ist ein starker Beziehungswunsch erkennbar. Er will nicht nur eine Frau, er will eine Braut haben. Höchstwahrscheinlich haben wir es mit einem Mann zu tun. Möglicherweise ist er schüchtern und hat Schwierigkeiten, sich Frauen zu nähern. Eventuell spielen sexuelle Probleme eine Rolle.«

Einige Kollegen in der Runde nickten zustimmend.

»Weitere Tätermerkmale: gutes Sprachvermögen, wahrscheinlich höhere Bildungsschicht und extremer Wunsch nach Beachtung, was sich darin zeigt, dass er auf Veröffentlichung seines Textes besteht.«

»Und er hält uns für blöd«, warf Mengert ein. »›Der Winter wird kommen‹. So ein Klugscheißer. Wir haben Oktober, da kommt bestimmt nicht der Sommer hinterher. Und das von wegen ›Zauber‹

und ›nicht gelogen‹ verstehe ich überhaupt nicht. Und holpern tut es auch. Ich kenne bessere Gedichte.«

»Welche denn?«, warf einer der Kollegen ein. »Ich bin klein, mein Herz ist rein?«

Gelächter. In der Tat war Mengert nicht gerade der Typ, dem man eine lyrische Ader zuschreiben würde.

»Gefällt mir schon besser«, konterte er. »Auf jeden Fall hat der Typ einen an der Klatsche. Das, was der da fabriziert hat, erinnert mich an diese Romantik-Schreiberlinge, wie hießen die noch, Brentano und Arnim oder so. Da gibt es doch eine Gedenktafel oben am Philosophenweg, da steht genauso verqueres Zeug drauf. Irgendwas mit Herzschmerz und dass er Lust auf seine Mutter hat.«

Wieder Gelächter in der Runde.

»Das Gedicht ist von Hölderlin. Aber da geht es nicht darum, dass er Lust auf seine Mutter hat, sondern um seine Begeisterung für Heidelberg«, belehrte Maria ihn.

Heidelberg war wegen seiner viel gerühmten romantischen Schönheit immer wieder besonderer Anziehungspunkt für Schriftsteller gewesen. Eine Tatsache, die Spuren hinterlassen hatte, auch in Form des ein oder anderen Gedichts.

»Ist ja egal«, warf Mengert ein. »Das ist auf jeden Fall auch so schwülstiger Kram.«

Becker zitierte: »›Lange lieb ich dich schon, möchte dich, mir zur Lust, Mutter nennen und dir schenken ein kunstlos Lied.‹« Er bekam Szenenapplaus. »Mein Sohn musste es für die Schule lernen.«

»Na bitte!« Mengert grinste. »Romantisches Geschwafel. Wie das da vorne. Sag ich doch.«

»Okay.« Maria seufzte. »Alsberger, nehmen Sie in die Täterbeschreibung auf, dass wir es mit einem Romantiker zu tun haben. Auf jeden Fall wird die Welt noch eine Weile auf seine Verse warten müssen. Erst mal wird davon nichts an die Öffentlichkeit kommen.«

»Das kannst du nicht machen.« Arthur war ganz blass geworden. »Wenn du auf seine Forderungen nicht eingehst, wirst du ihn provozieren.«

»Nein, ich locke ihn aus der Deckung. Er will doch, dass alle Welt seine dämlichen Verse zu hören bekommt. Dann soll er sich noch einmal melden.«

»Das würde ich nicht tun, Maria.« Arthur war höchst besorgt. »Dieser Mensch ist unberechenbar. Wer weiß, was so eine Frustration bei ihm auslöst.«

»Er will Öffentlichkeit. Aufmerksamkeit. Das sagst du doch selbst. Darum geht es ihm. Und darin ist er berechenbar.«

Arthur schwieg und schaute mit düsterem Blick auf seine Uhr.

»Wir überwachen die Radiosender in der Region«, entschied Maria. »Und warten ab.«

Sie verteilte die Aufgaben, dann löste sie die Sitzung auf. Auf der Treppe zur Abteilung holte Alsberger sie ein. Offensichtlich hatte er es eilig.

»Und, ist Rinkner jetzt immer noch Ihr Hauptverdächtiger? Ein dichtender Säufer, passt das?«, fragte Maria, und vielleicht klang ihre Stimme dabei ein klein wenig spöttisch.

Alsberger musterte sie von der Seite.

»Kann ich gehen?«, kam es statt einer Antwort.

Prima, das hieß, dass sie das Sitzungsprotokoll selber schreiben musste. Sie hasste Büroarbeit.

»Na gut, hauen Sie schon ab. Und bestellen Sie Vera schöne Grüße.«

Bestimmt wartete Vera auf ihn. Manchmal hatte Maria den Eindruck, dass ihre Tochter nur bei Alsberger in Heidelberg herumhing, statt endlich in Stuttgart ihr Studium zu Ende zu bringen. Aber warum sollte sie sich auch beeilen, Mama zahlte ja klaglos.

Sie hatte schon die Klinke der Abteilungstür in der Hand, als sie sich noch einmal umdrehte.

»Lassen Sie das mit den Grüßen, Alsberger.«

Als Maria das Protokoll fertig hatte und endlich nach Hause kam, war es schon längst dunkel. Sie war müde und gleichzeitig so überdreht, dass sie jetzt bestimmt nicht würde schlafen können.

Sie lauschte im Flur, ob sie Arno oben in seiner Wohnung hören konnte. Jetzt würde sie gern noch ein Gläschen Wein mit ihm trinken. Alles war still. Leise schlich sie die Stufen zum ersten Stock hoch, bis sie vor seiner Tür stand. Aber hinter dem Milchglas war nicht der kleinste Lichtschimmer zu sehen. Schade.

In ihrer Wohnung blinkte ihr das rote Licht des Anrufbeantworters entgegen.

Die erste Nachricht war ein Gruß von Herrn Meltzer, einem älteren Herrn, der bis vor einigen Monaten noch im Haus gewohnt hatte. Nachdem er zweimal in Unterhose auf der Straße aufgelesen worden war, lebte er in einem Pflegeheim und rief manchmal an, wenn er Langeweile hatte.

Der zweite Anruf war von ihrer Freundin Bea. Sie schwärmte von einem Super-Last-Minute-Angebot. Die nächsten zwei Wochen sei sie auf Bali und nicht erreichbar. Alla tschüss.

Der dritte Anruf schließlich war von Jörg Maier. Maria konnte schon am Tonfall seiner Stimme hören, dass es keine gute Nachricht war.

»Hallo, Maria, hier ist Jörg. Ich rufe an wegen Samstag. Also ... es tut mir wirklich sehr leid. Aber Karin hat sich eben gemeldet, und wir müssten noch einiges klären wegen der Möbel. Sie ... also ... auf jeden Fall kann sie nur am Samstag, und deshalb muss ich unsere Verabredung leider verschieben. Ich melde mich wieder. Tut mir leid.«

Die liebe Karin konnte also nur am Samstagabend. Hatte die liebe Karin vielleicht mitbekommen, dass ihr Noch-Ehemann an diesem Abend eine Verabredung mit einer anderen Frau hatte?

Und warum, bitte schön, konnte Jörg der lieben Karin nicht sagen, dass sie dann eben warten musste? Die meisten Möbel fielen doch nicht direkt auseinander, wenn man sie mal eine Woche lang nicht beachtete.

Keine weiteren Anrufe. Das war es. Nichts von Vera. Kein Anruf, über was sie sich bei wem beschweren wollte.

Wahrscheinlich saß sie jetzt gerade mit Alsberger zusammen und erzählte ihm alles brühwarm. Und die Mutter, die ihr überhaupt erst das Sprechen beigebracht hatte, erfuhr mal wieder als Letzte, was los war. Wenn überhaupt.

Die Gefühle krochen irgendwo aus dem hintersten Winkel ihrer Seele, da wo es rabenschwarz war und Maria lieber nicht hinschaute. Gefühle, die sie aus den letzten Monaten ihrer Ehe zur Genüge kannte. Eifersucht, Neid. Die Zweite sein. Was hatte sie das gequält, bevor ihr Mann endgültig gegangen war!

Maria zog ihre Jacke aus und ging in die Küche. Im Kühlschrank herrschte wie üblich gähnende Leere. Eine verschrumpelte Tomate im Gemüsefach, das war es. Aber im Abstellschrank fand sie zum Glück noch ihre Notration für schlechte Zeiten.

Nach der Tüte Chips war ihr ein bisschen flau im Magen, sodass sie kräftig Rotwein hinterherkippte. Sie wollte nicht über Vera und schon gar nicht über Jörg nachdenken. Dann schon lieber über einen Mörder.

Sie holte die Kopie des Gedichts aus ihrer Jackentasche, schenkte sich noch ein Glas ein und legte sich auf die Couch.

Gefunden die hold Feine, die Schönste, sie ist sein. Für den Täter war Lea Rinkner auf jeden Fall die Nummer eins gewesen, seine Favoritin. Und er für sie? War er am Ende auch einer von denen, die sich zurückgesetzt fühlten? Die Nummer zwei?

Angeblich hatte Lea keinen Freund gehabt. Vielleicht wusste Kurt Rinkner doch etwas über Leas Liebschaften, über die Nummer zwei, jemanden, der um sie geworben und den sie nicht gewollt hatte. *Wen immer erwählt, grausam der Schmerz.* Eine Anspielung auf den Schmerz der Zurückweisung?

Irgendwie musste sie Rinkner dazu bringen, dass er mit ihnen redete.

Zur Braut sie genommen, zur Fähre geleitet. Es hatte hier in Heidelberg einmal eine Neckarfähre gegeben. Das war schon lange her. Wo hatte die angelegt? Vielleicht dort, wo Lea Rinkner gefunden worden war?

Sollte das mit der Fähre ein Hinweis auf die Stelle sein, an der die Leiche im Wasser trieb? Falls sie noch niemand entdeckt haben sollte, wenn der Radiosender den Brief bekam?

Inzwischen war Maria nur noch todmüde. Sie hätte sich ausziehen und ins Bett legen sollen, aber dazu reichte es nicht mehr. Sie schlief auf der Couch ein, so wie sie war.

Als es klingelte, schreckte sie hoch. Halb zwölf! Wer sollte das sein, um diese Uhrzeit? Jörg, der sich entschuldigen wollte?

Etwas benommen ging sie zur Wohnungstür, drückte den Türsummer und spähte vorsichtig in den Hausflur.

Aber der Mann, der unten zur Tür hereinkam, war ungefähr dreimal so breit wie Jörg Maier.

»Was willst du denn hier?«

Der Ausdruck in Arthurs Gesicht machte jede Antwort überflüssig: Es musste etwas Schreckliches geschehen sein.

»Gibt es ein neues Opfer?« Maria konnte selbst den panischen Unterton in ihrer Stimme hören.

»Nein. Noch nicht. Hast du einen Moment Zeit?«

Mit gesenktem Kopf schlich er an ihr vorbei, ging durch bis zum Wohnzimmer und setzte sich auf die Couch.

»Sie ist nicht gekommen«, sagte er mit Grabesstimme. »Ich hatte sie angerufen und ihr auf die Mailbox gesprochen, dass ich zehn Minuten später da sein werde, weil unsere Besprechung so lange gedauert hat.«

Sabine! Natürlich. Sie hätte es sich denken können. Wenn Arthur eine Miene machte, als stünde der Weltuntergang bevor, konnte es eigentlich nur um Sabine gehen.

»Vielleicht hat sie es nicht abgehört und war schon wieder weg, als du kamst.«

»Ich habe die Kellnerin gefragt. Es ist niemand da gewesen, der aussah wie Sabine. Und wenn ich versuche, sie auf dem Handy zu erreichen, kommt immer nur die Mailbox.«

»Ach, Arthur!« Maria setzte sich neben ihn. »Das wird sich schon aufklären. Sicher gibt es einen guten Grund, warum sie nicht gekommen ist.«

Und wenn es keinen guten Grund gab, dann sollte diese Sabine sich besser in Acht nehmen, dass sie ihr nicht über den Weg lief.

Es war das erste Mal, seitdem sie Arthur kannte, dass er sich so weit vorgetraut, seine Hemmungen und Ängste über Bord geworfen und sich tatsächlich um eine Frau bemüht hatte, statt nur aus der Ferne von ihr zu schwärmen. Das durfte einfach nicht schiefgehen.

»Dabei wollte ich ihr heute das Kettchen schenken.«

»Vielleicht wartest du noch ein bisschen damit.«

Arthur schaute sie entsetzt an.

»Denkst du, sie will nichts mehr mit mir zu tun haben? Das denkst du doch, oder?«

»Nein, das denke ich nicht.« Oder vielleicht doch? »Wie lange hast du auf sie gewartet?«

Arthur zuckte mit den Schultern.

»Wie waren um neun im ›Krokodil‹ verabredet.«

»Du hast also bis eben auf sie gewartet? Über zwei Stunden?«

Arthur schwieg.

»Und ich schätze mal, du hast mindestens fünf Mal versucht, sie zu erreichen.«

Kein Widerspruch.

»Wie oft? Zehn Mal?«

Arthur schwieg immer noch. Wahrscheinlich lag sie mit ihrer Schätzung noch viel zu niedrig.

»Vielleicht solltest du Sabine auch nicht das Gefühl geben, dass sie mit dir machen kann, was sie will.«

»Tu ich doch gar nicht. Aber man ruft doch mal an, wenn der andere nicht kommt. Es könnte ja auch etwas passiert sein. Und man geht doch nicht gleich, nur weil der andere mal ein bisschen zu spät ist.«

»Sie ist nicht ein bisschen zu spät gekommen. Sie ist *gar nicht* gekommen. Auch nach zweieinhalb Stunden nicht. Und wenn du mich fragst, hast du mindestens zwei Stunden zu lange gewartet.«

Arthur ließ den Kopf sinken. »Bist du manchmal einsam, Maria?«

»Sicher. Wer ist das nicht?«

Sie hätte noch ergänzen können, dass sie sich dann mit Chips vollstopfte und zu viel Rotwein trank, aber man musste Arthur ja nicht auf solche Gedanken bringen.

»Manchmal stelle ich mir vor, wie es sein könnte, wenn Sabine und ich richtig zusammen wären. Wenn ich nach Hause käme und sie wäre da. Jemand, der auf mich wartet, der sich freut, wenn ich heimkomme.«

»Ich freue mich jeden Morgen, wenn ich dich im Büro sehe.«

»Ja, aber das ist etwas anderes.«

Sein Blick fiel auf das Blatt mit dem Gedicht des Mörders, das auf dem Couchtisch lag.

»›Einsamkeit quält, zerstückelt das Herz‹«, las er vor. »Genauso ist es. Einsamkeit ist schrecklich. Unerträglich. Irgendwie kann man diesen Menschen schon verstehen.«

»Nein, das kann man nicht. Du bist einsam, und ich bin auch immer wieder mal einsam. Aber deshalb bringen wir noch lange niemanden um.«

»Meinst du, der Akku von ihrem Handy war vielleicht leer?«, fragte Arthur trübsinnig. »Und dann ist das Auto kaputtgegangen, und sie konnte mich nicht anrufen, weil der Akku leer war.«

Es war ihm nicht möglich, länger als zwei Minuten über etwas anderes als über Sabine nachzudenken. Arthur war eindeutig liebeskrank.

»Und weil sie ihre Geldbörse verloren hat, konnte sie mich auch nicht von irgendwo anders aus anrufen. Oder«, sein Gesicht nahm einen ängstlichen Ausdruck an, »sie ist ihm begegnet. Diesem Verrückten. ›Erster Akt‹ hat er geschrieben, Maria. Sabine ist hübsch, sie ...«

»Ach, Arthur, jetzt mach mal halblang. Der hat erst gestern eine Frau ermordet, der wird sicher nicht heute gleich weitermachen.«

»Aber ...«

»Nichts aber. Es reicht, wenn Sabine dich versetzt hat. Da musst du dir nicht auch noch die besten aller Katastrophen ausdenken.«

Arthur schwieg, aber Maria konnte sehen, wie es hinter seiner Stirn arbeitete.

Wahrscheinlich würde er die ganze Nacht darüber grübeln, warum er versetzt worden war, und Maria befürchtete, dass er noch etliche Male versuchen würde, Sabine zu erreichen.

»Willst du hierbleiben? Du kannst auf der Couch schlafen. Und morgen zum Frühstück veranstalten wir den Ball der einsamen Herzen.«

Arthur warf ihr einen Blick zu, der einen Stein zum Erweichen gebracht hätte.

»Du bist ein lieber Mensch, Maria, weißt du das?«

»Ich werde dich beizeiten daran erinnern. Und jetzt gib mir dein Handy.«

Sie legte sein Handy neben sich auf den Nachttisch. Das Telefon im Flur hatte sie zur Vorsicht auch mit ins Schlafzimmer genommen. Arthur hatte sie notdürftig mit Kissen und Wolldecke versorgt, aus der hinterletzten Ecke im Bad eine unbenutzte Zahnbürste hervorgekramt und ihm noch einen Kakao gekocht.

Eigentlich schön, dass jemand da war, um den sie sich kümmern konnte.

Maria zog die Bettdecke bis zur Nasenspitze. Vielleicht sollte sie sich einen Hund zulegen. Dann hätte sie auch jemanden, der sich freuen würde, wenn sie nach Hause kam. Nein, besser eine Katze. Katzen waren selbstständiger. Das war für Zeiten wie diese, in denen sie viel zu tun hatte und kaum zu Hause war, sicher besser. Oder eine Maus, die würde zur Not auch ohne sie im Brotschrank überleben.

Sie könnte Arno fragen, ob sie so etwas wie ein Cat-Sharing machen könnten. In der Woche war er viel zu Hause, da konnte er sie haben, und am Wochenende würde sie sich dann um das Tier kümmern. Er würde die Säcke mit Katzenstreu anschleppen und sie mit der schnurrenden Katze auf der Couch liegen.

Die Augen fielen ihr zu. Maria hörte schon das Schnurren. Oder war es vielleicht doch Arthurs Schnarchen, das durch die geschlossene Schlafzimmertür drang? Oder das gleichmäßige Geräusch eines Motors?

Ein Schiffsmotor. Das leise, gleichmäßige Tuckern eines Motors.

Sie konnte das Boot sehen, das langsam auf das Ufer zukam. Nebelschwaden trieben über dem Fluss. Eine Fähre, die sich schließlich aus dem weißen Dunst löste und anlegte. Außer dem Fährmann war niemand darauf zu sehen.

Er war dünn und hager wie ein Skelett, hatte eine schwarze Kutte an, die Kapuze tief ins Gesicht gezogen. Eine Schiffsglocke läutete. Das Seil an ihr baumelte hin und her, ohne dass jemand zu sehen war.

»Einsteigen«, hallte es am Ufer entlang.

Die Frau kam wie aus dem Nichts. Sie lief, so schnell sie konnte, auf die Anlegestelle zu, stolperte, fing sich mit Müh und Not, rannte weiter.

»Bitte warten Sie«, rief sie verzweifelt. »Bitte, ich muss unbedingt mit! Ich habe eine Verabredung!«

Sie stürmte den kurzen Steg entlang.

Der Fährmann stand ganz vorn auf dem Boot, groß und starr.

»Du kommst spät.« Seine Stimme klang hart und unerbittlich.

»Es tut mir leid«, entschuldigte sich die Frau. »Wirklich. Ich wollte ja anrufen, aber ich habe mein Handy verloren. Bitte, bitte, ich muss mit!«

Wortlos streckte der Fährmann die offene Hand aus. Sie war knochig, die Haut bläulich fahl. Die Frau suchte hektisch in ihrer Tasche.

»Ich glaube, ich habe auch mein Portemonnaie verloren. Ich ... ich finde es nicht.« Sie suchte immer verzweifelter, die Tränen liefen ihr über das Gesicht. »Lassen Sie mich doch nur das eine Mal umsonst mitfahren, bitte!«

Der Fährmann stand immer noch mit ausgestreckter Hand da, ohne sich zu rühren. Aber schon begann die Fähre fast unmerklich, sich vom Ufer zu lösen.

»Bitte, bitte, warten Sie doch!«, rief die Frau. »Irgendwo habe ich bestimmt noch ein paar Münzen. Bitte, bitte! Er wartet doch auf mich!«

Ganz langsam verschwand das Boot im Nebel, löste sich nach und nach darin auf. Nur die Schiffsglocke war zu hören, die immer leiser wurde.

Die Frau brach schluchzend am Ufer zusammen. Eine Weile lag sie da, dann ging sie mit gesenktem Kopf zum Ufer, Schritt für Schritt, bis in das Wasser hinein.

Maria schrie. »Nicht! Bleib stehen!«

Doch die Frau ging unbeirrt weiter, als würde sie von einer magischen Kraft angezogen, ging so lange weiter, bis das Wasser ihre Brust bedeckte und ihr Kopf in den Fluten verschwunden war.

»Nicht! Komm zurück!«

Maria schreckte hoch. Sabine. Es war Sabine gewesen. Sabine war tot.

Ihr Herz raste. Sie musste ein paarmal tief durchatmen, bis der Traum sich aufgelöst hatte.

Natürlich war Sabine nicht tot.

Maria ließ sich zurück ins Kissen fallen. Was für ein Blödsinn.

Leise klopfte es an der Schlafzimmertür. Arthur steckte den Kopf herein.

»Alles in Ordnung, Maria? Du hast geschrien.«

»Ja, ja. Nur so ein dummer Traum. Stell dir vor, Sabine wollte mit der Fähre über den Neckar, aber sie hatte kein ...«

Das Fährgeld. Maria stockte. Das Centstück, das Lea Rinkner im Mund gehabt hatte.

Zur Fähre geleitet … der Weg ist bereitet!

»Was ist denn?« Arthur schaute sie besorgt an. »Du siehst aus, als hättest du ein Gespenst gesehen.«

»Dafür brauchte sie den Cent«, murmelte Maria. »Sie muss über den Fluss!«

Göttergrüße

Maria sprang aus dem Bett. »Komm mit, schnell!«

Sie eilte in das kleine Arbeitszimmer, in dem ihr PC stand.

»Vera musste in der Schule einmal ein Referat über griechische Mythologie halten. Die Hälfte davon habe ich geschrieben.«

»Von was redest du?« Arthur folgte ihr, in Unterhose und T-Shirt.

»Da gab es doch diesen Fährmann.« Maria setzte sich vor den Computer und schaltete ihn ein. »Der hat die Toten über einen Fluss gebracht. Und als Fährgeld hat man ihnen eine Münze in den Mund gesteckt.«

Sie ging ins Internet. Es dauerte keine fünf Sekunden, bis die Suchmaschine ausspuckte, was sie wissen wollte.

»Siehst du, da steht es: der Obolus. Eine Münze von geringem Wert. Dafür hat der Fährmann die Verstorbenen über den Totenfluss Styx in das Reich der Toten gebracht. Die Münze hat man ihnen als Grabbeigabe unter die Zunge gelegt.«

Arthur beugte sich über ihre Schulter. »Du meinst, dafür war der Cent, den Lea Rinkner im Mund hatte? Das war das Geld für die Fähre?«

»Das würde doch passen. Und im Gedicht steht, er steigt aus dem ›Schattenreich‹. Das ist das Reich der Toten!«

»Gib es doch mal ein.«

Beide schauten gebannt auf den Bildschirm.

»Hier, ›Schattenreich‹, ›Ort der Toten‹, siehe ›Hades‹.« Maria klickte weiter. »›Hades, ein Begriff für die Unterwelt, aber auch für den Gott der Unterwelt.‹«

Sie las vor, von Hades, der eine Tarnkappe besaß und sich unsichtbar machen konnte, der Herrscher über das Reich der Toten war, in dem die Menschen nur als Schatten existierten.

Ein Reich, in dem keine Göttin mit ihm leben wollte, sodass er schließlich, von Einsamkeit getrieben, die schöne Persephone raubte und gegen ihren Willen zu seiner Frau machte.

Persephones Mutter, Demeter, die Göttin der Erdfruchtbarkeit, setzte Göttervater Zeus daraufhin unter Druck, dass er ein Machtwort sprechen und ihre Tochter wieder zu ihr zurückkehren lassen solle. Um ihrer Forderung etwas Nachdruck zu verleihen, ließ sie die Pflanzen auf der Erde nicht mehr wachsen, die Vegetation erstarb.

»Zeus hat dann entschieden, dass Persephone wieder zurück zu ihrer Mutter darf, aber nur, wenn sie in der Unterwelt noch nichts gegessen hat. Hatte sie aber. Vier Kerne eines Granatapfels.« Maria überflog die Zeilen auf dem Bildschirm. »Also einigten sie sich auf einen Kompromiss: Persephone muss jeweils vier Monate im Jahr im Schattenreich bei Hades bleiben, den Rest des Jahres darf sie zurück zu ihrer Mutter. Und diese vier Monate lang trauert Demeter und lässt auf der Erde nichts mehr wachsen. Deshalb haben wir dann Winter.«

Arthur verschwand und kam mit der Kopie des Gedichts wieder.

»Dann meint er das damit: ›Zur Braut sie genommen, zur Fähre geleitet, der Winter wird kommen, der Weg ist bereitet!‹ Er holt sich seine Braut, und deshalb wird es bei uns Winter.«

»Ja. Sieht ganz so aus, als würde unser Täter denken, er wäre Hades. Nur dass Lea Rinkner nicht zurückkehren wird, wenn der Winter vorbei ist.«

Noch während Maria es aussprach, stieg die Angst in ihr hoch, so als ob sie selbst in die Fluten des Totenflusses gestiegen wäre und Zentimeter für Zentimeter im kalten Wasser versinken würde.

Sie sah auf den Bildschirm. »Mengert hat recht.«

»Womit?«

»Der Täter hat einen an der Klatsche. Er ist verrückt, gestört.«

»Maria, du musst tun, was er verlangt! Du musst das im Radio verlesen lassen. Das Risiko ist zu hoch. Über seinem Gedicht steht ›Erster Akt‹! Das ist ganz klar eine Drohung. Wir dürfen ihn auf keinen Fall verärgern.«

Dieser Mensch benutzte sie. Er wollte, dass sie nach seiner Pfeife tanzten. Alles in Maria sträubte sich dagegen, zu tun, was er forderte.

»Er ist nicht berechenbar.« Arthurs Stimme klang beschwörend. »Jemand, der denkt, er wäre Hades, ist nicht berechenbar!«

Eine Stunde später wurde das Gedicht zum ersten Mal im Radio verlesen.

Bis drei Uhr morgens recherchierten sie im Internet. Maria wusste nicht mehr allzu viel über griechische Mythologie, aber nach dieser Nacht kannte sie sich wieder ganz gut aus mit Höllenhunden, den komplizierten verwandtschaftlichen Beziehungen der Götter untereinander und ihren endlosen Querelen.

Arthur war in aller Frühe nach Hause gefahren, angeblich weil er noch vor Dienstbeginn ins Mühltal zum Walken wollte. Maria vermutete allerdings, dass er versuchen wollte, Sabine zu erreichen – ohne dass sie ihm dabei zuhörte oder kluge Ratschläge erteilte.

In der Polizeidirektion setzte sie sich als Erstes mit den Pressesprechern zusammen. Maria hatte sie noch in der Nacht informiert. Inzwischen liefen schon Anrufe von Zeitungen und allen möglichen Sendern ein, und Maria war heilfroh, dass sie diesen Part an die Kollegen abgeben konnte.

Danach war Teambesprechung. Arthur und sie berichteten, was sie in der Nacht herausgefunden hatten. Zeile für Zeile sprachen sie noch einmal das Gedicht durch. Und das mulmige Gefühl, das Maria ergriffen hatte, machte sich auch in der Gruppe breit und sorgte für Anspannung.

Es war schon fast elf, als sie endlich zum Ende kamen. Maria beschloss, schnell rüber in die Bäckerei zu gehen. Das gemeinsame Frühstück am Morgen war ausgefallen, weil Arthur es so eilig gehabt hatte, und ihr Magen hatte schon mehrfach laut geknurrt.

Als sie zurückkehrte, saß vor der Polizeidirektion eine kleine Gestalt in einer dicken schwarzen Jacke am Rand des Wasserbassins und rauchte. Es war Cloe.

»Was machst du denn schon hier?«

Dass Cloe nicht mehr freiwillig auftauchen würde, damit hatte Maria gerechnet. Aber dass sie eine Stunde zu früh kam?

»Ich habe auf Sie gewartet. Der an der Pforte hat gesagt, Sie wären eben weggegangen.«

Cloe hatte tiefe Ringe unter den Augen und sah ganz danach aus, als hätte sie die halbe Nacht geweint. Sie zog an ihrer Zigarette, dann warf sie den Rest davon ins Wasserbassin.

»Hey«, fuhr Maria sie an, »was soll die Schweinerei!«

»Wieso, sind doch keine Fische drin, oder?«

Bei jedem anderen hätte Maria Provokation vermutet, bei Cloe hörte es sich an, als sei es eine völlig berechtigte Frage.

»Ich habe das im Radio gehört«, sagte Cloe, »das komische Gedicht von dem, der Lea umgebracht hat. Den ›Heidelberger Frauenmörder‹ haben sie ihn genannt. Glauben Sie, der bringt jetzt noch mehr um?«

Maria ging mit ihr hoch ins Büro. Auf dem Weg dorthin redete Cloe wie ein Wasserfall, spekulierte ohne Pause über den großen Unbekannten, den durchgedrehten Killer. Kommentare, alle gut dazu geeignet, eine Kripobeamtin schon vor Mittag in die Depression zu treiben.

»Was ist mit der Liste?«, unterbrach Maria sie.

»Meine Mutter hat den beiden Typen gesagt, dass ich am Montag den ganzen Abend zu Hause war.«

»Ich weiß. Und jetzt die Liste.«

»Brauchen Sie die denn überhaupt noch? Wo es doch so ein Irrer war?«

Maria streckte auffordernd die Hand aus. »Wir haben eine Abmachung, schon vergessen?«

Widerwillig zog Cloe den Reißverschluss ihrer Jacke auf und holte ein zusammengefaltetes Papier hervor.

»Aber ich beschuldige niemanden, damit das klar ist.«

»Davon war auch nie die Rede.«

Cloe ignorierte Marias ausgestreckte Hand, legte das Blatt vor sich auf den Schreibtisch und holte gleich noch etwas anderes aus ihrer Jacke. Eine Postkarte, die sie über den Tisch schob.

»Die ist für Sie«, sagte sie.

»Für mich?«

Auf der Karte war ein Esel zu sehen, der auf einer saftig grünen Wiese stand und neugierig in die Gegend schaute. Maria dreht die Karte um.

Cloe hatte einen Spruch quer über die Rückseite geschrieben: *Groß ist, wer das Kleine übersehen kann.*

»Wegen dem Dope, ich meine, weil Sie es vergessen haben«, erklärte Cloe. »Meine Mutter hätte mir die Hölle heißgemacht.«

Es war eine von der Art Karten, wie sie an der Pinnwand in Lea Rinkners Wohnung hingen.

»Kann ich mal für kleine Mädchen?«

Sie war aufgestanden, ohne auf eine Antwort zu warten. Maria zeigte ihr den Weg und ging zurück zu ihrem Büro.

Kaum war sie wieder dort, klopfte es, und Ferver kam herein, im Gesicht so grau, dass er sich kaum von seinem Anzug unterschied.

Die etwas farbenfroheren Zeiten in seinem Leben, die alle überrascht hatten, waren schon längst wieder vorbei, genauer gesagt seit sein Techtelmechtel mit einer recht temperamentvollen Dame unglücklich zu Ende gegangen war.

»Frau Mooser, wenn Sie einen Moment Zeit hätten.«

Normalerweise rief ihr Chef an, um sie zu sich zu bestellen. Wenn er zu ihr kam, dann musste es etwas sehr Wichtiges geben. Ferver setzte sich auf den Stuhl vor ihrem Schreibtisch, die kahle Stirn vor lauter Sorgenfalten noch knittriger als sonst.

»Frau Mooser, ich bin etwas schockiert.«

»Das bin ich auch«, erwiderte Maria. »Wirklich ein sehr seltsamer Fall.«

»Nein, nein, das meine ich nicht. Ich meine die Sache mit Herrn Alsberger. Ich habe eben erfahren, dass er gestern am Tatort ohnmächtig geworden ist und beträchtlichen Schaden für die Ermittlungen angerichtet hat.«

»Wer erzählt denn so einen Mist?«

Sie wusste es schon vor Fervers Antwort: Es konnte nur Jantzek gewesen sein. Das waren also die Konsequenzen, die er angedroht hatte. Jantzek war zu Ferver gerannt und hatte sich über Alsberger beschwert.

»Er ist nicht ohnmächtig geworden. Er hat nur versucht, Herrn Maier festzuhalten, der am Ufer abgerutscht ist. Dabei ist er unglücklich gestürzt, das ist alles.«

»Die andere Version, Frau Mooser, ist die, dass Herr Alsberger ohnmächtig wurde, über die Leiche fiel und dabei auch noch Herrn Maier ins Wasser gestoßen hat.« Ferver schaute sie an, mahnend, wie ein Lehrer, der ein Kind beim Mogeln erwischt hatte. »Und dass Herr Alsberger dem Anblick einer Leiche nicht gewachsen ist, ist ja nun wirklich kein Geheimnis mehr.«

Deshalb also war Jantzek gestern so ausgerastet. Schon vorstellbar, dass die Sache für ihn genau so ausgesehen hatte, wenn er nur Alsberger im Blick gehabt hatte. Dann mochte es in der Tat den Anschein erweckt haben, als sei der nach vorn gefallen und an allem schuld.

Maria erklärte, redete von Perspektive, Aufmerksamkeitsfokus und hinterlistigen optischen Täuschungen. Ferver sah leider nicht so aus, als habe sie ihn überzeugt.

»Und die Geschichte, dass er mit dem Dienstwagen von der Straße abgekommen ist?«, fragte er.

»Herr Alsberger ist nur ausgewichen. Es war ... er hatte kaum eine Wahl. Ein Tier auf der Fahrbahn.«

Ferver runzelte die Stirn.

Jetzt bloß nichts von einem kleinen Hasen erzählen.

»Es war ein ... ein großes Tier. Ein Wildschwein. Der Wagen wäre hinüber gewesen, wenn Herr Alsberger ihn nicht ins Feld gelenkt hätte. Das ist vielleicht eine Plage mit diesen Biestern. Jetzt ziehen sie schon am helllichten Tag durch die Gegend.«

»So, so, ein Wildschwein.« Schon wieder hatte Ferver diesen Lehrerblick. »So heißen jetzt also die Tiere mit den langen Ohren.«

Maria spürte, wie sie rot wurde. Wie konnte sie nur so blöd sein. Sie hätte sich denken können, dass die Hasengeschichte längst die Runde gemacht hatte.

Ferver entging nichts, was in der Abteilung los war. Er war klein und unscheinbar, manchmal stand er hinter einem, und man bemerkte ihn erst, wenn all die Dinge ausgesprochen waren, die er nicht hören sollte. Hades mochte sich mit einer Tarnkappe unsichtbar machen, Ferver brauchte dazu nur einen grauen Anzug.

»Frau Mooser, es ist ehrenvoll, dass Sie Herrn Alsberger in Schutz nehmen. Aber ich erinnere mich noch gut an seine Anfangszeit hier. Sie haben damals sehr deutlich gemacht, dass Sie auf seine Mitarbeit lieber verzichtet hätten. Ich hielt das für Rivalität, Eifersüchteleien. Aber ich glaube, ich habe Ihnen unrecht getan.«

»Herr Alsberger hat sich seitdem gut gemacht. Ich bin mit seiner Arbeit sehr zufrieden. Kleine Pannen passieren doch jedem von uns einmal.«

Ferver schien ihr nicht wirklich zuzuhören.

»Vielleicht wäre er in einem anderen Dezernat besser aufgehoben. Oder in der Verwaltung«, murmelte er vor sich hin.

Natürlich wäre Alsberger gut in der Verwaltung aufgehoben, er wäre genial in der Verwaltung – aber wer würde dann ihre elenden Berichte schreiben? An wem sollte sie ihre Launen auslassen? Wer würde sie durch die Gegend chauffieren?

Alsberger hatte man ihr damals nur deshalb zugeteilt, weil irgendjemand mit Beziehungen ihm unbedingt einen Job bei der Kripo hatte verschaffen wollen. Bestimmt würde sie nicht noch einmal einen Assistenten bekommen.

Sosehr Alsberger sie auch manchmal nervte, weg sollte er nicht.

Maria lobte ihn über den grünen Klee, aber je mehr Anerkennendes sie sagte, umso mehr Falten zeigten sich auf Fervers Stirn.

»Frau Mooser«, sagte er schließlich in väterlichem Tonfall, »ich verstehe Ihre Misere, schließlich ist Herr Alsberger mit Ihrer Tochter liiert. Doch wenn er dieser Tätigkeit nicht gewachsen ist, tut man ihm auch keinen Gefallen damit, etwas schönzureden.«

»Fragen Sie doch jemanden, der neutral ist«, schlug Maria vor. »Zum Beispiel Herrn Maier. Er kann Ihnen bestätigen, dass er am Ufer abgerutscht ist und Herr Alsberger ihm nur helfen wollte.«

»Frau Mooser.« Ferver schüttelte den Kopf. »Herr Maier und Sie … nun, Sie wissen schon, was ich meine. Es scheint doch Kontakte über das rein Berufliche hinaus zu geben.«

Er hob abwehrend die Hand, bevor Maria auch nur den Mund aufmachen konnte.

»Das ist Ihnen natürlich völlig freigestellt. Aber erlauben Sie mir, dass ich doch meine Zweifel an Herrn Maiers Neutralität bei solchen, nun, sagen wir einmal, quasi familiären Dingen habe.«

Wer erzählte Ferver so etwas? Hatten die hier nichts anderes zu tun, als Klatsch und Tratsch zu verbreiten? Sie und Jörg waren über eine Umarmung bei der Begrüßung noch nicht hinausgekommen, und hier wurden sie schon als Paar verbucht?

Zum Glück gelang es Maria, ihren Ärger im Zaum zu halten.

Sie redete und redete, lobte Alsberger nicht mehr ganz so auffällig, aber machte doch deutlich, dass er nützlich war, und überzeugte Ferver schließlich, mit irgendwelchen Schritten zu warten, bis die Ermittlungen in diesem Fall abgeschlossen waren.

Ferver bestand allerdings darauf, in den nächsten Tagen mit Alsberger zu sprechen und ihm seine Bedenken mitzuteilen, schließlich sollte der junge Mann nicht unvorbereitet mit einer Versetzung konfrontiert werden.

Zeit, das war es, was Maria haben wollte. Zeit, um Ferver davon zu überzeugen, dass Alsberger gute Arbeit leistete.

»Das Protokoll von der gestrigen Besprechung ...« Ferver stand schon in der Tür und hatte sich noch einmal umgedreht. »Wer hat das geschrieben?«

Hatte sie die Unterschrift vergessen? Umso besser.

»Herr Alsberger, gestern Abend noch. Es war schon sehr spät, ich wollte nach Hause. Er ist netterweise noch geblieben und hat es erledigt. Obwohl er eine Verabredung hatte.«

Der erste Punkt für Alsberger. Wenn man ihr schon unterstellte zu lügen, dann sollte sie es auch tun. Was für ein Glück, dass sie sich noch mit diesem dämlichen Protokoll abgequält hatte.

Als ihr Chef zur Tür hinaus war, saß Maria eine Weile einfach nur da.

Sie hatte mit allem gerechnet, aber nicht damit. Ferver hatte Alsberger immer in Schutz genommen, wenn sie sich über ihn beschwert hatte. Vielleicht hätte sie ihrem Chef doch ab und zu mal etwas Positives über Alsberger erzählen sollen. Aber wie war das noch mit der Rivalität?

Ihr Blick fiel auf die Karte mit dem Esel. Sie musste weitermachen, Cloe stand schon seit Ewigkeiten draußen. Hatte das Mädchen irgendwann geklopft?

Auf dem Flur war Cloe nicht zu sehen. Das sah ganz danach aus, als sei sie gegangen. Wahrscheinlich war sie sauer, dass Maria sie hatte warten lassen. Es war ihr nicht zu verdenken, das Gespräch mit Ferver hatte lange gedauert.

Maria faltete das Papier auseinander, das Cloe auf ihren Schreibtisch gelegt hatte. Leider sah die Liste nicht so aus, wie sie es sich vorgestellt hatte.

Es stand kein einziges Wort darauf, dafür jede Menge Zahlen, fein säuberlich untereinandergeschrieben: 0622161...0622145... Telefonnummern? Was sollte das?

Sie suchte in ihren Unterlagen nach Cloes Handynummer und

rief sie an. »Der Teilnehmer ist vorübergehend nicht zu erreichen.« Na prima.

Ärgerlich wählte Maria die erste Nummer von Cloes Liste.

»HotWok – was können wir für Sie tun?«

»Wer ist da bitte?«

»HotWok, Lieferservice. Was dürfen wir Ihnen bringen?«

Nein, Maria wollte keine extragroße Portion gebratener Nudeln mit Huhn, auch wenn das heute im Angebot war.

Sie wählte die nächste Nummer.

»Pizzablitz Luigiano. Sie wünschen?«

Sie konnte sich schon fast denken, was sie weiter erwarten würde. Und sie hatte ganz richtig vermutet. Auch unter der nächsten Nummer erreichte sie einen Lieferservice, diesmal wieder asiatisch.

Wütend knallte Maria den Hörer auf.

Wollte Cloe sie an der Nase herumführen? Telefonnummern vom Pizzablitz für die gefräßige Kommissarin, damit ihr Assistent Arschberger nicht so oft zur Bäckerei laufen musste? War Clothilde Pettke wirklich so dumm, dass sie glaubte, sie könne mit der Kripo Spielchen treiben?

Marias Blutdruck war inzwischen so hoch, dass es in ihren Ohren pochte. Sie ging über den Flur zu Arthurs Büro und riss die Tür auf.

»Diese miese kleine …«, begann sie. Der Rest blieb ihr im Hals stecken.

Arthur schaute sie aus rot geränderten Augen an. Ganz offensichtlich hatte er geweint.

Erschrocken trat Maria an seinen Schreibtisch. »Was ist los?«

»Die Berichte sind da.«

Bemüht unauffällig schob er ein Blatt, auf dem er irgendetwas aufgeschrieben hatte, unter die Schreibtischunterlage.

»In Jantzeks Bericht steht, dass es keine brauchbaren Spuren gibt, weil ihr dort rumgetrampelt seid. Der Hausschlüssel vom Opfer war mit dem Metalldetektor nicht zu orten. Wahrscheinlich zu tief in den Neckarschlamm ›eingestampft‹, meint er.«

»Aber deswegen siehst du doch nicht so aus?«

Er senkte den Kopf. »Sabine war nicht zu Hause.«

So wie Arthur es sagte, vermutete Maria, dass er nicht nur angerufen hatte, sondern bei Sabine vorbeigefahren war.

»Vielleicht hat sie Frühdienst?«

»Das habe ich mir auch gedacht. Sie ist auch auf der Arbeit. Aber sie haben mir gesagt, sie hätte keine Zeit, ans Telefon zu kommen.«

»So eine dumme Kuh. Sie könnte wenigstens mal mit dir reden.«

»Ich schreibe ihr einen Brief.« Arthurs Stimme klang fast ein wenig trotzig. »Sabine ist ein guter Mensch, das weiß ich. Sie wird sich melden und mir alles erklären.«

Typisch Arthur, der niemandem böse sein konnte. Das würde dauern, bis er über die Sache mit Sabine hinweg war.

Ablenkung tat da vielleicht gut. Maria erzählte ihm von ihrem Ärger über Cloe Pettke.

»Gib mir die Liste, ich telefonier sie mal durch«, war alles, was Arthur dazu zu sagen hatte. »Ach, und die von der Technik haben hier etwas abgegeben. Das hat die Spusi in der Mülltonne vor Lea Rinkners Haus entdeckt. Ihre Fingerabdrücke sind drauf.«

Er reichte ihr einen großen braunen Umschlag.

Maria zog ein Blatt hervor, das in einer Klarsichthülle steckte. Es waren Papierfetzen, die man wie ein Puzzle wieder zusammengesetzt hatte.

Ein Gedicht, in einem Stil geschrieben, der ihr bekannt vorkam:

Schönste der Schönen, die mein Herz betört,
befruchtet von der Schlange, die dein Schreien nicht hört.
Der Einsamkeit Klaue, todbringend die Pein,
der Bräutigam kann länger nicht ohne dich sein.
Nun erlischt der Sonne wärmender Strahl,
erlöst werd' ich endlich von grausamer Qual.
Es ist an der Zeit, die Nebel steigen,
komm, Gottesbraut, komm, zum Hochzeitsreigen.

Maria hielt es Arthur hin. »Und das zeigst du mir erst jetzt, spinnst du?«

»Ich … Ich …« Er schwieg.

Er hatte gar nicht in den Umschlag hineingeschaut. Weil er den Kopf nur mit Sabine voll hatte. Und viel zu sehr damit beschäftigt gewesen war, Liebesbriefe zu schreiben.

Maria kannte Arthur seit einer halben Ewigkeit, aber zum ersten Mal war sie richtig wütend auf ihn.

»Weißt du eigentlich, was das heißt?«, fragte sie.

Arthur las, was auf dem Blatt stand. »Na, die Schlange, das ist vielleicht …«

»Das meine ich nicht. Der Täter hat Lea Rinkner diesen Brief zukommen lassen. Das heißt, er kannte sie!«

Also kein Irrer, zumindest keiner, der im Busch hockte und über irgendeine beliebige Frau herfiel! Der Mörder hatte Lea gekannt. Es war ihm genau um diese eine Frau gegangen, um Lea Rinkner.

Vielleicht ein Bekannter. Ein Freund. Das würde ihre Chancen, den Täter zu finden, erhöhen.

Maria las den Begleitbrief der Technik. Lea Rinkners Fingerabdrücke waren auf den Papierfetzen, aber eben nur ihre. Sie hätte es sich denken können. Auf dem Brief an den Radiosender waren auch keine Abdrücke zu finden gewesen. Ein selbstklebender Umschlag, keine DNA-Spuren.

Der Täter war vorsichtig. Bei allem Seelenschmerz hatte er zumindest gut im Auge, was er tun musste, um keine Spuren zu hinterlassen.

»›Bräutigam‹, schreibt er und ›Gottesbraut‹. Das passt genau zu dieser Hades-Geschichte.« Arthur hatte sich über das Papier gebeugt und studierte sorgfältig Zeile für Zeile. »Und mit ›todbringend die Pein‹ hat er angekündigt, was passieren würde. Er meinte seinen Schmerz damit, seinen Kummer, weil er so einsam ist. Sein Schmerz bringt Lea Rinkner den Tod.«

»Es ist mir völlig egal, ob der einsam ist oder nicht.«

Es brodelte in Maria. Je länger sie über dieses Geschreibsel nachdachte, desto wütender wurde sie. Am liebsten hätte sie es wieder zerrissen und weggeworfen.

Natürlich mussten sie sich mit diesem Gedicht beschäftigen, es auseinanderpflücken, jede Zeile sorgfältig prüfen, ob es irgendeinen Hinweis auf den Täter gab.

Und sie mussten es veröffentlichen.

Zumindest mussten sie bekannt geben lassen, dass das Opfer einen Brief mit einem Gedicht bekommen hatte, bevor es ermordet wurde. Und etwas über die Art des Gedichts sagen. Sie hatten gar keine andere Wahl. Alles andere wäre fahrlässig.

Wenn irgendeine Frau einen solchen Brief bekam und Opfer dieses Irren würde, und die Kripo hatte nicht gewarnt – nicht auszudenken, was dann los war. Abgesehen davon, dass Maria ihres Lebens nie mehr froh werden würde.

»›Der Einsamkeit Klaue‹. Ein starkes Bild, was? Sehr emotional.« Arthur hing mit der Nase über dem Papier. »Mengert hat gar nicht so unrecht, finde ich. Der Stil erinnert schon ein bisschen an die Dichter der Romantik. Da ging es doch vor allem um Leidenschaft, Sehnsucht, die großen Gefühle. Und schwärmten die nicht auch für Mythen? Ich habe da mal einen Artikel in der Zeitung gelesen, dass die ein Faible für so etwas hatten.«

»Von mir aus können die schwärmen, für was die wollen.«

»Also, ich finde, dieser Hades bringt seine Gefühle gut rüber. ›... erlöst werd' ich endlich von grausamer Qual.‹ Man kann doch richtig spüren, wie verzweifelt er ist.«

»Jetzt hör schon auf, Arthur«, fuhr Maria ihn an. »Dieses Schwein manipuliert uns, merkst du das nicht? Er lässt uns an seinen Fäden tanzen, wie Marionetten. Wir müssen seinen Mist veröffentlichen, und die ganze Stadt spricht über nichts anderes als über ihn. Er bekommt alles, was er will.«

Arthur nickte. »Aber einsam ist er trotzdem. Und das Fatale an der Sache ist, er wird es auch bleiben. Und deshalb, Maria, wird er weitermorden. Er bringt eine Frau um, aber damit ändert er ja nichts, er bleibt einsam. Nur in dem Moment, in dem er über sie herfällt, dieser letzte Moment, in dem sie ihm voller Angst in die Augen blickt, in dem ihre Seelen sich im Kampf begegnen, das ist vielleicht der Moment, in dem seine Einsamkeit verschwindet.«

»Sag mal, fängst du jetzt an, durchzudrehen, oder was?« Maria sah ihn entsetzt an. »Gut, dass ich dich schon so lange kenne, sonst würde ich noch auf die Idee kommen, du schreibst diesen Kram.«

»Ich bitte dich, Maria, das hatten wir doch schon mal! Ich kann mich eben nur sehr gut in ihn einfühlen. Und wenn ich es wäre, wäre das sehr schlecht für euch. Mich würdet ihr nie kriegen.«

Die Tür ging auf, Alsberger kam herein. Er schaute zur Kaffeemaschine, die auf der Fensterbank stand. »Gibt es keinen Kaffee?«

»Kaffee nicht, aber Neues vom Täter.« Maria zog Arthur das Blatt weg und reichte es Alsberger. »Lea Rinkner hat es bekommen, bevor sie ermordet wurde.«

In ihrem Büro klingelte das Telefon. Sie lief über den Flur zu ihrem Zimmer.

»Ja, Mooser.«

»Ich bin's, Cloe. Ihre Nummer war in meiner Anrufliste.«

Na, die kam ihr gerade recht.

»Cloe! Wie außerordentlich nett, dass du dich noch einmal meldest«, begrüßte Maria sie bissig.

»Sie hören sich an, als wären Sie sauer.«

»Ich höre mich nicht nur so an, ich bin sauer. Auch der dümmste Esel lässt sich nicht gern an der Nase herumführen. Was soll dieser Mist mit der Liste? Das Telefonbuch abschreiben können wir auch selber.«

Einen Moment war Stille.

»Sie haben das nicht verstanden«, kam es vom anderen Ende.

»Was?«

»Die Liste. Sie haben sie nicht verstanden. Ich sollte doch alles aufschreiben, was mir zu Lea einfällt. Alle Nummern haben etwas mit Lea zu tun.«

»Ach, auch die HotWok-Hongkongnudel?«

»Lea hat da immer bestellt. Und am zweitliebsten hat sie sich Pizza bei Luigiano geholt. Ich habe mit dem Essen angefangen. Danach kommt Fitness, Schönheit – das ist der Friseur und das Nagelstudio – dann die Kneipen, in die sie gegangen ist, dann so lose Bekannte und zum Schluss die Freunde. Der Wichtigkeit nach geordnet.«

»Und was soll das, bitte schön?«

»Ich habe doch gesagt, ich schwärze niemanden an. So kann ich immer sagen, dass ich keinen Namen genannt habe.«

Maria schaute auf die Liste, die vor ihr auf dem Schreibtisch lag. Die letzte Nummer darauf, die wichtigste nach Cloes Sortierung, war die, die gerade auf ihrem Display angezeigt wurde.

Maria redete Cloe ins Gewissen. Sie telefonierten fast eine Stunde lang. Es war mühsam, um jede Information musste sie feilschen. Aber am Ende wusste sie einiges mehr. Nichts Brisantes, aber ein Anfang.

Die Telefonnummern, die für sie interessant waren, gehörten zu einem Kellner, der in Lea verliebt gewesen war, zu einem Studenten, mit dem sie geflirtet hatte, und zu zwei Exfreunden.

Maria hatte gerade den Hörer aufgelegt, als Alsberger zu ihr kam, das Blatt mit dem Gedicht in der Hand.

Jetzt wäre eine gute Gelegenheit, ihm von ihrem Gespräch mit Ferver zu erzählen, von Jantzeks Beschwerde und dem, was daran hing. Sie musste es ihm sagen, und zwar bevor Ferver es tat. Alles andere wäre unfair.

»Alsberger, ich muss mit Ihn...«

Aber er ließ sie gar nicht ausreden.

»Hier: ›befruchtet von der Schlange, die dein Schreien nicht hört‹. Wir haben es noch einmal nachgelesen. Zeus war der Vater der Persephone und hat sie, getarnt als Schlange, befruchtet. Seine eigene Tochter! Als Hades sie dann raubt und sie um Hilfe ruft, ignoriert Zeus es. Der eigene Vater! Verstehen Sie?«

»Nein, tut mir leid, verstehe ich nicht.«

Alsberger hatte das Blatt mit dem Gedicht vor sie gelegt und deutete auf die ersten Zeilen.

»›Befruchtet von der Schlange‹! Von Zeus. Vom eigenen Vater! Inzest, das könnte doch das Thema sein, das hinter alldem steckt. Das Motiv! Missbrauch! Vielleicht hat Rinkner seine Tochter irgendwann missbraucht, und sie wollte ihn jetzt anzeigen.«

»Inzest war unter den Göttern gang und gäbe, Alsberger. Und wenn Sie, statt um die Ecke zu denken, geradeaus gedacht hätten, dann wäre Ihnen vielleicht aufgefallen, dass unser Täter glaubt, er wäre Hades und nicht Zeus.«

»Erinnern Sie sich an das Bild, das über dem Küchentisch von Lea Rinkner hing. Ein kleines Mädchen, das Angst hat. Dieser bedrohlich aussehende Mann. Vielleicht ist das ein Bild für die Bedrohung, die von ihrem Vater ...«

»Sie machen immer das Gleiche. Sie picken sich einen raus, der war es dann. Und dabei bleibt es, komme, was kommen mag«, unterbrach Maria ihn barsch. »Lernen Sie eigentlich nie dazu? Glauben Sie allen Ernstes, dass Rinkner so ein Gedicht geschrieben haben könnte? Der kriegt doch nicht mal drei Sätze hintereinander raus. Rinkner ist fertig, der ist am Ende. Er hat versucht sich aufzuhängen, weil er den Tod seiner Tochter nicht verkraftet. Reicht das nicht?«

»Er hing aber nicht am Strick, er lag darunter!«

»Hier, machen Sie sich eine Kopie.« Sie hielt ihm Cloes Liste hin, bemüht um einen normalen Tonfall. »Und organisieren Sie, dass die Kollegen alle Personen, zu denen diese Telefonnummern gehören, über ihre Beziehung zu Lea Rinkner befragen. Vielleicht kommen Sie dann ja noch mal auf andere Gedanken.«

Alsberger presste die Lippen zusammen, nahm die Liste und verließ wortlos ihr Büro.

Die Hitze kam mit einem Schlag, als habe jemand neben ihr einen Gasofen entzündet, züngelte ihren Hals hoch, über ihr Gesicht, über die Schläfen, bis in die allerletzte Haarwurzel. Höllenfeuer.

Vielleicht war die Verwaltung doch der bessere Platz für Alsberger. Keine Streitigkeiten mehr, kein Ärger.

Maria ging zum Fenster und riss es weit auf.

Hades, Zeus, Inzest, Hölderlin, Bräute, Dichter, Säufer. Ihr Körper schien zu verglühen. Sie pumpte sich voll mit der kühlen Herbstluft, so lange, bis sie endlich wieder klar denken konnte.

Arthur mochte vielleicht recht damit haben, dass es ein einsamer, verzweifelter Mensch war, der den Mord an Lea Rinkner begangen hatte. Hades, der Unglückliche, der Ungeliebte.

Aber in einem irrte Arthur, da war sie sich sicher. Es würde kein weiteres Opfer geben.

Hades hatte nur *eine* Braut.

*

Sarah bemühte sich, ruhig zu bleiben. »Bitte, Julie, mach voran, ich muss zur Arbeit.«

Es war schon fast halb sechs, sie musste sich beeilen, wenn sie noch pünktlich kommen wollte. Aber Julie trödelte, wie üblich.

»Komm, die Oma wartet schon. Du willst doch nicht, dass die Oma traurig ist, weil wir zu spät kommen. Julie, bitte!«

Julie hatte sich steif gemacht wie ein Brett, als Sarah ihr die Jacke anziehen wollte. Dann musste Julie unbedingt noch den Teddy mitnehmen, dann den Hasen. Dann sollten es die roten Schuhe sein, dann doch die blauen.

Sarah stand unten im Flur, Julie oben an der Treppe. Endlich setzte sie sich in Bewegung. Sarah wartete. Am liebsten hätte sie ihre Tochter angeschrien. Sie könnte sie auch einfach packen und hinuntertragen, aber sie wusste, dass es alles nur noch schlimmer machen würde.

Schritt für Schritt kam Julie im Schneckentempo die Stufen herunter, den Hasen an sich gedrückt, den Trotzteufel im Genick. Sie summte ein Lied, scheinbar harmlos, als ob alles in bester Ordnung und die Welt eine große Wiese mit tausend gelben Butterblumen wäre. Und an jeder musste man mindestens einmal stehen bleiben, um daran zu schnuppern.

Nicht hinschauen, dachte Sarah, sonst bringe ich sie um.

Ob das normal war, dass man auf sein Kind so wütend sein konnte?

Sarah öffnete die Haustür und schaute, ob Post da war. Meistens steckte nichts Erfreuliches im Briefkasten. Rechnungen, irgendetwas, was man nicht haben wollte. Aber das war immer noch besser, als bei Julies Protestaktion zuzusehen.

Im Haus gegenüber stand die Nachbarin hinter der Gardine. Super, da hatte sie das passende Publikum, wenn sie gleich versuchen würde, Julie auf den Fahrradsitz zu kriegen. *Bei uns hätte es das früher nicht gegeben. Vielleicht sollten Sie mal …*

Die Alte war eine Giftspritze. Aber immer noch besser die als der Widerling, der früher gegenüber gewohnt hatte. Einer, der immer ein bisschen zu nah kam, wenn man mit ihm redete. Und wie der manchmal gekeucht hatte. So ein geiler alter Sack.

Die Gardine im Fenster auf der anderen Straßenseite bewegte sich, Sarah grüßte. Sollte die Alte ruhig mitbekommen, dass sie dahinten nicht unsichtbar war.

Unten an jedem Briefkasten waren drei kleine Schlitze, sodass man von außen erkennen konnte, wenn etwas darin war. Ein Brief! Sarah konnte ihn sehen, hell, weiß.

Sie schloss den Kasten auf, griff nach dem Umschlag. Keine Anschrift, kein Absender. Sie öffnete ihn. Ein sorgfältig gefaltetes Blatt steckte darin.

Das Summen hatte aufgehört. Im Haus war es völlig still. Was war jetzt los?

Sarah schaute in den Flur, die Treppe hoch.

Julie hatte sich auf eine der Stufen gesetzt und betrachtete verträumt ihre blauen Schuhe.

»Verdammt noch mal, Julie! Jetzt mach endlich voran!«

Julie schaute hoch, ihre Unterlippe begann leicht zu zittern.

»Und fang jetzt bloß nicht an zu heulen! Ich habe wirklich keine Lust auf dein Theater.«

Das war es. Julie erhob sich langsam, steckte den Stoffhasen zwischen die Gitterstäbe des Geländers, um ihn dann, wie von wissenschaftlicher Neugier getrieben, fallen zu lassen und interessiert hinterherzuschauen.

Sarah stopfte den Brief in ihre Jackentasche und lief die Treppe hoch.

»Jetzt ist Schluss, jetzt reicht es!«

Was schon seit dem Mittag bedrohlich wie eine Gewitterwolke über ihnen geschwebt hatte, bahnte sich seinen Weg.

Sarah schimpfte, Julie klammerte sich mit beiden Händen am Geländer fest. Sarah löste Finger um Finger, Julie schrie, Tränen strömten wie ein Sturzbach über das Gesicht, das sich zornesrot einfärbte, als stecke der Satan persönlich in dem kleinen Körper.

Natürlich kamen sie zu spät. Natürlich war ihre Mutter sauer.

Sarah fuhr mit dem Rad zur Arbeit, es war schneller, als auf die Straßenbahn zu warten.

Sie beeilte sich, hetzte den ganzen Abend lang. Vom Tisch zurück an die Theke, von der Theke zurück an den Tisch, von Tisch eins zu Tisch sieben, von Tisch sieben zu Tisch fünf und wieder an die Theke. *Bringen Sie mir noch … Kann ich bitte … Ich hätte gerne …*

Aufregung waberte durch den Gastraum. Gesprächsfetzen, die sich immer um das gleiche Thema drehten. Eine Frau war ermordet worden, man hatte sie aus dem Neckar gezogen. Der Mörder hatte ihr ein Gedicht geschickt, bevor er sie umgebracht hatte.

Durchgedrehter Professor, ein Bekloppter, einer aus der Klapse. Bestie, Monster. Arme Frau. Abgestochen, vergewaltigt, gevierteilt, in kleine Stücke gehackt.

Sarah konnte es irgendwann nicht mehr hören. Sie dachte an ihre Tochter. Julie hatte den Kopf weggedreht, als sie ihr einen Abschiedskuss geben wollte.

Um elf Uhr suchte der Wirt den Sender im Radio und stellte laut. Es war totenstill im Raum. Die Verse des Mörders: *Erster Akt. Einsamkeit quält, zerstückelt das Herz …*

Weiter ging es im Gastraum: *Killerdichter, perverser Schmierfink, Monster, widerliches Schwein.*

Um eins konnte sie endlich gehen. Draußen war es seltsam hell. Sarah schaute zum Himmel. Riesig hing der Vollmond über der Stadt.

Sie löste das Sicherheitsschloss ihres Fahrrads und machte sich auf den Heimweg. Ob sie sich nicht besser ein Taxi nehmen wolle, hatte der Wirt gefragt. Wo doch dieser Verrückte noch frei rumlaufe. Ob er es denn bezahlen würde, hatte Sarah ihn gefragt. Dieser Idiot.

Seltsamerweise war sie heute gar nicht müde. Vielleicht lag es am Mond, der wie eine riesige Scheibe am Himmel schwebte und die Nacht so gar nicht Nacht sein lassen wollte.

Mal wieder so richtig versumpfen. Warum nicht, wenn sie sowieso eine Rabenmutter war. Sie musste Julie ja erst morgen früh wieder abholen.

Früher war sie abends oft durch die Altstadt gebummelt, hatte ganze Tage mit ihren Freundinnen bei Starbucks verbracht. Und manchmal waren sie nach Mannheim in die »Alte Feuerwache« gefahren.

Das Trinkgeld war heute nicht schlecht gewesen. Warum sollte sie eigentlich immer jeden Cent auf die Seite legen? Julie mochte ja doch die Oma am liebsten.

Die Ampel schlug um auf Rot. Sarah hielt. Sie war schon einmal erwischt worden, als sie nachts mit dem Rad bei Rot über eine Ampel gefahren war. Die hatten ihr doch tatsächlich sechzig Euro abgeknöpft.

Hatte sie ihr Portemonnaie eigentlich eingesteckt? Sie hatte das Trinkgeld hineingetan und es auf die Theke gelegt. Und dann?

Sarah griff in ihre Jackentasche. Da war es, Gott sei Dank. Ihre Hand berührte noch etwas anderes. Den Umschlag, den sie zu Hause aus dem Briefkasten gezogen hatte. Julies Wutanfall hatte alles andere unwichtig werden lassen.

Sie zog das Papier heraus und faltete es auseinander. Es war gar kein richtiger Brief, es waren nur ein paar Zeilen, untereinandergeschrieben.

Sarah las Vers um Vers, ihre Augen flogen immer schneller über das Geschriebene. *Voll Sehnen, voll Hoffen, voll Bangen, will sterben vor Lieb und Verlangen …*

Es stand kein Name darunter.

Hinter ihr das leise Quietschen einer Fahrradbremse. Sarah drehte sich um. Da stand jemand, keinen Meter entfernt, ein Bein auf dem Boden abgestützt, die Kapuze tief ins Gesicht gezogen.

Mann oder Frau? Nicht einmal das konnte sie erkennen.

Der Brief. Das war ein Gedicht.

Jemand hatte ihr ein Gedicht geschrieben!

Perverser Schmierfink. Monster. Arme Frau. Abgestochen, vergewaltigt, gevierteilt, in kleine Stücke gehackt.

Warum hatte sie nicht ein Taxi genommen?

Ein dunkles Räuspern.

Das war *er.*

Sarah stieg auf das Rad, trat mit aller Kraft in die Pedale. Sie musste weg, fliehen, schneller sein.

Der Schmerz traf ihren Körper völlig unvorbereitet. Ein Schrei, seltsam weit entfernt, und doch war es ihre eigene Stimme. Blut, das warm über ihre Haut lief.

Ein Gesicht, halb verdeckt von einer Kapuze, das sich bleich zu ihr herabbeugte.

Der Mond, dachte Sarah. Das muss der Mond sein.

Polygamie

Die Hiobsbotschaft erreichte Maria um halb drei morgens. Die Kollegen vom Kriminaldauerdienst hatten sie zu Hause angerufen und faxten ihr, was sie am liebsten niemals zu Gesicht bekommen hätte:

Voll Sehnen, voll Hoffen, voll Bangen,
will sterben vor Lieb und Verlangen.
Will jauchzen, will schluchzen, will weinen,
wenn unsere Seelen sich einen.

Werd folgen dir, du süße Maid,
werd spüren, ob du bist bereit.
Werd dich umfangen, dich berühren,
ins Reich der Schatten dich entführen.

Werd Rosen brechen an hölzerner Pforte,
werd Blüten streuen an finsterem Orte.
Werd bringen den Tod, erlösen dein Herz,
auf ewig vereint, besiegen den Schmerz.

Maria hatte es dreimal gelesen, aber schon beim ersten Mal war all ihre Hoffnung, es könnten vielleicht doch die Zeilen eines harmlosen, netten Verehrers für seine Angebetete sein, verpufft.

Zwanzig Minuten später stand Alsberger mit dem Wagen vor ihrer Tür.

Sie fuhren durch die nächtlichen Straßen, vorbei am riesigen Metallpferd vor Heideldruck, das im Mondlicht so lebendig aussah, als wolle es gleich auf seinen drei Beinen gen Himmel galoppieren.

»Dieser Scheißkerl hält sich nicht dran«, murmelte Maria.

»Woran soll er sich denn halten?«, fragte Alsberger.

»An die Vorlage. Wenn er schon behauptet, er wäre Hades, dann soll er sich bitte schön auch an die Vorlage halten. Hades hatte nur eine Braut. Nur eine! Verdammt noch mal.«

Alsberger lenkte den Wagen über die Ernst-Walz-Brücke. Das Mondlicht spiegelte sich im Neckar, silberne Tupfen, die wie kleine Flammen auf dem Fluss tanzten.

»Dieses Licht«, sagte er, »sieht irgendwie gesp...«

Er schluckte den Rest hinunter, aber es war schon zu spät.

»Fangen Sie jetzt wieder mit diesem Geisterkram an? Wahrscheinlich liegt alles nur am Vollmond, oder wie? Da werden Männer zu Werwölfen, harmlose Hausfrauen reiten mit dem Besen über den Odenwald, und Hades kriecht aus der Unterwelt und schreibt Liebesgedichte?«

Maria war wütend. Aber ausnahmsweise einmal nicht auf Alsberger, sondern vor allem auf sich selbst. Sie war so sicher gewesen, dass sich alles nur um Lea Rinkner drehte.

Sie hatte daran geglaubt, weil sie es unbedingt hatte glauben wollen. Weil sie dann nicht unter dem Druck hätten arbeiten müssen, dass es von ihnen abhing, ob eine weitere Frau starb.

Der Geruch in Klinikzimmern hatte Maria noch nie behagt. Sie hätte am liebsten das Fenster aufgerissen, um die kühle Nachtluft hereinzulassen, aber das Zimmer hatte keines.

Die junge Frau lag mit geschlossenen Augen im Bett. An einem Gestänge daneben hing ein Beutel mit klarer Flüssigkeit, von dem ein dünner Schlauch bis zu ihrem Arm herunterreichte.

Ihr Gesicht war so bleich und ihre Haut so durchscheinend, dass sie aussah, als wäre sie nicht mehr von dieser Welt. Die blonden Haare lagen wie ein Fächer auf dem Kissen, getrocknetes Blut klebte an ihrer Stirn.

Eines war nicht zu übersehen, und es war etwas, das Maria erschrecken ließ: Sie sah Lea Rinkner ähnlich. Es war der gleiche Typ. Sie musste ein hübsches Gesicht haben, wenn es nicht gerade so zugerichtet war wie im Moment, lange blonde Haare, und sie war nicht älter als Anfang bis Mitte zwanzig.

Maria konnte ihren Atem hören, sonst war es still. Nur die Uhr über der Tür zeigte mit lautem Ticken an, dass es kurz nach drei war.

»Die haben doch gesagt, sie wäre nicht mehr bewusstlos.« Maria beugte sich über das Bett. In diesem Moment schlug die junge Frau die Augen auf.

»Mooser, Kripo Heidelberg.« Maria lächelte sie an. »Und Sie sind Sarah Szeidel?«

Die rechte Gesichtshälfte der jungen Frau war geschwollen, die Oberlippe eingerissen. »Ja, das bin ich«, brachte sie mühsam hervor.

»Unsere Kollegen haben uns erzählt, dass Sie einen Brief bei sich hatten, als der Unfall geschah. Ein Gedicht. Darüber wüssten wir gerne mehr.«

Sarah Szeidels Augen füllten sich mit Tränen.

»Ich kam von der Arbeit«, flüsterte sie. »Ich stand an der Ampel. Und dann ... dann ...« Sie drehte den Kopf zur Seite. »Ich weiß es nicht mehr. Ich habe keine Ahnung, was dann passiert ist.«

Aber Maria wusste es. Sie hatte mit den Kollegen von der Streife telefoniert, die den Unfall aufgenommen hatten.

Nach Aussagen der Zeugin, die hinter Sarah Szeidel an der Ampel gestanden und gewartet hatte, hatte die junge Frau sich zu ihr umgedreht und war dann einfach losgefahren.

Das Auto, das Sarah Szeidel erfasst hatte, kam von rechts. Sie war über das Heck geflogen, auf der anderen Seite aufgeschlagen und bewusstlos liegen geblieben.

Als man ihre Taschen nach einem Ausweis durchsuchte, fand man den Brief, und da der mörderische Dichter inzwischen so viel Publicity bekommen hatte, dass jeder in der Stadt sich melden würde, sobald er auch nur einen Zweizeiler auf einer Klotür fand, hatte man gleich die Kripo informiert und das Gedicht gefaxt.

»Seit wann haben Sie diesen Brief?«, fragte Alsberger.

»Seit heute. Ich glaube, seit heute. Ich sehe nicht jeden Tag nach. Ich habe ihn aus dem Briefkasten geholt, bevor ich meine Tochter weggebracht habe.«

Maria musste die ganze Zeit auf die blonden Haare sehen.

»Kennen Sie Lea Rinkner?«, fragte sie.

»Lea wie? Rinkner? Nein, nie gehört.«

Maria nannte die Apotheke, in der Lea gearbeitet hatte, beschrieb, wo Lea gewohnt und wie sie ausgesehen hatte, dass sie häufig am Neckar joggen war, ihr Vater in Ladenburg wohnte.

Aber die Antwort von Sarah Szeidel war immer die gleiche.

»Nein, ich kenne die Frau nicht.«

Sarah Szeidel kannte auch niemanden, der ihr ein solches Gedicht schreiben würde. Sie hatte keinen Mann vor den Kopf gestoßen, war selbst von ihrem letzten Freund vor fünf Jahren schwanger sitzen gelassen worden und seitdem solo. Niemand hatte sie belästigt, niemand hatte ihr aufgelauert, niemand hatte ihr Avancen gemacht. Sie hatte mit niemandem gestritten und sich auch nicht beobachtet gefühlt.

Maria fragte, bis Sarah Szeidel stammelte, dass ihr schlecht sei.

»Denken Sie nicht, dass wir jetzt genug wissen?«

Alsberger klingelte nach der Schwester, ohne auf eine Antwort von Maria zu warten. Die Schwester machte kurzen Prozess, als sie die aufgelöste Sarah Szeidel sah.

»Die Patientin braucht jetzt Ruhe. Mit so einer Kopfverletzung ist nicht zu spaßen.« Damit bugsierte sie Maria und Alsberger aus dem Zimmer.

»Sieht aus, als würde unser Hades für junge Frauen mit langen blonden Haaren schwärmen.« Maria ließ sich auf einen der Stühle fallen, die im Flur an der Wand standen.

Alsberger verstaute sorgfältig sein Blöckchen. »Zumindest gibt es Ähnlichkeiten zwischen Sarah Szeidel und Lea Rinkner, das ist nicht zu übersehen.«

»Er kennt sie. Er weiß, wie sie heißen und wo sie wohnen.« Maria schaute zu ihm hoch. »Aber warum warnt er sie? Bei Lea Rinkner war das egal, sie wusste mit seiner Ankündigung nichts anzufangen. Aber jetzt muss er sich doch denken können, dass jede Frau, die irgendein Gedicht bekommt, sofort zur Polizei rennt. Er hat schließlich selbst dafür gesorgt, dass alle Welt weiß, dass der ›Heidelberger Frauenmörder‹ Gedichte schreibt.«

»Vielleicht interessiert ihn das alles nicht. Er handelt einfach weiter nach seinem Plan.«

»Nein, nein, so dumm ist der nicht. Es geht um uns, Alsberger. Um die Kripo. Ich glaube, er will, dass wir wissen, dass er sich ein neues Opfer ausgesucht hat. Aber was soll das?« Wieder schaute sie zu ihm hoch. »Jetzt setzen Sie sich doch endlich mal hin. Sie machen mich ganz nervös.«

Er hatte Sarah Szeidel den Brief geschrieben und sie in Angst und Schrecken versetzt. Aber mehr hatte er nicht getan. Noch nicht. Ob er sie beobachtete, Tag und Nacht? Oder vielleicht nur ab und zu, bis der Zeitpunkt passte, bis er den Drang verspürte zu töten?

Eine Schwester ging vorbei, die blonden Haare zu einem Zopf gebunden, groß und schlank. Maria blickte ihr nachdenklich hinterher.

Vielleicht war es gar nicht so schlecht, dass Sarah Szeidel diesen Unfall gehabt hatte. Wenn sie Glück hatten, wusste Hades noch nichts davon.

Sie brauchten eine blonde, schlanke Frau. Blonde Haare. Dafür gab es Perücken. Aber schlank?

»Ich bin zu dick, Alsberger.«

Ihr Assistent sah sie erstaunt an.

»Ich bin zu dick! So ein Mist. Ich bin viel zu dick.«

Alsberger räusperte sich. »Also, Arthur hat ja auch schön abgenommen. Vielleicht reden Sie mal mit ihm, wie er …«

»Ach, halten Sie die Klappe!«, fuhr Maria ihn an.

Sie stand auf, holte ihr Handy raus und wählte die Polizeidirektion an.

»Mooser hier. Organisiert mir mal die Privatnummer von der Neuen aus dem Raubdezernat. Ja, genau, die meine ich. Die Blonde.«

Dann ging sie zu Sarah Szeidel. Auch wenn der jungen Frau übel war, Maria musste noch einmal mit ihr reden.

Anderthalb Stunden später fuhr eine schlanke, blonde Frau mit dem Fahrrad in Richtung Handschuhsheim. Sie trug die Jacke von Sarah Szeidel und hatte ihren Wohnungsschlüssel in der Tasche.

Zwei Männer in einem Wagen folgten ihr, ein Radfahrer, ein anderer Wagen, andere Männer. Maria hatte sie alle aus dem Bett geklingelt.

Nachdem alles organisiert war, war sie mit Alsberger zu der Zeugin gefahren, die den Unfall beobachtet hatte. Eine Rumänin, die kaum Deutsch sprach.

Sarah Szeidel hatte, kurz bevor sie so unvorsichtig losgefahren war, etwas aus der Tasche gezogen und gelesen. Es war nicht schwer zu erraten, was.

»Sie mich ansehen wie Geist«, radebrechte die junge Frau. »Angst. Viel Angst in Augen.«

Als sie endlich mit allem fertig waren, war es schon fast sieben in der Früh. Maria brauchte eine heiße Dusche, bevor sie weiterarbeiten konnte. Sie ließ sich von Alsberger wieder zu Hause absetzen.

»Ach, übrigens«, sagte sie, als sie ausstieg, »ein kleiner Tipp. Wenn noch einmal eine Frau in Ihrer Anwesenheit sagt, sie sei zu dick, lautet die richtige Antwort immer, und zwar ohne Ausnahme: Aber Sie sind doch nicht zu dick! Merken Sie sich das.«

»Tut mir leid, ich wollte Sie nicht kränken.«

»Schon gut.« Maria öffnete die Tür. »Verrechnen wir es mit dem Mädchenpensionat.«

Im Hausflur kam ihr Arno Herkel mit einem Einkaufskorb entgegen. Er sah aus, als sei er gerade aus dem Bett gekrochen. Die Haare verstrubbelt, das Gesicht noch ein bisschen verknittert.

»Aha, die Nachtschwärmerin kommt nach Hause«, begrüßte er sie.

»›Nachtarbeiterin‹ passt wohl eher«, erwiderte Maria.

Er sah sie prüfend an. »Ehrlich gesagt, du siehst auch ein bisschen fertig aus. Ich wollte gerade Brötchen holen. Willst du mit mir frühstücken?«

Bald darauf saß Maria frisch geduscht in Arnos Wohnung. Der unwiderstehliche Geruch von gebratenem Speck breitete sich bis in den letzten Winkel der Küche aus und ließ ihr das Wasser im Mund zusammenlaufen. Brötchenberge türmten sich vor ihr auf dem Tisch, Laugenstangen, schwäbische Seelen und Croissants.

»Da bin ich ja froh, dass ich keine langen blonden Haare habe«, sagte Arno, der, eine rot-weiß karierte Schürze um den Bauch gebunden, am Herd stand.

Maria hatte ihm erzählt, was los war. Und nicht nur das: Sie hatte ihm regelrecht ihr Herz ausgeschüttet. Der Geruch von gebratenem Speck auf hungrigen Magen machte irgendwie geschwätzig.

»Und, was tut ihr jetzt? Glaubst du wirklich, der fällt auf euren Lockvogel rein?« Arno kam mit der Pfanne und schaufelte ihr einen kleinen Berg Rührei auf den Teller.

»Ich hoffe es. Wenn er nichts von Sarah Szeidels Unfall weiß, dann ist das unsere Chance. Sie meldet sich auf der Arbeit krank, und sobald man sie aus dem Krankenhaus entlässt, wird sie für ein paar Tage untertauchen. Unsere Beamtin bleibt in ihrer Wohnung und wird abends spazieren gehen, im Dunkeln mit dem Fahrrad herumfahren, die Haustür nicht abschließen und, und, und.«

»Also, wenn ich Hades wäre und euch ein bisschen an der Nase herumführen wollte, dann würde ich das genauso machen. Ich schicke irgendeiner jungen Frau einen Brief mit einem Gedicht – und wenn ihr all eure Energie darauf konzentriert, sie vor mir zu schützen, dann schlag ich am anderen Ende der Stadt zu. Schließlich gibt es in Heidelberg genug hübsche Frauen.«

»Was bist du, der Advokat des Teufels?« Wollte der ihr jetzt das Rührei verderben? »Irgendetwas müssen wir tun. Wir können Sarah Szeidel nicht einfach nach Hause lassen. Dieses Gedicht ist eine Morddrohung, eine in Reimform, aber es ist und bleibt eine Morddrohung.«

»Mag ja sein, dass dieser Hades auf junge blonde Frauen steht.« Arno lächelte sie an. »Ich persönlich schätze mehr die molligen Brünetten.«

Wer war denn hier mollig? Meinte der etwa sie? War das jetzt ein Kompliment oder eine Beleidigung?

Maria verzichtete darauf, es auszudiskutieren.

Stattdessen erzählte sie Arno lieber von ihrem zweiten Problemfall, dem Geister sehenden Assistenten, der bei ihrem Chef auf der Abschussliste stand.

»Was hat der junge Mann denn dazu gesagt?«, wollte Arno wissen.

»Ich weiß es nicht.« Schon als sie es aussprach, plagte sie das schlechte Gewissen. »Ich habe noch nicht mit Alsberger darüber gesprochen. Es hat sich gestern irgendwie ... Es hat sich einfach nicht ergeben.«

»Das kenne ich. Ich drücke mich auch gern vor Sachen, die unangenehm sind.«

Arno stocherte im Rührei herum. Dann legte er die Gabel hin, stand unvermittelt auf und ging hinaus. Als er wiederkam, hatte er einen Blumenstrauß in der Hand, der einmal sehr schön gewesen sein musste. Jetzt war er nur noch eines: verwelkt. Ein Bündel Heu in Zellophan.

»Das ist gestern abgegeben worden, von einem Blumenladen.

Die haben bei mir geklingelt, weil unten bei dir niemand war. Ich war wirklich fest überzeugt, ich hätte Wasser in die Vase getan, aber …«, er kratzte sich mit der freien Hand am Kopf, »… ich habe es offensichtlich vergessen.«

Maria nahm ihm das Gestrüpp ab. Am Zellophanpapier klebte eine Karte.

»Wer schickt mir denn Blumen?«

Arno zuckte mit den Schultern, setzte sich wieder vor seinen Teller, so sehr bemüht, nicht neugierig auf die Karte zu schauen, dass Maria nur vermuten konnte, dass er sie schon gelesen hatte.

Eine kleine Entschuldigung für Samstag, Jörg, stand darauf.

»Und?«, fragte Arno unschuldig. »Sind die von eurem Hades?«

Maria konnte nicht verhindern, dass sie ihn glücklich anstrahlte. »So ähnlich.«

»Vielleicht geht es ja auch um einen Wettstreit. Um eine Art Duell.« Arno schaute versonnen auf die Karte.

»Ein Duell? Zwischen wem? Zwischen dir und …«

»Deinem Blumenkavalier? Ach was, Maria, das habe ich nicht nötig. Wahre Qualität setzt sich auch ohne Bestechung durch. Noch ein bisschen Rührei?« Er kratzte die Reste aus der Pfanne. »Nein? Pech für dich, dann esse ich es jetzt auf. Ich meine natürlich einen Wettstreit zwischen Hades und euch. Er hat euch gezeigt, wen er sich ausgesucht hat, und jetzt ist die Frage: Kann er sie sich vor eurer Nase holen oder könnt ihr sie retten?«

»Dann muss er an krankhafter Selbstüberschätzung leiden. Dass wir Sarah Szeidel keine Minute mehr aus den Augen lassen, wird er sich ja wohl denken können.«

»Vergiss nicht, dieser Hades hat eine Tarnkappe! Er kann sich unsichtbar machen.«

»Ja, in der Mythologie kann er das, aber unserer kann es garantiert nicht.«

»Ich meine auch nicht so richtig unsichtbar. Aber er könnte sich doch zum Beispiel als Pfleger verkleiden. Er schlüpft in eine Rolle, in der er nicht auffällt. Auch eine Art, unsichtbar zu werden. Und dann spaziert er im Krankenhaus vor eurer Nase in das Zimmer dieser jungen Frau.«

»Vergiss es. Die Beamtin sitzt direkt neben ihrem Bett.«

»Ich sehe schon, meine Nachbarin ist nicht nur schön, sondern auch klug.«

Er schaute auf den verdörrten Strauß, der immer noch auf dem Tisch lag. »Soll ich die Blumen nicht besser wegwerfen? Die sind doch hinüber.«

Maria hatte überhaupt keine Chance, Einspruch zu erheben, so schnell waren die Blumen im Abfalleimer.

»Sahen auch gestern schon nicht besonders toll aus«, kommentierte Arno sein Werk.

»Weißt du …«, Maria würgte den letzten Bissen ihres Brötchens hinunter, »… vielleicht hast du gar nicht so unrecht, was die Sache mit der Tarnkappe angeht. Es gibt solche Typen, Wölfe im Schafspelz. Manche Nachbarn zum Beispiel. Die erwecken den Eindruck, als wären sie nett und harmlos, dabei sind es kaltblütige Bestien, die Blumensträuße ermorden.«

»Mord! Also bitte!« Arno griff nach der Thermoskanne. »Fahrlässige Tötung, mehr war das nicht. Noch ein bisschen Kaffee, von der Bestie?«

Die rosarote Wolke, auf der Jörgs Blumen sie für kurze Zeit hatten schweben lassen, löste sich schlagartig auf, als Maria in die Polizeidirektion kam. Die Stimmung in der Abteilung war gespannt, wie vor einem Sturm, wenn der erste kühle Windhauch in der drückenden Schwüle die nahende Katastrophe ankündigte.

An vielen Büros stand die Tür offen, überall waren aufgeregte Stimmen zu hören.

»Siehst du! Ich habe es dir doch gesagt!«, rief Arthur ihr entgegen, als sie in sein Zimmer kam. »Genau, wie ich vermutet habe! Er kann seine Einsamkeit durch den ersten Mord nicht besiegen, also muss er sich die nächste Frau holen.«

»Und glaubst du, es fällt ihm irgendwann einmal auf, dass das so nicht klappt mit der trauten Zweisamkeit?«

»Keine Ahnung. Aber es könnte sowieso auch sein, dass er erst auf eine Vereinigung im Jenseits hofft. Hier …«, Arthur suchte auf seinem Schreibtisch, »… ich habe für alle in der Soko eine Kopie gemacht: ›Will jauchzen, will schluchzen, will weinen, wenn unsere Seelen sich einen.‹ Die Seelen!«

»Na und?«

»Die Seelen, Maria! Es geht nicht um Körper, um Sex oder so etwas. Deshalb hat er sich an seinem ersten Opfer auch nicht vergangen. Er wird erst die Frauen töten, und dann bringt er sich selbst um. Dann sind sie im Tod vereint!«

»Auf jeden Fall ist Sarah Szeidel noch ziemlich lebendig.«

»Noch«, sagte Arthur. »Noch!«

»Danke, du hast mich jetzt wirklich aufgemuntert.«

»Ach übrigens, Roland hat sich krankgemeldet.«

»Krank? Der war doch vor zwei Stunden noch ganz munter? Was hat Alsberger denn?«

»Keine Ahnung. Er war vielleicht eine halbe Stunde hier, dann ist er reingekommen, hat gesagt, er wäre heute nicht einsatzfähig, und weg war er.«

Beim Thema Krankheit fiel Maria auf, wie schlecht Arthur aussah. Er hatte tiefe, dunkle Ringe unter den Augen und war ziemlich blass.

»Und, wie geht es dir? Hast du etwas von ihr gehört?«

Arthur schaute vor sich auf den Schreibtisch.

»Nein. Aber Sabine wird sich melden. Ganz bestimmt.«

In der Teambesprechung sagte Arthur kein Wort, dafür schwätzten, tuschelten und raschelten die anderen umso mehr. Schließlich platzte Maria der Kragen. Sie drohte Malek und Becker lautstark an, wer wie ein Erstklässler schwätze, der könne auch in der Ecke stehen. Dann kehrte Ruhe ein.

Sie berieten, wie die weitere Überwachung von Sarah Szeidel und die Beobachtung des Lockvogels ablaufen sollten.

Sarah Szeidel lebte im alten Kern von Handschuhsheim, einem Stadtteil Heidelbergs, der sich am westlichen Fuße des Heiligenberges erstreckte.

Ein hübscher Ort mit fast dörflichem Charakter und der Wohntraum mancher Heidelberger – überwachungstechnisch aber war es ein Alptraum.

Hier gab es ein Wirrwarr schmaler Gassen, kleine Pfade liefen hinter den Häusern lang, angeblich schon von den Kelten benutzt, um zu ihren Kultstätten auf dem Heiligenberg zu gelangen. Platz, um ein Auto abzustellen, gab es vielerorts nur, wenn man in der Lage war, hochkant zu parken.

Es würde mehr als schwierig werden, die Kollegen so zu platzieren, dass sie nicht auffielen.

Sarah Szeidels kleine Tochter Julie, die man nicht mit der Beamtin in der Wohnung lassen konnte, sollte für ein paar Tage bei der Oma, Ulrike Szeidel, untergebracht werden. Maria hatte kurz mit der Frau telefoniert. Ihre Enkelin Julie war wohl auch sonst ab und zu bei ihr, wenn die alleinerziehende Mutter eine Pause brauchte.

Einige der Mitarbeiter hatten gestern damit begonnen, Cloe Pettkes Liste abzuarbeiten.

Die Männer, mit denen Lea Rinkner demnach in Verbindung gestanden hatte, schienen als Täter nicht in Frage zu kommen. Einer hatte an dem Abend, als Lea Rinkner starb, gearbeitet, einer war zu einem Auslandssemester in Japan, einer nachweislich auf dem fünfzigsten Geburtstag seines Vaters gewesen.

Natürlich hatte man sich auch nach Clothilde Pettke erkundigt: Schulabbrecherin, Gelegenheitsjobs, lebte mit zwei Schwestern bei ihrer Mutter, bisher polizeilich nicht aufgefallen. In Leas Umfeld war Cloe gut bekannt. Ein »ungleiches Paar«, Lea habe Cloe »unter die Fittiche genommen«, »dicke Freundinnen«, »ein Herz und eine Seele« war, was die Beamten zu hören bekommen hatten.

Die seltsamen Eintragungen in Leas Rinkners Kalender bedeuteten genau das, was Alsberger vermutet hatte. Es waren Überstunden und Freizeitausgleich, die Lea dort notiert hatte, ein Anruf in der Apotheke hatte die Sache geklärt.

»Der Spruch *Träume werden wahr – Corti macht's möglich*, der am 3. August eingetragen ist, scheint auch etwas mit ihrer Arbeit zu tun zu haben«, wusste einer der Kollegen zu berichten.

Sie hatten herausgefunden, dass es sich bei »Corti« um ein Asthmaspray handelte.

»›Corti-Pulmonale‹ heißt das Zeug. Die Firma macht Werbung mit dem Spruch: *Endlich frei atmen – Corti macht's möglich*.«

Warum dadurch Träume wahr wurden, das hatte man allerdings nicht herausgefunden.

»Vielleicht kam an dem Tag der knackige Pharmavertreter für das Zeug«, warf Becker ein. »Einer, der weiß, wovon die Mädels träumen.«

Maria dankte für den außerordentlich qualifizierten Beitrag und brummte ihm auf, in der Apotheke nachzufragen, ob dort Anfang August ein Pharmavertreter gewesen sei, knackig oder auch nicht.

Insgesamt waren die Ergebnisse ihrer Ermittlungen enttäuschend.

Lea Rinkners Kolleginnen hatten berichtet, Lea habe manchmal etwas bedrückt gewirkt, sei aber immer zuverlässig und freundlich gewesen. Nur mit einer früheren Arbeitskollegin habe es Spannungen gegeben. Die arbeite aber schon seit drei Monaten nicht mehr in der Apotheke.

Von Leas Privatleben wusste man wenig. Wohl, dass sie einen Englischkurs bei der Volkshochschule belegt hatte und davon ganz begeistert gewesen sei.

»Begeistert, weil man Vokabeln pauken muss? Na, wenn da mal nicht was anderes dahintersteckt«, bemerkte Mengert skeptisch. »Bestimmt hat die in dem Kurs einen Typ kennengelernt, dafür verwette ich meinen Arsch. Und der hat wahrscheinlich direkt noch den Kurs für Heidelberger Romantikergeschwafel belegt. Leistungskurs. Das ist dann unser Mann!«

Seine flapsige Art ging Maria heute ziemlich auf die Nerven, aber der Gedanke an sich war nicht schlecht.

»Besorg dir die Teilnehmerliste von diesem Englischkurs, und dann fährst du damit ins Krankenhaus zu Sarah Szeidel und fragst, ob sie einen von denen kennt.«

Es musste eine Verbindung zwischen den beiden Frauen geben. Irgendetwas, wo Hades sie getroffen, vielleicht auch nur gesehen hatte.

Möglicherweise war er ja wirklich mit Lea Rinkner im Englischkurs gewesen, sie hatten miteinander geflirtet, und irgendwann hatte Lea es sich anders überlegt und ihm einen Korb gegeben.

Und Sarah Szeidel? Gitarre für Anfänger, Sushi rollen, Kochclub für Feinschmecker?

Schon wieder stieg der Geräuschpegel, Mengert schwätzte. Jetzt reichte es.

»Und dann wirst du für uns alle ein Referat vorbereiten. Über die Dichter der Heidelberger Romantik. Ausführlich, wenn ich bitten darf! Hauptvertreter und Kopien der wichtigsten Gedichte!«

»Aber Maria!« Mengert schaute sie erschrocken an. »Du weißt doch, dass mir so was nicht liegt!«

»Keine Diskussionen. Du sagst doch, die Gedichte des Täters sind Romantikergeschwafel. Also kümmer dich gefälligst drum.«

Er lamentierte weiter, Maria würgte ihn ab. Wer sich wie ein Schulkind benahm, den konnte sie auch so behandeln.

Der Vormittag verging wie im Flug. Sie rief Jörg an und bedankte sich für die Blumen. Jörg hatte wenig Zeit, aber er freute sich, dass Maria sich freute.

Dann fuhr sie mit einem der Kollegen zu dem Krankenhaus, in das man Kurt Rinkner gebracht hatte.

Rinkner stand auf dem Flur vor seinem Zimmer und starrte aus dem Fenster. Maria bemühte sich, sagte ihm noch einmal, wie leid ihr tat, was mit Lea geschehen war. Erzählte ihm sogar, dass sie auch eine Tochter habe und sich gut vorstellen könne, wie schwer das alles für ihn sei.

Sie hätte genauso gut mit einer Wand reden können.

Ob er etwas über Leas Freunde wisse: Nein. Ob Lea eine Frau namens Sarah Szeidel gekannt habe: Keine Ahnung. Wo er am Montagabend gewesen sei? Zu Hause. Ob sie vor Leas Tod Streit gehabt hätten? Schweigen. Wie denn seine Beziehung zu Lea gewesen sei? Schweigen.

Irgendwann gab Maria auf.

Wenn Alsberger dabei gewesen wäre, er hätte triumphiert. Vielleicht hatte Rinkner wirklich Streit mit seiner Tochter gehabt. Aber machte ihn das verdächtig?

Wenn er mit Lea gestritten hatte, bevor sie starb, dann fühlte er sich wahrscheinlich schuldig. Etwas, was ein Typ wie Rinkner ganz bestimmt nicht der Polizei mitteilen würde. Wahrscheinlich würde er es niemandem erzählen. Und daran ersticken.

Zurück in der Polizeidirektion, schrieb Maria als Erstes Vera eine SMS: *Hallo, mein Schatz! Lebst du noch? Würde mich freuen, dich mal wieder zu sehen. Liebe Grüße, Mama.*

Wozu sich lange damit aufhalten, beleidigt zu sein, weil das Kind sich nicht meldete.

Die Antwort kam prompt: *Um 12:00 im Rossi. Vera.*

Maria schaute auf die Uhr. Eigentlich passte es ihr jetzt nicht. Aber sie traute sich auch nicht, Vera anzurufen und einen anderen

Termin vorzuschlagen. Wer wusste schon, wann sie das nächste Mal die Chance bekam, ihre Tochter zu sehen.

Eilig zog sie ihre Jacke an, sagte Arthur Bescheid und machte sich auf den Weg. Schon auf den Stufen vor der Polizeidirektion bereute Maria, keinen Schirm mitgenommen zu haben. Dunkle Wolken trieben am Himmel. Erste Tropfen fielen aus dem finsteren Grau, nasse Flecken, die auf dem Asphalt Muster malten, wie Punkte auf einem alten Sommerrock. Maria schaute auf die Uhr, keine Zeit, um noch einmal zurückzugehen.

Die Jacke bis obenhin zugeknöpft hastete sie Richtung Bismarckplatz, an der Stadtbücherei und dem Alten Hallenbad vorbei, die Poststraße entlang, bis sie auf den Vorplatz des Cafés bog, auf dem an schönen Tagen die Menschen dicht gedrängt saßen.

Vera stand an einem der kleinen Stehtische vor der Theke, hinter der geschäftige junge Männer Milchschaumwolken auf die Tassen verteilten. Über ihr ein riesiges Deckengemälde in blau-grünen Farben, schöne Frauen mit langen Haaren, die sich lasziv in einem Blätterwald rekelten. So wie Vera dastand, sah sie aus, als sei sie selbst Teil eines Gemäldes.

Maria hätte ihre Tochter immer und überall sofort erkannt, schon an der Lockenmähne, die sie meist nur mit Mühe gebändigt bekam. Zierlich und schlank hatte Vera eine Figur, die sie eindeutig nicht von ihr geerbt haben konnte.

Mit dem Temperament sah es dann schon anders aus. Vera neigte noch mehr zu Gefühlsausbrüchen als ihre Mutter. Ein Löwenkind mit Sommersprossen und grünen Katzenaugen.

»Hallo, mein Liebes.« Maria küsste sie auf die Wange. »Schön, dich mal wieder zu sehen. Ich hole mir schnell was.«

Ihren Cappuccino vorsichtig durch die Menge balancierend, kehrte sie an den Tisch zurück.

»Leider habe ich nicht viel Zeit. Bei uns ist die Hölle los.«

Sie riss die schmalen Papierröllchen auf, in denen der Zucker versteckt war, nahm sich noch eines von Veras Untertasse und ließ alles in ihren Kaffee rieseln.

»Warum tust du das?«, fragte Vera.

»Ich weiß, ich weiß. Der böse weiße Kristallzucker, der meine Zähne marode werden und die Pilze in meinem Darm sprießen lässt. In meinem nächsten Leben werde ich auch Schwarztrinker, ich verspreche es dir.«

Maria rührte, auf dass sich das süße Gift schnell auflöste.

»Das meine ich nicht.«

Sie sah Vera an und wusste sofort, dass etwas nicht in Ordnung war.

»Was ist denn? Hast du geweint?«

Maria legte die Hand auf den Arm ihrer Tochter. Vera zog ihn weg.

»Warum tust du das?«, fragte Vera noch einmal, und ihre Stimme klang scharf.

»Vielleicht verrätst du deiner alten Mutter mal, worum es überhaupt geht?«

»Ich habe gedacht, du hättest dich an Roland gewöhnt. Ich habe ja nicht erwartet, dass du ihn jemals mögen würdest. Aber ich habe wirklich geglaubt, du würdest ihn zumindest in Ruhe lassen.«

Vera biss sich auf die Lippen.

Maria kannte das. Das machte ihre Tochter immer, wenn ihr die Tränen bis zur Nase standen, sie aber auf keinen Fall weinen wollte.

»Wenn Roland weggeht, gehe ich mit.«

Aha, daher wehte der Wind. So ein Mist! Wenn es ums Weggehen ging, dann musste Ferver wohl schon mit Alsberger geredet haben. Wahrscheinlich in der unglückseligen halben Stunde, in der sie bei Arno gesessen hatte. Das war dann wohl auch die Ursache für Alsbergers mysteriöse plötzliche Erkrankung.

»Es ist nicht die Rede davon, dass er weggehen soll. Vielleicht eine andere Abteilung, mehr nicht.«

»Du hast ihn angeschwärzt! Meine eigene Mutter! Wie konntest du so etwas nur tun!«

»Jetzt hör aber mal auf. Die Spurensicherung hat sich über ihn beschwert, ich habe damit überhaupt nichts zu tun. Ich habe ihn verteidigt, so gut es ging. Aber es ist nun mal so, dass er bei jeder Leiche fast in Ohnmacht fällt. Das bekommen auch die Kollegen mit, dafür kann ich nun wirklich nichts.«

»Du hast bei Ferver gelogen, nur damit er aus deiner Abteilung wegkommt. Weil du es nicht ertragen kannst, dass ich ihn liebe. Weil du immer die Nummer eins sein musst.«

»Ich habe nicht gelogen. Und wenn, dann war es nur gut für ihn.« Wütend knallte Maria ihren Kaffeelöffel auf den Tisch.

»So! Gut für ihn! So nennst du das also!« Tränen glitzerten in Veras Augen. »Der Bericht, den du ihm in die Schuhe geschoben hast, weißt du, wie Ferver den genannt hat? *Das miserabelste Gestümper aller Zeiten*. Und das ist gut für ihn, ja?«

Das Protokoll, das sie geschrieben hatte, als Alsberger abends wegwollte! Stimmt, das hatte sie ihm – in gewisser Weise – in die Schuhe geschoben. Aber nur in bester Absicht.

»Das ... das ist ganz anders, als du denkst, Vera, wirklich, ich wollte nur ...«

»Er hat gesagt, wenn er versetzt wird, dann gehen wir weg.« Vera strich sich eine widerspenstige Locke aus der Stirn. »Roland hat einen Onkel in Boston, dem gehört eine Sicherheitsfirma, da könnte er mit einsteigen.«

»In Boston! Spinnt der! Und was heißt *wir*? Du gehst da auf keinen Fall mit!«

»Ich gehe, wohin ich will! Und wenn Roland geht, gehe ich auch!«

Maria kannte ihre Tochter. Wenn Vera so etwas sagte, dann meinte sie es auch so.

»Nun hör mal, Schatz. Ich habe deinem Roland noch eine Galgenfrist verschafft, das hat er mir zu verdanken. Und das habe ich für ihn getan, obwohl er sich bei jedem Fall in abstruse Ideen verrennt und beim Anblick einer Leiche grün anläuft.«

»Abstrus sind seine Ideen nur deshalb für dich, weil du ihm nie zuhörst. Du gibst ihm doch überhaupt keine Chance. Wenn er jemanden verdächtigt, dann ist klar, dass derjenige für dich unschuldig ist.«

»Ja, zum Beispiel, wenn er jemanden verdächtigt, ein Mörder zu sein, nur weil der Alkoholiker ist. Er macht es sich eben manchmal auch etwas zu einfach, dein Roland.«

»Wenn Roland sich in etwas verrennt, dann hat er auch Gründe dafür!«

»Ach, und ich dachte immer, so etwas nennt man Vorurteile!«

Vera blitzte sie an.

»Roland hatte eine Cousine. Sie war sieben und wollte sich auf der anderen Straßenseite ein Eis kaufen. Ein Betrunkener hat die

Kontrolle über sein Auto verloren. Er ist auf den Bürgersteig gefahren, in die Menge, die an der Ampel stand. Sie hat zehn Wochen im Koma gelegen, dann ist sie gestorben.«

Vera sah sie mit diesem Blick an, mit dem sie Maria schon als Kind in die Enge getrieben hatte.

»Vielleicht verrennt er sich, Mama. Aber passiert das nicht jedem von euch einmal? Wenn einem etwas zu nah geht? Wenn man auf einem Auge blind ist oder sogar auf beiden? Das müsstest du doch eigentlich kennen!«

Sie wusste genau, was Vera meinte. Beim letzten Fall hatte sie sich so gründlich verrannt und war so blind gewesen, dass es ihre Tochter fast das Leben gekostet hätte.

»Und man braucht auch keinen seiner Mitarbeiter zu beschimpfen. Besonders nicht, wenn er sonst alles tut, was er nur kann, um seine Arbeit gut zu machen.«

Ob Alsberger ihr das mit dem Mädchenpensionat erzählt hatte? Leider nicht das Einzige, was sie ihm um die Ohren gehauen hatte, seitdem sie zusammen arbeiteten. Maria hoffte sehr, dass Vera nur die Spitze des Eisberges kannte.

»Das mit seiner Cousine tut mir leid, das wusste ich nicht.«

»Natürlich wusstest du es nicht. Wie denn auch? Dann hättest du dich ja mal für ihn interessieren müssen.«

Vera griff nach ihrer Tasche, die unter dem Tisch stand.

»Bring das in Ordnung, sonst sind wir geschiedene Leute.«

Sie warf die Löwenmähne über ihre Schulter und ließ Maria einfach stehen.

Im ersten Moment wollte sie ihrer Tochter hinterherlaufen. Aber Maria wusste, dass es keinen Zweck hatte, mit ihr noch weiter zu streiten. Wenn Vera so wütend war wie im Moment, ließ man sie am besten einfach in Ruhe.

Geschiedene Leute. Wie konnte sie so etwas nur sagen? Von seiner Mutter konnte man sich nicht einfach so trennen, das hatte Vera wohl vergessen.

Aber man konnte natürlich verschwinden, sich selbst aus dem Leben des anderen streichen.

Maria rührte in ihrem Kaffee, bis in der Mitte ein kleiner Strudel entstand. Sie nahm das letzte Päckchen Zucker und ließ es hineinrieseln. Aber auch wenn der Kaffee noch so süß war, konnte er nicht über die bittere Erkenntnis hinwegtäuschen, dass Vera eine erwachsene Frau geworden war, die sich im Zweifel auf die Seite des Mannes stellte, den sie liebte, egal wo ihre Mutter stand.

Maria trank aus und ging. Draußen peitschte inzwischen der Regen über die Straße, sammelte sich auf dem Asphalt zu kleinen Rinnsalen und schwemmte auch das letzte spätsommerliche Staubkorn aus dem Rinnstein.

Menschen liefen vorbei, Schirme oder Einkaufstüten über den Kopf haltend. Maria eilte mit der flüchtenden Menge zum Bismarckplatz, Richtung Taxistand. Dicke Tropfen prasselten auf das Pflaster, so laut, dass sie das nervöse Klingeln ihres Handys fast nicht gehört hätte.

Sie blieb stehen, drängte sich vor dem Eingang des Kaufhofs in die Gruppe der Menschen, die Schutz vor dem Regen suchten. Zwei Frauen neben ihr schimpften lautstark über das »Sauwetter«.

»Ja, Mooser?«

Maria presste das Handy an ihr Ohr. Es war einer der Beamten, die die Wohnung von Sarah Szeidel überwachten.

»... an der Tür ... sieht aus, als ...«

Es dauerte ein wenig, bis sie endlich verstand, was der aufgeregte Kollege ihr mitteilen wollte.

Der Lockvogel bekam Besuch!

Menschenopfer

Die Frau, die in der lodengrünen Strickjacke in Sarah Szeidels Wohnzimmer saß, sah aus, als würde sie gleich einen letzten Seufzer ausstoßen und in die ewigen Jagdgründe verschwinden.

Nachdem die alte Dame gesehen hatte, dass Mengert eine Waffe trug, war sie so bleich geworden, dass Maria befürchtet hatte, sie müsse gleich einen Notarzt rufen.

»So etwas macht man doch in der Nachbarschaft«, sagte die Frau mit unsicherer Stimme.

Die alte Dame war der Grund, warum Maria Mengert angerufen und sich im Eiltempo nach Handschuhsheim hatte fahren lassen. Sie und der Brief, der vor ihnen auf dem Tisch lag.

Ein weißer länglicher Umschlag, auf dem in Druckbuchstaben »Sarah Szeidel« zu lesen war. Er trug keine Briefmarke und hatte auch keinen Absender.

»Und was haben Sie so lange vor der Haustür gemacht?«, fragte Maria.

»Ich musste doch erst einmal lesen, was auf den Schildern steht. Man kann kaum etwas erkennen«, verteidigte sich die alte Frau.

Der Name auf Sarah Szeidels Klingel war in der Tat von Wind und Wetter etwas blass geworden. Für normale Augen immer noch gut zu lesen, für die Augen einer Achtzigjährigen eine Herausforderung.

Fremde Post war in Frau Weinerts' Briefkasten gelandet, und sie hatte sich aufgemacht, den Irrläufer dem eigentlichen Adressaten zukommen zu lassen. Eine freundliche Geste.

Als sie auffällig lange vor den Briefkästen gestanden und dann etwas bei Sarah Szeidel eingeworfen hatte, hatten die Kollegen Alarm geschlagen.

Maria zog die Plastikhandschuhe über und hob den Brief mit spitzen Fingern hoch. Der Umschlag war an einer Stelle etwas verdickt.

Vorsichtig fuhr sie mit dem Finger unter der Lasche auf der Rückseite entlang. Sie konnte sich denken, was darin war.

Ein weiteres Gedicht für Sarah Szeidel. Wahrscheinlich war es wie eine Sucht für diesen Menschen, er konnte es einfach nicht sein lassen. Er musste sich produzieren und dafür sorgen, dass alle Welt sich mit seinen lyrischen Spinnereien beschäftigte.

Sie zog das Papier heraus und faltete es vorsichtig auseinander.

Etwas fiel herunter, landete mit einem hellen metallischen Geräusch auf der Tischplatte. Ein Gegenstand, klein, rund und kupferfarben und so glänzend, dass man denken konnte, er sei sorgfältig poliert oder eben erst frisch aus der Presse gekommen: Es war ein Eincentstück.

Auf dem Blatt stand nichts, keine einzige Zeile.

»Haben Sie den Brief geöffnet?«

Frau Weinerts hatte interessiert zugesehen. »Nein, bestimmt nicht.«

»Nicht einmal reingeschaut? Vielleicht war ja noch ein anderes Blatt darin, eins mit Versen drauf? Ein paar Zeilen, ein Gedicht?«

Die alte Frau stutzte. Neugierig hob sie den Kopf und sah dabei ein klein wenig aus wie eine Schildkröte, die, angelockt vom frischen Salatblatt, den Kopf aus dem Panzer reckt.

»Deshalb sind Sie hier! Das hat etwas mit diesem Kerl zu tun, nicht? Ist der Brief von ihm? Von diesem Dichter, der das Mädchen umgebracht hat?«

»Frau Weinerts, bitte beantworten Sie einfach meine Frage. War noch etwas anderes in dem Umschlag?«

»Woher soll ich das wissen? Ich mache keine fremde Post auf!«

Maria konnte den Blick nicht von der Münze wenden.

»Ich habe ihn genau so hergebracht, wie er in meinem Briefkasten war.« Frau Weinerts klang ein wenig empört. »Ich bin ein ehrlicher Mensch, da wird Ihnen auch niemand etwas anderes erzählen.«

»Sie haben nicht zufällig gesehen, wer den Brief bei Ihnen eingeworfen hat?«

»Bestimmt der Briefträger. Das passiert manchmal, dass etwas aus Versehen falsch eingesteckt wird.«

»Auf dem Umschlag ist aber keine Briefmarke.«

»Ach. Wirklich?«

»Das Haus, in dem Sie wohnen, sieht man das von hier aus?«

Umständlich erklärte Frau Weinerts, wo sie wohnte. Ihr Haus lag nur einige hundert Meter entfernt, aber doch so weit, dass man zwei Mal um die Ecke gehen musste. Und weit genug, um nicht von jemandem gesehen zu werden, der Sarah Szeidels Wohnung überwachte.

»Haben Sie etwas Auffälliges bemerkt? War jemand an Ihrem Briefkasten, außer dem Briefträger?«

Frau Weinerts dachte so angestrengt nach, dass ihr Gesicht nur noch aus Falten zu bestehen schien.

»Ich konnte nicht mehr schlafen, und dann hat etwas geklappert draußen. Da war es noch nicht ganz hell.«

»Letzte Nacht?«

Frau Weinerts zögerte. »Oder die davor.«

»Aber Sie haben jemanden gesehen?«

Die alte Dame nickte.

»Ich habe rausgeschaut, da ging jemand die Straße lang.«

»Und wie sah dieser Jemand aus?«

»Dunkel.«

»Groß? Klein?«

»Dunkel«, wiederholte Frau Weinerts. »Ich habe nicht viel gesehen. Nur dass da einer ging. Ganz schnell, als hätte er es furchtbar eilig.«

Frau Weinerts zeigte auf den Umschlag.

»Dieser Frauenmörder hat das bei mir eingeworfen. Der weiß, wo ich wohne.«

»Aber der Brief war nicht für Sie«, versuchte Maria zu beruhigen. »Er war für Frau Szeidel. Das steht ja auch drauf.«

»Und wenn er doch für mich ist? Vielleicht denkt der, ich heiße Szeidel.«

Die alte Dame wurde ganz weiß um den Mund.

»Sie brauchen sich keine Sorgen zu machen. Der Brief war bestimmt nicht für Sie, und der, der ihn geschrieben hat, weiß, wer Frau Szeidel ist.«

»Sind Sie sich da sicher?«

»Ganz sicher.«

Maria versuchte noch etwas über die Gestalt zu erfahren, die Frau Weinerts in der Nacht gesehen hatte. Aber Frau Weinerts konnte nur noch von einem reden: Der Heidelberger Frauenmörder war an *ihrer* Tür gewesen.

Inzwischen war sie so weiß wie die Wand. Maria ließ sie nach Hause bringen und rief auf ihren Wunsch die Tochter an. Frau Weinerts wollte auf keinen Fall auch nur eine Minute allein in ihrer Wohnung bleiben.

Als sie zurückfuhren, bestand der ewig hungrige Mengert darauf, irgendwo etwas essen zu gehen. Sie hielten bei einem chinesischen Imbiss kurz vor der Theodor-Heuss-Brücke. Mengert schaffte es tatsächlich, einen Parkplatz am Rande der Brückenstraße zu ergattern.

Keine fünf Minuten später saßen sie an einem der Tische, und Mengert schaute erfreut auf seinen übervollen Teller.

»Mein Gott, die Alte hat sich ja gar nicht mehr eingekriegt.« Er zog seine Jacke aus und legte sie neben sich auf die rote Sitzbank. »Die braucht gar keiner umzubringen. Die bekommt bestimmt heute noch einen Herzinfarkt. Und die Täterbeschreibung: ›Dunkel‹! Echt super!«

Er sortierte die Fleischbällchen auf seinem Teller. »Aber eins ist wirklich komisch: Wieso steckt der den Brief bei der Alten ein, wenn er schon einen bei der Szeidel eingeworfen hat? Der weiß doch genau, wo die wohnt.«

»Der Brief war auch nicht für Sarah Szeidel. Der Brief war für uns.«

»Stand aber Sarah Szeidel drauf.« Mengert stopfte sich in den Mund, was hineinging.

»Und warum bringt er dann die Post zur Nachbarschaft? So wie es aussieht, weiß unser Täter, dass wir da sind und die Wohnung überwachen. Und Sarah Szeidels Post. Eine kleine Nachricht für uns aus dem Schattenreich: *Hallo, ich bin nicht blöd!*«

Maria legte ihre Gabel wieder hin. Hades hatte ihr mit seinem Geldgeschenk für Sarah Szeidel gründlich den Appetit verdorben. Die Aktion mit dem Lockvogel konnte sie abbrechen. In Handschuhsheim würde nichts passieren. Nicht, wenn der Täter wusste, dass sie dort waren.

»Also, ich finde doch, dass der ziemlich blöde ist.« Mengert wischte sich etwas Soße vom Kinn. »Schickt schon mal das Fährgeld! Der müsste sich doch denken können, dass wir die Szeidel jetzt erst recht bewachen wie Queen Mum's Kronjuwelen.«

Und außerdem würden sie alle Bewohner der anliegenden Straßen befragen müssen, ob jemand etwas Ungewöhnliches bemerkt hatte, ob jemand gesehen hatte, wer an Frau Weinerts' Briefkasten gewesen war.

Dass die Polizei Fragen stellte, würde sich bald herumsprechen, und auch Frau Weinerts, die man um Stillschweigen gebeten hatte, würde wahrscheinlich unter dem Siegel der Verschwiegenheit alles brühwarm weitererzählen.

Maria konnte sich schon vorstellen, dass das Telefon bei ihnen nicht mehr stillstehen würde, sobald jemand auch nur den Gemeindebrief austeilte. Über kurz oder lang würde sich ganz Handschuhsheim in Alarmstimmung befinden.

Völlig richtig: Hades machte es sich mit dieser Aktion nicht einfacher, an Sarah Szeidel heranzukommen, ganz im Gegenteil.

Aber vielleicht wollte er gerade das? Einen Wettstreit? Genau wie Arno vermutet hatte?

»Zum Glück weiß er nicht, wo die Szeidel wirklich ist«, sagte Mengert.

Dein Wort in Gottes Ohr, dachte Maria.

Sie schaute aus dem Fenster. Es war immer noch trüb, aber es hatte aufgehört zu regnen. Radfahrer fuhren vorbei. Eine Mutter, hinter sich auf dem Sitz eine kleine Gestalt, die mit ihrer roten Kapuze wie ein Zwerg aussah, dann ein junges Mädchen, den Fahrradlenker nur mit einer Hand haltend, weil es die andere für das Handy brauchte.

So viele junge Frauen in Heidelberg.

Was hatte Arno noch gesagt? Wenn die Sache mit Sarah Szeidel nur ein Ablenkungsmanöver war? Um am anderen Ende der Stadt zuzuschlagen? Wenn Hades der nächsten Frau gar kein Gedicht schrieb, das sie warnen könnte?

»Apropos Herzinfarkt. Was hat denn Roland eigentlich?« Mengert sah sie neugierig an. »Arthur hat erzählt, er hätte sich krankgemeldet.«

»Kannst du auch mal fünf Minuten ruhig sein?«

»Schlechte Laune?«

»Nein, aber beim Essen spricht man nicht.«

»Sorry. Das Tischgebet haben wir übrigens auch vergessen.«

Er pickte eines der frittierten Schweinefleischbällchen auf und sah demonstrativ zum Fernseher, der in einer Ecke hing.

Die Misere Alsberger. Der Streit mit Vera. Ein Thema, das Maria bis eben erfolgreich verdrängt hatte.

Dass sie Alsberger ihr Protokoll untergeschoben hatte, war wohl keine Glanzidee gewesen. Ihre Protokolle waren meistens miserabel. Aber wenn sie zu Ferver gehen würde, um die Sache aufzuklären, würde er ihr sicher wieder unterstellen, dass sie log, um den zukünftigen Schwiegersohn zu schützen.

Mengerts Aufmerksamkeit hatte sich vom Fernseher auf den Nachbartisch verlagert. Ein Paar saß dort, ein großer, blond gelockter Mann, mit dem Rücken zu ihnen, eine zierliche Brünette ihm gegenüber.

Es war nicht zu übersehen, dass die Frau Mengert gefiel. Er starrte sie unverhohlen an, bemüht, während er kaute, ein möglichst cooles Lächeln hinzubekommen.

Nach kurzer Zeit hatte auch der Mann am Nachbartisch mitbekommen, dass hinter seinem Rücken irgendetwas passierte, was seine Begleiterin irritierte. Er drehte sich um und sah zu ihnen hinüber.

»Hör auf, die Frau anzubaggern, du bist im Dienst«, raunte Maria Mengert zu.

»Ich mach doch gar nichts. Ich schau nur ein bisschen durch die Gegend.«

»Du starrst sie an, als wäre sie ein Fleischbällchen.«

»Quatsch, das war ein völlig neutraler Beamtenblick.«

Mengert stopfte das nächste frittierte Bällchen in sich hinein.

»Dann sag mir wenigstens, was Roland hat. Ist es ansteckend? Habe ich die Chance auf einen Virus und ein paar Tage frei?«

»Virus kann man das nicht direkt nennen.«

Oder vielleicht doch? Der Mimosenvirus. Ein Anschiss von Ferver, und schon rannte er nach Hause.

Und mit so jemandem wollte ihre Tochter allen Ernstes in die USA auswandern. Sie musste das verhindern. Und dazu musste sie wiedergutmachen, was sie angerichtet hatte. Aber wie?

Hans Martinsen wohnte nicht weit von hier. Was hatte er wohl gesehen, als sie unten am Neckar waren? Den jungen Mann, der in Ohnmacht fiel, oder den grauhaarigen, der Hilfe suchend mit den Armen ruderte und gerettet werden wollte?

Wenn nun Martinsen als neutraler Außenstehender bestätigen würde, dass Alsberger zu Hilfe geeilt war?

Bei dem Zeugen, der die Leiche gefunden hatte, wurde sowieso routinemäßig das Alibi geprüft. Ein guter Aufhänger, um bei Martinsen vorbeizufahren.

»Hallo! Bist du noch da?«

Mengert fuchtelte ihr vor dem Gesicht herum.

»Mach voran.« Maria räumte ihren Teller auf das Tablett. »Wenn wir schon hier sind, können wir gleich den Routinekram erledigen. Wir fahren noch mal zu diesem Zeugen, diesem Martinsen.«

Zehn Minuten später parkten sie vor Hans Martinsens Haus. Eine Reihe hoher Büsche trennte die lange, mit Sandsteinplatten gepflasterte Garageneinfahrt vom Nachbargrundstück. Am Beginn der Einfahrt lagen rechts und links etliche große Sandsteine als Begrenzung.

»Wow«, sagte Mengert und schaute die Einfahrt hoch.

»Ja, gut gemacht«, pflichtete Maria ihm bei.

Mengert war ausgestiegen und strebte sofort auf die offen stehende Garage zu, in der ein silbergrauer Wagen zu sehen war.

»Weißt du, was das ist?«, rief er. »Ein Bentley!«

Sie hätte sich eigentlich denken können, dass seine Begeisterung nicht der geschmackvollen Außenanlage galt.

»Den kauf ich mir auch, wenn ich im Lotto gewinne.«

Mengert stand schon halb in der Garage und spähte neugierig durch das Fenster an der Fahrertür.

»Dann sieh du dir mal das Auto an. Ich bin gleich wieder da.«

Eine gute Gelegenheit, allein zu Martinsen zu gehen. Es musste nicht gleich alle Welt von Alsbergers Schwierigkeiten erfahren.

Maria konnte die Klingel im Inneren des Hauses hören, einen melodischen Gong. Über der Klingel war eine kleine Kamera angebracht, sie lächelte freundlich hinein.

Es dauerte einen Moment, dann wurde die Tür aufgezogen.

»Guten Tag, Frau Mooser!«

Herr Martinsen schaute sie an, als habe sie die Pest.

Vielleicht hätte sie doch einen Blick in den Spiegel werfen sollen. Nach dem Regenguss, den sie am Mittag abbekommen hatte, sah sie wahrscheinlich aus, als hätte sie sich eine Woche lang nicht mehr gekämmt.

Maria beruhigte sich damit, dass Herr Martinsen heute auch nicht gerade ein Ausbund an Attraktivität war. Er trug eine Jogginghose und ein langes dunkelblaues T-Shirt, das seine besten Zeiten schon etliche Jahre hinter sich hatte. Seine nackten Füße steckten in einem Paar brauner, ausgetretener Pantoffeln.

»Tut mir leid, dass ich Sie noch einmal stören muss. Aber es gäbe noch etwas zu klären.«

Hans Martinsen trat zurück.

»Ich hatte gar nicht mit Ihnen gerechnet. Kommen Sie doch bitte herein.«

Sie gingen ins Wohnzimmer. Wieder lag die ausgebreitete Decke auf der Couch, anscheinend Herrn Martinsens Lieblingsplatz.

»Was wollten Sie denn noch klären?« Er setzte sich ihr gegenüber in einen der Ledersessel.

»Herr Martinsen, der Sorgfalt halber müssen wir nachfragen, wo Sie am Montagabend waren.«

»Ich ... ich war zu Hause. Ich habe ferngesehen. ›Wer wird Millionär‹ und ...«, es zuckte um seine Mundwinkel, »... einen Krimi. Am Montag sehe ich mir immer diese Soko-Serie an.«

Martinsen machte einen mitgenommenen Eindruck. Er saß da, zusammengesunken, mit dunklen Ringen unter den Augen.

»Am nächsten Morgen«, begann Maria, »als Sie unten am Neckar waren und die Polizei ...«

»Bitte!«, unterbrach er sie. »Ich habe doch schon alles erzählt. Ich kann das nicht mehr. Ich kann es wirklich nicht mehr!«

»Ich möchte nur wiss...«

»Sobald ich die Augen zumache, sehe ich diese tote Frau vor mir, wie sie da im Wasser liegt. Es ist grauenhaft!« Martinsen schluckte. »Der Arzt hat mir geraten, ich soll mal hingehen. Ich soll an den Neckar, zu der Stelle, an der ich sie gefunden habe, damit ich sehe, dass sie weg ist. Er meinte, vielleicht würde das Bild dann verschwinden.«

Hans Martinsen strich sich mit einer fahrigen Geste über die Stirn.

»Das habe ich auch gemacht. Das heißt, ich habe es versucht. Als ich den Fluss nur gesehen habe, da fing mein Herz schon an zu rasen. Ich stand da wie gelähmt. Ich konnte nicht mehr weitergehen, keinen Zentimeter.«

»Das tut mir leid, Herr Martinsen. Wir müssen auch gar nicht darüber sprechen, wie Sie die Frau gefunden haben. Eigentlich habe ich nur eine Frage zu dem, was danach passiert ist.«

Aber Hans Martinsen schien Maria überhaupt nicht wahrzunehmen.

»Ihre Haare im Wasser, wissen Sie, wie das aussah? Sie schwammen auf der Oberfläche wie ... wie Schlangen. Es sah aus, als kämen Schlangen aus ihrem Kopf heraus. Und wenn ich die Augen schließe, wenn ich sie auch nur ganz kurz zumache, sehe ich es wieder. Diese Haarsträhnen ... Wie Wasserschlangen.«

Er lehnte sich in seinem Sessel zurück.

»Ich habe dieses Gedicht von ihm gehört, das ständig im Radio kam. Da ging es um eine Braut. Das kann ja nur die Frau sein, die ich gefunden habe. Was für ein kranker Mensch muss das sein? Er tötet sie, und dann denkt er sich so etwas aus. Und mich ...«, Herr Martinsen tippte sich an die Brust, »... mich zieht er in die Geschichte mit rein, dieses Schwein.«

»Herr Martinsen, ich würde doch noch einmal gerne darauf zu sprechen kommen, was Sie gesehen haben, als die Leiche schon geborgen war und Sie noch etwas warten mussten. Ein Mann ist ins Wasser gefallen, vielleicht erinnern Sie sich?«

»Ich sehe immer dieses eine Bild vor Augen. Immer nur sie. Alles andere ist wie unter Watte. Einfach weg. Vielleicht ist es gut so. Ich will nicht noch mehr Bilder sehen, wenn ich die Augen zumache.«

Er stand auf und ging zu dem großen Fenster. Im Garten dahinter war eine kleine Rasenfläche zu sehen, von Büschen umgeben, ein grauer Springbrunnen, Blumenbeete, so gepflegt, dass sie fast schon steril wirkten.

Maria hatte Martinsen rundlich und eher klein in Erinnerung gehabt. Aber nun konnte man sehen, dass er eine stattliche Größe haben musste. Wenn er sich denn einmal aufgerichtet hätte, statt dazustehen, als warte er mit leicht gebeugtem Rücken auf den nächsten Schicksalsschlag.

»Es sieht alles aus wie immer. Als ob nichts passiert wäre. Aber nur, solange ich die Augen nicht zumache. Wissen Sie, wie das ist, wenn man nicht mehr schlafen kann? Der Arzt hat gemeint, ich sollte in eine Klinik gehen, um das alles zu verarbeiten. So eine Psychoklinik. Aber wie soll man so etwas denn verarbeiten? Indem man es im Garten vergräbt?«

Ein schwarzer Vogel landete draußen auf dem Grün, legte den Kopf etwas schräg und schaute neugierig auf das nasse Gras, bevor er auf der Suche nach einem Wurm eifrig seinen Schnabel in den Boden stieß.

Maria war sich ziemlich sicher, dass es eine Amsel war. Herrn Martinsen erinnerte dieser Vogel offensichtlich eher an sein Wappentier.

»Hans Martinsen, der ewige Unglücksrabe. Das wäre ein guter Spruch für meinen Grabstein.« Er drehte sich zu ihr um. »Dieser Verbrecher hat mich auch getroffen. Das ist wie im Krieg. Jemand zielt auf etwas, und das, was gerade daneben steht, geht leider auch noch mit dabei drauf. Pech gehabt.«

Es klingelte, Herr Martinsen ging zur Haustür. Maria hörte Mengert, der nach ihr fragte.

»Tolles Auto, das Sie da in der Garage haben«, sagte Mengert bewundernd, als er hinter Martinsen ins Wohnzimmer kam.

»Ja, das dachte ich auch«, erwiderte Hans Martinsen. »Wenn nur nicht so viele Reparaturen dran wären. Ständig ist irgendetwas kaputt.«

»Wirklich? Der sieht doch top aus. Ist noch ziemlich neu, was?«

Hans Martinsen verlor sich in Ausführungen über die Mängel des Luxusautos und die langen Wartezeiten für Ersatzteile, sodass man eigentlich froh sein konnte, wenn man nur ein Fahrrad hatte.

Maria stand auf. Noch fünf Minuten mit diesem Mann in einem Raum und sie würde in eine abgrundtiefe Depression verfallen.

»Wir kommen ein andermal wieder. Vielleicht geht es Ihnen dann schon besser.«

»Ja.« Hans Martinsen klang resigniert. »Ja, sicher.«

Als die Haustür hinter ihnen ins Schloss fiel, hatte Maria das Bedürfnis, einmal tief Luft zu holen. Ihre Hoffnung auf den neutralen Außenstehenden, den Retter für Alsberger, konnte sie wohl erst einmal begraben. Herr Martinsen war nicht in der Lage, jemandem zu helfen, Herr Martinsen brauchte selbst Hilfe.

Zurück in der Polizeidirektion stoppte sie die Lockvogelaktion. Bald darauf saß sie hinter ihrem Schreibtisch, vor einem Wust Papierkram.

Die Verbindungsnachweise für Lea Rinkners Handy lagen vor, hatten aber nichts wesentlich Neues erbracht. Die meisten Telefonnummern kannten sie schon durch Cloes Liste.

Die Kollegin von Lea Rinkner, mit der es angeblich Streit gegeben hatte, war befragt worden. Bei den Spannungen, die sie mit Lea Rinkner gehabt hatte, war es um den Dienstplan in der Apotheke gegangen. Banalitäten. Kein Motiv für einen Mord.

In einer dünnen Aktenmappe fand Maria schließlich, was die Kollegen über Kurt Rinkner in Erfahrung gebracht hatten.

Rinkner war vor viereinhalb Jahren aus Freiburg-Waltershofen in die Kurpfalz gezogen. Seine Frau hatte das Haus in Ladenburg von ihren Eltern geerbt. Kurz zuvor hatte die Baufirma, bei der Rinkner zwanzig Jahre lang angestellt gewesen war, ihn entlassen. Wenige Monate nach dem Umzug starb dann seine Frau.

Bis auf den Vorfall wegen Trunkenheit am Steuer und Beleidigung war Rinkner bislang nicht aufgefallen. Keine Anzeigen wegen Schlägereien oder irgendetwas anderem, was in Alsbergers Bild gepasst hätte.

Nach zwanzig Jahren die Arbeit verloren, die Frau gestorben, durch den Umzug entwurzelt – ob Kurt Rinkner das so aus der Bahn geworfen hatte?

Freiburg – Ladenburg, das war eigentlich nicht die Welt. Heidelberg – Boston. Das war dann schon etwas anderes. Wie es Vera wohl ergehen würde, wenn sie von hier wegging? Weg von ihren Freundinnen, von allem Gewohnten?

Wenn Martinsen nur in einer besseren Verfassung wäre!

Ein Mordopfer zu finden war für die meisten Menschen entsetzlich. Je sensibler, desto mehr warf es sie aus der Bahn. Ihr hatte der

Anblick zu Anfang auch viel ausgemacht. Nicht so wie Alsberger, aber es hatte ihr doch zugesetzt.

Aber die Gewissheit, dass sie alles tun würde, um die Täter hinter Gitter zu bringen, hatte ihr geholfen, es zu ertragen. Je schlimmer die Bilder gewesen waren, desto mehr hatte es ihren Ehrgeiz angestachelt.

Alsberger dagegen verfiel in eine Schreckensstarre und murmelte etwas von Geistern, wenn er eine Leiche sah.

Was, wenn das nächste Opfer, das er zu sehen bekam, noch ärger zugerichtet war als Lea Rinkner? Würde er dann so reagieren wie Hans Martinsen? Panik bekommen, zittrige Knie, Schlafstörungen, vielleicht so schlimm, dass er dienstunfähig wurde? Depressionen, weil er glaubte, versagt zu haben, Frühberentung?

Mit wem würde es Vera besser ergehen? Mit einem Mann, der irgendwann an seiner Arbeit zerbrach, oder mit einem, der amerikanische Promis bewachte, sich dabei vielleicht ein bisschen langweilte, aber guter Dinge war, wenn er nach Hause kam?

Am Ende musste sie Hans Martinsen noch dankbar sein. Er hatte ihr vor Augen geführt, was geschah, wenn Menschen etwas mit ansehen mussten, was ihre Seele nicht verkraften konnte.

Ein Schatten tauchte vor Marias Schreibtisch auf.

»Hörst du schlecht? Ich habe dreimal geklopft!«

Arthur stand vor ihr.

»Tut mir leid, ich war in Gedanken.«

»Hier, das hat diese junge Frau für dich abgegeben, diese Clothilde Pettke.«

Er hielt ihr einen Umschlag hin. »Die sieht ja zum Fürchten aus mit ihren dunklen Klamotten und den ganzen Steckern im Ohr. Wie ein hübsches junges Ding sich nur so verunstalten kann, das verstehe ich nicht.«

Maria riss den Umschlag auf. Es war eine Postkarte darin:

Gehören noch auf die Liste. Muss Sie auch noch was fragen. Bis bald, Cloe. Darunter standen zwei Telefonnummern.

Auf der Vorderseite der Karte war eine Idylle aus Palmen, weißem Sandstrand und Meer zu sehen. Cloe hatte mit schwarzem Kuli einen Spruch auf die Stelle mit dem türkisfarbenen Wasser geschrieben:

Im Meer der Tränen gibt es nur eine Rettung: die Hoffnung.

»Nach so Sprüchen sieht die überhaupt nicht aus.« Arthur schaute auf die Südseeidylle. »Ob sie das irgendwo abgeschrieben hat?«

»Keine Ahnung.« Maria gab ihm die Karte zurück. »Hier, ruf die Nummern an und finde heraus, was sie mit Lea Rinkner zu tun haben.«

Arthur nahm die Karte, blieb aber stehen. »Sag mal, an dem Haus, wo die Sarah Szeidel wohnt, gibt es da vielleicht ein hölzernes Tor? Ein Gartentor, oder so etwas?«

»Wieso willst du das denn wissen?«

»Hier.« Er zog einen Zettel aus der Hosentasche. »Am Ende des Gedichts, das Sarah Szeidel bei sich hatte, steht: ›Werd Rosen brechen an hölzerner Pforte, werd Blüten streuen an finsterem Orte. Werd bringen den Tod, erlösen dein Herz.‹«

Arthur hatte die Zeilen zitiert, ohne auch nur einmal auf das Blatt zu schauen.

»Das hört sich doch so an, als wäre es das entscheidende Signal. Er wird die Rosen abbrechen, und dann holt er sie.«

»Hat Mengert es dir nicht erzählt?«, fragte Maria. »Er hat ihr schon das Geld für die Totenfähre geschickt. Ich glaube, das ist Signal genug.«

Arthur strich sorgfältig den Zettel glatt.

»Ich denke, er wird sie entführen. An einen finsteren Ort. Und den wird er mit Rosenblättern schmücken. Wie bei einer Hochzeit, wenn die Kinder vor dem Brautpaar auf dem Weg zum Altar Blütenblätter streuen. Rote Rosen sind das Symbol der Liebe.« Er blickte versonnen auf den Zettel in seiner Hand. »Meinst du, wenn ich Sabine Rosen …«

»Sag mal, du weißt schon noch, dass du nicht Hades bist, ja?« Maria beugte sich über den Schreibtisch und nahm ihm den Zettel aus der Hand.

»Du wirst dich jetzt nicht mehr mit diesem Gedicht beschäftigen, das ist eine dienstliche Anordnung, hast du verstanden? Und was Sabine angeht, kann ich dir nur eins raten: Hör auf, ihr hinterherzurennen. Du machst dich nur lächerlich damit. Wenn sie nicht will, dann will sie nicht.«

Arthur zog zwei weitere zusammengefaltete Blätter hervor, diesmal aus seiner Hemdtasche.

»Hier, die kannst du auch noch haben. Ich kann sowieso alles auswendig, was er geschrieben hat.« Er legte sie auf den Tisch. »Du meinst also, ich soll nichts mehr unternehmen? Ich soll sie einfach aufgeben?«

»Hat sie sich gemeldet?«

Arthur schwieg, aber Maria kannte die Antwort auch so.

»Sie hat *dich* aufgegeben, Arthur! Sieh es doch endlich ein!«

Er ging zur Tür und verließ das Zimmer ohne ein weiteres Wort.

Die Kopien der Gedichte lagen auf Marias Schreibtisch. Giftmüll. Sie packte sie und steckte sie in die Schublade, als könne sie Hades damit aus ihrem Zimmer verbannen.

Dieser Pseudopoet hatte nicht nur Lea Rinkner getötet, er war auch schuld daran, dass Hans Martinsen kurz vor einem Klinikaufenthalt stand und eine hilfsbereite alte Frau nicht mehr allein in ihrer Wohnung bleiben konnte.

Aber das Schlimmste war: Er hatte es geschafft, dass sie selbst Angst hatte. Angst, er könnte vor ihren Augen zuschlagen. Den Wettbewerb gewinnen.

Maria rief in der Kopfklinik an und schärfte den Kollegen ein, dass niemand, der dort nicht bestens bekannt war, sich Sarah Szeidel nähern durfte. Kein neuer Pfleger, kein unbekannter Haustechniker und keiner, der Blumen brachte.

Als sie Stunden später endlich im Bett lag, wälzte sie sich schlaflos hin und her. Sie überlegte, ob sie Jörg anrufen sollte. Es war zwar schon fast zwölf, aber Jörg hatte sie auch schon einmal mitten in der Nacht angerufen, als er jemanden zum Reden brauchte.

Allerdings befürchtete sie, dass sie nicht wissen würde, ob es ihn wirklich interessierte oder ob seine Anteilnahme reine Höflichkeit war. Eine Wiedergutmachung, weil sie ihm schon so oft zugehört hatte, wenn er seinen Ärger über Karin wieder einmal loswerden musste.

Dafür, dass er sie versetzt hatte, hatte er ihr Blumen geschickt. Das war mehr als ein normales »Tut mir leid«. Aber auch wenn die Blumen schon vertrocknet gewesen waren, eines konnte man noch gut erkennen: Es waren keine Rosen, sondern irgendwelche Gerbera gewesen.

Rote Rosen, das Symbol der Liebe. Für die Geliebte, die Angebetete. Aber Gerbera? Für wen waren die? Für die gute Freundin, die schon längst in der Kumpelkiste steckte?

Maria zog die Decke bis zur Nase. Irgendwann dämmerte sie weg.

Im Traum flog sie nach Boston, um Vera zu besuchen. Als sie auf dem Flughafen ankam, standen hunderte Frauen und Männer dicht gedrängt hinter der Absperrung.

Sie winkten ihr zu – Frauen, die alle völlig gleich aussahen, alle mit dem gleichen Mann an ihrer Seite. Es war Doris Day in einem rosa Kostüm mit einem kleinen Hut auf dem Kopf, der irgendwie nach Sahnebaiser aussah, daneben Rock Hudson.

Zwischen all den rosafarbenen Kostümen und schwarzen Anzügen aber stand eine junge Frau, deren Haut und Haare genauso strahlend weiß waren wie das lange Gewand, das sie trug.

Um ihre Füße herum war alles nass, völlig reglos stand sie da, nur ihre Haare schienen sich auf sonderbare Weise zu bewegen. Sanft wanden sich die Strähnen um das schöne Gesicht, drehten sich um den schlanken Hals wie Schlangen.

Mit mechanischen Bewegungen hob sie ein Schild in die Höhe, so wie es die Menschen taten, die jemanden am Flughafen abholten, den sie noch nie gesehen hatten. Das Empfangskomitee für den fremden Gast.

Es war ein großes weißes Pappschild, auf dem in blutroter Schrift geschrieben stand: *Sarah Szeidel.*

Das Vermächtnis

Als Maria am nächsten Morgen die Tür zur Abteilung aufzog, flatterte ein Blatt Papier durch die Luft, tänzelte hin und her, vollführte eine kunstvolle Pirouette, bevor es vor ihren Füßen endgültig zu Boden sank.

Es standen vier Zeilen darauf. Maria konnte, auch ohne sie gelesen zu haben, schon erkennen, dass es sich um ein Gedicht handelte.

Am liebsten hätte sie sich umgedreht und wäre wieder nach Hause gegangen, hätte sich ins Bett verkrochen, die Decke über den Kopf gezogen, um erst dann wieder zur Arbeit zu erscheinen, wenn dieser verdammte Hades in seinem Schattenreich vermodert war.

»Ich hasse ihn.« Sie bückte sich nach dem Blatt.

Mengert kam aus seinem Büro. »Guten Morgen!«

»Wann ist es gekommen?«

»Oh, ich schätze mal so irgendwann Anfang bis Mitte 19. Jahrhundert.« Mengert strahlte, als habe er einen Preis gewonnen.

Maria hielt das Papier mit ausgestrecktem Arm vor sich hin und las:

Schläft ein Lied in allen Dingen,
Die da träumen fort und fort,
Und die Welt hebt an zu singen,
Triffst du nur das Zauberwort.

Joseph von Eichendorff

»Na, Gott sei Dank«, seufzte sie. »Ich dachte schon, Hades hätte wieder gedichtet.«

Mengert nahm ihr das Blatt aus der Hand.

»Ist alles für den Bericht über diese Romantiker, den du haben wolltest. Arthur meint, wir können ja nicht reihenweise Gedichte in der Besprechung vorlesen. Er findet es besser, wenn wir sie in den Flur hängen. Dann kann sie jeder selbst durchlesen.«

Erst jetzt sah Maria, dass an der Wand etliche Gedichte aufgehängt waren.

»Was hat Arthur mit deinem Referat zu tun?«

»Maria, du weißt doch, wie schlecht ich in diesen Sachen bin. Arthur kann das viel besser als ich. Ich habe ihn gefragt, ob er mir hilft.«

Er drehte das Blatt um.

»Ah, das ist das mit dem Zauberwort. Das haben wir gleich ein paarmal kopiert, weil es doch da oben steht. X-mal habe ich davorgestanden und es nie kapiert.«

Maria wusste, was er mit »da oben« meinte. Das Gedicht war in einen Stein gemeißelt, der, mit dem Konterfei Eichendorffs versehen, in einer kleinen Anlage auf dem Philosophenweg stand, einem Spazierweg, der nördlich des Neckars auf halber Höhe am Hang des Heiligenberges entlangführte.

Der Gedenkstein befand sich auf einem mediterran anmutenden Platz mit Palmen, Blumenrabatten und Bänken, die zum Verweilen einluden. Ein Platz, an dem wahrscheinlich fast jeder Heidelberger schon einmal gewesen war.

Man sah von dort aus auf den Neckar und die Häuser der gegenüberliegenden Altstadt, auf die Alte Brücke mit ihren dicken weißroten Türmen. Die ganze Stadt lag dem Betrachter hier zu Füßen, und wenn man Glück hatte, glitzerte der Fluss im Sonnenschein, oder eine Wolke schmiegte sich ins Neckartal.

Ein Anblick, bei dem so mancher Spaziergänger ins Schwärmen geriet, und damit sicher ein passender Ort, um einen Dichter der Romantik zu ehren, der Heidelberg in den höchsten Tönen gelobt hatte.

»Für mich war das Zauberwort immer ›bitte‹.« Mengert schaute suchend zu Boden. »Als ich klein war, hat meine Mutter oft gefragt: Wie heißt das Zauberwort? Und das war immer ›bitte‹, das garantier ich dir. Einmal ›bitte‹ gesagt, Mutter war zufrieden, und du hast gekriegt, was du wolltest. Ah, da ist sie ja!«

Er hob die Heftzwecke auf, mit der das Papier an der Wand befestigt gewesen war.

»Aber inzwischen glaube ich, dieser Eichendorff meinte das doch allgemeiner. So in dem Sinne, dass es viele Zauberworte gibt. Und es kommt nur darauf an, dass es die richtigen sind, je nachdem was gerade angesagt ist. Wenn du Kind bist und ein Eis haben willst, dann ist das Zauberwort ›bitte‹. Wenn du eine Frau ins Bett kriegen willst, dann erzählst du ihr am besten, dass deine Ex dich übel betrogen hat und du völlig deprimiert bist. Das wirkt fast immer.«

»Ich glaube, das, was du meinst, nennt man nicht Zauberworte, sondern miese Manipulation. Und ich kann mir nicht vorstellen, dass Eichendorff das gemeint hat.«

Maria sah sich an, was noch an der Wand hing. Joseph von Eichendorff. Joseph von Eichendorff. Noch mal Eichendorff und noch mal Eichendorff, die ganze Wand lang.

»Und wo ist dein Favorit? Hölderlin? Der mit der Mutterlust?«

»Arthur sagt, der gehört nicht zur Romantik. Ist aber sowieso egal. Arthur meint, der hier …«, Mengert zeigte auf eines der Eichendorffgedichte, »der ist unser Mann!«

»Unser Mann? Wieso unser Mann?«

»Das fragst du ihn mal besser selbst. Ich habe das nicht ganz kapiert.« Mengert beugte sich zu Maria.

»Ehrlich gesagt«, flüsterte er und tippte sich mit dem Finger an die Stirn, »glaube ich, dass Arthur da oben ein bisschen zu heiß läuft. Er meint, das hat alles mit irgendeinem Käthchen zu tun.« Seine Stimme wurde noch etwas leiser. »Die ist aber schon zweihundert Jahre tot!«

Maria ließ Mengert stehen.

Arthur saß in seinem Büro am Schreibtisch und schaute gebannt auf den Bildschirm des Computers. Auf dem Tisch lag ein Wust an Papieren.

»Hallo, Arthur!«

Sein Gesicht war so kalkweiß wie die Wand, dunkle Bartstoppeln übersäten das Kinn. Er hatte noch dasselbe Hemd an wie gestern. Inzwischen war es allerdings völlig verknittert.

»Sag mal, warst du überhaupt zu Hause?«

»Ich weiß, warum das alles passiert! Ich habe sein Motiv!«

»Und ich habe dich etwas gefragt!«

»Ich habe die Verbindung gefunden! Die Verbindung zu Persephone und zu Hades. Es passt alles zusammen!« Arthur wühlte in den Papieren auf seinem Schreibtisch, dann zog er ein Blatt hervor. »Hier! Hades nimmt Rache. Er tut es für ihn, Maria! Für ihn!«

»Für wen?«

Er schwenkte das Blatt durch die Luft, als wäre es eine Siegesfahne. Mit Mühe konnte Maria erkennen, dass eine Zeichnung darauf war, der Kopf eines jungen Mannes.

»Joseph Freiherr von Eichendorff! Hades rächt das, was man dem jungen Eichendorff hier angetan hat. Dafür müssen die Frauen in Heidelberg jetzt büßen.«

Er sah sie mit flackerndem Blick an.

»Er wurde sitzen gelassen. Eben haben sie sich noch geküsst, schon war es vorbei!«

»Jetzt mal der Reihe nach.« Maria räumte die Unterlagen weg, die auf dem Stuhl vor Arthurs Schreibtisch lagen, und setzte sich. »Also, wenn ich dich richtig verstanden habe, rächt unser Mörder Joseph von Eichendorff, weil den irgendeine Heidelbergerin enttäuscht hat?«

»Enttäuscht! Enttäuscht! Sie war seine große Liebe. Das Herz hat sie ihm gebrochen.« Wieder suchte er in dem Blätterwust auf dem Schreibtisch. »Die Frau hieß Katharina Barbara Förster, das Käthchen. Sie war neunzehn, als sie Eichendorff kennenlernte, und hat hier in Heidelberg auf der Hauptstraße im Haushalt eines Verwandten gearbeitet. Eichendorff und sein Bruder wohnten da, als sie hier Jura studierten. Hier bei uns auf der Hauptstraße, da hat die Geschichte begonnen.«

Arthur schaute einen Stapel Papiere durch. »Das ist es nicht. Das ...«

»Ist ja schon gut, ich glaube dir auch so. Aber was soll das mit unserem Fall zu tun haben?«

»Maria! Warum schreibt unser Mörder diese Gedichte? Er könnte auch einen Bekennerbrief schreiben. Einen ganz normalen Brief. Oder gar nichts. Er könnte die Frauen einfach töten. Warum diese Art von Gedichten? So gefühlsbetont! So sehnsuchtsvoll! Warum, Maria?«

»Keine Ahnung. Aber so wie du fragst, scheinst du die Antwort ja zu kennen.«

»Er wollte, dass wir genau darauf stoßen: auf die Dichter der Romantik. Und er wusste, dass wir irgendwann einmal auf ihr Faible für Mythen kommen würden! Damals waren viele hier in Heidelberg, nur um die Vorlesung eines gewissen Joseph Görres zu hören, und in der ging es – um germanische Mythen!«

»Also die Geschichte mit Hades ist aber etwas Griech…«

Arthur redete einfach weiter. »Es gab verschiedene Cliquen. Eine um Clemens Brentano und Achim von Arnim. Aber mit denen hatte Eichendorff gar nichts zu tun. Alles nur Gerüchte. Er war mit drei jungen Männern zusammen, die sich regelmäßig in Rohrbach im Gasthof ›Roter Ochsen‹ trafen. Und dort ist unsere Verbindung zu Hades. Der Einstieg in die Unterwelt!«

»Im ›Roten Ochsen‹?« Mengert war hereingekommen. »Also, wenn das der ›Rote Ochse‹ ist, den es da immer noch gibt, dann war ich da schon mal. Und ich garantiere dir, da geht es nicht in die Unterwelt.«

»Der eleusische Bund«, sagte Arthur, und seine Stimme hörte sich an, als verrate er ein Staatsgeheimnis. »Das ist die Verbindung zu Hades, die wir finden sollten! Graf von Loeben, ein gewisser Strauß und einer namens Budde, die drei, mit denen Eichendorff sich immer wieder im ›Roten Ochsen‹ traf. Ein Dichterclub. Sie nannten sich der ›eleusische Bund‹. Und in Eleusis …«, seine Augen weiteten sich ein wenig, »… in Eleusis ist nach der Mythologie ein Eingang zum Schattenreich des Hades!«

»Eleusis?« Mengert lehnte sich an die Wand. »Wo soll das denn sein? Im Odenwald?«

»In Griechenland. In der Nähe von Athen. Da hat nach der Mythologie Demeter um ihre Tochter Persephone getrauert. Und dort kam Persephone wieder aus dem Schattenreich hervor, wenn ihre vier Monate bei Hades um waren und sie zurück zu ihrer Mutter auf die Erde durfte! Deshalb wurden über Jahrhunderte an diesem Ort Feierlichkeiten abgehalten, die ›Mysterien von Eleusis‹!«

Arthur suchte schon wieder auf seinem Schreibtisch.

»Nun hör doch mal auf, Arthur!«, sagte Maria.

»Nein, nein, nein.« Er hob abwehrend die Hand. »Ihr müsst das sehen, sonst versteht ihr es nicht.«

Er zog ein Blatt hervor, warf es achtlos zur Seite, zog ein neues hervor und noch eines.

»Hier, das ist es! Seht euch das an!«

Es standen nur zwei Zeilen darauf, untereinandergedruckt.

Ich möcht am liebsten sterben
sterben vor Lieb und Verlangen

»Die obere Zeile ist von Eichendorff, aus dem Gedicht ›Das zerbrochene Ringlein‹. Darin kommt der ›Kühle Grund‹ vor, das ist ein Tal in Rohrbach. Katharina Barbara Förster hat in Rohrbach gewohnt, und es geht in dem Gedicht eindeutig um diese unglückselige Liebesgeschichte. Und wie furchtbar Eichendorff deshalb gelitten hat. Die untere Zeile ist von unserem Täter! Das gleiche Thema: Todessehnsucht, weil es mit der Liebsten nicht klappt. Und nicht nur das, sogar die Wortwahl ist zum Teil identisch!«

»Meinst du nicht, dass du dich da in etwas verrennst?« Mengert sah ihn besorgt an. »Ich meine, das mit der enttäuschten Liebe, das kommt doch schon mal öfters vor. Da gibt es wahrscheinlich auch noch andere, die da was drüber gedichtet haben.«

»Es kommt ja noch besser.« Mit zitternden Händen wühlte Arthur noch ein weiteres Blatt hervor. »Die letzte Strophe des Gedichts von Hades, das an den Radiosender ging, lautet:

Kein Zauber war's und nicht gelogen,
sein Reich war's, wo sie eingezogen.

Und jetzt hört euch die letzten Zeilen des Gedichts ›Einzug in Heidelberg‹ von Eichendorff an:

Und keinem hat der Zauber noch gelogen,
Denn Heidelberg war's, wo sie eingezogen.

Er hielt das Eichendorff-Gedicht in die Höhe.

»Das ist kein Zufall! Das ist der entscheidende Fingerzeig! Und die Richtung, in die wir sehen sollen, heißt: Eichendorff und sein gebrochenes Herz! Für Eichendorff holt Hades die Braut! Eine *Heidelberger* Braut!«

Maria musterte Arthur. Inzwischen war sie sich sicher, dass er die ganze Nacht im Büro verbracht und kein Auge zugetan hatte.

»Sarah Szeidel arbeitet in Rohrbach, Maria, er wird sie dort gesehen haben.«

»Aber die arbeitet doch nicht im ›Roten Ochsen‹«, warf Mengert ein.

»Nein, aber er wird sie irgendwo in Rohrbach gesehen haben. Vielleicht ist er häufig dort, so wie sein Idol Eichendorff. Weil er sich ihm da besonders nahe fühlt.«

»Und Lea Rinkner?« Maria zweifelte. »Warum soll er die umgebracht haben? Glaubst du, die hat er auch irgendwo in Rohrbach ausgespäht?«

»Nein, aber sie arbeitete in einer Apotheke. Da kann er sie gesehen haben. Es ist der gleiche Typ, Maria, das hast du selbst erzählt. Lea Rinkner und Sarah Szeidel sehen sich ähnlich. Und ich wette mit dir, dass sie beide noch einer anderen Frau ähnlich sehen: Katharina Barbara Förster. Sie sind das Abbild der Jugendliebe Eichendorffs!«

»Gibt's denn ein Foto von der?« Mengert spähte auf den Schreibtisch.

»Nein, damals gab es noch keine Fotografien.« Arthur schaute erst zu Mengert, dann zu Maria. Ein Blick voller Triumph, mit einem kleinen Hauch von Wahnsinn. »Ich weiß es einfach. Sie hat ihn sitzen gelassen. Sie ist an allem schuld! Das ist mir jetzt völlig klar.«

Maria war auch einiges völlig klar. Zum Beispiel, dass Arthur dringend eine Runde schlafen musste.

»Arthur, du gehst besser erst einmal nach Hause.«

»Maria!« Seine Stimme klang beschwörend. »Die Mitglieder des eleusischen Bundes hatten alle Spitznamen. Graf von Loeben hieß Isidorus Orientalis, Strauß nannte sich Dionysius! Und *er* ist Hades! Es ist sein Spitzname, seine zweite Identität. Er hat sich selbst zum Mitglied im eleusischen Bund ernannt! Der Freunde von Eichendorff.«

»Du gehst jetzt nach Hause, schläfst dich aus, und wir denken in der Zwischenzeit mal in Ruhe über deine Theorie nach.«

»Ihr müsst nur irgendwo eine Beschreibung von ihr finden. Katharina Barbara Förster! Dann wisst ihr Bescheid. Ich habe recht, du wirst schon sehen. Hades rächt Eichendorff!«

»Ab nach Hause. Ich diskutiere erst mit dir weiter, wenn du ausgeschlafen bist.«

Arthur zögerte einen Moment, erhob sich dann aber erstaunlicherweise ohne Widerworte vom Stuhl und holte seine Jacke aus dem Schrank. Er hatte die Türklinke schon in der Hand, als er sich noch einmal umdrehte.

»Zweihundert Jahre, und es hat sich nichts geändert, Maria!«

Dann verschwand er.

»Was sollte das denn?«, fragte Mengert.

»Keine Ahnung.«

Aber Maria konnte sich denken, was Arthur damit meinte. Frauen, die armen Männern von einem Tag auf den anderen das Herz brachen, Joseph von Eichendorff und Arthur Pöltz, zwei Leidensgenossen.

Mengert nahm die Kaffeekanne vom Fensterbrett und setzte sich hinter den Schreibtisch. Er schenkte sich in den roten Becher ein, der aus den Papieren emporragte.

»Ziemlich abgefahren, was Arthur sich da ausgedacht hat, was?«

»Danke, dass du mir auch etwas anbietest. Wirklich sehr höflich.«

»Oh Mann«, fluchte Mengert. »Habe ich heute wieder Benimmstunde?«

»Vor allem solltest du dir eins merken: Wenn ich dir einen Arbeitsauftrag gebe, dann heißt das auch, dass du ihn zu erledigen hast und nicht Arthur!«

»Ich wusste ja nicht, dass der sich da so reinsteigert.« Mengert nahm einen sauberen Becher von der Fensterbank, füllte ihn mit Kaffee und hielt ihn ihr hin. »Was hältst du von dem Kram, den er sich da zusammengesucht hat? Meinst du, da ist etwas dran? Ein fanatischer Eichendorff-Fan, der dabei ist, durchzuknallen?«

»Ich weiß es nicht.«

Wenn Arthur nicht so aufgelöst gewesen wäre, würde es ihr sicher leichter fallen, ihn ernst zu nehmen.

»Hier.« Mengert zog einen völlig zerknitterten Zettel aus seiner Hosentasche hervor. »Ist ja nicht so, als hätte ich nicht auch etwas für Arthur getan. Ich habe die Telefonnummern gecheckt, die diese Clothilde Pettke noch geliefert hat.«

Er faltete das Papier auseinander.

»Den Typ von der ersten Nummer können wir streichen. Unter dem Anschluss hat sich ein Mädel gemeldet, das jetzt vorübergehend in seinem Zimmer wohnt. Der studiert Ethnologie und hockt seit drei Monaten auf Papua-Neuguinea und forscht irgendwas. Und der andere …«

Mengert hatte offensichtlich Schwierigkeiten, seine eigene Schrift zu lesen.

»Also der heißt … Karel Linden… Lindnar. Auch ein Student, Physik, wohnt in der Weststadt. Lindnar war aber nicht zu Hause. Sein Mitbewohner sollte ihm ausrichten, dass er sich bei uns meldet, sobald er da ist. Hat er aber bis jetzt nicht getan.«

»Und der Englischkurs, in dem Lea Rinkner gewesen ist?«

»Alles nur Frauen. Da ist kein einziger Mann drin. Aber nach einer Frau suchen wir ja nicht, oder?« Mengert schaute auf den Papierwust. »Sie wollten uns auf jeden Fall die Teilnehmerliste faxen. Liegt vielleicht hier schon irgendwo.«

Eine Frau als Täterin? Wie selbstverständlich waren sie alle davon ausgegangen, dass Lea Rinkner von einem Mann ermordet worden war. Der Inhalt der Gedichte hatte sie von Anfang an in diese Richtung gelenkt.

Und wenn das auch nur Manipulation war? So wie Leas Mörder sie dazu gebracht hatte, Dinge zu veröffentlichen, die sie nicht hatten veröffentlichen wollen. Leas Mörder? Eine Mörderin?

»Maria! Hey!« Mengert hatte über den Tisch gelangt und sie am Ärmel gezupft. »Ich habe gefragt, was wir jetzt machen!«

»Räum das Chaos auf. Und dann schreibst du diese Theorie zusammen, die Arthur uns eben erzählt hat, und stellst sie nachher in der Mitarbeiterbesprechung den anderen vor.«

»Aber, Maria! Bitte, du …«

»Spar dir deine Zauberworte. Bei mir erreichst du damit nichts.«

Die Tür ging auf, Alsberger schaute herein.

Er hatte Maria nur kurz angesehen, sich dann sofort an Mengert gewandt. »Ist Arthur nicht da?«

»Der ist nach Hause, er kommt erst in ein paar Stunden wieder«, erwiderte Maria, bevor Mengert antworten konnte. »Und, sind Sie wieder gesund?«

Alsberger sagte etwas, das sie nicht verstand, und schon war er wieder weg.

Er vermied es auch während der Mitarbeiterbesprechung erfolgreich, Maria anzusehen. Sobald sie auch nur den Kopf in Alsbergers Richtung drehte, inspizierte er interessiert seine blank geputzten Schuhe oder schrieb anscheinend mit, was Mengert vortrug.

Als die Kollegen Arthurs Idee einmal verstanden hatten, brach ein kleiner Tumult aus. Es wurde heftig diskutiert, und bald bildeten sich verschiedene Lager.

Die einen hielten das Ganze für ausgemachten Blödsinn, andere waren völlig fasziniert und überzeugt, dass er den gordischen Knoten gelöst hatte.

Es wurde eine kleine Untergruppe gebildet, die etwas über die Heidelberger Lyrikerszene herausfinden und die Literatur durchforsten sollte, ob irgendwo eine Beschreibung der Katharina Barbara Förster, Eichendorffs Angebeteter, zu finden war.

Wenn Arthur mit seiner Theorie recht hatte, dann musste sie groß, schlank und blond gewesen sein.

Es gab niemanden, der sich nicht zu Wort gemeldet hätte, niemanden außer Alsberger.

Eine halbe Stunde nach der Besprechung saß Maria neben ihm im Auto. Sie hatte ihn dazu verdonnert, mit ihr zu dem Studenten zu fahren, dessen Telefonnummer sie von Cloe Pettke bekommen hatten. Auch beim zweiten Anruf war der junge Mann nicht zu Hause gewesen, aber der Mitbewohner hatte ihnen gesagt, dass er vielleicht in der Zeughaus-Mensa sei.

Das Auto hatte einen Vorteil: Alsberger konnte nicht weglaufen, und es konnte auch niemand hereinstürmen, der nicht mitbekommen sollte, um was es ging.

Alsberger hatte bis jetzt geschwiegen. Etwas, was ihm eindeutig leichter fiel als Maria.

»Wie soll das jetzt weitergehen? Wollen Sie den Rest Ihres Lebens nicht mehr mit mir reden?«, fragte sie.

Keine Antwort. Im Schneckenhaus wurde offensichtlich gegrübelt.

»Hören Sie, ich habe Ferver gesagt, das Protokoll wäre von Ihnen, weil ich dachte, ich kann damit zeigen, wie fleißig Sie sind. Ich weiß, das war idiotisch, und es tut mir wirklich sehr, sehr leid.«

Ein verächtliches Schnauben kam vom Fahrersitz.

»Ich weiß gar nicht, wie Sie und Vera auf die Idee kommen, dass ich Sie weghaben will. Wir haben uns doch in der letzten Zeit ganz gut vertragen. Ich bin froh, dass Sie da sind, wirklich.«

Wer hätte gedacht, dass sie das einmal über ihre Lippen bekommen würde! Das war wahrscheinlich das Netteste, was sie jemals einem Mitarbeiter gesagt hatte.

Aber auch das lockte Alsberger nicht aus der Reserve.

Maria merkte, wie ihr langsam warm wurde. Was wollte der denn von ihr hören? Heiliger Roland, vergib mir? Noch einmal entschuldigen würde sie sich nicht. Sie würde nicht tonnenweise Asche auf ihr Haupt schütten für etwas, was sie nicht beabsichtigt hatte.

Und seine Probleme mit Ferver, die hatte er letztlich sich selbst zuzuschreiben.

»Ich habe so meine Macken, ich weiß. Aber *Sie* auch. Sie müssen doch nun wirklich zugeben, dass Sie manchmal etwas sehr gefühlvoll reagieren. Zum Beispiel beim Anblick einer Leiche. Normal ist das nicht.«

»Normal!«, kam es empört vom Fahrersitz. »Sie finden es also normal, wie Sie auf eine Leiche reagieren? Draufschauen, als ob es irgendein Baumstamm wäre! Das finden Sie normal?«

»Na gut, dann bin ich eben herzlos und abgestumpft. Aber Sie sind nicht in der Lage, Ihre Gefühle so weit unter Kontrolle zu bekommen, dass Sie noch klar denken können. Es braucht nur irgendetwas zu passieren, was Sie aus dem Konzept bringt, und schon werden Sie grün oder sind beleidigt.«

»Dafür bekomme *ich* etwas von den Menschen mit und reagiere nicht wie ein Mehlsack. Ich bekomme mit, wenn eine Frau wie Sarah Szeidel am Ende ihrer Kraft ist, während Sie nicht aufhören, sie mit Fragen zu traktieren!«

Ein Mehlsack! Unverschämt!

»Na, wenn Sie so viel mitbekommen, dann lösen Sie den Fall doch einfach.« Maria zupfte ihren Sicherheitsgurt zurecht. »Ach, aber das geht ja nicht. Ihre zarte Psyche braucht ja sicher noch ein paar Tage, bis Sie sich von Fervers Rüffel erholt hat.«

Maria schaute ihn an und lächelte.

»Bis dahin werde ich den Fall dann wohl allein gelöst haben.«

Sie drückte auf den Knopf an der Innentür und ließ die Scheibe herunter. »Dicke Luft hier, finden Sie nicht?«

Die Muskeln über Alsbergers Kiefer waren so angespannt, dass es aussah, als würde er gleich zubeißen.

»Dann mache ich Ihnen einen Vorschlag«, sagte er mit gepresster Stimme.

»Nur zu.«

»Hören Sie endlich auf, mich zu gängeln. Lassen Sie mich in meine Richtung ermitteln. Dann werden wir schon sehen, wer den Fall löst.«

Es war alles besser, als wenn er weiter vor sich hinbockte. So sägte Alsberger sich nur selbst den Ast ab, auf dem er saß. Und der war schon dünn genug.

»Gute Idee«, stimmte Maria ihm zu. »Machen Sie mal.«

Sie drückte den Knopf und ließ die Fensterscheibe wieder hochfahren.

»Und in welche Richtung ermitteln Sie als Nächstes?«

»Ganz sicher in eine ganz andere als Sie.«

Maria fragte nicht weiter nach. Natürlich hatte er genauso wenig Ahnung wie sie. Alles nur Show.

Der Regen am vorherigen Tag hatte ganze Arbeit geleistet. Die Sicht war so klar, als habe Petrus persönlich der Welt die Scheiben geputzt. Am gegenüberliegenden Ufer strahlten die Fassaden der Neuenheimer Villen um die Wette, und Maria konnte die kleinen wandernden Punkte auf dem Philosophenweg sehen. Der übliche Schönwetter-Touristenstrom.

Alsberger bog in die Schiffgasse ein und parkte den Wagen in unmittelbarer Nähe des Marstalls. Der Gebäudekomplex, von dem ein Teil in vergangenen Zeiten als Zeughaus genutzt worden war, erweckte mit seinen dicken trutzigen Mauern und Türmen den Eindruck, als müssten die Heidelberger immer noch ihr Hab und Gut vor feindlichen Heerscharen schützen.

Hinter den Mauern sah es allerdings ganz anders aus: ein lichter Innenhof mit Grünfläche in der Mitte, Tische und Bänke, die dazu einluden, im Freien zu essen, und nach Süden hin eine lange Fensterfront, in der die Abgusssammlung des Archäologischen Instituts mit Statuen aller Art eine geschichtsträchtige Atmosphäre verbreitete.

Alsberger entdeckte Lindnar als Erster. Der Mitbewohner hatte ihn beschrieben, und zum Glück war in der Mensa nicht allzu viel los. Grünes Sweatshirt, kinnlange, glatte blonde Haare. Der junge Mann saß an einem der langen Holztische, eine Zeitung vor sich ausgebreitet, ein Glas Tee neben sich.

»Sind Sie Herr Lindnar?«, fragte Alsberger. »Karel Lindnar?«

Lindnar schaute hoch. Ein blasses Gesicht, eine fein geschwungene Nase, ein eckiges Kinn. In entsprechender Pose und mit einem Feigenblatt dekoriert hätte er sicher hinter der Glasscheibe des archäologischen Instituts eine gute Figur abgegeben.

Alsberger hielt ihm seinen Dienstausweis hin.

»Ach du Scheiße«, sagte Karel Lindnar. »Ich sollte mich ja melden! Das habe ich total vergessen.« Er lächelte sie an wie ein Junge, der jemandem einen lustigen Streich gespielt hatte. »Tut mir leid, aber manchmal habe ich nur Quark in der Birne.«

»Mooser, Kripo Heidelberg«, stellte Maria sich vor.

Sie nahm sich einen der Stühle und setzte sich dem jungen Mann gegenüber. Alsberger tat es ihr nach und zog Block und Stift aus der Jackentasche.

»Sieht aus, als wollten Sie mich verhören.«

»Nur ein paar Fragen, Herr Lindnar«, beruhigte Maria ihn. »Kennen Sie eine Frau namens Lea Rinkner?«

»Lea«, wiederholte Lindnar langsam. »Ja, die kenne ich. Aber ich habe sie eigentlich aus meinem Gedächtnis gestrichen. Unangenehme Sachen streiche ich immer gleich.«

»Es wäre wirklich außerordentlich nett, wenn Sie Ihr Gedächtnis ausnahmsweise doch ein wenig bemühen könnten.«

»Was ist denn mit Lea? Dass ich sie kenne, wissen Sie doch, sonst wären Sie wohl kaum zu mir gekommen. Hat sie die Apotheke ausgeraubt?«

»Nein. Sie wurde ermordet.«

Karel Lindnar schaute vor sich auf den Tisch.

»Dann war sie es.«

»Wer?«, fragte Maria.

»Die Frau, die man am Neckar gefunden hat. Es steht doch jeden Tag etwas darüber in der Zeitung. Diese seltsame Geschichte mit dem Dichterfuzzi. Aber es stand nie dabei, wie die Frau heißt. Ausgerechnet die Sozialtante Lea hat es erwischt! Das ist echt absurd.«

»Wieso Sozialtante?«

»Das war mein Spitzname für sie. Lea hatte so etwas ...«, er zögerte, »... sie hatte eben so ihre Prinzipien. Wenn es irgendwo im Umkreis von drei Kilometern einen Sozialfall gab, können Sie sicher sein, dass Lea ihn irgendwann an der Backe hatte.«

»Und Sie? Waren Sie auch so ein Sozialfall?«

»Kann schon sein. Aber bei mir ist sie an den Falschen geraten.« Er schüttelte ungläubig den Kopf. »Lea hat es erwischt. Voll krass.«

Alsberger schaltete sich ein. Er hatte das Blöckchen vor sich auf den Tisch gelegt, bereit, jedes Räuspern mitzunotieren.

»Welcher Art war Ihre Beziehung zu Frau Rinkner?«

»Ich habe sie im Frühjahr bei Starbucks kennengelernt. Da war sie mit der schwarzen Pest, mit dieser Cloe. Lea sah einfach klasse aus. Ich habe sie zugelabert, was ich studiere und so. Dann haben wir uns ein paarmal getroffen, und irgendwann waren wir eben zusammen. Drei Wochen war es super und dann die Katastrophe.«

»Warum?«

»Ich war eben nicht so, wie sie wollte. Lea war eine von denen, die immer an jemandem rumerziehen müssen. Und dann die Sache mit dem Alkohol, da hatte sie den totalen Knall. Sie ist völlig ausgerastet, nur weil ich mal ein paar Bier zu viel hatte.«

Karel Lindnar zuckte mit den Schultern.

»Ich finde da nichts Schlimmes dran. Ich trinke ja nicht dauernd. Aber mit Lea war darüber nicht zu reden. Sie hat mir den Laufpass gegeben, weil ich nicht Männchen gemacht habe, wenn sie es wollte.«

Alsberger schaute von seinem Block auf. »Dann waren Sie doch sicher sehr wütend auf Frau Rinkner?«

»Nein, ich war nicht wütend. Überhaupt nicht. Wenn Lea nicht Schluss gemacht hätte, hätte ich es getan. Sie hat einfach genervt. Außerdem wollte ich nicht den Rest meines Lebens in einer Hütte leben und mich von den Mücken auffressen lassen.«

»Weshalb in einer Hütte?«, fragte Alsberger verwundert.

»Lea hatte die Schnauze voll von hier. Sie wollte unbedingt weg, auswandern. Irgendwohin, wo es immer warm ist.« Lindnar strich sich die glatten Haare zurück, die ihm sofort wieder ins Gesicht fielen. »Aber mir gefällt es ganz gut hier. Wozu irgendwohin, wo einem nachts das Ungeziefer über die Füße krabbelt?«

»Wohin wollte sie denn auswandern?«

»Keine Ahnung, Thailand. Oder Würstchen verkaufen am Bondi Beach. Das wechselte täglich.«

Alsberger runzelte die Stirn – und schwieg. Keine Frage mehr. Er schrieb nicht mal mehr etwas auf. Maria wartete einen Moment. Nachher bekam sie noch den Vorwurf, sie hätte ihn nicht fragen lassen, was er wollte. Aber Alsberger blieb stumm.

»Am Montagabend zwischen halb sieben und zehn«, fuhr sie schließlich fort, »wo waren Sie da?«

»Die Frage nach dem Alibi! Wow!« Karel Lindnar zog die Augenbrauen in die Höhe. »Sie denken wirklich, ich könnte das sein? Dieser Dichtermörder? Finden Sie, ich mache den Eindruck, ich könnte jemanden umbringen?«

Er fragte es nicht erschrocken oder empört, sondern überrascht, so als habe jemand eine völlig neue, faszinierende Seite an ihm entdeckt.

»Also, wo waren Sie?«, wiederholte Maria ihre Frage.

»Karel Lindnar. Von Beruf: Frauenmörder.« Lindnar grinste. »Hobby: Dichten. Oder umgekehrt. Was meinen Sie, was macht sich besser auf einer Visitenkarte?«

»Es scheint Ihnen nicht viel auszumachen, dass Lea Rinkner ermordet wurde.«

»Sorry, sorry!« Der junge Mann hob entschuldigend die Hände. »Ich bin nur völlig platt, dass Sie mir das zutrauen! Wahnsinn! Dieser Dichterfuzzi ist doch wer, finden Sie nicht? Alle reden über ihn, ständig kommt was im Fernsehen über die Sache. Der ist berühmt, für den Rest seines Lebens.«

»Der Dichterfuzzi, wie Sie ihn nennen, ist vor allem eines: ein Mörder«, erwiderte Maria scharf. »Und jetzt beantworten Sie mir die Frage, wo Sie am Montagabend waren, sonst führen wir das Gespräch in der Polizeidirektion weiter.«

»Kein Problem. Nur nicht aufregen. Ich war … Ja, wo war ich denn? Lassen Sie mich überlegen.« Lindnar griff nach dem Glas, trank von seinem Tee. »Wo war ich nur? Wo war ich? Ach, jetzt weiß ich es wieder! Ich war bei meiner Freundin, Tanja Vliegel. Am Montagabend und in der Nacht auch.«

»Kennen Sie eine Frau namens Sarah Szeidel?«

»Ist sie auch tot?«

»Beantworten Sie meine Frage!«

»Nein, die kenne ich nicht. Nicht dass ich wüsste.«

Lindnar stützte die Ellbogen auf den Tisch, schob eine Hand unter das Kinn und sah Maria an, als hätte er einen Fernseher vor sich, in dem gerade etwas besonders Spannendes zu sehen war.

»Wie hat er es denn gemacht?«, fragte er.

»So, dass ein Mensch gestorben ist.« Maria hielt ihn fest im Blick. »Was halten Sie denn von Joseph von Eichendorff, Herr Lindnar?«

»Eichendorff? Meinen Sie den Dichter?«

»Genau den. Der, der so schöne Gedichte schreibt. Über enttäuschte Liebe. Der ist richtig berühmt. Wäre doch toll, Gedichte wie Eichendorff schreiben zu können, finden Sie nicht?«

Wirkte der jetzt verunsichert? Oder bildete sie sich das nur ein?

»In der Schule hatten wir mal etwas von Eichendorff. Irgendetwas mit ›Mondnacht‹, oder so. Aber das ist auch alles, was ich von dem noch weiß.« Einen Moment hielt Lindnar inne. »Weshalb fragen Sie das? Hat das etwas mit Leas Tod zu tun? Mit diesem Dichter?«

Auf den Kopf gefallen war der junge Mann auf jeden Fall nicht.

Maria blockte ab. »Darüber können wir keine Auskunft geben.«

Sie hatte mit ihrer Frage nach Eichendorff sowieso schon mehr preisgegeben, als gut war. Aber Lindnar hatte es geschafft, sie mit seinem seltsamen Verhalten zu verärgern.

Lindnar griff wieder nach seinem Tee, drehte das Glas nachdenklich hin und her. Die Sensationslust verschwand aus seinen Zügen.

»Hat es Lea eigentlich wehgetan? Ich meine, das, was er mit ihr gemacht hat, war das schlimm?«

Maria sah zu Alsberger. Darauf hätte er doch jetzt einmal antworten können, wo sie nur ein Mehlsack war, der beim Anblick einer Toten nichts empfand. Aber Alsberger starrte auf den Boden, als habe er dort eine ganz besondere Entdeckung gemacht.

»Ja, es war schlimm«, antwortete Maria. »Sehr schlimm.«

Lindnar nickte. »Scheißwelt«, murmelte er.

Mit einem Ausdruck im Gesicht, den Maria nicht zu deuten wusste.

Der Angelhaken

»Mein Gott, Sie haben vielleicht einen Schritt drauf!«

Maria hastete Alsberger hinterher. Nachdem sie aus dem Marstall gekommen waren, hatte er ein Tempo vorgelegt, bei dem sie nur mit Mühe mithalten konnte.

»Was halten Sie von Lindnar?«, fragte sie.

»Etwas seltsam.« Alsberger drehte sich kurz zu ihr um und zog im Gehen den Autoschlüssel aus der Hosentasche. Dabei machte er ein Gesicht, als habe er gerade im Lotto gewonnen.

»Was strahlen Sie denn so, habe ich irgendetwas verpasst? Haben Sie in der Mensa auf dem Klo einen Hunderteuroschein gefunden?«

Alsberger eilte weiter voran, ohne zu antworten.

»Wenn Lea wirklich auswandern wollte, warum wissen wir davon noch nichts? Wenn es ihr so wichtig war, wird sie doch darüber geredet haben?«

»Sollte man denken.« Alsberger war schon am Auto und stieg ein.

»Vielleicht hat sie deshalb Englisch gelernt.« Maria hetzte zur Beifahrertür. »Was ist los, Alsberger? Weshalb so eilig?«

»Ich möchte nur möglichst bald die Lehrerin aus diesem Englischkurs anrufen. Vielleicht hat Lea Rinkner in dem Kurs etwas über ihre Pläne erzählt.«

»Bitte, bitte. Ich habe nichts dagegen.«

Den Rest der Fahrt war Alsberger schweigsam. Was immer Maria fragte, er antwortete mit ja, nein oder vielleicht.

Mengert schaute aus seinem Büro, sobald Maria die Abteilungstür aufgezogen hatte.

»Komm mal her!«, rief er ihr zu. »Ich habe einiges gefunden.«

Sie ging zu ihm. Auf dem Bildschirm seines Computers war ein Film zu sehen. Ein junger Mann, der mit ernster Miene Verse rezitierte.

»Wir haben ein richtiges Nest hier in Heidelberg. Jede Menge, die Gedichte schreiben.«

Maria beugte sich zum Bildschirm. »Und, wo verstecken die sich?«

»Die verstecken sich gar nicht. Ganz im Gegenteil. Manche tragen ihre Sachen sogar öffentlich vor. Zum Beispiel im ›dai‹. Schon mal was von Poetry-Slam gehört?«

Von Poetry-Slam nicht, aber das »dai« kannte Maria. So hieß das Deutsch-Amerikanische Institut in der Innenstadt, in dem allerlei kulturelle Veranstaltungen angeboten wurden. So konnte man bei einer Lesung mit Autoren diskutieren oder im Sprachkurs seine Englischkenntnisse auffrischen. Irgendwann war sie einmal mit Vera dort gewesen, in einem Film, über den sie sich hinterher die Köpfe heißgeredet hatten.

Mengert klickte durch die Webseiten.

»Hier, da haben sie geschrieben, dass es bei diesem Poetry-Slam um ›einen Wettstreit der Dichter und Poeten‹ geht. Jeder bekommt die gleiche Zeit, um sein Gedicht vorzutragen. Es gibt immer einen Sieger des Abends, und der wird durch den Applaus des Publikums bestimmt. Die haben eine Menge Aufzeichnungen im Netz liegen.«

»Und, jemand dabei, der sich wie unser Hades anhört?«

»Bis jetzt nicht. Aber das ist auch nur die Spitze vom Eisberg. Ich sag's dir, in Heidelberg gibt es mehr Leute, die dichten, als uns lieb sein kann. Wahrscheinlich haben diese Romantiker hier irgendeinen Virus hinterlassen.«

Mengert rief eine andere Website auf. »Das neue Wunderhorn« war darauf zu lesen.

»Das hier ist ein Projekt vom Heidelberger Theater gewesen. Die beziehen sich sogar direkt auf die Romantiker. Da haben sie Geschichten, Lieder und Gedichte gesammelt, die Heidelberger geschrieben haben, weil dieser Brentano und der von Arnim das vor zweihundert Jahren angeblich so ähnlich gemacht haben. Bei denen waren es Volkslieder, die sie dann veröffentlicht haben. Das Buch gibt es heute noch: ›Des Knaben Wunderhorn‹.«

Maria las, was auf der Seite stand. Noch ein Gedicht und noch ein Gedicht und noch ein Gedicht.

»Wenn wir alle überprüfen sollen, die bei diesem Theaterprojekt ein Gedicht geschrieben haben, dann lasse ich mich vorzeitig berenten«, sagte Mengert und sah dabei aus, als sei es ihm ernst.

Einer der Kollegen schaute herein, auf der Suche nach Maria. Man hatte recherchiert, aber leider noch nichts darüber herausgefunden, wie Katharina Barbara Förster ausgesehen hatte.

Sie redeten, planten, was zu erledigen war. Der Kollege sollte mit einem Notebook zu Sarah Szeidel in die Klinik fahren und mit ihr alle Bilder von den Poetry-Slam-Treffen durchsehen. Irgendwo musste man ja anfangen. Über das Einwohnermeldeamt sollte er sich ein Bild von Karel Lindnar besorgen und mitnehmen.

Becker kam dazu. Auch er auf der Suche nach Maria. Er hatte seine Strafarbeit erledigt und war in der Apotheke gewesen. Lea Rinkners Kalendereintrag im August *Träume werden wahr – Corti macht's möglich* schien nichts mit knackigen Pharmavertretern zu tun zu haben. Am Tag des Eintrags war von der Firma, die das Asthmaspray »Corti-Pulmonale« herstellte, niemand dort gewesen. Auch kein Vertreter von einer anderen Pharmafirma.

»Ist erledigt. Können wir abhaken«, beendete Becker seinen Bericht.

Abhaken. Erledigen. Maria stutzte. Warum hatte Alsberger ihr eigentlich noch nicht Bescheid gegeben, was die Prüfung von Lindnars Alibi ergeben hatte?

Sie ging zu ihm hinüber. Als sie hereinkam, legte Alsberger gerade den Hörer auf.

»Ich habe diese Englischlehrerin erreicht«, sagte er. »Lea hat erzählt, sie wollte die Sprache besser lernen, weil in der Apotheke oft Amerikaner einkaufen würden. Aber die Kursleiterin hat gesagt, sie wäre außergewöhnlich interessiert gewesen. Vielleicht wollte Lea denen nur nicht auf die Nase binden, dass sie vorhatte auszuwandern.«

»Und, was ist mit Lindnars Alibi?«

Alsberger brauchte nicht zu antworten, Maria sah es ihm schon an: Er hatte sich überhaupt nicht darum gekümmert.

»Alsberger, so geht das aber nicht. Es ist doch wohl klar, dass Sie als Erstes das Alibi zu prüfen haben.«

»Ich wollte nur …«, begann er sich zu rechtfertigen.

»Ist mir egal, was Sie wollten.«

Sie schluckte den Rest hinunter. Jede boshafte Bemerkung, die sie ihm gegenüber machte, würde mit Sicherheit spätestens heute Abend bei Vera landen.

»Geben Sie mir die Nummer, dann regle ich es selbst.«

Mit dem Zettel in der Hand ging sie auf den Flur, wo sie fast mit Ferver zusammenstieß. Er hatte die bunte Tüte einer Buchhandlung in der Hand, die sich erfrischend von seiner grauen Gestalt abhob.

»Und, was Nettes zu lesen gekauft?«

Es konnte nie schaden, wenn man den Vorgesetzten dezent darauf hinwies, dass er in der Arbeitszeit auch nicht nur arbeitete. Vorsorge für den Fall, dass er sie irgendwann wieder einmal von seinem Fenster aus mehrfach an einem Tag in die gegenüberliegende Bäckerei laufen sah.

Leider machte er überhaupt keinen schuldbewussten Eindruck.

»Allerdings, Frau Mooser.«

Er zog aus der Tüte ein gelbes Reclamheftchen hervor: »Joseph von Eichendorff. Gedichte«, war darauf zu lesen.

»Ich habe von der Theorie des Kollegen Pöltz gehört.«

Wahrscheinlich hatte er einen der Kollegen ausgiebig ausgefragt oder, wie Maria schon einige Male vermutet hatte, eben doch eine Abhöranlage im Besprechungsraum installiert. Sie hätte ihn informiert, wenn denn Zeit gewesen wäre. Aber offensichtlich konnte sie sich das sparen.

»Eichendorff ist einer unserer größten Dichter, Frau Mooser. Wir sollten sehr genau prüfen, ob die stilistischen Ähnlichkeiten, die Herr Pöltz glaubt entdeckt zu haben, auch wirklich vorhanden sind. Einen Dichter wie Eichendorff in Zusammenhang mit einem solchen Irren zu bringen, das will gut bedacht sein.«

»Wir wissen schon, dass Eichendorff es nicht gewesen ist.«

Ferver zog die Augenbrauen ein klein wenig in die Höhe. Es reichte, um deutlich zu machen, dass er in diesem Punkt keinen Spaß verstand.

»Lesen Sie das. Und dann werden Sie sehen, Frau Mooser, dass das hier hohe Dichtkunst ist. Was dieser Verbrecher produziert, ist dagegen stümperhafte Schmiererei.«

»Herr Ferver, es ist mir wirklich völlig egal, ob der Täter gut oder schlecht …«

»Nein, es ist nicht egal«, fiel er ihr ins Wort. »Es ist wesentlich, sehr wesentlich sogar. Suchen Sie den feinsinnigen Poeten oder den schmierenden Proleten, Frau Mooser? Wie sieht Ihr Täterprofil aus?«

Er hob das kleine gelbe Buch hoch und hielt es ihr unter die Nase.

»Geht es Ihrem Täter wirklich um die hohe Kunst des Dichtens? Ist das seine primäre Intention? Ich habe die Texte von diesem Menschen doch gelesen. ›Einsamkeit zerstückelt das Herz‹. Was für eine Plattitüde! Eichendorff mag dem einen oder anderen etwas schwelgerisch erscheinen, aber solche Banalitäten finden Sie bei ihm nicht. Einen schmierenden Proleten, den suchen Sie, Frau Mooser! Keinen Poeten.«

Maria, die ein gutes Stück größer war als Ferver, hatte gar keine andere Möglichkeit. Sie musste die ganze Zeit auf seine Halbglatze schauen, eine glänzende, spiegelglatte Fläche, umrahmt von einem spärlichen Kranz dünner grauer Haare.

Ferver redete ununterbrochen weiter.

Spiegelgatt. Wie schaffte er das nur? Niveacreme? Babyöl? Möbelpolitur?

»... genau zu differenzieren. Ich hoffe, Sie haben das verstanden, Frau Mooser?«

»Ein wichtiger Gedanke. Ich werde ihn berücksichtigen.«

Die beste Möglichkeit, Ferver loszuwerden, war, ihm recht zu geben. Sie nahm ihm das Buch aus der Hand.

»Ich lese es, sobald ich Zeit habe.«

»Sie sollten es bald lesen, sehr bald!«

»Sicher. Aber jetzt muss ich einen wichtigen Anruf erledigen.«

Rasch verschwand sie in Richtung ihres Büros, sah aus den Augenwinkeln noch, wie Ferver mit seiner Tüte, in der offensichtlich mehrere Exemplare des kleinen gelben Buches waren, zu Mengert ging. Der würde sich bestimmt ganz besonders freuen.

Maria wählte die Nummer von Karel Lindnars Freundin.

Es dauerte, dann war eine Frauenstimme zu hören.

»Hallo?«

Tanja Vliegel war am Apparat, und Maria erklärte, wer sie war und was sie wollte.

»Bei mir?«, fragte die junge Frau. »Der hat tatsächlich gesagt, er wäre an dem Abend bei mir gewesen?«

»War er nicht?«

»Nein. Der war ganz bestimmt nicht bei mir. Und der kommt mir auch nicht mehr in die Wohnung. Ich bin froh, dass ich dieses Arschloch los bin.«

Tanja Vliegel schimpfte, so wie Frauen schimpfen, die man zu sehr gekränkt hat. Karel Lindnar sei völlig verpeilt, unzuverlässig und ein mieser Egoist.

Er hatte Tanja Vliegel mehrfach sitzen gelassen, war nicht erschienen, wenn er es sollte, dann wieder mitten in der Nacht aufgetaucht, hatte sie aus dem Bett geklingelt, um in ihrer Küche Spaghetti zu kochen, ihren Rotwein auszutrinken und wieder zu verschwinden.

Es hatte damit geendet, dass sie ihn im »Mohren« gesehen hatte, mit einer anderen, nachdem er sie eine Stunde zuvor angerufen und verkündet hatte, dass er leider nicht kommen könnte, weil er an einem Referat arbeiten würde.

Tanja Vliegel beteuerte, Karel Lindnar in dieser Woche überhaupt noch nicht gesehen zu haben. Das würde sie auch gern jederzeit zu Protokoll geben.

Als Maria auflegte, war ihre Hand schweißnass. Deshalb hatte Lindnar also gezögert, als es um sein Alibi ging. Er hatte sie belogen, und er hatte schlecht gelogen.

Er hatte eine Frau genannt, die sie ohne Weiteres auffinden würden, und dazu noch eine, die so wütend auf ihn war, dass sie ihn niemals decken würde.

Wenn man schon ein Alibi erfinden musste, dann gab es jede Menge bessere Möglichkeiten. Ausreden, die schwerer nachzuprüfen waren, die Zeit verschafften.

Alsberger hatte alle Daten Lindnars akribisch auf dem Zettel notiert. Die Adresse, eine Handynummer, die Nummer des Festnetzanschlusses.

Maria wählte Lindnars Handynummer, ließ es klingeln, wieder und wieder.

Was machte jemand, der so besessen war wie dieser Hades, wenn er sich in die Ecke gedrängt fühlte? Im besten Falle haute er einfach ab. Oder er nutzte die Zeit, die ihm bis zur Verhaftung blieb, um zu tun, was er noch vorhatte.

Sie versuchte es noch einmal, diesmal unter dem Festnetzanschluss.

»Ja, hallo?« Die Stimme eines jungen Mannes, leider nicht die von Lindnar.

»Mooser hier. Ich würde gerne Karel Lindnar sprechen, ist er da?«

»Ja, der ist hier. Auf jeden Fall ist der hier.« Der junge Mann klang ziemlich genervt. »Warten Sie, ich geh mal klopfen.«

Im Hintergrund erklang Musik, dumpf und laut. Der Name »Karel« wurde einige Male gerufen. Dann war die Stimme des jungen Mannes wieder zu hören.

»Tut mir leid«, sagte er. »Der macht nicht auf. Soll ich etwas ausrichten?«

»Nein, nicht nötig.«

Sie würden sowieso in zehn Minuten vor der Haustür stehen.

Lindnar wohnte in der Rohrbacher Straße, eine der Südachsen, die aus der Innenstadt herausführten und die entsprechend viel befahren waren. Längs der Straße gab es allerlei Lokale und Geschäfte und das Kino, in dem Maria erst vorletzte Woche mit Jörg gewesen war.

Der Altbau, in dem Karel Lindnar lebte, machte schon von außen den Eindruck, als sei eine Renovierung seit Längerem überfällig.

Mengert war mitgekommen, weil Alsberger angeblich etwas Wichtiges erledigen musste. Maria vermutete stark, dass er mit Vera Kaffee trinken war.

Sie drückte auf die Klingel, über der auf einem kleinen weißen Stück Papier nicht nur Lindnars, sondern noch drei weitere Namen standen. Die Autos rauschten vorbei, der Türsummer war kaum zu hören. Ein leises Brummen, dann gab die Haustür nach.

»Wer ist denn da?«

Ein paar Stockwerke höher erschien ein Kopf über dem Treppengeländer.

Maria antwortete nicht, sie ging einfach hoch, der Musik nach, die mit jedem Treppenabsatz lauter wurde.

Im dritten Stock stand ein junger Mann in Jeans und weißem T-Shirt wartend in einer der Wohnungstüren.

»Was wollen Sie denn?«

»Mooser, Kripo Heidelberg. Und das ist mein Kollege, Herr Mengert«, schnaufte Maria, als sie die letzten Stufen erklommen hatten. »Wir möchten zu Herrn Lindnar.«

Die Musik kam aus der Wohnung, und hier oben war sie so dröhnend laut, dass sie schon vor der Tür kaum noch normal miteinander reden konnten.

»Na, dann versuchen Sie Ihr Glück mal. Aber ich glaube nicht, dass Sie viel Erfolg haben werden.« Der junge Mann trat zurück, um sie hereinzulassen. »Haben Sie nicht eben auch angerufen?«

»Habe ich.«

Er zeigte auf eine der Türen, die in dem langen, hohen Flur zu sehen waren.

»Das da vorne ist sein Zimmer. Karel hat heute wieder seine fünf Minuten. Die dauern bei ihm nur leider meistens einen halben Tag. Wegen ihm fliegen wir hier noch alle raus.«

Hämmernde Bässe, elektronisch verzerrte Töne. Sie mussten fast schreien, um sich zu verständigen. Schon leise hätte Maria diese Musik nicht ertragen, in dieser Lautstärke war sie die reine Folter.

Sie nickte Mengert zu. Der klopfte an Lindnars Zimmertür, drückte die Klinke herunter, aber es war abgeschlossen.

»Herr Lindnar, Kripo Heidelberg, machen Sie bitte auf!«, rief Mengert.

Es passierte nichts, die Bässe wummerten weiter.

Mengert versuchte es noch einmal in höflicher Weise, dann bollerte er mit der Faust so auf die Tür, dass sie kurz davor war, nachzugeben.

»Kripo!«, brüllte er. »Machen Sie die Tür auf!«

Ein paar Sekunden geschah nichts, dann wurde es plötzlich still. Noch eine Weile und man konnte hören, wie der Schlüssel von innen umgedreht wurde.

Karel Lindnar steckte den blonden Schopf zur Tür heraus. Er schaute Mengert irritiert an, sah dann Maria, die hinter ihm stand.

»Ach, Sie sind das. Tut mir leid, ich hatte wohl die Musik ein bisschen zu laut gestellt.«

»Idiot«, kommentierte sein WG-Kollege, drehte sich um und verschwand in einem der hinteren Zimmer.

Lindnar öffnete einen Spaltbreit die Tür, schlüpfte heraus und zog sie sofort wieder hinter sich zu.

»Bei mir sieht es saumäßig aus. Besser, Sie sehen das nicht, Sie wären entsetzt«, sagte er und ging voraus in den Flur. »Hier hinten ist die Küche, da können wir rein. Sie sind bestimmt wegen der Sache mit Tanja da, was?«

Die Küche, in die er sie führte, erfüllte alle Vorurteile, die man gegen eine WG-Küche nur haben konnte. Es war kaum vorstellbar, dass es irgendwo noch saumäßiger aussehen konnte als hier.

Der Herd war mit einer bräunlichen Kruste überzogen, der Boden davor reichlich mit irgendwelchen Essensresten bekleckert. Auf dem Tisch stapelten sich dreckige Teller und Pappkartons mit Pizzaresten, gekrönt von etlichen Kippen, die man auf den Salamischeiben ausgedrückt hatte. Überall lagen Zeitungen herum, dazwischen halb leere Becher, einige mit kleinen grünlichen Inseln, die darin schwammen.

Lindnar räumte ihnen die Sitzbank frei, die vor dem Fenster stand.

»Wir haben mit Frau Vliegel gesprochen.« Maria wischte ein paar Cornflakes weg, bevor sie sich setzte. »Sie hat uns erzählt, dass Sie am Montagabend nicht bei ihr waren. Frau Vliegel ist sich da sehr sicher.«

»Ja, das ist mir dann auch eingefallen, dass das nicht stimmen kann. Dass ich bei Tanja war, muss so zwei Wochen vorher gewesen sein. Da habe ich was durcheinandergeworfen.«

»Und, wo waren Sie dann am Montagabend?« Mengert, der auf der Küchenbank wie ein Riese wirkte, verschränkte die Arme, wahrscheinlich eine Vorsichtsmaßnahme, um nicht am Tisch festzukleben.

Karel Lindnar hatte sich ihnen gegenübergesetzt. Beiläufig schob er Teller und Pappkartons beiseite, so als müsse er für etwas Platz schaffen.

»Ich habe schon überlegt, wo ich war«, sagte er. »Aber …«

Er verstummte. Im Zeitlupentempo begann er mit dem Zeigefinger irgendeinen Krümel über den Tisch zu schieben, erst nach links, dann nach rechts, dann wieder zurück. Scheinbar gedankenlos. So wie jemand, der während des Telefonierens kleine Karos auf den Notizblock malte.

Wie hypnotisiert starrte Maria auf seine Hand, konnte den Blick nicht mehr davon lösen. Es waren Spritzer darauf. Rote Spritzer, von einer getrockneten Flüssigkeit. Ein kräftiges, dunkles Rot.

Sie schaute hoch. Ihre Blicke trafen sich. Lindnar wusste genau, was sie gesehen hatte.

»Ich habe wirklich ein schlechtes Gedächtnis«, sagte er und lächelte. »Das ist wie mit der Küche. Ich wäre am Wochenende dran gewesen, aufzuräumen. Habe ich doch total vergessen. Aber das hier, das ist gar nichts gegen mein Zimmer.« Seine Stimme wurde leise, fast flüsternd, als verrate er ein Geheimnis. »Wenn Sie mein Zimmer sehen würden, Sie wären entsetzt. Sie wären *so* entsetzt.«

Was sollte das? Wollte der, dass sie in sein Zimmer gingen?

Es klang wie ein Auftrag: Geh hin und sieh nach! Sieh nach, was da so entsetzlich ist. Sieh nach, weshalb ich rote Spritzer auf der Hand habe. Sieh nach, weshalb die Musik so laut sein musste.

»Dann schauen wir uns Ihr Zimmer doch einmal an, Herr Lindnar.« Maria stand auf.

»Verstehe ich nicht ganz«, Mengert rutschte von der Bank, »aber bitte.«

Sie gingen den Flur entlang. Vor der Zimmertür blieb Lindnar stehen und drehte sich zu Maria um.

»Und Sie sind sich *ganz* sicher, dass Sie es sehen wollen?«

Er stand da mit verschränkten Armen.

Arthurs Prophezeiung. Maria konnte an nichts anderes denken. Die nächste tote Braut, in einem Raum mit Rosenblüten auf dem Boden.

»Gehen Sie zur Seite.«

Maria öffnete die Tür.

Das Zimmer lag im Halbdunkel, das Rollo am Fenster war ein Stück herabgelassen. Ein Wollteppich bedeckte die Holzdielen, vor dem Fenster stand ein Schreibtisch mit einem Computer, an der Wand ein breites Bett, von dem eine Steppdecke herunterhing.

»Ach du Scheiße!« Mengert hatte es als Erster entdeckt.

Auf der Wand rechts neben der Tür waren mehrere Zeilen zu sehen, in großer Schrift, rot, über eine Fläche von anderthalb Metern. An einigen Stellen war die Flüssigkeit nach unten getropft, blutrote Rinnsale, bis zum Boden hin.

Mordnacht

Es war, als hätt das Böse
die Erde kalt berührt,
hätt still, ohn' viel Getöse,
die Liebste mir entführt.

Schwarzvogel überm Neckar,
die Wogen rauschten leis,
der Himmel glänzte sternklar,
die Luft war kalt wie Eis.

Und ihre Seele kämpfte,
wollt bleiben, wollt nicht fliegen,
doch Tod die Schreie dämpfte,
musst sterben, kannst nicht siegen.

»Als Vorlage habe ich die ›Mondnacht‹ genommen.« Lindnar fuhr sich durch die Haare, den Blick stolz auf sein Werk geheftet. »Sie interessieren sich doch für Eichendorff? Ich habe es umgeschrieben. Am schwierigsten fand ich die letzten vier Zeilen. Da muss ich noch etwas dran arbeiten.« Er stützte die Hände in die Seiten. »Und, wie finden Sie es? Nicht schlecht, was?«

Er hob ein Blatt auf, das auf dem Boden lag. »Im Original geht das so: ›Es war, als hätt der Himmel die Erde still geküsst, daß sie im Blütenschimmer von ihm nun träumen müsst. Die Luft ging durch die Felder, die Ähren wogten sacht ...‹«

»Womit haben Sie das geschrieben?«, fragte Maria.

»Womit? Na, mit einem Pinsel.«

»Ich will wissen, was das ist! Farbe?«

Karel Lindnar trat einen Schritt auf die Wand zu und betrachtete die Schrift.

»Acryl«, sagte er. »Oder vielleicht doch nicht? Warten Sie, jetzt fällt es mir wieder ein.« Er drehte sich zu ihr um, das Gesicht voller Spott und Hohn. »Ich glaube, das ist Jungfernblut mit Spucke.«

Es war kein Blut, mit dem Lindnar das Gedicht an die Wand geschrieben hatte. Es war ordinäre Acrylfarbe, so wie man sie in jedem Bastelgeschäft bekam. Maria hatte geschnüffelt und geschnuppert. Das, was Lindnar da für seine Wandmalerei benutzt hatte, roch eindeutig nach Farbe.

Aber Lindnars Äußerung über das Jungfernblut hatte es ihr leicht gemacht, bei der Staatsanwältin die Erlaubnis für eine Hausdurchsuchung zu bekommen. Gefahr im Verzug. Wer wusste schon, was sich bei jemandem, der angeblich mit Blut Gedichte an die Wand schrieb, im Keller fand.

Maria hatte einen Wagen geordert und Lindnar zur Polizeidirektion bringen lassen. Er hatte es sich nicht nehmen lassen, seinem Mitbewohner noch zuzurufen, dass er unter Mordverdacht stehe.

»Die denken, ich wäre der Killer vom Neckar. Ruf meinen Alten an! Sag ihm, ich wäre der neue Dichterfürst!«

Mengert war mitgefahren. Karel Lindnar würde erst einmal in die Arrestzelle gebracht werden. Die anheimelnde Atmosphäre dort würde hoffentlich seinem Gedächtnis etwas auf die Sprünge helfen. Vielleicht fiel ihm ja noch ein, wie er den Montagabend verbracht hatte.

Maria wartete in der Wohnung auf die Kollegen. Bevor sie Lindnar noch einmal vernahm, musste sie wissen, ob sie irgendetwas Konkretes gegen ihn in der Hand hatte.

In der WG-Küche klapperte Geschirr. Lindnars Mitbewohner stand mit blassem Gesicht an der Spüle und ließ Wasser ins Becken laufen, wohl in der Absicht, etwas Ordnung ins Chaos zu bringen. Und Spülen beruhigte, das kannte Maria auch.

»Ich glaube nicht, dass er jemandem etwas antun würde«, sagte er, als sie zu ihm in die Küche kam.

»Seit wann kennen Sie Karel?«

»Er ist seit ungefähr einem Jahr hier. Karel ist manchmal schwierig, aber eigentlich ist er ein netter Kerl.«

Der nette Kerl vom Zimmer nebenan. In der Tat, ganz so sah er aus. Solange er den Mund nicht aufmachte. Denn wenn er ihn aufmachte, dann redete er sich um Kopf und Kragen.

Ob das alles zum großen Auftritt gehörte?

Hades, der der Polizei auf der Nase herumtanzte? Der sich gezielt in Verdacht brachte, um weitere Punkte im Wettstreit zu sammeln? Der schon jetzt wusste, dass sie ihn würden ziehen lassen müssen, weil in seinem Zimmer nichts zu finden war außer Comic-Heftchen und einer Bibel?

Oder war Lindnar einfach nur ein Spinner, der seine Chance gewittert hatte, einmal in seinem Leben unter Mordverdacht zu geraten und sich damit wichtigzutun?

Maria schaute auf die Uhr. Die Kollegen ließen sich Zeit.

»Und wie ist Karel, wenn er schwierig ist?« Sie setzte sich auf die Bank.

»Chaotisch, er hält sich an keine Regeln. Deshalb haben wir oft Krach mit ihm. Und er steigert sich in alles rein. Wenn Sie mit Karel über irgendetwas diskutieren, kann er überhaupt nicht mehr aufhören. Der diskutiert so lange, bis er völlig wirr im Kopf ist.«

»Wirr? Was meinen Sie damit?«

»Er verliert den Faden, verzettelt sich. Chaos im Kopf.« Der junge Mann versenkte den ersten Stapel Teller im Spülwasser. »Für den ist das Studium nichts. Und bei diesem ganzen Palaver jetzt mit Bachelor und Master, da müssen Sie so reinklotzen, das bekommt der nicht hin. Karel ist superintelligent, der kann Ihnen tausend Ideen in zehn Minuten produzieren, aber seine Creditpoints schafft der nie. Ich glaube, der macht das mit dem Studium nur für seine Eltern.«

»Schreibt er Gedichte?«

Überrascht drehte der junge Mann sich um.

»Gedichte? Also, davon habe ich bisher nichts mitbekommen.«

Marias Handy klingelte. Mengert meldete sich aus der Polizeidirektion.

»Hier gibt es Neuigkeiten. Eben hat eine Frau angerufen, die in dem Haus lebt, wo die Rinkner gewohnt hat. Bei Lea Rinkner ist anscheinend jemand eingebrochen. Das Siegel wurde beschädigt, und an der Tür ist Holz abgesplittert.«

»Wann war das?«

»Weiß sie nicht. Ist ja die Dachwohnung, da kommt normalerweise keiner vorbei. Die Frau wollte etwas vom Speicher holen, da hat sie es gesehen. Macht ganz den Eindruck, als hätte unser Täter noch etwas beiseiteschaffen müssen.«

Jantzeks Leute hatten diese Wohnung von oben bis unten auf den Kopf gestellt. Sollten sie wirklich etwas übersehen haben, was auf den Täter hätte hinweisen können?

»Schick zwei der Kollegen hin. Sie sollen sich die Fotos und die Bestandsliste besorgen, die von der Wohnung angefertigt wurden, und prüfen, ob irgendetwas fehlt. Und sie sollen in der Nachbarschaft fragen, ob jemandem etwas aufgefallen ist.«

Nachdenklich drückte Maria das Gespräch weg. Es klingelte sofort wieder.

»Ja, was denn?«

Aber es war nicht noch einmal Mengert.

Die Stimme einer älteren Frau war zu hören, schrill vor Angst.

»Sie ist weg!«

»Wer spricht denn da?«, fragte Maria.

»Er hat sie!« Ein Schluchzen. »Er … er hat sie geholt!«

»Wer ist da?«

»Szeidel«, kam es stammelnd vom anderen Ende. »Ulrike Szeidel. Sie ist weg! Er wird sie umbringen, ich weiß es. Und es ist meine Schuld! Es ist alles nur meine Schuld!«

Jetzt erkannte Maria die Stimme wieder. Es war die Mutter von Sarah Szeidel.

»Sarah?«, rief Maria in den Hörer. »Sarah ist verschwunden?«

»Nein!« Ein erneutes Aufschluchzen. »Nicht Sarah. Julie! Meine Enkelin. Die Kleine. Die Kleine ist weg!«

Es war, als hätte ihr jemand einen Schlag in den Magen versetzt. Für einen Moment glaubte Maria, keine Luft mehr zu bekommen.

Der Brief, den Sarah Szeidel in ihrem Briefkasten gehabt hatte! Die Münze, die der Täter ihr hatte zukommen lassen. Es ging doch immer nur um Sarah Szeidel! Wieso das Kind?

In fünf Minuten sei man da, versicherte Maria, bestimmt würde Julie bald wieder auftauchen. Aber es gelang ihr nicht, Ulrike Szeidel zu beruhigen.

»Und, ist was Schlimmes passiert?«, fragte der junge Mann am Spülbecken, der wohl ihr entsetztes Gesicht gesehen hatte.

»Nein, nein. Alles in Ordnung. Aber ich muss weg. Die Kollegen kommen sicher gleich.«

Maria hastete aus der Wohnung. Noch während sie die Treppe hinunterlief, holte sie ihr Handy hervor und rief Mengert an.

»Lies mir das Gedicht von diesem Hades noch einmal vor. Das, was an Sarah Szeidel ging.«

»Was ist denn?«, fragte Mengert.

»Ihre Tochter ist verschwunden.«

»Oh nein, das darf doch nicht wahr sein!«

»Hol dieses Gedicht!«

Es dauerte, dann kam Mengert wieder an den Hörer.

»Da steht doch nur etwas von ›Braut‹ drin, oder nicht?« Maria hörte selbst die Unsicherheit in ihrer Stimme. »Er holt sich seine Braut! Da steht doch kein Wort von einem Kind?«

Mengert las – das Wort »Kind« kam in diesem Gedicht gar nicht vor, das Wort »Braut« allerdings auch nicht.

»Die zweite Strophe, lies sie noch einmal vor!«

»Das mit der Maid?«

»Nun lies schon!«

»Also, da steht: ›Werd folgen dir, du süße Maid, werd spüren, ob du bist bereit. Werd dich umfangen, dich berühren, ins Reich der Schatten dich entführen.‹«

Süße Maid. Konnte er damit ein kleines Mädchen meinen?

Kleine süße Maid?

Tigerfutter

Julie war tot.

Davon war zumindest ihre Großmutter überzeugt. Ulrike Szeidel wohnte wie ihre Tochter Sarah in Handschuhsheim, allerdings im westlichen Teil des Ortes, dort, wo die Häuser an die Felder grenzten. Ein kleines Reihenhaus, bei dem in einem Körbchen neben der Haustür ein gelbes Windrad zwischen dunkelroten Astern Herbstidylle verbreitete.

Ulrike Szeidel hatte Maria die Tür geöffnet, das Gesicht verquollen vom Weinen.

»Es ist alles nur meine Schuld«, brachte sie erstickt hervor.

Ohne Maria weiter zu beachten, ging sie voraus ins Wohnzimmer, setzte sich auf das Sofa und presste ein Taschentuch vor den Mund.

Auf dem Couchtisch lagen Malsachen, ein Block, auf dem anscheinend Julie herumgekritzelt hatte: ein Haus, das aussah, als würde es gleich zusammenbrechen. Aus seinem Schornstein stieg gelber Rauch hervor, daneben ein Wesen, das fast so groß war wie das Haus und entfernt Ähnlichkeit mit einer Katze hatte. Und unten am Bildrand ein Gekritzel, das wohl »Mama« bedeuten sollte.

»Glauben Sie, er hat ihr etwas angetan? Ich meine, bevor … Er wird sich doch nicht an dem Kind vergangen haben, oder?«

»Seit wann ist Julie weg?«

»Seit fast drei Stunden.«

»Und warum rufen Sie jetzt erst an?«

Frau Szeidel schluchzte auf. »Ich wusste es doch nicht. Sie wollte heute Morgen zur Nachbarin, da geht sie oft hin, wenn sie hier ist. Die hat eine Tochter, die ist genauso alt wie Julie. Ich muss mich ja auch mal um was kümmern. Ich kann nicht den ganzen Tag nur nach dem Kind sehen. Ich habe sie rübergebracht.«

Sie wischte die Tränen weg.

»Heute Mittag wollte ich sie holen, aber da war sie nicht mehr da. Sie ist nur eine Viertelstunde geblieben, dann wollte sie zurück zu mir. Die Nachbarin hat sie durch den Garten geschickt, aber sie ist nicht angekommen.«

»Wie viel Uhr war es, als Sie Julie rübergebracht haben?«

»Das war vielleicht so gegen zehn.«

»Wo wohnt diese Nachbarin? Hier, direkt nebenan?«

»Es ist das nächste Gründstück. Links, gleich neben uns. Sie hat mir noch geholfen zu suchen. Aber dann musste sie weg.«

Neben dem Wohnzimmerfenster war eine Glastür, die auf eine Terrasse führte, dahinter lag der Garten. Ein kleines übersichtliches Grundstück, das am Kopfende zum Weg hin einen Maschendrahtzaun hatte, in den ein Gartentor eingelassen war. Zwischen den Grundstücken nach rechts und links gab es nur dichtes Buschwerk zur Begrenzung.

»Hinten ist eine Lücke zwischen den Sträuchern. Julie ist schon öfters durch den Garten nach Hause gekommen, dann muss sie nicht vorne über die Straße. Die Terrassentür ist so gut wie immer offen, sie hätte nur dagegendrücken müssen.«

»Und das Tor hinten zum Weg, ist das auch offen?«

»Ja, ja. Es ist offen.«

Ulrike Szeidel schluchzte auf und hob die Hände vor das Gesicht. Maria konnte sie kaum noch verstehen.

»Es hieß doch, es geht um Sarah. Ich wusste doch nicht, dass er es auf das Kind abgesehen hat. Das hat mir niemand gesagt. Niemand! Warum haben Sie das nicht gesagt? Ich hätte sie doch nie auch nur einen Moment aus den Augen gelassen!«

»Weiß Ihre Tochter schon Bescheid?«

Das Schluchzen wurde lauter. »Nein. Das kann ich ihr nicht sagen. Das schaffe ich nicht.«

Autotüren wurden zugeschlagen, Stimmen waren zu hören.

Maria wusste, wer das war.

Auf der Straße vor dem Haus versammelte sich gerade das wahrscheinlich größte Polizeiaufgebot, das man in Handschuhsheim jemals zu sehen bekommen hatte. Aber mit Sicherheit war es immer noch nicht groß genug.

Nur ein paar Meter hinter dem Haus begann das Handschuhsheimer Feld, eine weite fruchtbare Ebene, hunderte von Feldern, durchzogen von einem Netz schmaler asphaltierter Sträßchen und holpriger Feldwege.

Ein Naherholungsgebiet, in dem Spaziergänger, Inlineskater, Radfahrer und das seltene Gartenrotschwänzchen eine friedliche Koexistenz führten.

Im Frühling schwängerte der Geruch von Erdbeeren die Luft, und an heißen Sommertagen leuchteten die Tomaten aus den Gewächshäusern. Blumenfelder wechselten sich ab mit langen Reihen Lollo rosso und Lollo bianco, die rote und hellgrüne Streifen auf die Äcker malten.

Um diese Zeit stand hier der Mais mannshoch. Felder, die man nicht überblicken konnte. Tabakpflanzen, Sonnenblumen, die selbst einen großen Menschen um einen guten Kopf überragten.

Ein idealer Ort, um zu verschwinden. Oder jemanden verschwinden zu lassen.

An der Wand über der Couch hingen Fotos. Gleich auf mehreren war ein kleines Mädchen zu sehen. Große blaue Kulleraugen, blonde Löckchen. Ein rundes, zartes Gesicht, wie das einer Porzellanpuppe. Julie Szeidel. Ein Kind, das aussah wie der Engel, der Weihnachten über der Krippe schwebte. Nur der Goldstaub fehlte.

Ein hübsches Mädchen, eines, das sich ganz bestimmt viele Menschen aussuchen würden, wenn man sich Kinder aus dem Katalog bestellen könnte.

Süß, dachte Maria, und in ihrem Magen krampfte sich alles zusammen. *Süße Maid.*

»Was hatte Julie heute Morgen an?«

»Eine Jeans und ein ...«, Ulrike Szeidel überlegte, »einen hellblauen Pulli und eine rote Strickjacke.«

»Wir brauchen eines der Fotos von ihr. Das neueste, das Sie haben. Und Kleidungsstücke. Etwas, das sie erst vor Kurzem getragen hat.«

Marias Blick fiel auf das Bild, das Julie gemalt hatte. Sie ging zum Tisch und rollte es zusammen.

»Und das hier, das brauche ich auch.«

*

Julies Zeichnung lag auf Marias Schreibtisch.

Karel Lindnar schien das Bild eingehend zu betrachten, den Kopf gesenkt, sodass die glatten halblangen Haare wie ein Vorhang an seinem Gesicht herunterhingen.

»Ein unschuldiges, harmloses Kinderbild. Ich denke, das da unten heißt ›Mama‹.« Maria schob das Bild etwas näher zu ihm.

»Könnte gut sein.« Lindnar nickte zustimmend. »Sieht zumindest so ähnlich aus.«

»Können Sie sich vorstellen, wie das für Julies Mutter ist? Was sie im Moment durchmacht?«

Lindnar zuckte mit den Schultern. »Bestimmt nicht schön.«

Maria wusste, wie es für Sarah Szeidel war. Sie hatte mit ihr geredet und hätte dieses Gespräch lieber aus ihrem Gedächtnis ausgelöscht.

Auf dem Rückweg von Handschuhsheim war sie in der Klinik vorbeigefahren, in der Hoffnung, dass Julie zu ihrer Mutter gelaufen war. Aber im Neuenheimer Feld, in dem die Klinik nur ein Gebäude von vielen war, fanden sich schon die meisten Erwachsenen nur mit Müh und Not zurecht. Natürlich war Julie nicht dort gewesen.

Sarah Szeidel hatte Maria erst ungläubig angesehen, als sie ihr von Julies Verschwinden berichtete. Dann hatte sie geweint, dann geschrien, und je mehr Maria sie zu beruhigen versuchte, desto verzweifelter war sie geworden.

Maria hatte nicht mehr gewusst, was sie noch hätte sagen oder tun können, und schließlich hilflos nach der Schwester geklingelt.

Der Beamte mit dem Foto von Karel Lindnar war schon bei ihr gewesen. Sarah Szeidel kannte Lindnar nicht.

Aber für das, was passiert war, musste sie ihn auch nicht kennen. Es reichte, wenn Lindnar sie kannte, sie irgendwo einmal gesehen hatte. Sarah Szeidel und ihre Tochter.

Manche Täter spähten ihre Opfer monatelang vorher aus. Sie wussten, wo sie arbeiteten, wann sie das Haus verließen, in welchen Hort das Kind gebracht wurde und wo die Oma wohnte.

»Wo waren Sie, bevor Sie in die Mensa gegangen sind?«

Lindnar schwieg.

»Ich habe Sie etwas gefragt«, herrschte Maria ihn an.

Von der Zeit her wäre es möglich gewesen: das Kind schnappen, irgendwohin bringen – oder töten. Die kleine Leiche im Feld zwischen die Tabakpflanzen zerren. Und dann ab in die Mensa, wo ihn jeder sehen konnte.

»Ich bin ein bisschen durch die Gegend gelaufen.« Er zögerte. »Glaube ich.«

Mengert beugte sich zu ihm, stützte die Hand auf der Rückenlehne des Stuhls auf.

»Wo ist das Mädchen? Es wäre besser, wenn Sie uns antworten würden. Entschieden besser, auch für Sie. Glauben Sie mir.«

Karel Lindnar hob den Kopf, sodass sein Gesicht das von Mengert fast berührte.

»Was haben Sie denn vor? Folter? Das macht sich aber gar nicht gut, wenn ich blaue Flecken habe. Dann sind Sie Ihren Job los.«

Er starrte Mengert ins Gesicht, ohne einen Zentimeter zurückzuweichen.

»Oder machen Sie das wie die Amis? Waterboarding. Da kann man hinterher nichts nachweisen, oder?«

Lindnar spürte wohl genau, dass Mengert so wütend war, dass er am liebsten zugeschlagen hätte.

Er provozierte sie, seitdem sie ihn verhörten. Und was wohl am meisten provozierte, war, dass Karel Lindnar den Eindruck machte, als sei das alles für ihn ein willkommenes Spiel, als sei er die Hauptperson in einer Fernsehshow. Statt Kakerlaken im Dschungelcamp ein Verhör bei der Heidelberger Kripo.

Maria räusperte sich, Mengert richtete sich wieder auf und trat zurück.

»Herr Lindnar, noch einmal: Wo ist Julie Szeidel?«, fragte sie.

»Ja, wo ist sie?« Karel Lindnar nahm Julies Zeichnung und betrachtete sie eingehend. »Was soll das da sein?« Er wies auf das katzenähnliche Wesen. »Sieht aus wie ein Hase. Oder ist das eine Katze? Nein, ich glaube, das ist keine Katze. Das ist …«

»Warum tun Sie das?«, unterbrach Maria ihn.

Scheinbar überrascht sah der junge Mann sie an. »Was denn?«

»Hier den Idioten spielen. Warum sagen Sie nicht einfach: Ich habe sie, aber ich werde Ihnen nicht verraten, wo sie ist.«

Lindnar legte das Blatt wieder hin.

»Weil ich nicht weiß, wo dieses Mädchen ist. Ich kenne sie nicht, und ich habe keine Ahnung, wo sie sein könnte. Das habe ich Ihnen schon vor einer halben Stunde gesagt, aber damit waren Sie ja nicht zufrieden.«

»Aber Eichendorff mögen Sie schon, nicht wahr?«

»Soll ich ehrlich sein?«

»Genau darum geht es hier.«

»Also gut.« Lindnar lehnte sich zurück. »Ich mag ihn nicht besonders. Soweit ich das überhaupt beurteilen kann, denn außer diesem einen Gedicht, dieser ›Mondnacht‹, kenne ich nichts von ihm. Ich hoffe, das enttäuscht Sie jetzt nicht.«

»Das ist aber sehr seltsam. Wenn ich jemanden nicht mögen würde, schriebe ich in meiner Wohnung wohl kaum ein Gedicht von ihm an die Wand.«

»Es ist ja auch nicht sein Gedicht. Das, was da steht, ist meins. Ich habe es mir ausgedacht. Eichendorffs Gedicht war nur die Vorlage. Aber glauben Sie mir, ich war selbst überrascht, dass ich das so gut hinbekommen habe.«

»Ist es das, was Sie antreibt? Einmal in irgendetwas gut zu sein? Und sei es nur darin, anderen Menschen Leid zuzufügen? Der Versager, der auch einmal etwas können will? Der endlich mal im Mittelpunkt stehen möchte?«

Es war nur der Bruchteil einer Sekunde, in dem Karel Lindnar es nicht mehr schaffte, ihr in die Augen zu sehen.

»Schon deprimierend, was? So intelligent, aber Ihr Studium schaffen Sie trotzdem nicht. Spricht sich rum, in Ihrer WG weiß man schon Bescheid. Und dann die Frauen.«

Maria wartete einen Moment, bevor sie weitersprach.

»Die hübsche Lea gibt Ihnen doch tatsächlich den Laufpass. Und die Nächste, wie hieß sie noch – Tanja? –, auch. Wie viele waren es denn schon vor Lea, von denen Sie abserviert wurden? Da staut sich ganz schön was auf, oder? Im Studium klappt nichts, mit den Frauen klappt es nicht ...«

»Sie sind echt gut.« Lindnar nickte anerkennend. »Sie haben es voll erfasst: Ich bin einer von den Losern. Sie sollten sich mal mit meinem Vater unterhalten. Sie beide würden sich bestimmt gut verstehen. Du kannst nichts, du bist nichts, aus dir wird nie etwas. Das bringt mich echt nach vorne, wissen Sie. Da blühe ich so richtig auf.«

Lindnar streckte die Beine vor, so als mache er es sich auf einem Liegestuhl bequem.

»Aber jetzt weiß ich ja zum Glück, was ich kann. Dank Ihnen. Sie haben mich darauf gebracht. Ich bin ein Dichter. Das erklärt alles. Kreative Menschen sind oft schräg drauf.«

»Kennen Sie eigentlich den eleusischen Bund, Herr Lindnar?«

»Ich glaube, das ist so eine Volkstanzgruppe. Oder?«, fragte Lindnar mit naivem Unterton.

Maria hätte ihn am liebsten geschüttelt.

»Kapieren Sie eigentlich, um was es hier geht?«

»Aber klar doch.« Lindnar nickte, ein eifriger Schuljunge, der sich anschickte, die Frage seiner Lehrerin zu beantworten. »Sie denken, ich hätte Lea umgebracht und dann auch noch ein Kind entführt, nur weil ich an meine Zimmerwand ein Gedicht geschrieben habe, das sich anhört, als wäre es von Eichendorff. Und das, obwohl Sie diejenige waren, die mich mit Ihrer Fragerei erst auf die Idee gebracht hat.«

Lindnar hatte recht. Genauso konnte man es drehen. Jeder Verteidiger würde sich mit Freude darauf stürzen.

»Nach unserem Gespräch in der Mensa habe ich mir das Gedicht von Eichendorff aus dem Internet geholt. Ich habe es umgeschrieben. Kein Verbrechen, soviel ich weiß.«

»Und warum heißt es in Ihrer Version, das Böse hätte Ihnen ›die Liebste‹ entführt? Angeblich waren Sie doch froh, dass die Sache mit Lea vorbei war?«

»Trotzdem habe ich sie einmal gemocht. Damals war sie meine Liebste. Obwohl das vielleicht wirklich ein bisschen dick aufgetragen ist. Ich werde es noch einmal überarbeiten.«

»Wenn Sie mit alldem nichts zu tun haben, wo waren Sie dann am Montagabend?«

Lindnar wiegte den Kopf nachdenklich hin und her.

»Also, wenn man mich unter Druck setzt, fallen mir solche Sachen einfach nicht mehr ein.« Und fast nahtlos fügte er hinzu: »Was muss dieses kleine Mädchen nur für eine Angst haben, so allein, ohne seine Mutter.«

Da war er wieder, dieser undefinierbare Ausdruck auf Lindnars Gesicht.

Es klopfte, Alsberger schaute herein.

»Können Sie mal kurz kommen?«

Maria ging zu ihm auf den Flur. Hatte er am Vormittag noch gestrahlt wie der Lottokönig, sah er jetzt so finster drein, als stünde der Weltuntergang bevor.

»Die Kollegen haben in Lindnars Wohnung keine Hinweise auf Sarah Szeidel oder ihre Tochter gefunden«, sagte er leise. »Aber sein Tagebuch. Es stehen einige Sachen über Lea Rinkner drin. Erst irgendwelche Schwärmereien, dann eine Seite, auf der er sie aufs Übelste beschimpft. Aber nichts darüber, dass er ihr etwas antun will. Dann gibt es noch ein Heft, in das er ein paar wirre Sachen gekritzelt hat. Irgendetwas über die Mayas und den Weltuntergang. Lea Rinkners Telefonnummer steht in seinem Notizbuch im Adressverzeichnis. Er hat sie durchgestrichen.«

»Durchgestrichen? Wie, durchgestrichen?«

»Der Kollege hat nur gesagt, die Nummer und der Name wären durchgestrichen, mehr nicht.«

Als sie zurück ins Büro kam, sah Karel Lindnar sie fragend an.

»Und, ist die Kleine wieder aufgetaucht?«

»Warum haben Sie Leas Nummer aus Ihrem Notizbuch gestrichen?«

»Oh, Sie machen das aber gründlich.«

Wäre die Situation eine andere gewesen, hätte man ehrliche Bewunderung hören können. So klang es wie der reine Hohn.

»Warum haben Sie das getan?«

»Warum macht man so etwas?« Karel Lindnar zuckte mit den Schultern. »Wir hatten uns getrennt, ich hatte nicht mehr vor, sie noch einmal anzurufen. Frauen tun das doch angeblich auch. Die Zahnbürste des Lovers wegschmeißen oder die Fotos vom Urlaub, sein T-Shirt in kleine Stücke schneiden.«

»Hat Lea Sie so verletzt, dass Sie nicht einmal mehr ihren Namen ertragen konnten? Vielleicht haben Sie ihn ja nicht einfach durchgestrichen. Vielleicht ging es eher darum, jemanden auszulöschen.«

Lindnar lachte auf.

»Klar. Erst bringe ich sie um, dann renne ich nach Hause, streiche ihren Namen aus meinem Organizer und warte, bis die Polizei kommt und das sieht. Ist doch logisch. Würde doch jeder so machen, oder nicht?«

Spott und Hohn, das war wohl alles, was sie aus Lindnar herausbekommen würden. Er hatte nicht vor, ihnen irgendetwas zu verraten.

Er spielte mit seinem möglichen Alibi für die Zeit des Mordes an Lea Rinkner wie mit einem Köder, den er vor ihrer Nase herumschwenkte. Wahrscheinlich hätte er nur die Musik in seinem Zimmer laut stellen und unbemerkt verschwinden müssen, und alle in der WG hätten geschworen, er sei dort gewesen.

Doch Lindnar lieferte ihnen den Grund, dass sie ihn festhalten konnten. Vielleicht hatte er ein Alibi, vielleicht auch nicht.

Was bezweckte er damit?

Dass Julie Szeidel langsam und erbärmlich irgendwo in einem Verschlag zugrunde ging, während Hades in Untersuchungshaft saß und sich die Hände rieb, weil er die Polizei zum Handlanger seines nächsten Mordes machte? Sollte Julie Szeidel sterben, während sie ihn hier festhielten?

Wie viele Punkte gab das in seinem Spiel?

»Mengert, bring Herrn Lindnar zurück in die Arrestzelle, damit er in Ruhe und ganz ohne Druck noch einmal darüber nachdenken kann, was er am Montagabend gemacht hat.«

Vor allem aber musste sie selbst nachdenken. Der nächste Zug. Sie war dran.

Als Maria auf den Flur trat, kam Jörg Maier gerade zur Abteilungstür herein.

»Ah, da habe ich ja Glück. Ich war gerade in der Nähe und wollte fragen, ob du einen Kaffee mit mir trinken gehst?«

Er lächelte, sodass sich die kleinen Fältchen um seine Augen vertieften und sofort an Sonne, Meer und Dolce Vita denken ließen, auch wenn sie sicherlich eher vom Neonlicht über dem Obduktionstisch stammten.

Lindnar würde sowieso nicht reden, zumindest nicht in nächster Zeit. Da konnte sie auch einmal kurz verschwinden.

»Also gut. Die können hier mal eine Weile auf mich verzichten.«

Aber vorher rief Maria noch einmal bei der Einsatzleitung in Handschuhsheim an. Keine Spur von Julie.

Jörg wollte gern in das »LiteraturCafé« an der Stadtbücherei. Da es keine zwei Minuten entfernt lag, war es Maria gerade recht. In der Bäckerei gegenüber wäre bestimmt über kurz oder lang ein Kollege aufgetaucht, der brühwarm weitererzählt hätte, dass die Mooser schon wieder mit dem Maier zusammenhockte.

Maria bestellte wirklich nur einen Kaffee, obwohl an der Theke knusprige Croissants und Muffins lockten. Schließlich wollte sie nicht, dass Jörg dachte, sie wäre ein Vielfraß.

»Hast du Lust, nächste Woche mit mir ins Kino zu gehen?«, fragte Jörg, nachdem sie an einem der dunklen Holztische vor der Fensterfront Platz genommen hatten. »Wir müssen ja noch unseren verpassten Abend nachholen.«

Ja, den Abend, den er morgen mit der lieben Karin verbringen würde. Trieb ihn das schlechte Gewissen her?

Es war das erste Mal gewesen, dass Jörg sie zu sich nach Hause eingeladen hatte. Und dabei trafen sie sich nun schon etliche Wochen. Nicht allzu oft, aber doch so oft, dass man hoffen konnte, dass mehr daraus würde.

Maria hatte gedacht, dass dieser Abend vielleicht anders ablaufen würde als die anderen Treffen, bei denen sie freundschaftlich miteinander geplaudert hatten, in einer Gaststätte, einem Café, einem Restaurant, wo es nicht passte, zärtlich zu werden.

Sie trank an ihrem Kaffee, um ihm nicht ins Gesicht schauen zu müssen.

»Kino wäre prima, gerne.«

»Und, kommt ihr weiter? Was macht der Fall mit dem irren Dichter?«

Maria berichtete, froh, über etwas reden zu können, was ihren enttäuschten Gesichtsausdruck erklärte. Und froh, ihre dumpfe Angst um das kleine Mädchen mit jemandem teilen zu können.

Sie erzählte von Julie, von Lindnar, dem Gedicht an der Wand, seinem seltsamen Verhalten während des Verhörs, von ihrer Angst, dass er sie benutzte, um das Kind irgendwo sterben zu lassen.

»Das wäre in der Tat pervers.« Jörg schaute nachdenklich auf seine Kaffeetasse. »Pervers und genial. Er macht dich zur Komplizin.«

»Ich überlege, ob ich ihn laufen und überwachen lasse. Vielleicht führt er uns zu dem Mädchen.«

»Man könnte es zumindest versuchen. Wenn ihr Pech habt, gibt's viel Aufwand für nichts. Aber wenn du es nicht tust, und deine Vermutung war richtig? Das wäre wohl die üblere Variante.«

»Da könntest du recht haben.«

Sie musste ziemlich frustriert geklungen haben, denn Jörg klopfte ihr freundschaftlich auf die Schulter.

»Nun lass mal nicht den Kopf hängen.«

Wie bei einem Pferd, dachte Maria. Gleich hält er mir bestimmt noch ein Zuckerstück hin. Sie schaute auf die Uhr.

»Ich muss wieder zurück.«

Als sie an der Theke vorbeigingen, blieb ihr Blick an den Croissants hängen. Im Rahmen der allgemeinen Friedensverhandlungen mit Alsberger wäre es vielleicht eine nette Geste, wenn sie zur Abwechslung einmal ihm etwas mitbringen würde.

»Warte mal einen Moment.«

Sie orderte eines der knusprigen Hörnchen. Während sie wartete, kam eine ehemalige Schulfreundin ihrer Tochter zur Tür herein. Sie erkundigte sich nach Vera. Alles in bester Ordnung, heuchelte Maria.

»Bestellen Sie ihr einen Gruß von mir«, verabschiedete sich die junge Frau. »Schöner Tag noch.«

Jörg, der an der Tür gewartet hatte, drehte sich abrupt um und ging hinaus.

»Das tut mir jedes Mal in den Ohren weh«, beschwerte er sich, kaum dass sie draußen waren.

»Was denn?«

»Schöner Tag noch! Das heißt: *Schönen* Tag noch. Grammatikalisch ist das hier wirklich Diaspora.«

Maria war völlig überrascht. Jörg kam nicht von hier, das wusste sie ja. Ein Norddeutscher. Aber dass die Norddeutschen die Grammatikpäpste waren, das hatte sie noch nicht gewusst.

»Es ist doch nur nett gemeint.«

»Sicher, aber noch netter wäre es, wenn es sich nicht so grausam falsch anhören würde. Also, mach es gut, Maria. Ich melde mich noch mal wegen des Kinos.«

Wieder ein wohlwollendes Klopfen auf die Schulter. Keine Umarmung, kein Küsschen auf die Wange. Hatte sie die Pest, oder was?

Mit schnellen Schritten zog Jörg von dannen.

Maria schaute ihm hinterher. Schöner Tag noch!

Zurück in der Abteilung ging sie als Erstes zu Alsberger.

»Hier, ich habe Ihnen etwas mitgebracht.« Maria hielt ihm die Tüte hin.

»Danke.« Er legte sie beiseite, ohne reinzuschauen.

Seine gute Laune vom Vormittag war dann wohl wirklich nur ein kleines Zwischenhoch gewesen.

»Alsberger, ich weiß, dass Sie noch sauer sind. Es wird aber auch nichts besser, wenn Sie jetzt allen hier mit Ihrer Ich-bin-beleidigt-Nummer auf die Nerven gehen.«

»Ich bin nicht beleidigt.«

»Was dann?«

»Sie wird wieder auftauchen«, sagte er mit finsterer Miene.

»Das Mädchen? Ja, das hoffe ich auch. Das hoffen wir wohl alle.«

»Ich hoffe es nicht, ich weiß es. Sie wird wieder auftauchen. Ganz bestimmt.«

»Und warum sind Sie sich da so sicher? Sind Sie jetzt das Orakel von Heidelberg?«

»Wenn sie nicht wieder auftaucht«, Alsberger hörte sich an, als gebe er sein Todesurteil bekannt, »dann werde ich meinen Dienst quittieren. Freiwillig.«

»Was soll denn der Quatsch?«

»Das wäre der Beweis, dass ich unfähig bin.«

»Alsberger, Sie sind doch nicht verantwortlich dafür, dass das Mädchen verschwunden ist. Keiner von uns ist auf die Idee gekommen, dass dieser Verrückte es auf das Kind abgesehen haben könnte.«

Wenn überhaupt jemand die Verantwortung dafür trug, dann war sie es. Hades hatte auf Sarah Szeidel gezeigt und direkt daneben zugegriffen, und sie war nicht einmal ansatzweise auf den Gedanken gekommen, dass so etwas passieren könnte.

Alsberger schien ihr gar nicht zuzuhören. »Sie wird zurückkommen«, sagte er.

»Frau Mooser?«

Maria drehte sich um. Ferver stand in der Tür, noch grauer im Gesicht als sonst.

»Bitte kommen Sie doch einmal in mein Büro. Herr Lindnar ist da.«

»Herr Lindnar? Der sitzt unten in der Arrestzelle!«

»Nein, nicht *der* Herr Lindnar. Der Vater des jungen Mannes ist hier. Mit einem Anwalt.«

Maximilian Lindnar musste nicht viel sagen. Schon wenn man ihn sah, wusste man, dass er nicht zu den Versagern zählte, zumindest nicht zu den offiziellen.

Herr Lindnar war einer der Menschen, die gewohnt waren, alles unter Kontrolle zu haben, und die sehr, sehr ärgerlich wurden, wenn ihnen das jemand streitig machte.

Auf dem dunkelblauen Anzug war nicht die kleinste Fluse zu entdecken, der Knoten der weinroten Krawatte saß exakt mittig, und die Ärmel des weißen Hemdes schauten genau den modischen einen Zentimeter unter dem Jackett hervor, der erlaubt war. Herr Lindnar ließ wissen, dass er eine Firma in Stuttgart besaß, seine Familie schon seit Generationen einen tadellosen Ruf habe.

Während er redete, waberte eine Atmosphäre von Geld und Macht durch den Raum.

Der Mitbewohner seines Sohnes habe ihn informiert. Man wisse, was Karel vorgeworfen werde Das sei völlig absurd. Er sei ein schwieriges Kind, das streite niemand ab, und doch sei er niemals zu einer solchen Tat fähig.

Der Anwalt berichtete von Karels instabiler Psyche. Man habe bereits zu früherer Zeit einen Psychiater konsultiert, Karel suche nach seiner Identität, was ihm naturgemäß schwerfalle in Abgrenzung vom überaus erfolgreichen Vater. Eine protrahierte Adoleszentenkrise.

Jugendliches Streben nach Aufmerksamkeit, das erkläre das Gedicht, das er offenbar an die Wand geschrieben habe. Aber ansonsten ein völlig harmloser Junge.

Man habe sich gefreut, dass Karel hier in Heidelberg etwas Boden unter den Füßen gewonnen habe. Eine Haft stelle, da er unschuldig sei, nur eine unnötige Gefährdung des labilen Jungen dar, die niemand verantworten könne.

Denn wenn sich herausstelle, wovon auszugehen sei, dass der Junge mit der Sache nichts zu tun habe, und er Schaden durch diese Angelegenheit nehme, würde man sich gezwungen sehen, rechtliche Schritte einzuleiten, um die Angemessenheit des polizeilichen Vorgehens prüfen zu lassen.

Ferver versuchte, sich einzuschalten, aber es war kaum möglich, den Monolog des Anwalts zu unterbrechen.

Das einzig Richtige wäre in Anbetracht der Umstände, Herrn Lindnar junior sofort aus der Haft zu entlassen und über die ganze Angelegenheit Stillschweigen zu bewahren.

Maria spürte das starke Bedürfnis, über den Tisch zu langen und Herrn Lindnars Krawatte ein bisschen schief zu ziehen.

»Ich würde mich gern einen Moment mit meinem Vorgesetzten beraten«, sagte sie stattdessen mit dem unterwürfigen Lächeln auf dem Gesicht, das wohl erwartet wurde.

Ferver warf ihr einen überraschten Blick zu. Wahrscheinlich hatte er damit gerechnet, dass sie Maximilian Lindnar samt Anwalt in Grund und Boden stampfen würde. Das hätte sie normalerweise auch getan, aber diesmal war es besser, eine Faust in der Tasche zu machen.

Sollte Maximilian Lindnar ruhig weiterhin denken, er hätte alles unter Kontrolle. Er lieferte ihr einen guten Anlass, das zu tun, wofür sie sich schon vorher entschieden hatte: Sie würde Karel Lindnar laufen lassen.

Maria erklärte Ferver, was sie vorhatte. Er war einverstanden, wenn die Staatsanwaltschaft zustimmen würde.

Während sie telefonierte, lief Lindnars Anwalt nervös auf dem Flur auf und ab, Maximilian Lindnar aber stand da wie die deutsche Eiche in Person.

Als Maria wusste, dass alles klappen würde, teilte sie die frohe Botschaft mit. Nach gründlicher Prüfung sei man aufgrund der Informationen, die sie nun hätten, zu dem Schluss gekommen, dass es besser sei, Karel zu entlassen.

Seiner labilen Psyche wolle man schließlich keinen Schaden zufügen, der Verdacht gegen ihn habe sich nicht erhärten lassen, und unnötigen Ärger wolle auch niemand.

Es müssten nur noch einige Formalitäten erledigt werden, dann könne Karel gehen. Warten lohne sich nicht, Herr Lindnar senior habe sicher Besseres zu tun.

Es dauerte noch zwei Stunden, bis alles organisiert war. Dann ließ Maria Karel Lindnar holen.

»Mein Alter war da, stimmt's?«, war seine Reaktion auf die Mitteilung, dass er gehen konnte. »Und, hat er sich ordentlich aufgeregt?«

»Nein, er wirkte ganz gelassen.«

»Wie üblich. Mr. Obercool.«

»Er konnte uns davon überzeugen, dass Sie ...«, Maria bemühte sich um ein Lächeln, »nun, sagen wir es einmal so: dass Sie ein zahnloser Tiger sind.«

Karel Lindnar verzog verächtlich die Mundwinkel.

»Oh ja«, sagte er. »Zahnloser Tiger. Klar.«

»Geht es darum, Herr Lindnar? Ist das alles eine Show, um den coolen Papa mal so richtig aus der Fassung zu bringen?«

Der junge Mann presste einen Moment die Lippen zusammen, sodass sie fast weiß wurden.

»Sie haben noch etwas gut bei mir«, sagte er dann. »Sonst wäre ich jetzt wohl sehr böse auf Sie. Aber ich muss Ihnen dankbar sein. Durch Sie habe ich mein wirkliches Talent entdeckt. Irgendwann einmal werden Sie stolz darauf sein, mich gekannt zu haben.«

»Sicher, der neue Dichterfürst, ich weiß. Sie können jetzt gehen, Herr Lindnar. Bitte.«

Maria machte eine Handbewegung zur Tür hin.

Karel Lindnar stand langsam auf. Er war schon fast draußen, als er sich noch einmal umdrehte.

»Wissen Sie, was zahnlose Tiger am liebsten fressen?« Der spöttische Ausdruck war auf sein Gesicht zurückgekehrt. »Kleine Mädchen. Die sind noch so schön zart.«

Damit zog er die Tür von außen zu.

Das Orakel

Die Hände tief in den Taschen seines Anoraks vergraben, verließ Karel Lindnar die Polizeidirektion. Maria konnte ihn vom Fenster aus sehen. Er hatte sich noch keine zwei Meter vom Gebäude entfernt, als sein Vater auf ihn zukam.

Maximilian Lindnar hatte anscheinend im Wagen auf ihn gewartet.

Es gab keine Begrüßung, keine Umarmung, nichts. Er redete auf seinen Sohn ein, der schaute zu Boden, die Schultern hochgezogen. Maria konnte nicht erkennen, dass Karel Lindnar auch nur einmal den Mund aufgemacht hätte.

Die Szene dauerte knappe fünf Minuten, dann drehte Lindnar senior sich um und verschwand in die Richtung, aus der er gekommen war.

Und während Karel Lindnar die Straße überquerte, setzte sich in den gegenüberliegenden Arkaden eine graue Gestalt in Bewegung. Ein älterer Herr mit einer Einkaufstüte, der anscheinend eben aus einem der Geschäfte gekommen war.

Karel Lindnar würde keinen unbeobachteten Schritt mehr tun. Wenn er Julie wirklich irgendwo versteckt hielt – vielleicht hatten sie Glück, und er ging zu ihr. Es war nur ein kleiner, winziger Funke Hoffnung, aber es war besser als nichts.

Maria hörte ein Geräusch hinter sich. Arthur stand im Zimmer.

»Schick mich nie wieder weg!«

»Was machst du schon wieder hier? Bist du ausgeschlafen?«

»Ich habe zwei Tüten Kekse gegessen. Zwei ganze Tüten!«

Sie wusste, was das für Arthur bedeutete: der Super-GAU. Seit Wochen sparte er sich jede Kalorie vom Mund ab, lief lange Umwege, um nicht teuflischen Versuchungen wie Pommes, Pizza oder Schwarzwälder Kirschtorte zu erliegen.

»Ich gehe nicht mehr nach Hause. Nie mehr.« Sein Ton war voller Vorwurf, so als sei Maria an allem schuld.

»Hast du geschlafen?«

»Ein bisschen. Aber weißt du, wovon ich geträumt habe?«

»Von Sabine, nehme ich mal an.«

»Nein, schlimmer: von Pizza! Einer riesigen Pizza, die wie ein Ufo über dem Rathausplatz schwebt und auf mich wartet. Quattro stagioni.«

Maria schaute noch einmal zum Fenster hinaus. Lindnar war verschwunden, sein Schatten mit ihm.

»Scheint dich nicht zu interessieren, dass ich am Rand des Abgrunds stehe«, klagte Arthur.

»Im Moment haben wir hier wirklich andere Sorgen. Die Tochter von Sarah Szeidel ...«

»Furchtbar, Roland hat es mir schon erzählt. Auch das von dem jungen Mann, den ihr verdächtigt. Ich habe ihn eben gesehen, als er aus deinem Büro raus ist. Vom Alter her könnte das glatt Eichendorff sein, als der in Heidelberg war, ist dir das aufgefallen? Ein junger Student, das passt. Wobei ich das mit dem Kind seltsam finde.«

Arthur hatte irgendetwas auf Marias Schreibtisch entdeckt. Er starrte darauf wie das Kaninchen auf die Schlange.

»Aber vielleicht will er ja auch mehr als Rache. Die Geschichte umschreiben. Er holt für Eichendorff nicht nur die hübsche Heidelbergerin, sondern auch noch das passende Töchterchen dazu. Vater, Mutter, Kind. Er sehnt sich nach einer Familie.« Arthur sagte es, ohne den Blick zu heben. »Übrigens haben die Kollegen angerufen, die du wegen des Einbruchs in Lea Rinkners Wohnung geschickt hast. Sie können nicht entdecken, dass etwas fehlt.«

Er zeigte auf den Schreibtisch. Unter einer Aktenmappe schaute die Ecke einer Gummibärchentüte hervor. »Kannst du das vielleicht wegschließen, Maria? Da wäre ich dir sehr dankbar.«

Ihr Handy klingelte. »Ja, Mooser?«

Es war der Einsatzleiter in Handschuhsheim. Neuigkeiten. Endlich!

Der Suchhund, ein bayrischer Schweißhund, dessen Geruchssinn so fein war, dass er die Spur eines Menschen noch nach zwei Tagen aufnehmen konnte, hatte sie im Ortskern auf den kleinen Platz vor der Tiefburg geführt.

Das Tier war zielstrebig zum Tor der Burg gelaufen und vom

Parkplatz aus einige Meter in die Straße hinein, die um die Burg herumführte. Dann hatte es die Spur wieder verloren.

Das Burgtor war verschlossen, aber gleich würde jemand kommen, der einen Schlüssel hatte.

»Sie haben eine Spur!« Maria drehte sich zu Arthur um, aber der war schon wieder verschwunden.

Sie wartete, entsorgte die Gummibärchen, indem sie sie im Schnelltempo aufaß.

Julie Szeidel. Maria konnte an nichts anderes mehr denken als an das kleine Mädchen. An Lindnar, von dem sie nicht wusste, ob sich hinter der spöttischen Fassade nur ein sensibler junger Mann verbarg, der mit allen Mitteln um die Aufmerksamkeit seines Vaters kämpfte, oder ob es ein Monster war, das dahinter hauste.

Ein netter junger Mann, der ein paar Gummibärchen anbot. Eine hübsche Puppe. Kinder waren verführbar.

Nach einer Viertelstunde hielt Maria es nicht mehr aus und fuhr nach Handschuhsheim.

Sie parkte den Wagen auf dem Platz vor der Tiefburg. Eine Menschentraube hatte sich am Burgtor versammelt, Neugierige, Anwohner, man wusste schließlich, dass die Polizei fieberhaft nach einem Kind suchte.

Maria bahnte sich den Weg durch die Menge, trat in den Innenhof, wo hinter den dicken Außenmauern das Wohnhaus der früheren Ritter von Handschuhsheim lag.

Sie war schon einige Male hier gewesen. Zum Weihnachtsmarkt und zur »Hendsemer Art«, einer Ausstellung der ansässigen Künstler. Eine kleine, gemütlich wirkende Burg, die man heute für Feste und Feierlichkeiten nutzte und bei der nur noch wenig an vergangene Grausamkeiten erinnerte.

Doch davon waren auch hier die Menschen nicht verschont geblieben. So war der letzte männliche Spross der Ritter von Handschuhsheim im zarten Alter von fünfzehn Jahren elendig an den Folgen einer Verletzung gestorben, die ihm ein Hirschhorner im Zweikampf zugefügt hatte.

Eine Mutter, die ihr Kind verlor, das hatte es hier schon einmal gegeben.

Der Einsatzleiter kam Maria entgegen.

»Wir sind so gut wie durch. Hier ist sie nicht. Wäre auch seltsam gewesen. Das Tor war die ganze Zeit abgeschlossen.«

Alles nur falscher Alarm?

In ihrer Jackentasche brummte es. Ihr Handy. Einer von Lindnars Schatten.

Karel Lindnar war in die Innenstadt gegangen. Er hatte auf der Hauptstraße bei Tchibo Kaffee getrunken, dann war er gegenüber in den Kaufhof eingekehrt, um im Gastronomiebereich ein halbes Hähnchen zu essen. Jetzt schlenderte er durch die Herrenabteilung und probierte Jacken an.

»Was macht der? Eine nette Shoppingtour?«, fragte Maria ungläubig nach.

Noch während sie telefonierte, wurden draußen vor dem Burgtor Stimmen laut. Wortfetzen waren zu hören. *Gemeindehaus. Rote Jacke. Boden.*

Eine Frau kam in den Innenhof, ein rotes Strickjäckchen in der Hand.

»Die lag hinten am Gemeindehaus, bei der Friedenskirche, auf dem Rasen.«

Es dauerte keine Minute, und ganz Handschuhsheim schien in Bewegung zu sein. Der Tross von Beamten, der Menschenpulk vom Vorplatz, alles, was Beine hatte, strömte in die schmale Straße, die am Burggraben entlang zur Friedenskirche führte.

Das Gemeindehaus war nur ein paar hundert Meter von der Burg entfernt. Ein Bau mit großen gläsernen Türen und bodentiefen Fenstern, davor ein Platz, auf dem bei Gemeindefesten gesungen und Flammkuchen gebacken wurde, seitlich zur Straße hin eine Rasenfläche mit einer Schaukel.

Sie sperrten das Areal ab.

Maria hätte im Nachhinein nicht mehr sagen können, wie viel Zeit vergangen war. Ihr kam es vor wie eine Ewigkeit, und doch waren es wahrscheinlich nur wenige Minuten, bis der Suchhund bellte.

»Hierher! Hier, da unten!«, rief einer der Beamten.

Er stand vor einer Treppe, die links am Gebäude in die Tiefe führte.

Die Männer liefen zusammen, Maria hastete zu ihnen und drängte sich nach vorn.

Vor einer Tür am Ende der Treppe sah sie den kleinen Körper. In einer Ecke, den Kopf nach unten gesenkt.

»Julie!«

Das Kind regte sich nicht.

Langsam ging Maria hinunter. Stufe um Stufe, den Blick auf das Kind geheftet. Laub hatte sich auf der Treppe gesammelt und verströmte den Geruch von Herbst und Verwesung.

Süße Maid. Werd dich umfangen, dich berühren, ins Reich der Schatten dich entführen.

Sie beugte sich zu dem reglosen Körper, legte ihre Hand auf die kleine Schulter.

»Julie!«

Der Lockenkopf bewegte sich, hob sich, vorsichtig, nur ein paar Zentimeter, gerade so viel, dass Julie einen Blick auf Maria erhaschen konnte.

»Nicht schimpfen«, wimmerte das Mädchen.

»Nein, ich schimpfe nicht. Hier schimpft niemand, keine Sorge.«

Stimmen oben an der Treppe: »Sie lebt!«

Sofort vergrub Julie wieder den Kopf.

»Oma ist bestimmt sauer.« Sie weinte.

Maria redete auf das Kind ein, nahm es vorsichtig auf den Arm. Julie klammerte sich angstvoll an sie, und erst als Maria ihr versprach, dass sie ihre Mutter im Krankenhaus besuchen würden und Julie in einem richtigen Polizeiauto mitfahren durfte, wich die Spannung aus dem kleinen Körper.

Julie brauchte ein bisschen Zeit, aber als sie einmal Vertrauen zu Maria gefasst hatte, sprudelte es nur so aus ihr heraus.

Sie hatte, als sie durch die Lücke zwischen den Büschen wieder im Garten ihrer Großmutter angekommen war, eine Katze auf dem Weg hinter dem Zaun entdeckt. Julie war zum Tor hinaus, zur Katze, und als die vor dem Kind Reißaus genommen hatte, war Julie in den Sinn gekommen, noch einmal kurz im Grahampark nachzusehen, ob ihre Freundinnen dort waren.

Ein überschaubarer Park, der in der Ortsmitte gegenüber der Tiefburg lag. Ein kleines Schlösschen in freundlichem Maisgelb, jahrhundertealte Bäume und ein Spielplatz, der für die Handschuhsheimer Kinder ein beliebter Treffpunkt war.

Sie hatte es tatsächlich geschafft, den Weg dorthin zu finden, aber von ihren Freundinnen war keine da. Zurück fand Julie allerdings nicht mehr, war abgebogen, wo sie hätte geradeaus laufen müssen, war hierhin und dorthin gegangen und schließlich am Gemeindehaus gelandet.

Die Schaukel war frei, Julie nutzte die Gunst der Stunde. Bis sie einen Lautsprecherwagen hörte, über den mit elektronisch verzerrter Stimme verkündet wurde, dass die kleine Julie Szeidel vermisst werde.

In diesem Moment hatte auch sie verstanden, dass ihr Ausflug weder Oma noch Mutter erfreuen würde, und hatte getan, was Kinder in solchen Situationen tun: Sie hatte sich aus Angst vor dem, was sie erwarten könnte, versteckt.

Maria löste ihr Versprechen ein.

Sarah Szeidel saß schon im Stuhl und wartete, als sie in der Klinik die Tür zu ihrem Zimmer öffneten. Julie rannte sofort los und fiel ihrer Mutter um den Hals. Die weinte so sehr, dass Julie sich irgendwann mit ängstlichem Blick zu Maria umdrehte. Das war wahrscheinlich schlimmer für sie, als wenn ihre Mutter geschimpft hätte.

»Sie freut sich nur«, flüsterte Maria.

Aber es war mehr als Freude. Sarah Szeidel weinte sich ihre ganze Verzweiflung von der Seele, die Angst um ihr Kind, die sie in den letzten Stunden halb umgebracht hatte.

»Ich will weg aus Heidelberg. Bringen Sie uns weg von hier«, flehte sie und drückte Julie an sich. »Irgendwohin, wo wir vor ihm in Sicherheit sind. Bitte!«

Es war nichts passiert, zumindest nicht das, was alle befürchtet hatten. Julie war weggelaufen, schlimm genug, aber keine Katastrophe. Und doch hatte Sarah Szeidel die letzten Stunden in der Hölle verbracht.

Hades hatte nichts dafür tun müssen. Genau wie bei Hans Martinsen, der die tote Lea Rinkner gefunden hatte, den die Bilder von Wasserleichen mit Schlangenhaaren nicht mehr schlafen ließen.

Menschen, die Hades in die Verzweiflung trieb, die vor Angst fast umkamen, die kein normales Leben mehr führen konnten.

Und als Maria sah, wie Sarah Szeidel ihr Kind umklammerte, es so an sich presste, dass die kleine Julie anfing, sich zu winden, wusste sie, dass das Elend erst dann aufhören würde, wenn sie Hades zur Strecke gebracht hatte.

»Wir werden einen sicheren Ort für Sie finden«, versprach sie. »Ganz bestimmt.«

Er wusste etwas. Und er wusste mehr als sie.

Es war wie ein Stachel, lang und sehr spitz, der sich langsam in ihr Fleisch bohrte.

Auf der Rückfahrt zur Polizeidirektion hatte Maria nur an eines denken können: Alsberger, wie er hinter seinem Schreibtisch saß, felsenfest davon überzeugt, dass Julie Szeidel wiederauftauchen würde.

Roland Alsberger, das Orakel von Heidelberg.

Er hatte die ganze Zeit auf seinem Wissen gesessen, hatte es für sich behalten, wahrscheinlich um im entscheidenden Moment zu triumphieren. Um Ferver klarzumachen, dass *er* den Fall gelöst hatte, während seine dumme Vorgesetzte noch im Dunkeln tappte.

Vom Parkplatz hoch in die Abteilung lief Maria so schnell, dass sie völlig außer Atem oben ankam. Ohne anzuklopfen riss sie die Tür zu Alsbergers Büro auf.

»Woher wussten Sie das?«

Alsberger schien verblüfft.

Natürlich war ihm klar, worum es ging. Alle hier waren längst informiert, dass Julie Szeidel gefunden worden war. Aber ihr allwissender Assistent wollte sich anscheinend noch etwas bitten lassen.

»Das mit dem Kind. Dass sie wieder auftaucht. Warum waren Sie sich da so sicher?«

»Weil ich nachgedacht habe«, sagte Alsberger und sah wieder ganz so aus wie der Lottokönig persönlich.

»Oh, der Herr hat nachgedacht! Na, da kommt doch Freude auf. Wie wäre es denn, wenn Sie mir Ihre Gedanken einmal mitteilen würden? Natürlich nur, wenn es Ihnen gerade passt. Ich komme sonst gern auch ein andermal wieder.«

Sie schauten sich an wie zwei Kampfhähne.

»Nun spucken Sie es schon aus!«

Alsberger wartete noch einen kleinen Moment – Maria vermutete, einzig und allein, um sie noch ein bisschen auf die Folter zu spannen.

»Es ist doch so«, begann er. »Wir haben einen Mord. Nur einen. Und vier Briefe. Einen, der kurz vor Lea Rinkners Tod in ihren Briefkasten gesteckt wurde. Einen, der unmittelbar nach oder vor ihrem Tod an den Radiosender ging und durch den der Mörder Lea Rinkners sich der Öffentlichkeit vorstellt: ein Irrer, der gerne dichtet, Bräute sammelt und weitermorden wird. Deshalb schreibt er schon mal ›Erster Akt‹ obendrüber.«

»Das ist jetzt nicht so besonders neu, oder? Ist Ihnen beim Nachdenken vielleicht noch etwas anderes eingefallen?«

»Allerdings.« Er lächelte, etwas überheblich, wie Maria fand. »Mit den anderen beiden Briefen, einem weiteren Gedicht und der Münze, zeigt er auf Sarah Szeidel, die nächste Frau, die angeblich dran ist. Das ist alles, was er wirklich getan hat.«

»Ein Mord, eine Morddrohung. Das reicht doch, oder nicht?«

»Warum sagt er uns, dass er sich jetzt Sarah Szeidel holen will? Das ist völlig idiotisch, weil es damit nahezu unmöglich wird, an sie heranzukommen. Ich bin davon überzeugt, dass das nur einen Sinn hat: Wir sollen genau dahin schauen, wo er hinzeigt. Wir sollen nicht zurückschauen, nicht zur Seite, nirgendwo anders hin. Wir sollen uns voll und ganz auf Sarah Szeidel konzentrieren, auf den nächsten möglichen Mord.«

Langsam fing Maria an zu begreifen, um was es ihm ging.

»Wir versuchen, Sarah Szeidel zu schützen«, fuhr er fort. »Ein riesiger Personalaufwand. Wir analysieren die Gedichte, die er uns wie einen Knochen hinwirft, beschäftigen uns mit Eichendorff, dem eleusischen Bund und irgendwelchen zweihundert Jahre alten Liebesgeschichten, weil alle an den irren, mordenden Versschreiber glauben.«

»Sie meinen …«

»Ich meine, dass diese ganze Dichtergeschichte und die Drohung, dass er einer weiteren Frau etwas antun will, nur einen Zweck hat: Wir sollen abgelenkt werden. Es ist ein einziger großer Bluff, sonst nichts!«

Maria setzte sich, griff nach der Tüte, die sie aus dem Café mitgebracht hatte und die immer noch unberührt auf Alsbergers Schreibtisch lag. Sie holte das Croissant raus und biss hinein.

Es war genau das, was ihr eben durch den Kopf gegangen war: Außer dem Mord an Lea Rinkner war nichts geschehen. Zumindest nichts, was Hades wirklich getan hatte. Sarah Szeidel war verunglückt, aber nur, weil sie in Panik geraten war, nachdem sie das Gedicht gelesen hatte. So wie der ganze Wirbel, den es um Julie gegeben hatte, nur Folge der Angst war, die Hades mit seinen Briefen verbreitet hatte.

»Es wird keinen weiteren Mord geben.« Alsberger schien sich absolut sicher zu sein. »Denn es ging immer nur um Lea Rinkner. Sie musste sterben. Aber nicht, weil es einen irren Serienkiller gibt, der sich seine Bräute holt. Für ihren Tod gibt es einen anderen Grund.«

»Und den kennen Sie wahrscheinlich auch.« Maria wischte sich ein paar Krümel von der Jacke.

»Die meisten Morde sind Beziehungstaten.«

»Womit wir wieder bei Karel Lindnar wären.«

»Nicht unbedingt.« Alsberger nahm die leere Tüte vom Schreibtisch, knüllte sie zusammen und warf sie in den Papierkorb. »Es gibt noch andere Arten von Beziehungen.«

Maria kaute und grübelte. Sie verstand nicht, was das Orakel meinte. Oder wollte es nicht verstehen.

»Was würden Sie alles tun, damit Vera nicht mit nach Boston kommt?«, fragte Alsberger.

»Auf jeden Fall würde ich Vera nicht umbringen.«

»Und wenn Sie Alkoholikerin wären und Vera der einzige Mensch, der Ihnen noch etwas bedeutet? Wenn Sie völlig vereinsamt wären, Ihren Alltag nicht in den Griff bekämen und Vera Ihnen mitteilen würde, dass sie vorhätte, Sie im Stich zu lassen?«

Maria schluckte den letzten Bissen hinunter.

»Dann würde ich Sie umbringen, Alsberger. Dann hätte sich die Sache mit Boston erledigt.«

»Genau, Sie wären so wütend und verzweifelt, dass Sie einen Mord begehen würden. Lea wollte auswandern. Garantiert war das der Grund, warum sie Englisch gelernt hat. Sie wollte weg von hier. Kurt Rinkner hat das nicht ertragen. Er konnte sie nicht gehen lassen.«

»Sie lassen sich wohl nie von Ihrem Verdacht abbringen.«

»Nicht, wenn ich richtigliege.«

»Und der Einbruch in Lea Rinkners Wohnung? Wie erklären Sie den?«

»Vielleicht ist Rinkner eingefallen, dass es einen Hinweis gibt, der ihn als Täter entlarven könnte, und er hat Angst bekommen, dass wir den noch entdecken.«

»Rinkner ist aber im Krankenhaus«, entgegnete Maria.

»Er muss ja nicht selbst in der Wohnung gewesen sein. Man kann für alles jemanden kaufen. Auf jeden Fall sollten wir noch mehr Informationen über Kurt Rinkner einholen. In seinem Umfeld ermitteln. Und ihn erneut vernehmen!«

Alsberger schaute sie an, als erwarte er, dass sie sein Ansinnen abblocken würde.

»Also gut, sehen Sie zu, was Sie noch über Rinkner herausfinden können. Dann wird sich zeigen, ob eine neue Vernehmung Sinn macht. Aber ich will wissen, was läuft.«

Wenn es keinen Wettstreit gab, dann wäre Alsbergers Theorie in der Tat für all das, was passiert und was nicht passiert war, eine gute Erklärung. Ein Bluff. Jemand, der versuchte, sie abzulenken.

Julie war außer Gefahr – und wahrscheinlich nie wirklich in Gefahr gewesen. Lindnar hatte mit ihrem Verschwinden nichts zu tun. Sollte sie seine Überwachung abbrechen?

Maria hatte in der Klinik abgesprochen, dass Sarah Szeidel morgen Mittag in eine Rehabilitationseinrichtung nach Bonn verlegt werden würde. Julie konnte sie dorthin mitnehmen. Eine Beamtin sollte vorerst bei den beiden bleiben. Überflüssig?

Oder waren sie genau an dem Punkt angelangt, auf den Hades die ganze Zeit gewartet hatte? An dem sie nicht mehr glaubten, dass er es ernstmeinte mit seiner Drohung, Sarah Szeidel zu ermorden. An dem sie auf solche Ideen kamen, wie Alsberger sie eben zum Besten gegeben hatte.

Der Punkt, an dem sie unvorsichtig wurden.

Nein, sie würde Lindnars Überwachung nicht abbrechen.

Maria ging in ihr Büro. Sie erkundigte sich, was Lindnar machte. Er war noch in zwei weiteren Bekleidungsgeschäften auf der Hauptstraße gewesen, dann hatte er bei C&A anscheinend gefunden, wonach er suchte. Eine rote Jacke mit einem weißen »Z« auf dem Rücken.

Anschließend war er die Hauptstraße wieder Richtung Bismarckplatz zurückgegangen, hatte am Automaten der Volksbank Geld abgeholt und war zu Fuß nach Hause gelaufen. Oben in seinem Zimmer konnte man ihn bald darauf am Fenster sehen. Vorder- und Hinterausgang des Gebäudes wurden bewacht. Alles schien ruhig zu sein.

War das normal? Nachdem man bei der Polizei verhört worden war, als Erstes Klamotten kaufen zu gehen? Oder war das die Rache, weil Papa sich nicht genug aufgeregt hatte? Vaters Geld ausgeben, so viel es ging. Bei C&A?

Arthur kam zweimal in Marias Büro, um ihr irgendetwas über Eichendorff zu erzählen. Wahrscheinlich wartete er darauf, dass sie ihn nach Sabine fragte, damit er seinen Kummer loswerden konnte. Aber dazu hatte sie im Moment einfach keine Nerven.

Als er das dritte Mal in ihrem Zimmer stand, um über die angebliche Untreue von Katharina Barbara Förster zu diskutieren, beschloss sie, die Flucht zu ergreifen und nach Hause zu gehen. Es war spät genug.

Bevor sie die Abteilung verließ, schaute sie noch einmal bei Alsberger rein. Ein Blatt lag vor ihm, bedeckt mit Notizen in seiner üblichen korrekten Handschrift. Sie konnte den Namen Rinkner lesen, einige Telefonnummern.

»Ich geh jetzt.« Unschlüssig blieb sie in der Tür stehen, so lange, bis Alsberger sie fragend anschaute.

»Ich wollte Ihnen nur noch sagen, dass ich nicht vorhabe, Sie umzubringen. Ich meine, falls Vera mit Ihnen weggeht.«

Er verzog keine Miene. »Schön zu hören.«

»Ich habe auch keinen Rufmord begangen, Alsberger.« Maria knöpfte langsam ihre Jacke zu. »Ich habe Sie wirklich nicht bei Ferver angeschwärzt, der Typ bin ich nicht. Aber dass Vera und Sie das glauben, hat wohl etwas damit zu tun, wie ich mich Ihnen gegenüber verhalte.«

Sie nestelte am letzten Knopf herum. Wenn sie den zuhatte, musste sie Alsberger wieder anschauen.

»Vielleicht ist das nicht immer so, wie es sein sollte. Ich weiß auch nicht, ob ich das anders hinbekomme. Ich könnte es jetzt versprechen, aber ich kenne mich zu gut.«

Die Jacke war bis obenhin zu. Sie sah ihn an.

»Was ich noch fragen wollte: Möchten Sie heute Abend mit Vera zum Essen kommen? Falls Vera Lust dazu hat, meine ich.«

Guckte der jetzt erschreckt oder bildete sie sich das ein?

Alsberger räusperte sich. »Also ... Heute haben wir schon eine Verabredung.«

»War nur so eine Idee«, erwiderte Maria schnell. »Ich bin dann mal weg.«

Sie drehte sich um und war schon fast auf dem Gang, als sie Alsbergers »Tut mir leid« hörte.

Veras Freunde waren immer auch bei ihr ein und aus gegangen, sie hatten gemeinsam gegessen, gefeiert, hatten all das getan, was eine Familie eben so machte. Mit Alsberger war es anders. Nur ein einziges Mal hatte sie ihn zu sich eingeladen, und auch da nur mit anderen zusammen.

Vera musste ja denken, dass sie immer noch etwas gegen ihn hatte.

»Machen wir ein andermal«, rief Maria zurück. »Kein Problem.«

Da wusste sie noch nicht, dass es an diesem Abend sehr wohl ein Problem geben würde.

Eines, mit dem sie allerdings überhaupt nicht gerechnet hatte.

*

Die Rose lag vor ihrer Wohnungstür. Langstielig, dunkelrot und wunderschön.

Werd Rosen brechen an hölzerner Pforte, schoss es Maria sofort durch den Kopf. Aber diese Rose war nicht von Hades. Es war ein Zettel dabei, ganz ohne Gedicht, dafür mit einem Gruß von Arno.

Ersatz für den Heublumenstrauß. Der Blumenmörder von oben.

Maria ging in ihre Wohnung, dann rief sie bei Arno an.

»Hallo, hier ist Maria. Danke für die Rose.«

»Reine Berechnung. Ich habe mir gedacht, wenn ich Wiedergutmachung leiste, erspare ich mir die Festnahme. Hast du noch Lust auf ein Gläschen Sekt?«

»Ich glaube, ich häng mich einfach ein bisschen auf meine Couch«, lehnte Maria ab, aber ihre Botschaft kam im Stockwerk darüber anscheinend nicht richtig an.

»Prima«, erwiderte Arno. »Da häng ich doch mit. Ich bin gleich da.«

Schon hatte er aufgelegt. Zwei Minuten später stand er samt Sektflasche und einem Buch unter dem Arm vor der Haustür.

»Es gibt etwas zu feiern«, verkündete er gut gelaunt.

»Was denn?«

Arno drückte ihr die Flasche in die Hand und zog das Buch hervor.

»Es ist fertig, heute gekommen. Mein Reiseführer über Heidelberg. Das erste Exemplar ist für dich!«

Natürlich konnte sie ihn da nicht wegschicken. Wollte sie auch nicht. Sie hatten einige Abende damit zugebracht, über Arnos Reiseführer zu beratschlagen, hatten darüber diskutiert, wie man die schwarz-gelben Feuersalamander im Handschuhsheimer Mühltal, den Efeu-Verkauf in der Abtei Neuburg und die Romantik des Schlierbacher Wolfsbrunnens am besten aufs Papier bringen könnte.

Arno hielt ihr das Buch hin. Ein glänzender Einband mit Stadtidylle, Schloss und Alter Brücke unter zartem Nebelschleier.

»Ich habe schon zwei Druckfehler gefunden«, sagte Arno, aber das schien seiner Begeisterung keinen Abbruch zu tun.

Sie saßen auf der Couch, blätterten, schwätzten. Arno trank ein Glas Sekt nach dem anderen, und irgendwann zwischen Seite 153 und Seite 157 rückte er näher zu ihr, legte den Arm um sie, scheinbar um besser ins Buch sehen zu können.

Bilder von den Wochenmärkten. Stände mit Honig, Käse und Lavendelsäckchen. Zwei alte Frauen mit wettergegerbten Gesichtern hinter Möhren, Kartoffeln und bunten Blumensträußen.

»Das finde ich besonders schön.« Maria tippte auf das Bild.

»Ja, das finde ich auch«, sagte Arno. Aber er schaute nicht auf das Bild, sondern auf sie. Zärtlich strich er ihr eine Haarsträhne aus dem Gesicht. »Sehr schön.«

Maria spürte, wie sie rot wurde.

Arno beugte sich zu ihr, berührte mit seinen Lippen ihre Wange, nahm ihr, ohne hinzusehen, das Buch aus der Hand und warf es auf den Tisch.

Dann zog er sie an sich. Er schob die Haare aus ihrem Nacken, küsste ihren Hals und fuhr mit seiner Hand langsam ihren Rücken hinunter, unter ihren Pullover.

Maria schloss die Augen. Wie sehr hatte sie das vermisst! Wie oft davon geträumt!

Es fühlte sich so gut an!

Seine Küsse waren zärtlich und warm, seine Lippen weich und sanft. Es prickelte auf Marias Haut. Wie kleine Luftperlen, die langsam ihren Körper entlangstreiften.

»Arno, ich ...«

»Psst«, sagte er. »Wir beide, wir gehören doch zusammen. Das weiß ich schon lange.« Er schob ihren Pullover weiter hoch. »Komm, zieh den mal aus.«

Mit einem Schlag war alles vorbei. Das Prickeln war nicht mehr aushaltbar, die kleinen Luftperlen wurden zu einem Strudel, der sie unerbittlich in die Tiefe zog. Marias Herz fing an zu rasen.

»Ich muss mal verschwinden, ich bin gleich wieder da.«

Sie wand sich aus seinem Arm, stürzte in den Flur und schloss sich im Badezimmer ein.

Wir beide gehören zusammen. Maria ließ sich kaltes Wasser über die Hände laufen. Wie oft hatte sie das in ihrer Ehe gedacht. Wir gehören zusammen, uns kann nichts auseinanderbringen. Und dann hatte Bernd sie verlassen, wegen einer Frau, die so jung war, dass sie seine Tochter hätte sein können. Er hatte die mit dem alternden Körper einfach ausgetauscht.

Maria sah in den Spiegel. Sie wusste, wie es unter dem Pullover aussah. Zu viele Pfunde, ein Busen, der der Schwerkraft nachgegeben hatte, ein Körper, den sie noch einigermaßen mochte, wenn sie allein war, aber nicht mehr, wenn jemand anders ihn anschaute.

Sie würde sich nicht vor ihm ausziehen, sie würde sich nicht zeigen.

Er musste verschwinden.

Es klopfte leise an der Badezimmertür.

»Alles in Ordnung da drinnen?«

»Ich ... Ich kann das nicht, Arno, es tut mir leid.«

»Ach was, Maria, jetzt war es doch gerade so schön. Nun komm schon.«

»Nein, es geht nicht.« Was sollte sie ihm sagen? Am besten die Wahrheit. »Ich bin zu alt, und ich bin zu dick und ...«

Und außerdem war sie in Jörg verliebt.

»Maria, ich bitte dich! Glaubst du, ich hätte noch nie eine Frau über fünfzig nackt gesehen.«

Auch das noch! Er hatte Vergleichsmöglichkeiten. Wahrscheinlich jede Menge durchtrainierte Mittfünfzigerinnen, die dreimal in der Woche ins Fitnessstudio gingen.

»Nein, ich kann das nicht. Bitte geh!«

»Aber ...«

»Geh jetzt!«

Eine ganze Weile war es still. Schließlich hörte sie die Tür zum Hausflur zufallen. Sie hätte erleichtert sein müssen, aber ihr war einfach nur zum Heulen zumute. Maria griff sich eine Packung Tempos, drehte den Schlüssel herum, zog die Tür auf und traute ihren Augen nicht.

Arno stand splitterfasernackt im Flur, nur einen Meter von der Badezimmertür entfernt, seine Kleidung lag neben ihm auf dem Boden.

»Also«, Arno drehte sich einmal um, sodass sie auch sein Hinterteil sehen konnte, »so sieht ein Mann aus, der auf die sechzig zugeht. Ich verliere meine Haare, ich habe einen Bauch, als hätte ich einen Fußball verschluckt, und meine Beine werden immer dünner. So sehen Köper nun mal aus, wenn sie alt werden. Ich bin auch nicht mehr Adonis, Maria. Na und, was soll's?«

Er kam auf sie zu. »Maria! Du und ich, wir ...«

»Es wird kein Wir geben«, sagte Maria hastig und wich zurück. »Ich kann das nicht. Ich will das auch nicht.«

»Meinst du das ernst?«

Sie erwiderte nichts, aber das war Antwort genug.

Arno musterte sie, dann bückte er sich im Zeitlupentempo nach seiner Hose.

»Hauptkommissarin Maria Mooser«, sagte er, »wer hätte gedacht, dass du so ein elender Feigling bist.«

Er nahm seine Schuhe, klemmte Hose und Hemd unter den Arm und ließ die Wohnungstür so hinter sich ins Schloss fallen, dass die Glasscheiben darin leise klirrten.

Maria stand da, wie zur Salzsäule erstarrt. Ihr Kopf weigerte sich, irgendeinen klaren Gedanken zu fassen. Sie ging zur Couch und kippte hastig den letzten Schluck Sekt hinunter, den Arno übrig gelassen hatte.

Wie hatte sie es nur so weit kommen lassen können?

Ihr Telefon klingelte.

Bestimmt Arno. Sie würden alles wieder geradebiegen. Sie würden die Sache einfach vergessen, würden weiter abends zusammensitzen, Wein trinken und erzählen, unverfänglich, gute Freunde.

Maria lief zum Telefon.

Aber es war nicht Arno. Es war einer der Beamten, die Karel Lindnar überwachten.

Der Dichterfürst hatte sie hereingelegt.

Der Dichterfürst war weg.

»Wieso weg?« Maria musste sich sehr bemühen, nicht in den Hörer zu schreien.

»Er saß an der Theke. Aber er war es nicht.«

»Ach, und wer war es dann? Eine Fata Morgana?«

Karel Lindnar auf jeden Fall nicht. Der junge Mann mochte zwar manchmal, wie er einmal selbst behauptet hatte, Quark in der Birne haben, aber wenn es darum ging, die Kripo hereinzulegen, schien sein Kopf ausgezeichnet zu funktionieren.

Nachdem er wieder in seine Wohngemeinschaft zurückgekehrt war, hatten die Beamten einige Zeit vor dem Haus gewartet. Bis Lindnar schließlich wieder herauskam, einen Moment vor der Tür stehen blieb, den Reißverschluss seiner neuen roten Jacke zuzog und eine schwarze Mütze aus der Tasche hervorholte, die er sich, aufmerksam nach rechts und links schauend, über den blonden Schopf stülpte.

Dann war er zurück in die Stadt gegangen und in der Unteren Straße in ein Lokal nach dem anderen eingekehrt.

»Wir dachten, der macht eine Kneipentour«, kam es kleinlaut aus dem Hörer.

Überall setzte Lindnar sich, in Jacke und mit Mütze auf dem Kopf, meist mit dem Rücken zur Tür, bestellte ein Bier, um bald darauf zu bezahlen und in der nächsten Gaststätte zu verschwinden.

Im zweiten Lokal suchte er die Toiletten auf. Das machte er auch in den folgenden so, kein Wunder bei dem Bierkonsum. Natürlich war man ihm zunächst unauffällig gefolgt. Aber egal ob es ein Fenster oder eine Hintertür gab, Lindnar war immer brav wieder an seinen Tisch zurückgekommen.

In der letzten Gaststätte hatte er etwas länger auf der Toilette gebraucht, war aber auch dann wieder an seinen Platz zurückgekehrt.

»Man konnte das wirklich nicht erkennen. Es war so dämmrig da. Als der anfing, immer wieder auf seine Uhr zu sehen, haben wir erst gedacht, er wartet auf jemanden.«

Nach einer guten Stunde zog der junge Mann in der auffälligen Jacke die Mütze vom Kopf und siehe da: Karel Lindnar war nicht mehr blond, sondern dunkelhaarig.

»Lindnar hat ihn auf der Toilette angesprochen und erzählt, er bräuchte Hilfe, weil seine Freundin hinter ihm herspioniere. Die sei extrem eifersüchtig und renne ihm schon den halben Abend nach, um herauszukriegen, ob er etwas mit einer anderen hat.«

Eine kleine lehrreiche Lektion für die Freundin, die sich nicht einbilden sollte, Lindnar merke nichts davon. Man könnte doch die Jacken tauschen, hatte Lindnar vorgeschlagen. Seine sei brandneu und hundert Euro gebe er noch dazu. Ein gutes Geschäft. Für die Stunde Am-Tresen-Sitzen bot er noch einmal fünfzig Euro extra.

Und während die Polizeibeamten den jungen Mann an der Theke gut im Auge behielten, war Lindnar aus dem Lokal spaziert, in dunkler Jacke, mit hochgeschlagenem Kragen.

»Hinterher habe ich gedacht, das muss der mit dem Handy gewesen sein, der an uns vorbeigegangen ist. Er hat es seitlich vors Gesicht gehalten, da konnte man ihn schlecht erkennen. Es sah aus, als würde der telefonieren. Aber wir haben ja auch gedacht, Lindnar sitzt da vorne ...«

»Idioten«, fauchte Maria.

»Was haben Sie gesagt?«

Sie versuchte, ihren Ärger im Zaum zu halten. Sie hatte keine Zeit für Standpauken, Eile war angesagt. Sie musste eine Fahndung nach Lindnar in die Wege leiten. Und dafür sorgen, dass sie ihr Versprechen hielt.

Ein sicherer Ort. Sarah Szeidel und ihre Tochter Julie mussten aus Heidelberg verschwinden, heute, sofort, nicht erst morgen.

Maria eilte zurück in die Polizeidirektion.

Eine Stunde später hielt in Neuenheim ein Wagen vor dem Eingang der Klinik, und in der schützenden Dunkelheit der Nacht verließ eine junge Frau in Begleitung von zwei Männern das Gebäude.

Das Auto fuhr weiter nach Handschuhsheim zu einem Reihenhaus am Rand der Felder. Ein verschlafenes kleines Mädchen wurde aus dem Haus getragen, und wenige Minuten später hatte der Wagen die Stadt verlassen.

Mitternacht war schon vorbei, bis alles geregelt war und Maria endlich wieder nach Hause gehen konnte.

Müde schloss sie die Tür zu ihrer Wohnung auf. Im Flur lag eine Socke auf dem Boden. Ein Überbleibsel von Arno, das er wohl verloren hatte, als er aus der Wohnung gestürmt war. Eine Allerweltssocke, die einmal schwarz gewesen und vom Waschen inzwischen grau geworden war. Maria legte sie auf das kleine Schränkchen an der Garderobe.

Obwohl sie todmüde war, wälzte sie sich noch eine Weile im Bett hin und her, bis das Schlafzimmer sich verwandelte, ein Raunen nach und nach den Raum erfüllte.

Menschen saßen in einer Art Theater, Ränge, die bis in den Himmel hinaufreichten, unten die Arena, ein leerer Sandplatz. Man wartete, tuschelte aufgeregt, in der Gewissheit, dass es etwas ganz Besonderes zu sehen geben würde.

Maria kannte einige der Gesichter im Publikum: Lea Rinkner saß unter den Zuschauern, unten in der ersten Reihe, mit wächserner Haut und bläulich verfärbten Lippen, zwei Reihen über ihr Sarah Szeidel, die ihre Tochter Julie ängstlich an sich drückte. Ein paar Sitze von ihnen entfernt Hans Martinsen, apathisch, mit entsetztem Gesichtsausdruck, die Wangen eingefallen, die Augen dunkel umrändert.

Auf der anderen Seite ragte Kurt Rinkner aus der Menge, mit massigem Schädel und finsterem Blick. Er starrte auf einen jungen Mann, der zwei Reihen unter ihm saß, in einer roten Jacke, eine Mütze tief ins Gesicht gezogen, am Fußgelenk eine dicke Kette, die ihn mit einem gediegen aussehenden älteren Herrn an seiner Seite verband.

Die Menge wurde unruhig, dann brandete Applaus auf. Ein Mann war in die Arena getreten, splitterfasernackt, mit leichtem Bauchansatz und dürren, langen Beinen. Er hob die Hand zum Gruß, drehte sich im Kreis, sodass alle Zuschauer alles an ihm sehen konnten.

Frauen fingen hysterisch an zu kreischen, Rosen flogen durch die Luft und Socken, immer mehr Socken, bis der ganze Boden damit bedeckt war.

Langsam bewegte der nackte Torero sich auf ein Tor zu, dessen dunkler Schlund in einen Gang hineinführte. Er wedelte mit einer Socke, versuchte, sein Opfer hervorzulocken.

Die Zuschauer erhoben sich von den Rängen, klatschten und johlten. Immer lauter und lauter, Stimmen, die sich nach und nach vereinten, bis es sich anhörte, als sei es eine einzige, die immer wieder rief: Feigling! Feigling! FEIGLING!

Maria schreckte hoch. Voller Angst lauschte sie in die Dunkelheit.

Keine Rufe, keine johlende Meute. Nicht einmal die leise Musik, die manchmal oben aus Arnos Wohnung kam, war zu hören.

Alles war still.

*

»Idioten«, schimpfte Ferver.

Und dann sagte er noch all das, was Maria sich am vorigen Abend verkniffen hatte. Seine Gesichtsfarbe hatte sich vom üblichen Grau mit einem kurzen Zwischenstadium von Zartrosa zu einem kräftigen Dunkelrot gewandelt.

Dass das gesamte Team am Wochenende zu arbeiten hatte, wenn ein Fall wie dieser anlag, war nichts Außergewöhnliches. Dass auch Ferver am Samstag auftauchte, allerdings schon, und Maria hätte nur zu gern auf seine Anwesenheit verzichtet.

»Wie können die nur so dämlich sein! Dafür tragen *Sie* die Verantwortung, das ist Ihnen doch wohl klar. Hier sind doch alle …«

Maria verstand noch irgendetwas von »unfähig« und »Sauhaufen«.

Sie stand vor Fervers Schreibtisch, die übliche Position für arme Sünder und Idioten, und starrte auf die Halbglatze ihres Chefs, die glänzte wie eine polierte Tomate.

Es klopfte. Arthur steckte so vorsichtig den Kopf herein, als erwarte er, dass ihm gleich ein Aktenordner um die Ohren fliegen würde.

»Tut mir leid, dass ich störe. Aber ich müsste einmal kurz mit Frau Mooser sprechen. Es ist wichtig.«

Ferver strich sich erschöpft über die Stirn.

»Gehen Sie, gehen Sie«, sagte er und winkte mit der Hand, wie ein König, der seinem Untertan bedeutet, dass man auf die Hinrichtung heute gnädigerweise verzichte und er sich nun entfernen könne.

Maria floh, bevor er es sich anders überlegen konnte.

»Was Neues von Lindnar?«, fragte sie, als sie die Tür hinter sich zugezogen hatte.

»Nein. Aber die Kollegen haben sich gemeldet, wegen des Einbruchs bei Lea Rinkner.«

Arthur machte ganz den Eindruck, als hätte er auch die letzte Nacht wieder im Büro verbracht. Er war blass, die Haare klebten an seinem Kopf, und auf seinem Hemd, mitten auf dem Bauch, gab es einen großen dunklen Fleck.

»Jemand in der Nachbarschaft hat eine Person beobachtet, die sich vorgestern im Eingang des gegenüberliegenden Hauses herumgedrückt hat. Und nun rate mal, wer das war?«

»Lindnar?«

»Nein, es war eine Frau. Klein, dunkel gekleidet, ziemlich dünn, schwarze Haare. Sie hat mindestens eine Stunde da gestanden, und irgendwann, als der Nachbar wieder rübergesehen hat, war sie weg.«

Klein, dünn, schwarze Haare.

»Hört sich an wie Cloe Pettke«, sagte Maria.

»Ja, und wenn du mich fragst, dann sieht das ganz danach aus, als hätte sie auf eine Gelegenheit gewartet, ins Haus zu kommen. Jemand geht raus, und wenn man schnell genug ist, kann man die Tür noch abfangen, schon ist man drin.«

»Cloe Pettke.« Damit hatte Maria nun wirklich nicht gerechnet. »Was will die denn in Lea Rinkners Wohnung?«

»Kann ich hellsehen?« Arthur schaute deprimiert auf den dunklen Fleck auf seinem Hemd. »Nein, denn wenn ich hellsehen könnte, dann wüsste ich, warum Sabine sich nicht meldet. Machen das viele Frauen so, Maria? Das ist doch unfair, findest du nicht? Ich meine, diese Katharina Förster hat Eichendorff ja angeblich auch nicht gesagt, warum …«

»So sind die Frauen nun mal. Unfair und gemein. Manche knutschen sogar rum und verschanzen sich dann im Badezimmer. Aber das passiert nur, weil man sie nicht in Ruhe lässt.«

Damit drehte sie sich um und ließ den verblüfften Arthur einfach stehen.

Unter Cloes Handynummer meldete sich niemand.

Zwanzig Minuten später stand Maria mit Alsberger vor dem Mietshaus in der Vangerowstraße. Sie fuhren mit dem Aufzug in den dritten Stock, klingelten an einer der grauen Türen und erklärten einer überraschten, verhärmt aussehenden Frau, dass man ihre Tochter etwas fragen müsse.

Sie hatten Glück. Cloe lag noch im Bett. Sie wurde geweckt, man erhielt eine Audienz.

Cloes Zimmer roch wie ein einziger großer Aschenbecher. Sie hockte mit verstrubbelten Haaren auf der Bettkante, in Schlafanzughose und Sweatshirt.

Kleidungsstücke lagen auf dem Boden verstreut, der Lampenschirm auf dem kleinen Hocker neben dem Bett hing schief und war an einer Stelle leicht angesengt. Vor dem Fenster hing eine vergilbte Gardine, die wahrscheinlich jeden noch so hellen Sonnenstrahl verschluckte.

Alsberger war direkt neben der Tür stehen geblieben und hatte Maria damit unausgesprochen die einzige Sitzmöglichkeit überlassen, die es außer dem Bett gab: einen Drehstuhl, der vor einem winzigen Schreibtisch stand.

Er schwankte gefährlich, als Maria sich darauf niederließ.

»Also, was wolltest du da?«, fragte sie zum zweiten Mal.

Cloe war noch so verschlafen, dass sie sogar vergaß, gegen Alsbergers Anwesenheit zu protestieren. Sie griff nach einem kleinen Lederbeutel, der neben dem Bett lag.

»Wirklich, ich war nicht vor Leas Wohnung.« Cloe holte etwas Tabak heraus und begann sorgfältig, ihn auf einem Zigarettenpapier zu verteilen. »Warum auch? Lea ist tot.«

»Dass Lea tot ist, wissen wir schon.«

Maria schaute Cloe eine Weile zu. Meditatives Zigarettendrehen – eine gute Strategie, um niemanden ansehen zu müssen.

»Wenn du da auch geraucht hast, dann sieht es ganz schlecht für dich aus. An jeder deiner Kippen klebt so viel DNA, dass es kein Problem ist, nachzuweisen, dass sie von dir ist. Es reicht aber auch schon eine Hautschuppe. Zum Beispiel auf dem Siegel, das an der Tür zu Leas Wohnung war. Wir finden bestimmt etwas. Es dauert nur ein bisschen, und es kostet den Staat viel Geld.«

Cloe drehte den Tabak in das Papier ein, scheinbar voller Konzentration.

»Es ist besser für dich, wenn du uns erzählst, was war.« Der Stuhl quietschte leise unter Marias Gewicht. »Aber du hast natürlich die freie Wahl. Wir können dich jetzt auch mitnehmen, und dann fangen wir mal mit dem Zeugen an, der dich gesehen hat. Der war sich ganz sicher, dass er bei einer Gegenüberstellung die Person wiedererkennt, die da im Hauseingang gestanden hat.«

Langsam und bedächtig leckte Cloe am Rand des Zigarettenpapiers entlang. Dann suchte sie auf dem kleinen Hocker nach einem Feuerzeug, zündete die Zigarette an und zog daran, bis die Spitze rot glühte.

»Also gut«, sagte sie. »Ich werde das Schloss von der Tür ersetzen. Ich habe ja nichts geklaut, das kann doch nicht so schlimm sein.«

Sie kramte aus dem Chaos vor ihren Füßen einen kleinen Aschenbecher hervor.

»Und was wollten Sie in Frau Rinkners Wohnung?«, fragte Alsberger.

Cloe tat einen tiefen Zug an ihrer Zigarette und blies den Rauch in die Luft.

»Ich wollte nur noch einmal …«, sie stockte. »Ich wollte noch mal dahin. Nur noch ein einziges Mal. Die Wohnung wird doch irgendwann ausgeräumt. Wir hatten so viel Spaß da. Wir haben zusammen gekocht, haben stundenlang gequatscht. Ich war mehr bei Lea als hier.«

Etwas, was Maria gut verstehen konnte. Lea Rinkners Wohnung war auch nicht besonders gemütlich, aber tausendmal besser als das nikotingelbe Loch, in dem Cloe hauste.

»Bei Lea, das war mein Zuhause.« Cloe zupfte einen kleinen Krümel Tabak von ihrer Zungenspitze und strich ihn an ihrer Schlafanzughose ab. »Ich wollte nur noch einmal da sein. Nur noch ein einziges Mal. Ich habe nichts gemacht, ich habe mich aufs Bett gelegt und geträumt. Dass Lea da ist, in der Küche etwas für uns kocht.«

»Dafür muss man nicht einbrechen«, entgegnete Alsberger. »Sie hätten uns oder den Vater von Frau Rinkner fragen können, ob Sie in die Wohnung dürfen, wenn sie freigegeben wird.«

»Habe ich doch.« Cloe schaute mit vorwurfsvollem Blick zu Maria. »Ich habe Ihnen extra geschrieben, dass ich Sie noch etwas fragen wollte. Aber Sie haben sich ja nicht gemeldet.«

Jetzt fiel es Maria wieder ein. Es hatte auf Cloes letzter Karte gestanden.

»Und da konntest du nicht noch einmal bei mir anrufen?«

»Und Leas Vater kann man nichts fragen«, überging Cloe Marias Bemerkung. »Der ist das totale Arschloch.«

Sie inhalierte noch einmal, lang und tief.

Alsberger witterte wohl seine Chance. Sofort fragte er nach: »Gab es Probleme in der Beziehung von Frau Rinkner zu ihrem Vater?«

»Klar gab es Probleme. Wenn Ihr Vater saufen würde wie ein Loch, hätten Sie damit kein Problem?«

»Wir haben gehört, dass Lea auswandern wollte. Hatte er deshalb Streit mit ihr?«

»Auswandern!« Cloe drückte den Rest der Zigarette aus. »Das mit dem Auswandern war nur so eine Spinnerei von Lea. Sie hat ab und zu mal davon geredet, aber gemacht hätte sie das nie. Das war halt Leas Kurpfalzblues. Drei Tage lang hat sie hier alles angekotzt. Dann war sie überzeugt, dass es überall auf der Welt besser wäre, und danach war es wieder gut. Wie bei einer Grippe. Das ist doch bei jedem mal so.«

»Komisch.« Maria lehnte sich nach hinten, sofort quietschte das Stuhlwrack wieder. »Bei mir nicht.«

»Na, dann ziehen Sie mal in die Altstadt und lassen sich am Wochenende von irgendwelchen Besoffenen vor die Haustür pinkeln, dann kriegen Sie auch den Kurpfalzblues, verspreche ich Ihnen.«

Alsberger versuchte es noch einmal: »Hatte Lea Rinkner Streit mit ihrem Vater?«

»Immer wieder mal. Lea hat sich ständig über ihn aufgeregt. Sie war die Putze für ihn, und er hat sie noch blöde angemacht, wenn sie kam.«

Es war, als hätte man Alsberger mit einer Nadel in den Hintern gestochen. Der Kopf schnellte in die Höhe, sein Blick fixierte Cloe.

»Wie meinen Sie das? Angemacht?«

Irritiert zuckte Cloe mit den Schultern.

»Na, blöde halt. Wenn er besoffen war, hat er rumgeschrien, was ihm gerade so in den Kopf kam. Und das war nie etwas Nettes, das können Sie mir glauben.«

So wie er dastand, in seinem hellen Mantel, den Block erwartungsvoll gezückt, erinnerte Alsberger Maria an einen Reiher, der am Flussufer auf einem Bein balancierte und darauf wartete, dass seine Beute sich durch eine unvorsichtige Bewegung bemerkbar machte, damit er sie endlich mit seinem Schnabel aufspießen konnte.

»Hatte Frau Rinkner auch Streit mit ihrem Vater, bevor sie ermordet wurde?« Alsberger ließ Cloe keinen Moment aus den Augen.

»Also, es gab jetzt nicht den Riesenkrach oder so.«

»Und davor?«

Cloe studierte eingehend ihre Zehen, bewegte mal den einen, mal den anderen. »Es muss irgendwann mal was gewesen sein. Aber eigentlich hatte ich Lea versprochen, nicht darüber zu reden.«

»Und was?«

Cloe schaute weiter auf ihre Zehen, scheinbar für sie das Interessanteste, was dieses Zimmer zu bieten hatte.

»Der Rinkner hat was ganz Übles getan«, begann sie zögerlich. »Lea hat mal gesagt, der hätte was auf dem Gewissen, etwas, das sie nie vergessen könnte. Und dann hat sie geweint.«

»Hat sie gesagt, was?«

»Oh Mann. Ich habe doch gerade gesagt, dass sie mir das nicht erzählt hat«, fuhr Cloe Alsberger an. »Fragen Sie ihn doch selbst. Am besten sperren Sie den Typ mal ein paar Tage ein. Das kann der Rinkner bestimmt nicht ab, weil er dann nicht saufen kann. Dann erzählt der Ihnen garantiert alles.«

»Und du hast keine Idee, was er getan haben könnte? Schließlich kanntest du Lea doch ziemlich gut.« Maria bewegte sich unvorsichtigerweise.

Der Stuhl unter ihr sackte ein wenig zur Seite, wie ein Halm, der sich noch ein letztes Mal im Wind beugt, bevor er aufgibt und abknickt. Reflexartig hielt sie sich an der Schreibtischkante fest.

Aus den Augenwinkeln sah sie dabei das Buch, das unter einem Papier hervorschaute. Der obere Teil des Titelbildes war verdeckt, aber das eine Wort, das zu lesen war, war interessant genug. Maria zog es hervor.

»Na, das ist ja was.«

Sie hielt es Cloe hin. Auf dem Einband war eine junge Frau zu sehen, die aufmunternd lächelte. Darunter stand auf orangerotem Grund: »Fairway 1. Englisch«.

»Du lernst also auch Englisch. Was für ein Zufall.«

»Das ist nicht meins«, antwortete Cloe rasch. »Das ist von einem Freund. Der war letztens da, weil er jemanden brauchte, der ihn abhört. Er hat es vergessen.«

»Ach so. Dann ist das bestimmt der Freund, für den du netterweise auch das Haschisch aufbewahrt hast.«

Cloe schob die Ärmel ihres Sweatshirts über die Hände.

»Also ich habe keine Ahnung, was Leas Vater getan hat, wirklich nicht. Aber bestimmt war es etwas ganz Schlimmes. Und vielleicht hat es ja mit Leas Tod zu tun.«

Maria spürte, wie ihr vor Ärger ganz warm wurde.

»Na, das fällt dir aber früh ein. Klasse, dass du jetzt schon damit herausrückst. Du bist wirklich eine gute Freundin. Eine ganz tolle Freundin. Weißt angeblich etwas, das mit Leas Tod zu tun hat, und behältst es für dich.«

»Ich hatte Lea schließlich versprochen, niemandem davon zu erzählen. Außerdem habe ich gesagt, es hat *vielleicht* mit Leas Tod zu tun. Mehr nicht.« Cloe zog die Beine hoch und schlang die Arme darum. Ein kleines mageres Paket auf der Bettkante. »Nehmen Sie ihn jetzt fest? Ich glaube, einfach so kriegen Sie aus dem nie etwas raus.«

»Wir werden sehen.« Maria stand auf. »Aber du bekommst auf jeden Fall eine Anzeige wegen der Sache mit der Tür.«

»Meinen Sie nicht, das könnte man ...«

»Nein, meine ich nicht«, unterbrach Maria sie barsch. »Kommen Sie, Alsberger, wir gehen.«

Wenn er Cloe weiterfragte, würde er den Frosch am Ende noch dazu bringen, ihm direkt ins Maul zu springen.

»Warum gehen Sie schon?« Es war das Erste, was Alsberger unten vor der Tür wutentbrannt hervorbrachte. »Vielleicht hätten wir noch etwas aus ihr herausbekommen!«

»Sie führt uns an der Nase herum, Alsberger! Cloe Pettke lügt, sobald sie den Mund aufmacht. Sie hat Ihnen genau das erzählt, was Sie hören wollten.«

»Nein! Cloe Pettke hat uns erzählt, was *Sie* nicht hören wollen! Das darf nicht sein, was? Rinkner soll mit der Sache nichts zu tun haben. Der arme gequälte Vater!« Alsberger war so aufgebracht, dass er mit dem Zeigefinger vor ihrer Nase herumfuchtelte. »Oder geht es Ihnen nur darum, zu verhindern, dass ich recht habe? Würden Sie deshalb sogar einen Mörder laufen lassen?«

»Jetzt reicht's. Sie haben ja die Paranoia! Lassen Sie sich mal untersuchen!«

»Ach, und Sie, was haben Sie?« Alsberger rannte zwei Meter vor, drehte sich um, kam wieder zurück. »Sie ... Sie ...«

Ein Mann kam vorbei, eine Plastiktüte auf dem Arm. Er schaute sie neugierig an, ging an ihnen vorbei auf den Hauseingang zu, nicht ohne sich noch einmal umzudrehen.

Sie mussten wirklich ein tolles Bild abgeben. Eine keifende Mittfünfzigerin und ein geifernder Yuppie.

Maria atmete so tief ein, wie sie konnte. Dreimal hintereinander, dann war es besser.

»Also gut, es tut mir leid.« Sie hatte sich vorgenommen, Alsberger ernst zu nehmen, also würde sie es auch tun, zumindest würde sie sich bemühen. »Was schlagen Sie jetzt vor?«

Alsberger steckte die Hände in die Hosentaschen und presste die Lippen aufeinander, als müsse er seine Wut mühsam unter Kontrolle halten.

»Mag sein, dass Cloe Pettke lügt«, sagte er dann. »Aber ich bin überzeugt davon, dass sie nicht bei allem lügt. Bei diesem Englischbuch, da hat sie gelogen, das glaube ich auch. Das stand übrigens auch bei Lea Rinkner im Regal.«

»War Cloe denn auch in diesem VHS-Kurs?«

Alsberger schüttelte den Kopf »Nein, sie stand nicht auf der Teilnehmerliste, die habe ich gesehen.«

»Sie will auf keinen Fall, dass wir glauben, sie lernt Englisch. Da zieht sie lieber den ominösen Freund aus der Tasche, der für alles herhalten muss. Warum, Alsberger?«

Ein Kind auf Inlineskatern kam auf sie zugerauscht, die Arme etwas zur Seite gestreckt, um das Gleichgewicht zu halten.

»Wenn Lea Rinkner Englisch lernte, weil sie auswandern wollte, dann wollte Cloe vielleicht mit.« Maria trat hastig einen Schritt zur Seite, das Kind schoss an ihr vorbei. »Vielleicht hat ja nicht nur Lea den Kurpfalzblues gehabt.«

Alsberger schien sie gar nicht zu hören. Er starrte auf seine Schuhspitzen.

»Es ist ganz genau so, wie ich von Anfang an vermutet habe«, sagte er.

Er hob den Kopf. Sein Gesicht hatte einen Ausdruck, als entdecke er gerade, dass die Welt eine Kugel ist. Und der Mensch an sich böse.

»Es ging nicht nur darum, dass Lea wegwollte. Das war nicht der Grund, warum Rinkner sie ermordet hat. Nicht der einzige. Sie wollte gehen und ihn vorher zur Rechenschaft ziehen. Anzeigen. Kurt Rinkner hat seine Tochter missbraucht! Das ist das Unaussprechliche, was Lea selbst ihrer besten Freundin nicht anvertrauen konnte.«

»Aber das kann doch alles Mögliche gewesen ...«

»Er hat sie umgebracht, weil sie reinen Tisch machen wollte. Sie wollte das, was er ihr angetan hat, nicht länger verschweigen. Genau wie ich es mir schon am Anfang gedacht habe. Aber Sie wollten es ja damals nicht hören.«

»Das ist doch alles spekulativ, Alsberger. Dafür haben wir keinerlei Beweise.« Maria schaute an der Hausfront hoch. Cloe musste nicht mitbekommen, dass sie hier standen und Diskussionen führten. »Lassen Sie uns fahren.«

Sie ging in Richtung Auto.

»Doch!«, hörte sie Alsberger hinter sich. »Wir haben einen Beweis! Wir haben ihn schon lange!« Mit schnellen Schritten folgte er ihr. »Das Schweigen! Sie hat es gemalt. Das Bild! Wir müssen das Bild holen.«

»Was für ein Bild?«

»Das Bild aus Lea Rinkners Wohnung! Das über ihrem Küchentisch hängt! Das Mädchen in der Hütte, dem man den Mund zugeklebt hat. Jetzt ist mir alles klar! Es ist ein Symbol für ihr Schweigen. So läuft das doch: Mädchen, denen der Täter Angst macht. Wenn du was sagst, dann passiert etwas ganz Schlimmes. Dir glaubt sowieso keiner, du kommst ins Heim, all dieser Mist.«

Schon war er an Maria vorbei. Er öffnete den Wagen und stieg ein.

»Sie wollten doch einen Vorschlag hören? Wir holen jetzt das Bild, und dann werden wir Rinkner damit konfrontieren. Rinkner ist labil, wenn wir es richtig anpacken, dann klappt er vielleicht zusammen und redet.«

»Ja, oder er hängt sich wieder auf. Aber diesmal richtig.«

Maria hatte die Beifahrertür noch nicht ganz geschlossen, da ließ Alsberger schon den Wagen an.

»Der hängt sich nicht auf.« Mit entschlossener Miene fädelte er sich in den Verkehr ein. »Dass der unter dem Strick lag, das war Absicht. Rinkner taktiert. Er hat uns die ganze Zeit zum Narren gehalten. Der sitzt da, in seinem versifften Haus, und hält die Fäden in der Hand. Hades in der Unterwelt!«

»Aber diese Gedichte, Alsberger. Das passt nicht zu jemandem wie Kurt Rinkner. Selbst wenn er sie hat schreiben lassen, nicht einmal die Idee zu dieser Sache würde zu ihm passen.« Maria schnallte sich an. »Und was ist mit Karel Lindnar? Der schreibt Gedichte an die Wand! Und er ist abgetaucht. Aber das macht ihn in Ihren Augen wohl nicht verdächtig, was?«

»Lindnar hat nicht das Potenzial zum Täter. Rinkner schon.« Alsberger sagte es völlig überzeugt. »Und was das andere angeht: Was hätten Sie wohl über Ernest Hemingway gesagt, wenn er Ihnen betrunken begegnet wäre? Ein Säufer, der keine zwei Zeilen zusammenkriegt? Soviel ich weiß, hat er den Nobelpreis für Literatur bekommen. Sie sollten mal überlegen, wer von uns beiden die Vorurteile hat.«

*

Maria sah auf das Bild in ihrer Hand. Alles grau in grau, ein kleines Mädchen mit traurigen Augen, den Mund mit einem schwarzen Balken übermalt. Ein Pflaster? Ein Klebestreifen? Ein Symbol?

Alsberger hatte Himmel und Hölle in Bewegung gesetzt. Nach einer knappen Stunde hatte er das Bild aus Lea Rinkners Wohnung, nach weiteren zwanzig Minuten saßen sie im Wagen in der Nähe von Kurt Rinkners Haus.

Sie hatten in der Klinik angerufen und erfahren, dass man Rinkner gestern entlassen hatte. Er habe sich glaubhaft von weiteren suizidalen Absichten distanziert.

»Das könnte auch eine Szene aus einem Film sein«, spekulierte Maria. »Oder irgendetwas, was sie einmal gehört oder gelesen hat. Es gibt nichts, was darauf hinweist, dass dieses Mädchen Lea Rinkner ist.«

»Und warum hängt sie es dann über ihren Küchentisch?« Alsberger nahm Maria ungeduldig das Blatt aus der Hand. »Ich sage Ihnen, warum: Es sollte Lea antreiben. Ihr vor Augen führen, was sie durchgemacht hat, damit sie endlich tun würde, was sie schon seit Langem tun wollte.«

Er rollte die Zeichnung zusammen. »Also, gehen wir jetzt?«

Maria zögerte. Hatte Cloe gelogen, als es darum ging, dass Rinkner seiner Tochter irgendetwas angetan habe? Aber warum sollte sie den Verdacht auf Rinkner lenken?

Vielleicht um von sich selbst abzulenken?

Suchten sie am Ende doch eine Frau? Eine Mörderin?

Aber so, wie Cloe um Lea geweint hatte? Das konnte gar nicht sein. Das hätte sie doch gemerkt, wenn das nicht echt gewesen wäre. Nein. Unvorstellbar, dass sie etwas mit Leas Tod zu tun haben könnte.

Cloe hatte Lea über alles verehrt, Lea war ihr Halt gewesen, an den sie sich geklammert hatte, vielleicht auch die Hoffnung auf eine bessere Zukunft. Daran hatte Maria keinen Zweifel.

Aber es gab viele Gründe, zu lügen. Und wenn Kurt Rinkner unschuldig war, dann war das, was sie jetzt tun würden, furchtbar. Einen Vater, der gerade seine Tochter verloren hatte, zu verdächtigen, ihr Mörder zu sein. Und sein Kind missbraucht zu haben. Konnte man einem Menschen mehr antun?

Nein, das wollte sie nicht. Mochte Alsberger noch so überzeugt sein, sie war es nicht. Lindnar war geflohen. Lindnar, nicht Rinkner.

»Wir werden das Thema Missbrauch vorerst nicht ansprechen, Alsberger. Wir werden ihn genau mit dem konfrontieren, was Cloe uns gesagt hat, und nicht mit mehr. Sehen wir erst einmal, wie es läuft.«

»Aber …«

»Nichts aber.« Maria schlug die Autotür zu. »Keine Diskussionen mehr.«

Eine Katze lief über die Straße und schaute angstvoll zu ihnen, bevor sie mit einem großen Satz auf eine Mauer sprang und dahinter verschwand.

Der Himmel hatte sich zugezogen, ein erdrückendes graues Wolkengemenge, das die Sonne nicht einmal mehr erahnen ließ.

Rinkners Haus erschien Maria noch trister als beim letzten Besuch. Vielleicht weil sie schon wusste, welches Elend die bröckelnde Fassade verbarg.

Sie klingelten. Nichts rührte sich. Alsberger ging zu dem grünen Tor, in den Hof hinein und kam kurz darauf wieder zurück.

»Die Tür hinten am Haus ist zu.«

Sie klingelten noch einmal, endlich war ein Geräusch zu hören.

Rinkner öffnete. Er runzelte die Stirn, als er sie sah. »Was wollen Sie?«

Der Dunst von Alkohol schlug Maria entgegen. Am liebsten wäre sie einen Schritt zurückgewichen.

»Wir haben noch einige Fragen, Herr Rinkner.«

»Muss das sein?«

»Ja, das muss sein.«

Rinkner starrte sie missmutig an. Dann drehte er sich wortlos um und ließ sie in der Tür stehen. Sie folgten ihm, in den dunklen Flur, in die Küche, in der sie auch beim letzten Mal gewesen waren.

Es hatte sich nichts geändert. Eine Spüle voller schmutzigen Geschirrs, am Boden leere Flaschen, der übel riechende Mülleimer.

Die Küche in der Wohngemeinschaft war chaotisch gewesen, aber sie war es, weil die Menschen, die dort lebten, gemeinsam aßen, diskutierten, rauchten und alles andere spannender und wichtiger war, als aufzuräumen. Rinkners Küche dagegen war die eines Menschen, dem nichts mehr wichtig war.

Er schob sich hinter den Tisch, auf die Bank, auf der er auch bei ihrem ersten Besuch gesessen hatte.

»Herr Rinkner, wir hatten heute ein Gespräch mit einer Freundin Ihrer Tochter, Clothilde Pettke. Kennen Sie sie?«, begann Maria.

Rinkner saß da, den massigen Schädel gesenkt, die Hände vor sich auf dem Tisch verschränkt.

»Sie hat uns erzählt, dass es zwischen Ihnen und Ihrer Tochter immer wieder Spannungen gegeben hat. Wir würden gerne wissen, warum.«

»Ach, das hat Ihnen dieses kleine Frettchen erzählt?«

Maria zog sich den Stuhl heran, der vor dem Tisch stand.

»Frau Pettke hat uns gesagt, dass Lea Ihnen etwas sehr übel genommen hat. Dass es etwas gab, das sie Ihnen nicht verzeihen konnte. Irgendetwas, was Sie getan haben.«

Rinkner hielt den Kopf gesenkt. Seine Hand streckte sich aus, griff nach der Flasche, die auf dem Tisch stand. Er schüttete das Glas voll, das daneben stand, trank es mit einem Zug leer und knallte es auf den Tisch.

»Dann sagen Sie dem Frettchen, wenn es sich noch einmal auf meinem Grundstück rumtreibt, dann breche ich ihm die Knochen.«

»Beantworten Sie die Frage«, herrschte Alsberger ihn an. »Was war zwischen Ihnen und Ihrer Tochter?«

Der Riese sah ihn voller Verachtung an. »Das geht Sie einen Scheißdreck an.«

»Ach ja?« Alsberger trat an den Tisch, stützte die Hände auf und schaute auf Rinkner herab. »Das geht uns einen Scheißdreck an? Dann zeige ich Ihnen mal etwas.«

Er zog Leas Bild aus seiner Manteltasche und breitete es vor Rinkner aus.

»Das hier, das hat Ihre Tochter gemalt.«

Rinker sah überhaupt nicht hin. »Na und?«

»Das Mädchen mit dem überklebten Mund. Das Kind, das nicht reden darf. Das mit seinem Vater ein dunkles Geheimnis teilt.«

»Alsberger!« Marias Stimme war scharf, aber Alsberger reagierte nicht darauf.

»Durfte sie nicht reden?«, fragte er. »Weil Sie sonst in den Knast gewandert wären?«

»Ich weiß nicht, was sie ...«

»Aber *wir* wissen, Herr Rinkner.« Alsberger schob das Bild noch näher zu ihm. »Lea wollte weg, weil sie Sie nicht mehr ertragen hat. Als Kind konnte sie nicht weggehen, aber jetzt schon.«

Rinkner griff wieder zur Flasche, doch Alsberger war schneller und schob sie beiseite.

»Sie haben Lea etwas angetan, was niemand einem Kind antun darf. Und sie musste sterben, weil sie es endlich sagen wollte, weil Sie Ihre Strafe dafür bekommen sollten.«

»Alsberger, hören Sie auf!« Maria hätte ihm am liebsten in den Hintern getreten.

»Was? Als Kind?« Rinkner lehnte sich gegen die Bank. »Was soll ich Lea denn ...?«

Er stockte, hob den Kopf.

Rinkner hatte verstanden, Maria konnte es in seinem Blick sehen.

Ein Blick wie der eines gequälten Tieres, das zum Sprung ansetzt, um seinem Peiniger die Kehle aufzureißen.

Totentanz

Rinkner nahm den Tisch und kippte ihn einfach um. Flasche und Glas flogen durch die Luft und zersplitterten am Boden. Er stürzte nach vorn, packte Alsberger am Kragen und drückte ihn mit beiden Händen gegen die Wand.

»Sag das noch mal!«

Maria hatte sich mit einem Satz zur Seite in Sicherheit gebracht.

»Rinkner! Hören Sie auf!«, schrie sie. »Lassen Sie ihn los!«

»Was soll ich meiner Tochter angetan haben? Was?« Der Riese schob Alsberger mit seinen Pranken die Wand hoch, bis nur noch seine Zehenspitzen den Boden berührten. »Was? Spuck's aus, du dreckiger Sesselfurzer!«

»Lassen Sie ihn los!« Maria zerrte an Rinkners Arm, versuchte, sich zwischen die beiden Männer zu drängen. »Loslassen!«

Alsberger baumelte in der Luft, die Augen vor Schreck weit aufgerissen, unfähig zu schreien, weil sein Angreifer ihm den Hals zudrückte.

»Was willst du, du Schwein? Mir deine schmierigen Phantasien in die Schuhe schieben?«

Maria griff zu ihrer Waffe, doch dann sah sie Rinkners Pranke vor sich. Wenn sie nicht schnell genug war, würde er ihr mit einem einzigen Hieb alles aus der Hand schlagen.

Rinkners Füße steckten in Schlappen. Maria hob das Bein und holte aus, stampfte mit aller Wucht, zu der sie nur fähig war, mit der Hacke ihres Absatzes auf Rinkners Fuß.

Für einen Moment schien der Riese wie erstarrt. Dann konnte man hören, wie er die Luft einsog.

»Lassen Sie ihn los! Sofort!«

Rinkner wich einen Schritt zurück. Dann ließ er Alsberger langsam hinuntergleiten, Zentimeter für Zentimeter, bis er Boden unter den Füßen hatte.

Alsberger sackte zusammen und griff sich an den Hals.

»Sie …«, brachte er mühsam hervor.

Rinkner stand vor ihm, das Gesicht ohne jede Regung. Maria zog ihn zurück. Der Riese ließ es geschehen, wie eine Marionette, die eben noch auf der Bühne getanzt hatte und nun leblos an ihren Fäden hing.

»Kommen Sie.« Sie stieß mit dem Fuß ein paar Scherben beiseite und führte ihn zu der Bank. »Hier, setzen Sie sich.«

Alsberger stützte sich an der Wand ab. Er schwankte ein wenig hin und her.

»Sie ...«, wiederholte er mit hasserfülltem Blick auf Rinkner. »Sie ...«

»Raus!«, befahl Maria.

Alsberger sah sie ungläubig an.

»Warten Sie vor der Tür. Sie halten sich jetzt an meine Anweisung! Machen Sie, dass Sie rauskommen.«

Alsberger kniff die immer noch blassen Lippen zusammen. Dann drehte er sich um, zerrte den Tisch beiseite, der die Tür halb versperrte, und verließ wortlos den Raum.

Maria hob den Stuhl auf, der im Tumult umgekippt war, ging zur Spüle und nahm zwei der schmutzigen Gläser, die darin standen. Sie spülte sie aus.

Rinkner saß da, als habe ihn sein Ausbruch das letzte Quantum Energie gekostet.

»Sie hatten doch bestimmt nicht nur eine Flasche von dem Zeug?«

»Untendrunter«, kam es mit monotoner Stimme von der Bank.

Im Schrank unter der Spüle fand Maria zwei Flaschen Weinbrand. Sie schraubte eine auf, schüttete die Gläser voll und hielt Rinkner eines hin. Er nahm es, ohne sie anzusehen.

»Meine Tochter ist ein bisschen älter als Lea. Wir haben im Moment ziemlichen Krach. Sie redet nicht mehr mit mir.« Sie setzte sich mit dem Stuhl so, dass Rinkner nicht umhinkam, sie anzuschauen. »Sie will vielleicht weggehen. Nach Boston.«

Maria drehte das Glas in ihren Händen.

»So ist das wohl manchmal. Man gerät mit seinen Kindern in Geschichten hinein, die man sich nicht mal hat vorstellen können. Und tut ihnen weh, obwohl man es nicht wollte. Ich habe immer gedacht, ich bekomme das hin, dass meine Tochter einmal sagt, sie hat eine tolle Mutter. Eine, die alles richtig gemacht hat. Aber am Ende gibt es immer irgendetwas, was man falsch gemacht hat.«

»Sie haben es wirklich schwer«, sagte Rinkner. »Soll ich jetzt heulen, oder was?«

»Tät vielleicht mal ganz gut.«

Rinkner trank, bis sein Glas halb leer war.

»Was war mit Ihnen und Lea? Wollte sie wirklich weg? Auswandern?«

Der Riese nickte, kaum merklich. »Sie hat gesagt, sie kann mich nicht mehr sehen.«

»Weshalb?«

»Ich musste ihr versprechen, dass ich aufhöre. Habe ich auch. Immer wieder.« Er hob das Glas. »Sie sehen ja, was draus geworden ist.«

Ein Geräusch kam von der Tür. Wahrscheinlich Alsberger, der mit gezückter Waffe dahinter stand, bereit, hereinzustürmen, sobald Maria sich auch nur räusperte.

»Gab es sonst etwas, weshalb Lea wegwollte? Etwas, weshalb sie Sie nicht mehr sehen konnte?«

War es Trauer, die da auf seinem Gesicht zu sehen war? Oder Angst?

Wieder polterte es im Flur. Nun hatte auch der Riese es gehört. Er hob den Kopf.

»Sagen Sie diesem Arschloch da draußen, dass ich Lea nie angefasst habe. Ich habe ihr nichts getan.«

Rinkner fixierte die Tür. Der Moment, in dem Maria etwas von ihm hätte erfahren können, war schon wieder vorbei. Alsberger hatte ihn mit seinem Gepolter kaputt gemacht. Sie würde ihn vierteilen, würde ihn teeren und federn, wenn dieser Fall vorbei war, egal was Vera sagte.

»Sehen Sie mich an, Herr Rinkner! Los, sehen Sie mich an!«

Sie hatte keine Lust auf eine zweite Runde zwischen den beiden.

»Sehen Sie mich an!«

Vor der Tür war es wieder still. Rinkner drehte ihr langsam den Kopf zu.

»Was wollte Clothilde Pettke hier?«

»Keine Ahnung.«

»Wann war sie hier?«

»Gestern Abend. Sie war oben, auf dem Speicher. Ich war in der Küche, da habe ich sie gehört.«

»Sind Sie sicher, dass das Clothilde Pettke war?«

»Ich bin hoch, und als sie mich gesehen hat, ist sie an mir vorbei. Vermummt wie ein Bankräuber. Sie hat mich halb die Treppe runtergestoßen. Aber sie war es. Das kleine Frettchen kenn ich. Die war ein paarmal mit Lea hier.«

Der Hintereingang. Cloe hatte gewusst, wie sie ins Haus kam. Und wahrscheinlich Glück gehabt. Rinkner musste schon sehr betrunken gewesen sein, sonst wäre sie wohl kaum unbeschadet wieder herausgekommen.

Oder hatte sie genau damit gerechnet? Dass er gar nichts von ihrem Besuch mitbekommen würde?

»Hat sie irgendetwas mitgenommen?«

»Ist mir nicht aufgefallen.«

»Wissen Sie, ob die beiden zusammen wegwollten? Lea und Clothilde Pettke?«

»Keine Ahnung. Lea hat kaum noch mit mir geredet. Nur dass sie bald nicht mehr da wäre, das hat sie gesagt. Und dass ich dann in meinem Dreck verrecken könnte.«

Maria nahm einen Schluck von der braunen Flüssigkeit aus ihrem Glas. Sie brannte in ihrer Kehle.

Clothilde Pettke. Sie war in Leas Wohnung eingebrochen, dann in Kurt Rinkners Haus. Cloe suchte etwas, und Rinkner hatte sie gestört. Deshalb hatte sie sie hergeschickt. Wenn Rinkner inhaftiert würde, dann hätte sie hier freie Bahn.

»Herr Rinkner, ich werde Sie in die Polizeidirektion bringen lassen.«

»Heißt das, ich bin verhaftet?«

»Sie haben einen Beamten angegriffen.«

»Der hat nur bekommen, was er verdient hat.«

»Wir werden das klären, aber dazu kommen Sie mit auf die Polizeidirektion. Wir müssen das alles aufnehmen. Ich werde Sie von den Kollegen abholen lassen.«

Rinkner sagte irgendetwas von »Scheißegal«.

Maria stand auf, kippte den Rest aus ihrem Glas in die Spüle.

»Ich sage Herrn Alsberger, er soll rausgehen.« Es war besser, wenn die beiden sich nicht noch einmal begegneten. »Sie bleiben so lange hier, verstanden?«

Als sie die Tür aufzog, fiel Alsberger fast in den Raum hinein. Sie scheuchte ihn in den Flur. Er war kreidebleich.

»Ich sage es nur einmal, Alsberger. Wenn Sie jemals wieder eine Anweisung von mir missachten, sitzen Sie schneller in der Verwaltung oder im Flugzeug nach Boston, als Sie Luft holen können. Und jetzt machen Sie, dass Sie rauskommen. Warten Sie im Auto.«

Er nickte stumm und verließ, ohne zu widersprechen, das Haus. Offenbar hatte er inzwischen selbst gemerkt, dass er zu weit gegangen war.

Maria wartete, bis Alsberger draußen war. Dann ging sie den dunklen Flur entlang zur Hintertür und drehte leise den Schlüssel nach links.

*

»Sie haben gesagt, es steht auf der Herrentoilette im Psychologischen Institut. Quer über die Spiegel. In roter Schrift. ›Heute: Mordnacht. Eintritt frei. Der neue Dichterfürst.‹ Er muss ein …«

Es knisterte in ihrem Handy. Maria hatte Mühe, Arthurs Stimme zu verstehen.

»Was sagst du?«

»Er muss eine Spraydose bei sich haben. Es ist eindeutig Farbe. Kein Blut.«

»Wie beruhigend«, sagte sie, ohne die Straße vor sich aus den Augen zu lassen.

Alsberger hatte das Auto diesmal deutlich weiter entfernt von Rinkners Haus geparkt.

»Oder glaubst du, das ist von jemand anderem?«, fragte Arthur.

»Nein, das ist garantiert von Karel Lindnar.«

»Das glaube ich auch. Er hätte fliehen können. Aber er ist hiergeblieben. Weil es ihm um die *Heidelberger* Frauen geht. An denen muss er sich rächen. Weil Eichendorff …«

»Ach, Arthur, jetzt gib doch mal Ruhe mit deinem Eichendorff!«, fuhr Maria ihn an. »Ich kann es im Moment wirklich nicht mehr hören.«

Seit fast zwei Stunden saß sie mit Alsberger im Auto und wartete. In einem grauen Zivilwagen.

Sobald die Beamten mit Kurt Rinkner weggefahren waren, hatte Maria Cloe angerufen, noch einige Fragen zu Rinkner gestellt und beiläufig erzählt, dass sie ihn in den nächsten Stunden auf der Dienststelle verhören würden.

Die erste halbe Stunde war schnell vergangen. Sie hatte Alsberger wegen der Sache mit Rinkner eine Standpauke gehalten, bis ihre Wut verraucht war. Er hatte klugerweise den Mund nicht aufgemacht, sondern schuldbewusst aufs Lenkrad gesehen.

Danach hatte Maria sich deutlich besser gefühlt, aber inzwischen wurde ihre Laune mit jeder Minute, die sie noch warteten, wieder schlechter.

»›Heute: Mordnacht‹«, wiederholte Arthur. »Der hat etwas vor. Und zwar heute noch, eindeutiger geht es ja wohl nicht mehr.«

»Der muss doch zu finden sein!«

»Sie haben alles abgesucht. Jede Gasse, jeden Hinterhof, jede Kneipe, nichts. Aber sie werden ihn nicht finden.«

»Ach ja, und warum?«

»Die Tarnkappe des Hades. Er macht sich unsichtbar.«

»Lindnar hat keine Tarnkappe, der hat höchstens eine Wollmütze. Also hör auf mit der Spinnerei.«

»Das ist keine Spinnerei.« Arthur war selten ärgerlich, aber nun war er es, unüberhörbar. »Lindnar mischt sich unters Volk, wechselt die Kleidung, vielleicht hat er sogar eine Perücke dabei. Und irgendwann schlägt er zu, mitten in der Stadt. Während du dir in Ladenburg den Hintern platt sitzt.«

»Da!«, sagte Alsberger leise. »Da ist sie.«

Eine kleine vermummte Gestalt war in die Straße eingebogen und ging zielstrebig auf Rinkners Haus zu.

Maria klappte ihr Handy zu und rutschte etwas tiefer in ihren Sitz.

»Runter«, raunte sie Alsberger zu.

Die dunkle Gestalt blieb vor dem Tor an Rinkners Haus stehen und schaute sich kurz um. Dann verschwand sie im Innenhof.

Alsberger hatte schon die Hand am Türgriff des Wagens.

»Bleiben Sie hier«, stoppte Maria ihn. »Wenn wir sie jetzt schnappen, wird sie uns irgendeine herzerweichende Geschichte auf die Nase binden, was sie da wollte. Wir warten, bis sie rauskommt.«

Sie warteten. Und warteten. Und warteten.

Einmal konnten sie in der oberen Etage einen Schatten hinter einem der Fenster sehen, der schnell wieder verschwand.

»Und Sie sind sicher, dass es keinen anderen Ausgang gibt?« Alsberger schaute auf die Uhr.

»Wo soll es denn da einen anderen Ausgang geben? Vordertür, Hintertür. Und wenn sie hinten rausgeht, muss sie zum Tor hinaus.«

In der Innentasche ihrer Jacke vibrierte das Handy. Eilig holte Maria es hervor. Eine SMS:

Vielleicht dann nächsten Samstag, doch gemütlich bei mir? Jörg.

Alsberger hatte sich zur Seite gebeugt und lugte auf das Display.

»Und, was Neues wegen Lindnar?«

Maria dreht das Handy rasch weg. »Nein, nein. Unwichtig.«

Einen kurzen Moment schlug ihr Herz schneller. Ein Abend bei Jörg, zu Hause, gemütlich. Das hieß doch sicher so etwas wie: ein Abend auf dem Sofa, bei Sekt und Kerzenschein.

Und dann? Was dann?

Endlich in ihrem Traum angekommen?

Sofa. Sekt trinken. Arnos weiche Lippen auf ihrer Haut.

Es tat weh, es zog in ihrer Brust. Verdammt, warum konnte sie sich jetzt nicht einfach freuen? Warum musste sie ausgerechnet jetzt an Arnos nackten Hintern denken?

Alsberger schreckte sie aus ihren Gedanken.

»Die Scheune«, sagte er.

»Was ist mit der Scheune?«

Maria steckte das Handy wieder ein. Später antworten war besser, vielleicht freute sie sich ja doch noch.

»Waren Sie mal in der Scheune?«

»Ja, ich war in der Scheune. Sie auch, Alsberger, daran müssten Sie sich eigentlich noch erinnern. Oder geht das bei Ihnen jetzt schon los mit der Vergesslichkeit?«

»Aber wie war das in der Scheune? Manchmal gibt es doch da noch eine Tür nach hinten raus. Vielleicht ist ein Garten dahinter. Könnte sein, oder?«

»Nein, da gab es keine Tür.«

»Sie ist jetzt schon über eine Stunde drin.« Alsberger runzelte skeptisch die Stirn. »Wenn sie denn noch drin ist.«

Keine Tür. Maria war sich sicher. Hundert Prozent.

Auf jeden Fall ziemlich sicher.

»Wenn die Tür in der Scheunenwand auch aus Holz ist«, sagte Alsberger, »dann sieht man sie wahrscheinlich gar nicht auf Anhieb.«

Es gab keine Tür.

Oder vielleicht doch?

Eine winzig kleine Tür, eine verdeckte Tür, eine Chamäleon-Tür?

»Wenn wir Pech haben, stehen wir morgen noch hier, und Clothild...«

»Mein Gott, Sie machen mich echt fertig.« Maria knöpfte ihre Jacke zu. »Also gut. Wir gehen rein.«

Leise drückte sie die Klinke des Tores runter und trat in den Innenhof. Niemand war zu sehen. Nur der Tierschädel über dem Scheunentor starrte mit leeren Augenhöhlen von oben auf sie herab. Alsberger war mitten im Hof stehen geblieben. Wie hypnotisiert sah er hoch zu dem Tierkopf.

»Deshalb ist er auf den Hades gekommen. Weil er immer dieses Ding gesehen hat.«

»Schnauze.« Maria zog ihn unsanft weiter.

Als sie die Hintertür öffnete, schlug ihr der Geruch von kaltem Zigarettenrauch entgegen.

Im Flur stand eine Tür offen, ein schwacher Lichtschein fiel heraus. Man konnte die schmalen, ausgetretenen Stufen einer Steintreppe sehen, die in die Tiefe führten.

Ein Geräusch war von unten zu hören, ein Rascheln.

Leise stieg Maria hinunter, stützte sich an der rauen Wand ab.

Wieder ein Rascheln.

Sie ging weiter, trat am Ende der Treppe durch einen Rundbogen, in einen Raum mit einem niedrigen Gewölbe. Die Wände waren weiß gekalkt, und überall standen Regale mit alten leeren Flaschen, von Spinnweben überzogen.

Manche waren etwas von der Wand weggerückt, als habe sie jemand mit Mühe ein Stück nach vorn gezerrt. Hinter einem klaffte, kurz über dem Boden, ein großes dunkles Loch in der Mauer.

Von der Decke hing eine Glühbirne. In ihrem schwachen Lichtkegel kniete eine Gestalt am Boden. Es war Cloe. Sie hatte sie nicht bemerkt.

Maria konnte ihr Gesicht sehen, den entrückten, verzauberten Ausdruck darin, ganz wie Sterntaler, die im sanften Licht des funkelnden Firmaments ihr Hemdchen ausgebreitet hielt, um all die Goldstücke aufzufangen, die herabfielen.

Auf dem Boden stand ein Pappkarton, so groß, dass der halbe Brockhaus hineinpassen würde. Drum herum lagen Geldscheine, fünfzig Euro, hundert Euro, zweihundert Euro. Unmengen an Scheinen.

Cloe war dabei, ihren Rucksack vollzustopfen, mit allem, was hineinging.

»Na, da warst du ja diesmal erfolgreich.«

Mit einem Ruck drehte sie sich zu Maria um und sah sie so entsetzt an, als stünde ein Gespenst vor ihr.

»Das hast du also gesucht!«

Cloe sprang auf und drückte den Rucksack an sich.

Alsberger hob einen der Scheine auf. »Das ist aber ein ganz hübsches Sümmchen. Hunderttausend? Zweihunderttausend?«

»Woher kommt das Geld?«, fragte Maria.

»Ich habe damit nichts zu tun.« Panik flackerte in Cloes Augen.

»Na, danach sieht das nicht gerade aus.« Maria bückte sich und schaute in das Loch in der Wand. »Gibt es da noch mehr?«

»Nein, das ist alles. Es steht mir zu. Lea hätte gewollt, dass ich es bekomme.« Cloe drückte den Rucksack noch fester an sich. »Das Geld sollte unser Startkapital sein. Es war für uns beide. Lea ist tot, also ist es jetzt meins.«

»Woher ist das Geld?«

»Ich weiß es nicht. Keine Ahnung.«

»Hör auf zu lügen!«

Cloe wich vor Maria zurück, bis sie mit dem Rücken an der Wand stand. »Ich ... Ich weiß nicht ...«

»Du machst jetzt die Klappe auf, verstanden? Einbruch, Diebstahl, Beteiligung an einem Raub. Das reicht!«

»An einem Raub?« Entgeistert sah Cloe sie an. »Nein, so war das nicht. Das haben wir nicht gestohlen.«

»Ach! Wie war es dann?«

»Lea hat gesagt, das wäre in Ordnung. Sie hat das Geld von jemandem, der es selbst nicht verdient hat. Und der genug hatte. Mehr als genug. Sie hat das allein gemacht.«

»Was hat sie allein gemacht?«

Cloe zögerte, presste sich an die Wand hinter ihr.

»Hat Leas Vater etwas damit zu tun?«, fragte Alsberger.

»Keine Ahnung. Ich glaube nicht. Lea hat gesagt, sie hätte jemanden wiedergesehen. Was Gesichter anging, hatte Lea ein Elefantengedächtnis. Der Typ, der hatte wohl vor ein paar Jahren ein krummes Ding gedreht und dadurch jede Menge Kohle. Wenn der davon was abgeben müsste, wäre das nur gerecht. Wie bei St. Martin, hat Lea gesagt. Wer was hat, muss mit den Armen teilen.«

Maria machte ihre Jacke auf. Ihr wurde schon wieder warm vor Ärger. »Das heißt, Lea hat jemanden erpresst?«

Cloe nickte stumm.

»Und du hast den Mund gehalten, weil du das Geld haben wolltest?«

»Ich habe ja überlegt, ob ich etwas sage. Aber ich hatte Angst, dass ich dann mit dran bin. Wegen Beihilfe oder so. Obwohl ich nichts damit zu tun hatte«, beteuerte sie. »Und dann kam die Sache mit dem Gedicht im Radio. Da war doch klar, dass das irgendein Verrückter ist, der Lea umgebracht hat. Der hat Lea einfach erwischt. Das eine hat mit dem anderen nichts zu tun.«

»Sag mal, wie blöd bist du eigentlich?«, regte Maria sich auf.

»Im Radio haben sie es doch dauernd vorgelesen. Und alle haben sie gesagt, dass der noch mehr umbringen wird, dass das so ein verrückter Serienkiller ist. Und dass noch eine Frau so ein Gedicht bekommen hat und dass man sich melden soll, wenn ...«

»Von wem hatte sie das Geld?« Alsberger stand da, die Arme in die Seiten gestützt.

»Ich weiß es nicht. Wirklich nicht. Lea hat gesagt, es ist besser, wenn ich nicht so viel weiß.«

»Ja, und weißt du, was dein Glück ist?« Maria hätte platzen können. »Dass dieser Mensch anscheinend keine Ahnung von dir hat, sonst würdest du ganz bestimmt auch schon tot im Neckar schwimmen!«

»Es tut mir leid, ich …«

»Es tut mir leid«, äffte Maria sie nach. »Ein bisschen spät, findest du nicht?«

Cloe begann zu weinen, was Maria nur noch wütender machte.

»Hör auf mit der Flennerei!« Sie schaute auf das Geld, stieß mit dem Fuß in den Wust von Scheinen. »Verdammt!«

Was hatten sie für eine Energie verschleudert für dieses dichtende Phantom! Was hatte sie sich um Sarah Szeidel und Julie Sorgen gemacht! Der verrückte Poet! Hades und der eleusische Bund!

Alles nur Bluff! Genau wie Alsberger gesagt hatte. Nichts weiter als eine riesengroße Luftblase, der sie hinterhergerannt waren! Und Clothilde Pettke suchte währenddessen seelenruhig nach der Beute aus irgendeiner Erpressung, die ihre Freundin wahrscheinlich das Leben gekostet hatte.

»Glaubst du, dass da einer fleißig zahlt und euch einfach ziehen lässt? Mit so einer Menge Geld? Wie kann man nur so dämlich sein! So was von grottendämlich!«

Maria machte einen Schritt auf Cloe zu. Die bewegte sich angstvoll ein Stück zur Seite, bis sie halb hinter dem vorgezogenen Regal stand.

»Ich würde dich am liebsten …«

Es war der Moment, in dem Cloe mit aller Kraft von hinten gegen das Regal stieß. Es kippte nach vorn in Marias Richtung. Flaschen fielen heraus und prasselten auf sie nieder. Um sie herum klirrte und splitterte es.

Etwas traf sie an der Stirn. Der Schmerz, erst dumpf, dann als ob tausend Feuerwerke in ihrem Kopf explodierten, verschlug ihr für einen Moment den Atem. Sie hielt die Hände schützend über sich, taumelte zurück, sah durch eine Nebelwand, wie Alsberger zu ihr stürzte und versuchte, das Regal abzufangen, bevor es sie unter sich begraben konnte.

Dann wurde es dunkel um sie herum.

Maria konnte nicht länger als zwei, drei Sekunden bewusstlos gewesen sein. Als sie die Augen öffnete, sah sie, wie Alsberger das Regal wieder hochstemmte. Aber Cloe sah sie nicht.

»Wo ist sie? Ist sie weg? Hinterher, Alsberger!« Marias Kopf dröhnte bei jedem Wort. »Los!«

Schon stolperte er über die knirschenden Glasscherben aus dem Kellerraum.

Maria setzte sich auf. Vorsichtig tastete sie an ihre Stirn, zuckte zusammen vor Schmerz. Spätestens in einer halben Stunde würde sie ein überdimensionales Ei an der Stirn haben.

»So eine Scheiße.«

Noch während sie es aussprach, spürte sie ein seltsames Gefühl in der Nähe ihres Herzens. Es raste in einem irrwitzigen Tempo, so schnell, dass es nur noch ein Surren war. Wie der Flügelschlag eines Kolibris.

Die Aufregung. Wahrscheinlich bekam sie jetzt einen Herzinfarkt und würde zwischen Geldscheinen und Glasscherben elendig verrecken.

Es dauerte, bis ihr lädierter Kopf verstand, dass es das Handy in der Innentasche ihrer Jacke war, das vibrierte.

Mühsam zog sie es hervor.

»Ein neues Gedicht! Hades hat sich gemeldet!« Arthurs Stimme überschlug sich fast.

»Arthur, wir haben hier ...«

Aber Arthur redete einfach weiter, aufgeregt, fast schon hysterisch: *Sarah Szeidel, Nachbarn, Urlaub, Teneriffa, Post, Briefkasten.*

Maria wurde übel. Die Welt um sie herum schwankte, ein Schiff, das von den Wellen hin und her geschaukelt wurde. Krampfhaft drückte sie das Handy gegen das Ohr.

»Arthur ...«

»Ja, ja, Ich lese es dir ja schon vor. Es hat sogar eine Überschrift: ›Totentanz‹.«

Und während Maria versuchte, einen Punkt vor sich zu fixieren und die Welt anzuhalten, hörte sie Arthurs Stimme, so leise und fern, als käme sie aus der Unterwelt:

Totentanz

Gebrochen ist der Augen Glanz,
die Braut erstarrt im Totentanz,
blutleer die einst so schöne Hülle,
zerstört des Körpers weiche Fülle.

Bleibt nur die Seele, fein gewebt,
Hauch, der durch die Schatten schwebt,
Hände, blutleer, nach ihr greifen,
Tote, wächsern, sacht sie streifen.

Doch währt das Glück nur allzu kurz,
auf Hochgefühl folgt dunkler Sturz.
Oh blutige Gier, oh finsteres Begehren,
willst meine Seel' erneut verzehren.

So steigt aus dunstigen Fluten bald
der König von Schatten, Macht und Gewalt,
wird binden der Jungfern Totenkranz,
wird holen die Nächste zum letzten Tanz.

»Er schlägt wieder zu! Es ist so weit, Maria!«

Das Regal vor ihr hörte endlich auf zu schwanken.

»Maria? Hallo? Bist du noch da? Sag doch etwas! Was machen wir denn jetzt?«

Eine letzte Welle, dann stand die Welt wieder still.

»Weißt du was, Arthur?« Maria hörte ihre eigenen Worte, sie hallten in ihrem Kopf wie ein Echo, das von den Kellerwänden tausendfach zurückgeworfen wurde. »Schmeiß es ins Klo!«

Auf Messers Schneide

Sie hatte sich aufgerichtet und nach oben geschleppt. Als sie das Licht im Flur anmachte, schmerzte die Helligkeit so sehr, dass sie kurz die Augen schließen musste.

Das Mädchen im Wald. Das Bild. Alsberger hatte es auf den Küchentisch gelegt, bevor Rinkner auf ihn losgegangen war.

Maria wankte in die Küche. Auf Anhieb konnte sie es in dem Chaos nirgendwo entdecken. Der Tisch lag immer noch umgekippt da. Sie hob ihn an und ließ ihn sofort wieder los. Sobald sie sich bückte, summte ein Bienenschwarm in ihrem Kopf.

Schritte waren zu hören, die eilig den Flur entlangkamen. Das konnte nur Alsberger sein.

»Ich bin hier«, rief sie.

Sie sah es, als er zur Tür hereinkam. Er hatte diese grünliche Gesichtsfarbe, die sie nur zu gut kannte.

»Was ist passiert?«, fragte sie erschrocken.

Alsberger war völlig außer Atem. Er lehnte sich an die Wand und schloss kurz die Augen.

»Jetzt sagen Sie doch was! Alsberger! Was haben Sie getan? Haben Sie auf sie geschossen?«

»Quatsch.«

»Und, wo ist sie?«

»Weg. Sie war einfach zu schnell. Sie ist gerannt wie ein … wie ein …«

»Frettchen«, ergänzte Maria.

»Um die Ecke, noch mal um die Ecke, und dann war sie verschwunden, wie vom Erdboden verschluckt.«

»Prima.« Das Brummen in Marias Kopf begleitete jedes ihrer Worte. »Wahrscheinlich hat sie irgendwo hinterm Busch gehockt und gewartet, bis Sie weg waren.«

»Sie war so …«

»Schon gut. Die Kollegen kommen gleich. Die sollen sich noch mal umsehen.«

Mit Sicherheit war Cloe bis dahin über alle Berge. Aber was sollte sie Alsberger einen Vorwurf machen. Wenn er schon so schnell gerannt war, dass er grün anlief, dann wäre Cloe ihr sowieso entwischt.

»Helfen Sie mir, Leas Bild zu finden. Es muss hier irgendwo sein.«

Alsberger schaute sich um, stellte den Tisch auf und rückte ihn an den alten Platz. Das Bild lag auf dem Boden.

»Was für ein Glück! Da ist es ja! Unser Symbolrätsel.« Maria bückte sich und hob es auf, trotz Bienenschwarm. Hauptsache, Alsberger bekam es nicht wieder in die Finger.

Das Papier war am Rand ganz leicht vergilbt. Ein altes Bild. Keines mit Palmen und Sandstrand, so wie die anderen, die in Leas Wohnung hingen.

Die Hütte, das Mädchen, Klebeband über dem Mund, der Mann, dunkel, bedrohlich. Ein Verbrechen, das einige Jahre zurücklag, hatte Cloe gesagt.

»Wenn Sie sich mal nicht in Ihre pseudopsychologischen Interpretationen versteigen, um was für ein Verbrechen – außer Missbrauch – könnte es sich bei dem, was Lea Rinkner da gezeichnet hat, wohl handeln? Ein Verbrechen, bei dem man zu Geld kommt?«

Er wusste, was sie meinte. Bestimmt. Aber anscheinend hatte Alsberger auf eine kleine Zwischenprüfung keine Lust. Er zog die Augenbrauen zusammen und schwieg.

»Ganz genau. Eine Entführung zum Beispiel. Schön, dass Sie das Gleiche denken wie ich.« Maria rollte das Bild zusammen. »Kommen Sie, wir fahren zurück.«

*

Er saß hinter dem Schreibtisch, als hätte er gerade sein Todesurteil erhalten. Arthur schien regelrecht geschrumpft zu sein. Die Schultern hingen herab, sein massiger Körper war zusammengesunken wie ein nasser Sack.

Als Maria ins Zimmer gestürmt war, hatte er nicht einmal aufgeschaut.

»Was ist los?«

Keine Antwort.

Sie beugte sich vor, um sein Gesicht zu sehen. Schon brummte es in ihrem Kopf.

»Hey, alles in Ordnung?«

Arthur wischte sich mit einem Taschentuch verstohlen über das Gesicht.

»Sie hat abgehoben«, sagte er. »Gerade eben.«

»Und?«

»Sie ist wieder mit ihrem Ex zusammen. Er ist an dem Abend zu ihr gekommen, als wir verabredet waren.«

»Ach, Arthur! Das tut mir leid.«

»Dabei hat sie mir die ganze Zeit erzählt, dass dieser Kerl sie so schlecht behandelt hat. Das verstehe ich nicht.«

Er schaute hoch. Maria konnte sehen, dass er geweint hatte.

»Warum müssen Frauen nur so kompliziert sein, Maria?«

»Sind sie nicht. Auf jeden Fall nicht alle. Ich bin das lebende Gegenbeispiel.«

»Sie hat immer gesagt, sie würde nie wieder etwas mit ihm anfangen.«

»Es tut mir wirklich sehr leid, Arthur, aber wir haben jetzt keine Zeit, um über Sabine zu reden. Vielleicht heute Abend. Was meinst du?«

»Sicher.« Arthur ließ das Taschentuch in seiner Hosentasche verschwinden. »Ich möcht am liebsten sterben«, murmelte er.

»Aber, Arthur, das ist es doch nicht wert!«

»›Ich möcht am liebsten sterben, da wär's auf einmal still‹. Das ist von Eichendorff, Maria. Die letzten Zeilen seines Gedichts, das er geschrieben hat, als Katharina Förster ihn enttäuscht hat. Er hat es am eigenen Leib erfahren. Man würde am liebsten sterben, so weh tut es. Als ob es einem das Herz zerreißt.«

»Willst du heute noch mal bei mir übernachten?«

»Ich schaff das schon. Ich werde es einfach wie Eichendorff machen. Und jetzt ist es besser, wir reden über etwas anderes.«

Arthur schob ihr ein Blatt zu.

»Was ist das?«

»Das Gedicht von Hades, das ich dir am Telefon vorgelesen habe. Die Leute waren zwei Wochen in Urlaub. Es war in ihrem Briefkasten, als sie zurückkamen, in einem Umschlag, auf dem ›Sarah Szeidel‹ stand. Sie wohnen zwei Straßen von ihr entfernt.«

»Das heißt, er kann es auch gut mit den anderen Sachen zusammen eingeworfen haben. Mit dem Brief an Sarah Szeidel selbst, der Münze bei Frau Weinerts. Er hat alles in einem Aufwasch erledigt.«

»Und du glaubst wirklich, dass diese ganze Sache mit Hades nur ein Ablenkungsmanöver ist?«

Die Skepsis stand ihm ins Gesicht geschrieben. Maria hatte ihm am Telefon das Nötigste erzählt. Arthur konnte es kaum glauben, vielleicht wollte er es auch nicht glauben. In seiner Verfassung war enttäuschte Liebe wahrscheinlich das einzig nachvollziehbare Mordmotiv.

»Warum verteilt man denn wohl seine Post in verschiedene Briefkästen? Damit möglichst viele sie sehen und darüber reden. Und jetzt such mir mal alle Fälle in den letzten Jahren raus, bei denen ein Mädchen entführt und Lösegeld gezahlt wurde.«

Arthur sah auf die Beule an ihrer Stirn. »Das sieht aber wirklich übel aus.«

»Geht schon wieder.«

Aber eigentlich ging es nicht. Zumindest nicht gut. Sie hatte Alsberger in die Apotheke geschickt, Kopfschmerztabletten holen. Hoffentlich tauchte er bald auf.

»Es ist so seltsam blau angelaufen. Vielleicht solltest du doch lieber zum Arzt gehen.«

Das Telefon auf seinem Schreibtisch klingelte. Arthur hob ab, und während er zuhörte, was die Person am anderen Ende zu berichten hatte, wurden seine Augen immer größer.

»Oh Gott, oh Gott«, flüsterte er. »Sie ist hier. Ja, ich gebe sie Ihnen.«

Maria nahm den Hörer. Dieses Mal konnte sie nicht verhindern, dass ihre Stimme laut wurde. Nach dem, was sie auf den Kopf bekommen hatte, war es um ihre Selbstbeherrschung nicht mehr zum Besten bestellt.

»Was hat der? Sie wollen mir also erzählen, dass Karel Lindnar jetzt mit einem Fleischermesser durch die Stadt läuft, und Sie …«

Gemurmel von der anderen Seite.

»Dann eben mit einem Santoku-Messer. Von mir aus auch mit einem Sudoku-Messer!« Inzwischen schrie sie. »Sie werden doch wohl in der Lage sein, diesen Menschen zu verhaften, wenn er vor Ihrer Nase herumläuft!«

Sie knallte den Hörer auf. Für einen Moment fing die Welt wieder an, sich zu drehen.

»Weißt du, was Lindnar zu der Verkäuferin gesagt hat, als er aus dem Laden ist? ›Jetzt trinke ich der Jungfern Blut, das schmeckt so gut.‹ Deshalb hat sie die Polizei angerufen.«

»Das hört sich aber gar nicht gut an. Und ihr seid völlig sicher, dass das alles etwas mit Erpressung zu tun hat? Und Lindnar nicht vielleicht doch …«

»Wo ist Kurt Rinkner?«, unterbrach Maria ihn. »Ist der noch bei Mengert?«

»Allerdings. Dieter war dreimal da und hat Kaffee geholt. Er wusste schon gar nicht mehr, was er den noch fragen soll.«

»Aber ich weiß es.«

Mengert saß schweigend hinter dem Schreibtisch, Rinkner schweigend davor, die Arme verschränkt, den Blick ins Leere gerichtet.

»Ach, du wolltest sicher übernehmen.« Mengert war offensichtlich erleichtert, als er Maria sah.

»Ja, Herr Rinkner muss mir noch einige Fragen beantworten.«

Sie zog sich einen Stuhl heran.

»Was soll die ganze Scheiße hier eigentlich?« Rinkner warf ihr einen feindseligen Blick zu. »Können Sie mir das mal verraten?«

»Herr Rinkner, hat Lea irgendwann einmal von einem Verbrechen erzählt, von dem sie etwas wusste?«

»Was meinen Sie denn damit?«

»Zum Beispiel eine Entführung?«

»Eine Entführung? Was für eine Entführung?« Rinkner schien irritiert. »Was soll Lea denn mit einer Entführung zu tun haben?«

»In Ihrem Keller war eine sehr große Summe Bargeld versteckt. Hinter einem der Regale. Was wissen Sie davon?«

»Geld? In meinem Keller?« Rinkner stutzte. »Sie haben in meinem Haus rumgeschnüffelt, was? Sitze ich deshalb die ganze Zeit hier?«

»Wir haben nur einen Einbrecher gestellt.«

»Einen Einbrecher? Was für einen Einbrecher? War diese Göre wieder da?«

»Ja, war sie. Und jetzt beantworten Sie bitte meine Frage! Hat Ihre Tochter jemals etwas von einer Entführung erzählt? Oder von irgendeinem Verbrechen, das mit einem kleinen Mädchen zu tun hat? Die Sache kann schon ein paar Jahre her sein.«

Rinkner wich ihrem Blick aus. Er murmelte etwas von »mein Haus«, »Sauerei« und »blöde Scheißbullen«.

»Herr Rinkner, bitte!«

Der Riese schwieg. Maria wartete, aber es sah nicht so aus, als wollte er ihr heute noch irgendetwas mitteilen.

»Wissen Sie, was *ich* eine Sauerei finde?«, fragte sie nach einer Weile. »Dass Sie einfach dasitzen und schweigen und uns als Scheißbullen beschimpfen. Diese Scheißbullen reißen sich nämlich den Arsch auf, um den Mörder Ihrer Tochter zu finden. Ist es Ihnen eigentlich gleichgültig, wer Lea getötet hat? Soll ihr Mörder ungeschoren davonkommen, bloß damit Sie nicht mit den Scheißbullen reden müssen? Ich weiß, Lea wollte Sie nicht mehr sehen. Ich weiß, wie schlimm das ist. Aber einen Vater, dem es egal ist, wer sie getötet hat, den hat Lea nicht verdient.«

Mit einem Ruck schob sie ihren Stuhl zurück.

»Herr Mengert wird bei Ihnen bleiben. Vielleicht fällt Ihnen ja noch etwas ein. Und wenn ich herausfinde, dass Sie uns etwas verschweigen, werden Sie noch eine Menge Ärger bekommen, das schwöre ich Ihnen.«

Sie hatte die Türklinke schon in der Hand, als sie Rinkners Stimme hinter sich hörte.

»Warten Sie.«

Maria ging zurück. »Also?«

»Kann schon sein, dass da was war.«

»Was?«

»Die Polizei war mal bei uns und hat Lea was gefragt. Aber das ist schon lange her.«

»Wie lange?«

»Vielleicht so ...«, er zögerte, »... so um die fünf Jahre. Da haben wir noch in Freiburg gewohnt. Das war kurz bevor wir hergezogen sind.«

»Warum war die Polizei bei Ihnen?«

»Es ging um ein Kind von irgendeinem aus der Schweiz.«

»Das man entführt hatte?«

»Es muss im Wald bei uns in der Nähe versteckt gewesen sein. Lea war mit ihrer Clique da.«

»Und Lea hat jemanden gesehen?«

Rinkner verzog ratlos das Gesicht. »Kann sein. Glaub schon.«

»Ihre Tochter wird Ihnen doch irgendetwas darüber erzählt haben?«

»Ich war damals meistens auf Montage. Das mit Lea, das hat alles meine Frau geregelt.«

Die Schweiz. Vor fünf Jahren.

Maria hob den Hörer ab und wählte die Nummer von Arthurs Büro. Er meldete sich nicht.

»Bin gleich wieder da.«

Arthur war nicht in seinem Büro. An der Kaffeemaschine auf der Fensterbank leuchtete das rote Lämpchen, aber die Kanne war leer.

Alsberger kam dazu. »Da sind Sie ja. Hier, Ihre Kopfschmerztabletten.«

»Wissen Sie, wo Arthur ist?«

»Nein. Wieso?«

Maria spürte einen dumpfen Druck im Magen. *Ich werde es wie Eichendorff machen.*

»Wissen Sie, was Eichendorff getan hat, als dieses Käthchen ihn nicht mehr sehen wollte?«

»Keine Ahnung«, antwortete Alsberger.

Die Kaffeemaschine auf der Fensterbank knisterte. Maria ging hin, um sie auszustellen.

Hatte Eichendorff sich etwa umgebracht? Oder es versucht? *Ich möcht am liebsten sterben, da wär's auf einmal still.*

Wäre ja nicht der Erste, der sich aus Liebeskummer etwas antat. Arthur war viel älter als Eichendorff damals, aber genauso unerfahren. Wenn man noch an die große Liebe glaubte, tat es besonders weh.

Sie drückte den roten Knopf an der Maschine. Ihr Blick fiel aus dem Fenster. Ein großer dicker Mann schob sich langsam über die Straße. Es war Arthur! Gott sei Dank!

Aber der dumpfe Druck in Marias Magen war gleich wieder da. Arthur bewegte sich ganz eindeutig in Richtung Bäckerei!

Sie wusste sofort, was er vorhatte. Er wollte sich nicht umbringen. Aber er wollte alles aufgeben, wofür er die letzten Monate mühsam gekämpft hatte.

Wenn Arthur in dieser Bäckerei verschwand und das tat, was Maria vermutete, dann war das nicht nur die Kapitulation vor Käsekuchen, Schneckennudeln und marmeladegefüllten Vampirküssen. Es war die Kapitulation vor dem Leben, der endgültige Abschied von all seinen Träumen.

Arthur war schon unter den Arkaden verschwunden. Sie musste etwas unternehmen.

»Ich muss mal kurz weg.«

Sie ließ Alsberger stehen und hastete den Flur entlang, stieß dabei fast mit Ferver zusammen.

»Frau Mooser«, der kleine Mann reckte sich ein wenig, »gut, dass ich Sie gerade sehe!«

Es kostete sie mindestens drei Minuten, ihn abzuwimmeln.

Maria lief die Treppe hinunter. Bei jedem Schritt dröhnte es in ihrem Kopf. Sie eilte über die Straße zur Bäckerei, wich einem Auto aus, rannte unter den Arkaden fast ein kleines Mädchen um.

Er saß an einem der Tische, die vor dem großen Fenster zur Straße standen. Alles, was Arthur vor sich stehen hatte, war eine Tasse Kaffee.

»Na, Gott sei Dank.« Maria setzte sich ihm gegenüber. »Ich dachte schon ...«

Sie sprach es nicht aus, aber sie wussten beide, was sie meinte.

»Ich hatte schon bestellt, Maria. Zwei Dampfnudeln. Aber dann ...«

Arthur wischte einen Krümel vom Tisch, als wolle er auch die allerletzte Verführung zum Teufel jagen.

»Vielleicht musste das passieren, damit ich es weiß. Das tue ich alles für mich, Maria, und für niemanden sonst.« Arthur seufzte. »Er ist mir eine große Stütze.«

»Von wem redest du?«

»Eichendorff. Er war noch viel schlimmer dran als ich. Angeblich wusste er nicht einmal, warum sein Käthchen ihn nicht mehr sehen wollte. Er hat Heidelberg verlassen und …« Arthur hielt inne, blinzelte, starrte aus dem Fenster. Er zeigte rüber zur Polizeidirektion. »Aber das ist doch … Da drüben, das ist doch …«

Nun sah auch Maria, was Arthur so aus dem Konzept gebracht hatte.

Auf dem Rand des Wasserbassins balancierte übermütig ein junger Mann.

Es war Karel Lindnar.

Eine Frau ging an ihm vorbei. Lindnar stolzierte mit ausgestreckten Armen neben ihr her, schwankte übertrieben, wie ein Seiltänzer kurz vor dem Absturz. Die Frau warf ihm einen verunsicherten Blick zu, Lindnar grinste sie an.

Maria stand auf. Wie hieß noch das Messer, das Lindnar gekauft hatte?

Sie konnte nicht warten.

»Sag drüben Bescheid.«

Sie ging aus dem Laden hinaus, über die Straße, langsam auf Lindnar zu.

»Guten Tag, Herr Lindnar. Nett, Sie mal wieder zu sehen. Wir suchen Sie schon eine Weile.«

Karel Lindnar wandte ihr überrascht den Kopf zu. Er strahlte, als mache sie ihm gerade eine ganz besondere Freude.

»Da sind Sie ja! Klasse. Zu Ihnen wollte ich. Aber ich habe gedacht, die lassen mich bestimmt nicht so einfach rein.«

Er sprang von dem kleinen Vorsprung, direkt vor ihre Füße. Maria wich einen Schritt zurück, sodass sie mit dem Gesicht zur Polizeidirektion stand und Lindnar dem Gebäude den Rücken zudrehen musste, wenn er sie ansah.

»Ich weiß, dass Sie mich suchen. Deshalb bin ich ja hier. Ich habe sie ausgetrickst.« Lindnar gab ein glucksendes Lachen von sich. »Ich habe sie alle ausgetrickst. Ich! Und soll ich Ihnen sagen, warum?«

»Vielleicht klären wir das drinnen.«

»Nein!« Lindnar fuhr mit der Hand unter seinen Pullover. Als er sie wieder hervorzog, glänzte der blanke Stahl darin.

»Wir klären das hier!« Er hielt das Messer in der Faust wie eine Trophäe. »Hier auf der Stelle! Ich kann das bestimmen. Ich kann alles machen, was ich will. Wissen Sie, warum?«

Maria sah Mengert aus dem Gebäude kommen, hinter ihm Alsberger und zwei weitere Beamte. Sie bemühte sich, nicht zu offensichtlich hinzuschauen.

»Sie werden es mir sicher gleich erklären.«

»Weil ich genial bin! Weil ich der neue Dichterfürst bin!« Lindnar machte eine ausholende Armbewegung.

Mengert bewegte sich langsam in ihre Richtung. Maria wusste, was er vorhatte. Wenn er nah genug war, würde er seine Waffe ziehen und schießen.

Sie hatte nur für den Bruchteil einer Sekunde hingesehen. Zu lange. Der Dichterfürst hatte es bemerkt, er schaute hinter sich.

»Oh!«, schrie er. »Wir haben Publikum. Super. Ich liebe Publikum. Ich verdiene Publikum!« Er lachte irre. »Ich bin nämlich der Größte! Ich bin genial. Ich bin es! Ich bin der neue Dichterfürst!«

Er schrie es in einer Lautstärke, als müsse die ganze Welt endlich die Wahrheit über ihn erfahren.

Hinter sich hörte Maria Arthur rufen: »Hier rüber! Gehen Sie weg da!«

Passanten waren stehen geblieben und schauten neugierig zu ihnen, andere wechselten angstvoll die Straßenseite.

»Hören Sie das?« Lindnar trat auf Maria zu. »Hören Sie, was die Leute sagen? Sie haben mich auserwählt! Weil ich genial bin. Ich! Hören Sie es?«

»Nein.« Maria wusste schon in dem Moment, in dem sie es ausgesprochen hatte, dass es ein Fehler gewesen war.

Lindnars jungenhaftes Gesicht verzerrte sich vor Wut.

»Sie *wollen* es nur nicht hören. Aber wer nicht hören will, muss fühlen.« Er musterte sie verächtlich. »Jetzt haben Sie Angst, was? Geben Sie es zu! Ich bin nämlich kein zahnloser Tiger, kapiert! Haben Sie das kapiert? Los, sagen Sie allen hier, dass ich gefährlich bin! Los!«

»Ja, Sie sind gefährlich. Ich habe mich geirrt. Sie sind sehr gefährlich.«

»Und auserwählt! Sagen Sie es! Karel Lindnar ist der neue Dichterfürst! Los! Lauter!« Seine Stimme überschlug sich fast. »Lauter! So laut, dass es alle hören können!«

Er hielt ihr das Messer direkt vor das Gesicht. Maria hob langsam die Hand und hoffte, dass Mengert verstand, dass er noch warten sollte.

»Lassen Sie das Messer fallen, Herr Lindnar. Sonst endet die Sache hier nicht gut für Sie.«

»Nicht gut enden? Von mir aus! Sollen Sie mich doch abknallen!« Lindnar bewegte das Messer langsam vor ihrem Gesicht hin und her. »Ich habe es nämlich verdient! Wenn es jemand verdient hat, dann ich.«

Er drehte sich zu den Polizeibeamten herum, reckte den Arm mit dem Messer in die Luft und schrie: »Schießt doch! Ich habe es verdient! Ich bin gefährlich. Ich bin …«

Maria trat ihm mit voller Wucht in die Kniekehlen. Lindnar knickte ein und sackte zu Boden, das Messer flog aus seiner Hand über den Bürgersteig.

Maria stürzte sich auf ihn, drückte ihm ihr Knie in den Rücken, griff seinen Arm und drehte ihn mit einem Ruck nach hinten. Lindnar schrie auf.

Die Kollegen kamen angerannt. Lindnar wehrte sich nicht, widerstandslos ließ er alles geschehen. Man legte ihm Handschellen an, zog ihn hoch und brachte ihn in die Polizeidirektion.

Maria stand einfach nur da und sah zu. Ihr Herz raste, sie spürte die Schweißtropfen, die ihren Rücken hinunterliefen.

Mengert war zu ihr getreten und klopfte ihr beruhigend auf die Schulter.

»Mensch, da wärst du fast das Hackfleischröllchen der Woche geworden, was?«

»Maria, um Gottes willen!« Arthur kam über die Straße gelaufen. »Das war ja furchtbar. Was für ein Messer!«

»Lasst mich mal ein paar Minuten in Ruhe.«

Mit butterweichen Knien ging sie die Stufen zur Polizeidirektion hoch, an den Kollegen vorbei, in ihr Zimmer.

Sie bemühte sich, ruhig zu atmen. Der Schweiß strömte ihr aus allen Poren. Anscheinend erlebte ihr Körper gerade ein ganz besonderes Feuerwerk aus Adrenalinschub und Östrogenabsturz. Am gleichen Tag eine Batterie Flaschen auf den Kopf und ein Messer an den Hals, das war vielleicht doch ein bisschen viel in ihrem Alter.

Sie sah die Klinge des Messers immer noch vor sich.

Ein Alptraum. Der ganze Tag war ein einziger Alptraum.

Maria legte ihren schmerzenden Kopf auf den Tisch.

Träume. Leas Traum, weggehen, neu anfangen, vor dem Elend ihres Vaters davonlaufen. Träume, die in Alpträumen endeten. Rinkner in seiner verdreckten Küche. Leas Bild. Das Mädchen im Wald. Das Messer in Lindnars Hand. Alles rauschte durch ihren Kopf.

Netterweise ließen die Kollegen sie eine ganze Weile in Ruhe. Irgendwann klopfte es.

Alsberger kam herein, mit einem Glas Wasser in der Hand und der Packung Kopfschmerztabletten.

»Wir haben einen Fall in Basel ausgegraben. Ein Mädchen, das entführt wurde. Das könnte von der Zeit her passen. Sie faxen gerade die Unterlagen.« Er hielt ihr die Tabletten hin. »Lindnar lassen wir in die Psychiatrie bringen. Der redet nur noch wirres Zeug. Lea Rinkner sei seine Muse. Der scheint gar nicht mehr zu wissen, dass sie tot ist.«

Maria streckte die Hand nach dem Glas aus und sah selbst, wie sie zitterte.

»Alles in Ordnung?«

»Ja, sicher.«

Alsberger blieb vor ihrem Schreibtisch stehen.

»Was gibt es noch?«

»Lindnar hat doch geschrien, er hätte es verdient. Wir sollten ihn erschießen.«

Maria wischte sich über die Stirn und zuckte sofort zurück, weil sie an ihre Beule gekommen war. »Na, schließlich hat er mich ja auch mit einem japanischen Hackebeil bedroht.«

»Das war ein Messer.«

»Dann war es eben ein Messer.« Ihr hatte es auf jeden Fall gereicht.

»Ob er es vielleicht doch war? Denken Sie, er hat Lea getötet?«

»Nein. Das glaube ich nicht. Nicht nach dem, was Cloe uns erzählt hat. Lea hat jemanden erpresst. Da liegt das Motiv. Ich denke, sie wurde von dem Menschen ermordet, von dem sie das Geld hat. Und ich kann mir kaum vorstellen, dass Lindnar vor ein paar Jahren ein Verbrechen begangen hat, womit man ihn hätte erpressen können. Da hat er noch in der Schule gesessen und am Griffel gekaut.«

»Aber warum zieht er dann so eine Nummer ab?«

»Weil er gerne gehabt hätte, dass wir auf ihn schießen.« Maria warf zwei der Tabletten in das Wasserglas. »Das wäre der beste Beweis dafür, dass er gefährlich ist.«

Und auserwählt. Etwas Besonderes.

Leider war Karel Lindnar genauso labil, wie der coole Papa gesagt hatte. Wenn das mal nicht noch jede Menge Ärger gab.

Vielleicht hätte sie ihn nicht so provozieren sollen. Die Bemerkung mit dem zahnlosen Tiger war nicht unbedingt nötig gewesen. Aber wer biss sich schon den ganzen Tag auf die Zunge? Dann konnte man irgendwann gar nicht mehr reden.

»Diese Sache, die Lea ihrem Vater nicht verzeihen konnte. Das, wovon Clothilde Pettke uns erzählt hat. Dass Rinkner etwas auf dem Gewissen hat.« Alsberger schaute Maria an, so als fürchte er, sie könnte ihn gleich beißen. »Vielleicht hat *er* es getan.«

Na prima. Da waren sie also wieder beim alten Thema.

»Vielleicht ist Rinkner derjenige, den Lea erpresst hat!«

»Er hat uns doch eben selbst von dieser Entführungsgeschichte erzählt«, antwortete Maria entnervt. »Das würde er wohl kaum machen, wenn er mit der Sache etwas zu tun hätte.«

»Doch, das musste er sogar tun, weil ihm klar war, dass wir bald selbst darauf kommen. Lea wusste vielleicht über all die Jahre Bescheid, hat von der Entführung etwas mitbekommen. Und sich damals irgendwie verplappert, und deshalb war die Polizei da. Sie hat ihren Vater gedeckt, und jetzt, als sie wegwollte, hat sie ihn damit erpresst.«

»Und versteckt das Geld in seinem Haus?«

»Der Ort, an dem er mit Sicherheit nicht danach sucht, weil er nie damit rechnen würde, dass sie es dort versteckt hat.«

Maria trank die bittere Flüssigkeit und schob Alsberger das Glas über den Tisch.

Der gab auch nie auf. Wie ein Terrier, der nicht mehr loslassen konnte, wenn er sich einmal festgebissen hatte.

»Warum muss Rinkner unbedingt schuldig sein? Weil Sie sonst

versagt hätten, Alsberger? Selbst wenn Ferver Sie in der Abteilung lassen würde, Sie müssen sich selbst und aller Welt unbedingt beweisen, dass Sie brillant sind. Darum geht es, oder?«

Die Tür wurde aufgerissen.

»Wir haben den Fall!« Mengert winkte mit einem Packen Papiere. »Die Kollegen aus Basel haben es gefaxt. Anna Wyssmer, entführt vor fünf Jahren in Basel. Der Täter wurde nicht gefasst. Die Spuren gingen nach Deutschland. Das Mädchen war in einer Hütte in einem Waldstück bei Freiburg versteckt, zwischen Waltershofen und Umkirch. Der Besitzer hatte sich bei der Polizei gemeldet, weil das Schloss aufgebrochen war. Sie haben Sachen darin gefunden, die eindeutig von dem entführten Mädchen stammten. Lea Rinkner wurde als Zeugin vernommen.«

Er warf die Papiere auf den Tisch.

»Sie war in einer Gruppe von Jugendlichen, die sich im Wald getroffen und Party gemacht haben. Die kamen fast alle aus Waltershofen, genau wie Lea. Als bekannt wurde, dass das Kind dort in der Nähe versteckt war, ist eine von den Jugendlichen mit den Eltern zur Polizei, weil sie jemanden gesehen hatte. Sie und Lea Rinkner.«

Noch bevor Maria auch nur am Tisch war, hatte Alsberger sich schon die Papiere geschnappt und blätterte darin herum.

»Geben Sie das her.«

Widerwillig gab Alsberger ihr die Unterlagen.

»Wo ist Rinkner?«, fragte Maria.

Mengert wies mit dem Daumen Richtung Tür. »Der sitzt hinten auf dem Flur. Ich wusste ja nicht, ob der jetzt gehen kann oder nicht.«

Alsberger mit seinem ewigen Verdacht gegen Rinkner. Alsberger, der alles so drehte, dass man nicht mehr wusste, was man noch glauben sollte. Er hatte es geschafft, dass ihr wieder ganz schummrig im Kopf war.

Sie reichte Mengert das erste Blatt vom Stapel.

»Hier. Da steht, wann genau das Mädchen verschwunden ist. Frag Rinkner, wo er damals war. Wenn er sagt, er wäre auf Montage gewesen, dann seht zu, ob ihr das noch überprüfen könnt. Und wenn er Randale macht, wandert er in die Arrestzelle.«

Mengert war schon fast zur Tür heraus, als auch Alsberger aufstand.

»Sie bleiben hier und gehen mit mir die Papiere durch. Nicht dass ich etwas übersehe. Schließlich hat mein Kopf heute ganz gut was abbekommen.«

Wenn es in diesen Unterlagen einen noch so winzigen Hinweis auf Rinkner geben würde, Maria konnte sich sicher sein, der Terrier würde ihn entdecken.

Sie lasen im Eiltempo. Ermittlungsprotokolle, Vernehmungsberichte.

Die kleine Anna Wyssmer hatte die Entführung nicht überlebt, trotz all des Lösegelds, das die Eltern gezahlt hatten. Der Entführer hatte gedroht, das Kind zu töten, wenn die Polizei eingeschaltet würde. Anna Wyssmers Eltern hatten sich an alles gehalten, was er wollte.

Man fand die Leiche des Mädchens einige Wochen später in einem Wald nahe der Schweizer Grenze. Das Kind war an einer Überdosis Beruhigungsmittel gestorben.

»Glauben Sie, er hat sie absichtlich getötet?« Alsberger war beim Lesen ganz blass um die Nase geworden.

»Keine Ahnung. Vielleicht wollte er sie auch ruhigstellen und hat sich mit der Dosis verschätzt.«

Aber was spielte das schon für eine Rolle. So oder so, das Kind war tot.

Es gab Verdächtige aus dem Umfeld. Ein Fahrer der Familie, ein Geschäftskollege des Ehemannes. Aber am Ende hatte sich alles zerschlagen.

Die Spuren in der Hütte waren so ziemlich das Einzige gewesen, was man an Hinweisen gefunden hatte. Der Entführer musste Angst bekommen haben, dass man das Kind entdecken könnte, und hatte es überstürzt weggebracht.

»Das eine Mädchen hat angegeben, dass sie und Lea von der Gruppe weg sind, weil sie mal ins Gebüsch mussten. Dann haben sie die Hütte entdeckt und sich dahintergehockt. Da war alles dicht, man konnte nicht hineinsehen. Als sie wieder um die Hütte rum sind, sind sie fast in den Mann reingelaufen.«

Alsberger legte das Blatt zur Seite.

»Aber wenn Lea nicht in die Hütte gesehen hat, wie konnte sie dann das Bild mit dem Mädchen malen?« Ein Hoffnungsschimmer tauchte auf seinem Gesicht auf. »Das kann doch eigentlich nur heißen: Sie wusste Bescheid!«

»Schon mal was von Phantasie gehört, Alsberger? Lea war doch nicht blöd. Die Polizei war da, es wird alles Mögliche über die Entführung durch die Medien gegangen sein. Lea wird es so gemalt haben, wie sie es sich vorgestellt hat. Dalí hat auch nicht alles gesehen, was er auf die Leinwand gebracht hat. Zum Glück, sonst würde jetzt unsere Uhr von der Wand tropfen.«

Alsberger knurrte irgendetwas, dann nahm er das nächste Blatt, das Protokoll von Leas Vernehmung.

»So wie Lea diesen Mann beschrieben hat, passt das ungefähr auf jeden zweiten um die fünfzig. Bei den Nachfragen endete es immer mit ›Ich weiß nicht genau‹. Und das, wo sie sich doch angeblich so gut Gesichter merken kann. Aber das finden Sie dann sicher auch nicht seltsam, oder?«

»Nein. Bestimmt war sie aufgeregt«, entgegnete Maria. »Was hat das andere Mädchen denn gesagt?«

»Der Mann sei Anfang bis Mitte fünfzig gewesen, schlank, mittelblonde, kurze Haare, Größe um die eins achtzig. Eventuell auch größer.«

Das Phantombild war noch per Hand gezeichnet. Es zeigte einen Mann, dem eines ganz gewiss fehlte: irgendein besonderes Merkmal.

»Kommt der Ihnen bekannt vor?« Maria hielt Alsberger die Zeichnung hin.

Er beugte sich vor und betrachtete sie eingehend.

»Tja. Ich weiß nicht so recht.«

»Sieht der aus wie Kurt Rinkner?«

Er hatte nicht die Spur einer Ähnlichkeit mit Rinkner. Aber Maria wollte es gern noch einmal von Alsberger persönlich hören.

Der starrte auf das Bild, so als müsse er auch noch den letzten Strich und die letzte Schattierung prüfen, bevor er eine Antwort geben konnte.

Es war so offensichtlich, dass er mit dem Wort kämpfte, dem einen Wort, das hoffentlich alle leidigen Diskussionen über dieses Thema endgültig beenden würde. Schließlich spuckte er es aus, leise und voller Widerwillen.

»Nein.«

»Na, da sind wir uns ja einig. Ich finde, der sieht eher aus wie der Grossmann vom Rauschgiftdezernat.«

Und ein klein wenig sah der Mann auf dem Bild aus wie Arno. Und einer der Verkäufer auf dem Wochenmarkt in der Weststadt, der hatte auch Ähnlichkeiten mit ihm.

Damit hatten sie schon drei Verdächtige, die garantiert unschuldig waren. Und sonst? Erinnerte es sie an noch jemanden? Maria bemühte sich, doch es fiel ihr niemand mehr ein.

Sie griff nach dem nächsten Blatt, einer Liste der Gegenstände, die in der Hütte gewesen waren.

Ein angebissenes Brötchen, eine leere Packung Capri-Sonne, eine blaue Kinderjacke, eine rosafarbene Haarspange. Eine Rolle Toilettenpapier. Vor der Hütte die Kappe eines Dosieraerosols, eingetreten in den Boden.

»Ein Dosieraerosol ... Alsberger, wissen Sie, was das ist?«

Alsberger musterte immer noch die Zeichnung. Wahrscheinlich hätte er gern den Bleistift gezückt und sie ein wenig korrigiert.

»Ich glaube, das sind diese kleinen Inhalationsfläschchen. Eine Tante von mir hat Asthma, die hat so ein Ding.«

Maria stützte den Kopf in die Hände und schloss die Augen. Irgendwie brummte es immer noch, aber deutlich schwächer als vorher. Wie eine Welle, die sanft ans Ufer plätscherte. Mal wurde es ein wenig leiser, dann wieder lauter, alles hinter dickem, zähem Nebel.

Am liebsten hätte sie den Kopf wieder auf den Tisch gelegt. Sie war todmüde.

»Sind Sie sicher, dass das keine Schlaftabletten waren?«

Wäre ja auch eine Methode, wenn man vorhatte, den Fall allein zu lösen.

»Nein, die Apothekerin hat gesagt, die sind gegen Schmerzen«, drang es durch die Nebelwand.

Es war, als würden ihre Lider zusammenkleben. Mühsam öffnete Maria die Augen. »Ich brauche noch einen Kaffee.«

Sie stand auf und ging zu Arthur.

Er schaute sie besorgt an, als sie in sein Büro kam.
»Und, den Schreck überstanden? Wie geht es dir?«
»Wenn man diese Akte liest, kann es einem nur schlecht gehen. Außerdem versucht Alsberger, mich zu vergiften.«
»Vielleicht solltest du doch lieber nach Hause gehen. Und auf die Stelle an der Stirn solltest du unbedingt etwas drauftun.«
»Ist schon in Ordnung. Ich brauche nur einen Kaffee.«
Arthur griff nach der Kanne und schenkte ihr nach.
»Soll ich dir in der Apotheke noch etwas holen für deine Beule? Da gibt es bestimmt eine Salbe, damit es abschwillt.«
In der Apotheke.
Die Gedanken waberten durch den Nebel in Marias Kopf, träge, quälten sich langsam ins Bewusstsein.
Die Apotheke.
Dosieraerosol. Asthmaspray.
»Erinnerst du dich noch an den Eintrag in Lea Rinkners Kalender, Arthur? Der mit diesem ›Corti‹. Was stand da noch?«
»Kann ich dir gleich sagen.« Arthur suchte in den Stapeln auf seinem Schreibtisch und zog schließlich eine graue Aktenmappe hervor.
»Hier. Eintrag am 3. August: *Träume werden wahr – Corti macht's möglich.*«
»War das nicht der Reklamespruch für ein Asthmaspray?«
»Ja.« Arthur blätterte in den Besprechungsprotokollen. »Allerdings nur der zweite Teil: *Corti macht's möglich*. Eigentlich heißt der Spruch: *Endlich frei atmen – Corti macht's möglich*. Das Zeug nennt sich ›Corti-Pulmonale‹. Hier steht es.«
Maria starrte in ihren Kaffee.
Träume werden wahr – Corti macht's möglich.
Dosieraerosol. *Asthmaspray.*
Corti.
»Was ist denn?«
»Der hat Asthma«, murmelte sie. »Er hat ein Asthmaspray gekauft.«
»Wer hat wo ein Asthmaspray gekauft?«
»Der Eingang zum Hades, Arthur.«
»Was ist damit?«

»Weißt du, wo der ist?«

»Also, einer war in Eleusis.«

»Der war für Persephone. Aber der für Lea Rinkner?«

Arthur runzelte die Stirn.

»Vielleicht gehst du doch besser nach Hause, Maria. Dann kannst du ganz in Ruhe überlegen, wo der Eingang zum Hades ist, und es versucht auch niemand, dich zu vergiften.«

Und während Arthur sie ansah, als glaube er ganz und gar nicht mehr, dass mit ihrem Kopf alles in Ordnung sei, erkannte Maria trotz aller Nebelschwaden darin, dass der Eingang zur Unterwelt überall sein konnte.

Manchmal auch in einer Apotheke.

»Da hat sie ihn wiedergesehen! Er hat das Asthmaspray gekauft, dieses ›Corti‹! In der Apotheke, in der Lea Rinkner gearbeitet hat.«

»Du meinst, der Entführer von damals?«, fragte Arthur. »Steht das in den Akten, dass der Asthmatiker ist?«

»Zumindest hat man vor der Hütte, in der das entführte Mädchen versteckt war, die Kappe eines Inhalationsfläschchens gefunden.«

»Na ja.« Arthur strich sich nachdenklich über das Kinn. »Das kann ja auch von jemand anderem gewesen sein. Und soviel ich weiß, gibt es solche Inhalationssprays auch für andere Zwecke. Zum Beispiel bei Herzproblemen.«

»Aber es würde den Eintrag in Leas Kalender erklären!«

Maria stellte den Becher so heftig auf den Schreibtisch, dass ein Teil des Kaffees herausschwappte.

»Er kauft sich in der Apotheke dieses Spray, dieses ›Corti‹. Aber natürlich schreibt sie nicht in ihren Kalender: Habe jemanden wiedergesehen, den ich erpressen kann. Endlich genug Kohle, um abzuhauen. Sie schreibt: *Träume werden wahr – Corti macht's möglich*. Dieses Spray war der Anlass, warum er in die Apotheke gekommen ist. Vielleicht hat sie den Eintrag an dem Tag gemacht, an dem er dort gewesen ist.«

»Wenn sie ihn erpresst hat, dann muss sie ja gewusst haben, wie er heißt. Und wo er wohnt. Sie wird ihm wohl kaum aus der Apotheke hinterhergelaufen sein.« Arthur zog ein Tempo aus seiner Hosentasche und tupfte sorgfältig den Kaffee von den Unterlagen. »Steht auf den Rezepten nicht immer die Adresse drauf?«

»Gib mir mal die Nummer von der Apotheke, in der Lea Rinkner gearbeitet hat, schnell!« Maria griff nach dem Telefon.

»Es ist Samstag und fast sechs. Da ist jetzt niemand mehr.«

Dann musste es eben anders gehen. Maria rief Jörg Maier an.

»Hallo, Maria!« Jörg schien überrascht.

Sie hatte auf seine SMS noch nicht geantwortet. Aber für Verabredungen war jetzt keine Zeit.

Ja, er hatte die Privatnummer der Apothekerin. Schließlich war er gut mit ihr bekannt.

»Schönen Abend noch mit Karin«, wünschte Maria und hätte sich am liebsten gleich darauf die Zunge abgebissen.

Sie hatte Glück und erreichte die Apothekerin zu Hause.

Nein, wer das Medikament am 3. August bei ihnen gekauft habe, das könne sie jetzt nicht auf die Schnelle herausfinden. Da müsse man sich an die VSA wenden, die Verrechnungsstelle der Süddeutschen Apotheken. Dort würden die Rezeptangaben für einige Zeit gespeichert.

Maria ließ sich die Telefonnummer geben.

»Aber da erreichen Sie jetzt niemanden.«

Sie versuchte es trotzdem. Unter der Nummer war eine freundliche Stimme zu hören, die darauf hinwies, dass man außerhalb der Öffnungszeiten anrufe und Montag ab acht Uhr wieder jemanden erreichen könne.

Maria probierte es noch einmal, die gleiche Ansage.

»Mist. Da ist keiner.«

Als sie auf die Taste für die Rufwiederholung drückte, nahm Arthur ihr den Hörer aus der Hand.

»Schluss jetzt. Diesmal bist eindeutig du diejenige, die nach Hause gehen muss.«

»So ein Quatsch. Mir geht es gut.«

»Maria, wenn beim ersten Mal niemand da ist, dann ist beim zweiten Mal auch niemand da. Und das ändert sich auch nicht, wenn du noch zehnmal anrufst. Wer nicht mehr klar denken kann, der gehört nicht in den Dienst. Also, ab nach Hause!«

Maria fiel keine Erwiderung ein, und das war in der Tat ein Zeichen dafür, dass es mit ihr nicht zum Besten stand.

»Ich kann doch jetzt nicht gehen.«

»Doch, du kannst. Ich versuche, ob ich an einen Mitarbeiter von dieser VSA herankomme. Ich verspreche dir, ich rufe dich an, sobald ich etwas weiß. Und sonst erfahren wir eben erst am Montag, ob wirklich jemand dieses Asthmaspray bei Lea Rinkner gekauft hat. Wenn unser Hades bis jetzt nicht abgetaucht ist, dann ist er Montag auch noch da.«

Eine halbe Stunde auf der Couch liegen. Eine halbe Stunde den

Kopf auf etwas Weiches legen und die Augen zumachen. Welch ein verführerischer Gedanke!

Alsberger kam herein. Man konnte sehen, dass das Phantombild ihm gründlich die Laune verdorben hatte.

»Ist noch Kaffee da?« Er sah zu Arthur, dann zu Maria. Es war wohl zu merken, dass irgendetwas in der Luft lag. »Was ist los?«

»Deine Chefin meint, dass unser Hades bei Lea Rinkner in der Apotheke einkaufen war. Und außerdem wollte sie gerade nach Hause gehen.«

»Er war in der Apotheke?«

»Bin ich eigentlich der Einzige, der in dieser Abteilung arbeitet? Alle anderen trinken Kaffee, was?« Mengert stand in der Tür, mit vorwurfsvollem Blick. »Rinkner ist ziemlich nervös. Ich glaube, der braucht langsam seinen Sprit. Die Firma, bei der er früher gearbeitet hat, gibt es nicht mehr, die hat Konkurs gemacht. Das wird dauern, ehe wir rausbekommen, ob der damals wirklich auf Montage war.«

Sein Blick war auf Marias Kaffeebecher gefallen, der auf dem Schreibtisch stand.

»Oh, prima, danke, Arthur.« Er nahm den Becher und trank einen Schluck. »Was machen wir jetzt mit Rinkner?«

»Wir lassen ihn gehen«, entschied Maria. »Kurt Rinkner kann niemals der Entführer des Mädchens gewesen sein. Das Phantombild ähnelt ihm nicht im Geringsten. Wir haben den Mann jetzt genug gequält.«

»Ach, und niemand kann sich einen anderen Grund vorstellen, warum er nervös wird?« Alsbergers Stimme klang trotzig, fast aggressiv. »Wir fragen nach einer Entführung, und Herr Rinkner bekommt zittrige Hände! Nur der Alkohol, was?«

»Es war Zufall, dass Lea Rinkner den Entführer der kleinen Anna Wyssmer wiedergesehen hat. Ein dummer, blöder Zufall, der nichts mit Leas Vater zu tun hat. Lassen Sie es endlich gut sein, Alsberger.« Maria ging hinaus. »Ich rede selbst mit ihm.«

Die Tür zu Mengerts Büro war nur angelehnt. Sie konnte Rinkner sehen. Er saß da, gebeugt, als trage er einen unsichtbaren zentnerschweren Stein auf dem Rücken.

»Sie können jetzt gehen, Herr Rinkner. Wir werden uns bei Ihnen melden, wenn wir etwas Neues wissen.«

»Auf einmal?«

»Ja. Wir brauchen Sie hier nicht mehr. Wir werden Ihre Angaben überprüfen. Und wegen der Sache heute mit Herrn Alsberger, da waren wohl beide Seiten etwas zu aufgebracht. Wir werden das nicht weiterverfolgen.«

Was heute Morgen geschehen war, war nicht eine der üblichen Respektlosigkeiten eines Betrunkenen gegenüber der Polizei, mit denen sie immer mehr zu kämpfen hatten. Alsberger hatte Rinkner auf üble Weise provoziert und gegen ihre Anordnung gehandelt. Das mussten sie hier nicht noch breittreten. Es war besser, wenn Ferver nichts davon mitbekam.

Maria hatte erwartet, dass Rinkner sofort aufstehen und gehen würde. Aber er blieb sitzen.

»Diese Entführung«, sagte er. »Hat das etwas mit Leas Tod zu tun?«

»Es sieht ganz danach aus. Ihre Tochter hat den Entführer damals gesehen. Wir vermuten, dass sie ihn jetzt wiedererkannt und dann erpresst hat.«

»Und der hat sie umgebracht?«

»Hundert Prozent wissen wir es nicht.«

»Und die ganze Scheiße mit dem Gedicht?«

»War wahrscheinlich nur ein Ablenkungsmanöver. Hat Lea Ihnen irgendetwas von der Sache erzählt? Dass sie den Entführer von damals wiedergesehen hat?«

Rinkner schüttelte den Kopf.

Hätte sie nur, dann wären sie jetzt weiter. Aber Lea hatte geschwiegen. Traue niemandem außer dir selbst. Ob man das lernte, wenn man mit so einem Vater aufwuchs?

Einen Moment saßen sie schweigend da.

Maria konnte sich vorstellen, wie Rinkners Leben in der nächsten Zeit aussehen würde. Er würde sich in seiner düsteren Küche betrinken, seinen Rausch ausschlafen, wieder aufstehen und sich wieder betrinken. So lange, bis sein Körper irgendwann nicht mehr mitmachte.

Es war so hoffnungslos, dass es ihr die Kehle zuschnürte.

Sie konnte verstehen, dass Lea es nicht ausgehalten hatte, dabei zuzusehen. Dass sie um jeden Preis wegwollte, fliehen, bis ans Ende der Welt, in der Illusion, das erdrückende Elend hinter sich lassen zu können.

»Ich rufe jemanden, der Sie nach Hause fährt.«

»Nicht nötig.«

Sie sollte es ihm sagen, jetzt, wenn er halbwegs nüchtern war.

»Ich möchte mich entschuldigen für das, was ich zu Ihnen gesagt habe. Ich weiß, dass es Ihnen nicht egal ist, was mit Lea passiert ist. Es tut mir leid.«

Der Riese nickte.

Dann stand er auf und ging.

Eine Viertelstunde später verließ auch Maria das Gebäude. Arthur hatte sie sozusagen rausgeworfen, und sie hatte nichts mehr dagegen gehabt.

Sie ging zu Fuß die Römerstraße lang. Die Luft war frisch und kühl. Gut für ihren Kopf.

Alsberger war sie nicht mehr begegnet. Vermutlich saß er in seinem Büro und kaute an seiner Niederlage herum. Hoffentlich rannte er jetzt nicht zu Ferver, um von sich aus zu kündigen. Aber Ferver war sowieso längst weg. Für heute zumindest würde Alsberger keine Dummheiten mehr machen können.

Als Maria die Haustür öffnete, sah sie im dämmrigen Licht des Flurs einen Karton, der neben ihrer Wohnungstür stand.

Es war kein Adressaufkleber darauf, nichts. Na prima. Da hatte wohl wieder einmal einer der netten Nachbarn seinen Krempel stehen lassen. Und sie konnte sich den Hals drüber brechen. Hoffentlich blieb der jetzt nicht die ganze Woche da, wäre nicht das erste Mal.

Maria hätte nicht sagen können, warum sie sich noch einmal umdrehte und zur Treppe schaute, die zum oberen Stockwerk führte. Ein ungutes Gefühl kroch in ihr hoch.

Irgendetwas war anders.

Von oben kamen Geräusche. Vielleicht Arno? Aber es hörte sich eher an, als käme es aus dem Stockwerk darüber.

Sie würde in den nächsten Tagen zu ihm gehen, ihm die Socke bringen und eine Weinflasche und ein paar Dinge grundsätzlich klären. Und dann würden sie hoffentlich eines dieser wunderbaren Knoblauchhühnchen essen.

Maria ging in ihre Wohnung und legte sich auf die Couch, das Telefon neben sich auf dem Tisch. Dann schob sie sich eines der dicken weichen Kissen unter und schloss die Augen. Wunderbar. Die Nebelschwaden in ihrem Kopf lösten sich langsam auf.

Was tat Hades wohl jetzt?

Ob er überhaupt noch hier in der Gegend war? Wenn es stimmte, und er hatte Lea in der Apotheke getroffen, dann kam er wahrscheinlich aus Heidelberg oder der näheren Umgebung. Man machte keinen Ausflug in eine andere Stadt, um ein Rezept einzulösen.

Und er musste Geld haben, viel, viel Geld.

Anna Wyssmer. Was mochte er mit dem Geld aus der Entführung getan haben? Sorgsam eingeteilt, sodass es bis ans Lebensende reichen würde? Oder war er dabei, es zu verprassen?

Warum hatte er überhaupt Gedichte geschrieben? Machte ihm so etwas Spaß? War er einer von den Gefühlvollen? Oder einfach nur einer von den Möchtegern-Dichtern, die Freunde und Verwandte zum Geburtstag mit ihren selbst erdachten Gedichten quälten?

Hades, der sie verhöhnt und die ganze Stadt zum Narren gehalten, der Sarah Szeidel und ihrer Familie das Leben zur Hölle gemacht hatte.

Sie konnte nur hoffen, dass er arrogant genug war, überzeugt davon, ihnen überlegen zu sein. Denn wenn er immer noch glaubte, seine Täuschung sei ihm gelungen, dann war er vielleicht hiergeblieben, saß irgendwo in Heidelberg in einem großen Ohrensessel und las Gedichte.

Auf dem Phantombild sah er so harmlos aus. So durchschnittlich.

Lag es daran, dass sie den Eindruck hatte, das Gesicht zu kennen? Oder hatte sie ihn doch schon einmal gesehen?

Ein Geräusch. Was war das? War das nicht oben, in Arnos Wohnung? Maria setzte sich auf und lauschte. Aber über ihr war es still.

Das dumpfe, ungute Gefühl, das sie vorhin beschlichen hatte, meldete sich wieder. Es war zu still da oben. Und es fehlte noch etwas anderes. Es hatte auf dem Flur gefehlt, und es fehlte auch hier drinnen.

Der Geruch, der sonst abends durch die Türritzen gekrochen kam, der sich in den letzten Wochen im Haus breitgemacht hatte!

Maria stand auf, ging zur Wohnungstür und trat in den Flur, sog die Luft ein. Es roch nach nichts. Nur nach altem Haus. Nicht nach Knoblauch, nicht nach gebratenem Fleisch, nicht nach Rosmarin, nicht nach Bratkartoffeln.

Seitdem Arno hier wohnte, wohnten auch diese Gerüche im Flur. Warum roch es nicht nach Essen?

Sie stieg die Stufen in den ersten Stock hoch.

Hinter den Milchglasscheiben von Arnos Wohnungstür war es dunkel. Der Aufkleber mit seinem Namen war weg. Ein kleiner weißer Papierstreifen am Türrahmen war alles, was davon übrig geblieben war. Das »el«, der letzte Rest von »Arno Herkel«.

Die Kiste. Deshalb stand die Kiste im Flur!

Maria rannte die Treppe wieder hinunter und riss die Kiste auf. Ein Plastikseiher, ein alter Handfeger, CDs. Bücher. Alles Dinge, die Arno sich von ihr geliehen hatte.

Dann sah sie den Brief. Er war heruntergefallen, hatte zwischen Pappe und Wand darauf gewartet, gefunden zu werden.

Ihr Herz schlug so heftig, dass es in ihren Ohren pochte. Sie öffnete den weißen Umschlag.

Hallo, Feigling!, stand in der ersten Zeile.

Maria ahnte, was noch da stand.

Ein Klingeln. Das Telefon in ihrer Wohnung.

Sie eilte hinein, ließ den Brief auf den Couchtisch fallen, als könnte sie sich daran die Finger verbrennen.

Mengert war am Apparat. »Hallo, Maria. Es gibt Neuigkeiten.«

»Habt ihr jemanden von der VSA erwischt?«

»Arthur telefoniert denen noch hinterher. Aber deshalb rufe ich nicht an. Es ist jemand hier, der dich sprechen möchte.«

Sie sah auf das Blatt, das auf dem Tisch lag. Es ging gar nicht anders. Sie musste lesen, was da stand, ob sie wollte oder nicht.

... hatte ich die Hoffnung, dass es dir auch so geht ... muss ich dein Nein wohl respektieren ... wünsche dir für dein Leben ...

Der konnte doch nicht einfach so abhauen!

Wieso hatte er nicht wenigstens noch einmal mit ihr geredet! Nur weil sie nicht mit ihm ins Bett ging, musste er doch nicht gleich die Koffer packen.

»Hallo. Bist du noch da?«

»Ja, ja.«

Er hatte noch vor ein paar Wochen gesagt, es gefalle ihm in Heidelberg. Hatte mit ihr darüber gesprochen, dass er seiner Tante vielleicht die Wohnung abkaufen wollte. Und dann verschwand er einfach?

Das konnte gar nicht sein. Der machte Witze. Morgen war er bestimmt wieder da.

»Ich habe ihm gesagt, du kommst gleich.«

»Wem?«

»Sag mal, hörst du mir überhaupt zu? Rinkner! Kurt Rinkner ist zurückgekommen. Er will mit dir reden. Nur mit dir.«

Es dauerte knappe sieben Minuten, dann war sie an der Polizeidirektion. Auf dem Weg dorthin hatte sie mühsam versucht, Arno aus ihrem Kopf zu verbannen.

Als sie die Tür zur Abteilung aufzog, kam Mengert ihr schon entgegen.

»Er sitzt hinten bei mir im Büro mit einer Fahne, als wäre er Perkeo persönlich. Er hat gesagt, er will nur mit dir reden. Seitdem schweigt er die Wand an.«

»Ist Alsberger noch da?«

»Der ist nach Hause gegangen.«

Maria hastete den Flur entlang, Mengert hinterher.

»Arthur hat eben eine Mitarbeiterin von dieser VSA ausfindig gemacht. Die ist zum Büro und sucht die Sachen raus. Da müssten wir bald was hören.«

Es war, als wären sie beide niemals weg gewesen.

Rinkner saß vor dem Schreibtisch, das gleiche Bild, derselbe gebeugte Mann. Einen Unterschied gab es allerdings: In dem kleinen Raum roch es wie in einer Kneipe.

»Hallo, Herr Rinkner.«

Maria warf ihre Jacke über die Stuhllehne und setzte sich an den Schreibtisch. Mengert lehnte sich an die Wand, sodass Rinkner ihn nicht direkt im Blick hatte.

»Mein Kollege hat mir erzählt, dass Sie mir etwas sagen wollen?«

Rinkner hob den massigen Schädel. Seine Augen waren rot gerändert.

»Ich wollte ...«

»Was wollten Sie?«

»Lea … Sie hat ihn gesehen … der das Mädchen entführt hat …«

»Ja, den hat sie gesehen. Das wissen wir schon.«

Als Rinkners Alkoholdunst ihre Schreibtischseite erreichte, wich Maria unwillkürlich zurück.

»Sie hat mich gehasst«, sagte er.

Er atmete aus, schickte neue Alkoholschwaden über den Tisch.

»Sie kam und hat geschrien. Dass sie geht. Ich habe …«

Es klopfte, Arthur schaute herein.

»Kannst du mal kommen, Maria?«

Er wartete im Flur. Sie konnte es an seinem Gesicht sehen: Es war nichts Gutes, was er ihr zu sagen hatte.

»Am 3. August ist dieses ›Corti-Pulmonale‹ kein einziges Mal in der Apotheke verkauft worden. Ich habe sie gebeten, uns mal alle Namen zu faxen von denen, die das Medikament überhaupt dort in den letzten Monaten nachgefragt haben. Vielleicht hat sie ja auch den Zahltag in ihrem Kalender markiert, den, an dem sie das Geld bekommen hat.«

»Verdammt.«

Sie hatte so gehofft, dass der Eintrag in dem Kalender mit Leas Mörder zu tun hatte! Und jetzt? Jetzt saß Kurt Rinkner hier und faselte irgendetwas, was sie am liebsten nicht hören wollte.

»Tut mir leid, Maria.«

»Schon gut.«

Arthur wies mit dem Kopf zur Tür. »Was will der denn wieder hier?«

»Keine Ahnung. Auf jeden Fall bekomme ich eine Alkoholvergiftung, wenn er noch einmal ausatmet.«

»Na, dann viel Spaß.« Arthur zog davon.

Maria holte tief Luft, dann ging sie wieder hinein.

»Also, Herr Rinkner, Sie hatten Streit mit Ihrer Tochter. Sie hat Ihnen gesagt, dass sie Sie hasst und weggehen will?«

Rinkner wiegte seinen Oberkörper hin und her, wie ein Kind, das man verlassen hatte.

»Es war meine Schuld.«

Mengert, der gelangweilt an der Wand gelehnt hatte, schaute überrascht hoch.

»Was ist Ihre Schuld?«, fragte Maria.

Rinkner stammelte: »Ich hätte … Ich hätte nicht …«

Dann war Schluss mit den Wörtern. Es gab keine mehr. Abgesoffen.

Kurt Rinkner hielt eine Hand vor die Augen. Seine Schultern zuckten, Maria konnte sein mühsam unterdrücktes Schluchzen hören.

»Herr Rinkner?«

Aber Kurt Rinkner reagierte nicht.

Maria wartete. Auf dem Schreibtisch vor ihr lag das kleine gelbe Buch mit Eichendorffs Gedichten. Mengert hatte es als Untersetzer für den Kaffeebecher benutzt. Vom Konterfei Eichendorffs waren nur noch Kinn und Nase zu sehen.

Eichendorff, der mit wenigen Wörtern beschreiben konnte, was sein Herz berührte, der Stimmungen einfangen und in Versform bringen konnte. Rinkner, der gern reden wollte und verstummte. Der nicht einmal genug Wörter hatte, um seinen Schmerz auch nur ansatzweise mitzuteilen.

Er hatte niemals diese Gedichte geschrieben.

Hades hatte ein Allerweltsgesicht. Rinkners Gesicht war kantig, mit ausgeprägten Zügen. Ganz anders als der Mensch auf dem Phantombild.

Das Phantombild war einige Jahre alt.

Was geschah mit dem Gesicht, wenn man älter wurde?

Sie hatte einmal irgendwo gelesen, die Nase würde größer, aber das war wohl ein Gerücht. Ihre eigene Nase sah nicht anders aus als früher, bildete sie sich zumindest ein. Aber runder war ihr Gesicht geworden, weil sie zugenommen hatte.

Runder. Viele Menschen nahmen mit den Jahren zu.

Es schwelte. Es brodelte. Irgendwoher kannte sie dieses Gesicht. Sie hatte es schon einmal gesehen. Fast war es wie bei einem Wort, nach dem man suchte, das kämpfte, bis es endlich mit aller Macht die Sperre durchbrach, die es im Nichtfassbaren gehalten hatte.

Sie musste dieses Phantombild noch einmal sehen. Und zwar sofort.

»Bin gleich wieder da«, flüsterte sie Mengert zu und ging leise hinaus, erleichtert, dem weinenden Riesen entrinnen zu können.

Es lag in der Aktenmappe in ihrem Büro.
Wie sah so ein Gesicht aus, runder, fülliger?
Ein Mann, der Gedichte schrieb, um sie an der Nase herumzuführen. Ein Mann, der viel Geld hatte.
Maria starrte auf das Phantombild.
»Maria!« Arthur stand in der Tür. »Hier! Das Fax von der VSA.«
Sie riss ihm das Blatt aus der Hand. Überflog die Namen.
Stolperte über den einen, den sie kannte, den Namen des Mannes, dessen Züge in dem Phantombild zu sehen waren, anders, konturierter, aber sie waren da.
Dicklich war er, gefühlvoll. Und reich.
Mit einem Haus in Neuenheim und einem Bentley in der Garage.
Da stand es, schwarz auf weiß: *Hans Martinsen.*
Der verstörte Zeuge. Und sie war auf ihn hereingefallen!
Martinsen hatte sich in ihren Augen zum Opfer gemacht. Die Tarnkappe des Hades! Er hatte sie davon überzeugt, dass er auf der anderen Seite stand. Dass man ihm mit diesem Mord etwas angetan hatte, dass er traumatisiert war, weil er die Leiche von Lea Rinkner aus dem Neckar gezogen hatte.
»Den kennen wir doch, oder?« Arthur zeigte auf den Namen.
»Allerdings. Was waren wir nur für Idioten.«
Cloe Pettke hatte ihnen seinen Namen schon fast genannt! Lea hatte von St. Martin gesprochen, der seinen Besitz mit den Armen teilt, genau wie der Mann, den sie erpresste. Nur hatte der nicht ganz so freiwillig geteilt.
St. Martin. Martinsen.
Maria lief rüber zu Mengerts Büro, riss die Tür auf.
»Wir haben den Namen!«
Mengert kam raus. »Und?«
»Hans Martinsen. Der Mann, der Lea Rinkner aus dem Wasser gezogen hat. Er hat auch dafür gesorgt, dass sie da gelandet ist. Er benutzt dieses ›Corti‹, er war bei ihr in der Apotheke.«
»Dieser Jammerlappen? Das kann nicht sein.«
»Wir fahren hin. Jetzt sofort.«
»Aber Rinkner quasselt doch was davon, dass er schuldig ist?«
»Verlier mal dein Kind, Mengert, dann fühlst du dich auch schuldig. Egal was passiert ist. Eltern denken immer, sie hätten es verhin-

dern können, wenn sie dies oder jenes getan oder nicht getan hätten. Der ist genauso wenig schuldig wie Karel Lindnar.«

Sie musste Alsberger Bescheid geben. Wenn sie ihn jetzt nicht dazuholte, wäre es das endgültige Aus. Das würde er ihr nie verzeihen.

»Schick Rinkner nach Hause.«

Damit verschwand sie in ihr Zimmer.

Und während sie am Telefon mit Alsberger über Hans Martinsen sprach und ihm die Adresse nannte, zu der er kommen sollte, ging draußen auf dem Flur der Riese vorbei.

In der Unterwelt

Als sie in Neuenheim ankamen, war auch der letzte Rest von graublauem Himmel endgültig der Dunkelheit gewichen. Mengert parkte den Wagen nur wenige Meter entfernt von Martinsens Haus.

Friedlich sah es hier aus, die Häuser mit den sorgfältig angelegten Vorgärten und hell gestrichenen Fassaden. Heidelberger Idylle, ging es Maria durch den Kopf, hübsch und harmlos.

Hauste hier der selbsternannte Gott der Unterwelt?

Sie warteten. Einige Autos fuhren vorbei, ein Taxi. Dann sah Maria im Rückspiegel Alsbergers Wagen.

Alsbergers Miene war finster wie nie zuvor, als er aus dem Auto stieg. Sie besprachen sich kurz, dann gingen sie auf dem mit Platten ausgelegten Weg zu Martinsens Haus. Maria klingelte, schaute in die kleine Überwachungskamera, aber im Inneren des Hauses regte sich nichts.

»Ich versuch mal, ob ich in den Garten komme«, sagte Mengert. »Vielleicht sieht man da was.«

Doch dann waren Geräusche zu hören. Ein Schlüssel wurde umgedreht, die Tür ein paar Zentimeter aufgezogen.

Über der Sicherheitskette tauchte Martinsens Kopf auf.

»Guten Abend, Herr Martinsen.« Maria bemühte sich um einen freundlichen Tonfall. »Wir müssten noch einige Dinge mit Ihnen besprechen.«

Hans Martinsen hatte den gleichen leidenden Gesichtsausdruck wie bei ihrem letzten Treffen. Und auch ansonsten sah er noch genauso aus, in seiner Jogginghose und den obligatorischen Pantoffeln. Nur die dicke Strickjacke mit den ausgebeulten Taschen kannte Maria noch nicht.

»Es tut mir leid, aber ich fühle mich nicht gut. Mein Arzt hat gesagt, es wäre besser, wenn ich mich mit dieser schrecklichen Angelegenheit gar nicht mehr befasse. Vielleicht reden wir ein andermal darüber.«

»Nein, wir reden jetzt. Machen Sie die Tür auf.«

»Natürlich.« Er löste die Kette. »Wenn es denn so wichtig ist.«

Maria drängte sich ins Haus. Hans Martinsen trat zurück, blieb einen Moment unschlüssig stehen, dann ging er vor ins Wohnzimmer. Auf dem Couchtisch lag ein aufgeschlagenes Buch, daneben stand ein halb volles Weinglas. Leise Musik war zu hören, Martinsen stellte sie ab.

»Bitte, nehmen Sie doch Platz.«

»Sind Sie Asthmatiker, Herr Martinsen?«, fragte Maria.

Verblüfft schaute Martinsen sie an. »Wozu wollen Sie das wissen?«

»Beantworten Sie einfach meine Frage.«

»Meine Gesundheit ist miserabel. Meine psychische Verfassung ist ... Es ist einfach schrecklich. Ich brauche dringend Ruhe, hat der Arzt gesagt.«

»Sie haben in der Apotheke, in der Lea Rinkner gearbeitet hat, ein Asthmaspray gekauft.«

»In welcher Apotheke? Ich verstehe nicht ganz?«

»Lea Rinkner ist die junge Frau, die Sie aus dem Neckar gezogen haben«, erklärte Maria. »Also: Benutzen Sie ein Asthmaspray?«

»Sie können froh sein, wenn Ihre Lunge in Ordnung ist, glauben Sie mir. Ich hole meine Medikamente mal hier und mal dort. Wo ich gerade vorbeikomme. Dass ich dieser Frau dabei einmal begegnet bin, mag sein.« Er hob ratlos die Schultern. »Ich weiß es nicht. Ich kannte sie ja nicht.«

Maria deutete auf das Buch.

»Was lesen Sie denn gerade? Vielleicht Gedichte? Von Eichendorff?«

»Nein, ich habe es nicht so mit Gedichten.«

»Kannten Sie ein Mädchen mit dem Namen Anna Wyssmer?«

Martinsen schien kurz zu überlegen. »Nein, den Namen habe ich noch nie gehört.«

»Das bezweifle ich.«

»Verraten Sie mir auch, warum?«

»Ich verrate Ihnen etwas anderes. Ich verrate Ihnen, wie man sich unsichtbar macht.«

Martinsen sah Hilfe suchend zu Alsberger, aber der verzog keine Miene.

»Wissen Sie, was nicht stimmte, von Anfang an?« Maria ließ Martinsen keine Sekunde aus den Augen. »Dass die Leiche von Lea Rinkner festgebunden war. Normalerweise legt kein Täter Wert darauf, dass sein Opfer bald gefunden wird.«

»Na ja, aber dieser Mensch scheint doch sehr gestört zu sein.«

»Nein, dieser Mensch ist sehr klug. Er wollte, dass alle Spuren, die er bei dem Mord vielleicht hätte hinterlassen können, erklärt waren. Dadurch, dass *er* derjenige war, der die Leiche aus dem Wasser zog. So hätte er sogar seine Brieftasche am Tatort verlieren können. Seine Spuren mussten ja dort sein.«

»Aber das ...«, Martinsen schüttelte den Kopf, »das würde ja heißen ... Sie denken, ich hätte diese Frau getötet!«

»Vor einigen Jahren wurde in der Schweiz ein Kind namens Anna Wyssmer entführt. Das Mädchen wurde nach Deutschland gebracht, in der Nähe von Lea Rinkners damaligem Wohnort versteckt und schließlich getötet. Lea hat den Täter gesehen. Sie hat ihn wiedererkannt und erpresst. Und derjenige, den sie wiedererkannt und erpresst hat, waren Sie.«

»Ich bitte Sie!« Martinsen hob die Hände. »Was reden Sie denn da?«

»Der Entführer von damals hat am Tatort etwas verloren. Eine Kappe, die zu einem Asthmaspray gehört. Daran gibt es DNA-Material, durch das wir ihn eindeutig identifizieren können.«

Maria sah es in seinen Augen, nur einen kurzen Moment, bis er sich wieder im Griff hatte: Martinsen hatte Angst.

»Wie können Sie nur so etwas behaupten. Ich bin fassungslos. Was für eine Unterstellung!«

Er atmete schwer, so als laste die ganze Ungeheuerlichkeit dieser Unterstellung auf seiner Brust.

»Sie könnten uns allen viel Arbeit ersparen, wenn Sie einfach die Wahrheit sagen, Herr Martinsen. Oder soll ich Sie besser ›Hades‹ nennen?«

»Hades? Wieso Hades?«

Martinsen griff mit der Hand an den Halsausschnitt seines T-Shirts, zog daran, als würde es ihm die Kehle zuschnüren. Sein Blick glitt zum Fenster.

»Sind das Ihre Leute da draußen im Garten?«

Maria drehte sich um. Hinter der Scheibe waren schemenhaft ein paar Büsche zu erkennen, sonst nichts.

»Unsere Leute kommen ganz normal durch die Tür.«

»Ich sollte vielleicht die Alarmanlage wieder einschalten.« Martinsen machte Anstalten aufzustehen.

»Setzen Sie sich! Ihre Erstklässlertricks können Sie sich sparen. Sie machen hier gar nichts mehr. Herr Martinsen, ich nehme Sie fest wegen …«

»Da!« Martinsen zeigte in die Dunkelheit. »Da ist doch jemand!«

Alsberger war aufgestanden. »Sieht wirklich aus, als liefe da draußen einer rum.«

Er ging zur Glastür, die in den Garten führte, und öffnete sie. Ein kühler Luftzug wehte herein. »Ich schau mal nach.« Damit verschwand er in der Dunkelheit, bevor Maria ihn aufhalten konnte.

Martinsen hustete. Er räusperte sich, dann lehnte er sich zurück.

»Sie glauben also, ich hätte einen Menschen getötet?«

»Ich glaube, Sie haben sogar zwei Menschen getötet.«

»Sie irren sich, Frau Mooser. Mit Sicherheit. Bei mir sind Sie schlicht und ergreifend an der falschen Adresse.« Während er sprach, wurde sein Atmen immer hastiger. »Dass Sie mir das zutrauen, wo ich selbst unter dieser Sache so leide.«

Er räusperte sich, räusperte sich noch einmal.

»Sie kennen mich nicht besonders gut. Aber Sie müssten doch inzwischen wissen, dass ich zu so einer Tat überhaupt nicht in der Lage bin. Ich und einen Menschen ermorden! Das ist völlig absurd.«

Inzwischen war bei jedem seiner Atemzüge ein Geräusch zu hören. Wie bei einer alten Luftpumpe, die leise quietschend auf und ab fuhr.

»Entschuldigung.« Martinsen fuhr sich mit der Hand an den Hals. »Aber die Aufregung, das vertrage ich nicht. Mein Spray. Ich brauche mal mein Spray. Es liegt in der Küche.«

Er stand auf, schwankte zwei Schritte zur Seite.

»Bitte! Ich bekomme sonst keine Luft mehr!«

Mengert stellte sich ihm in den Weg und holte die Handschellen hervor.

»Jetzt legen Sie erst einmal die Hände auf den Rücken, wenn ich bitten darf!«

»Hören Sie, es ist gleich …« Martinsen rang nach Atem, den Mund geöffnet.

»Jetzt ist gut.« Mengert verzog genervt das Gesicht. »Die Show ist zu Ende.«

»Das Spray«, stieß Martinsen hervor. Er beugte sich vornüber, atmete, hechelnd wie ein Hund. »Schnell!«

Hilfe suchend streckte er die Hand aus. Dann sank er zu Boden, blieb liegen, schnappte nach Luft wie ein Fisch auf dem Trockenen.

Maria eilte zu ihm.

»Bitte!«, brachte Martinsen leise hervor. »Es ist in der Küche. Hinten auf der Ablage.« Er deutete mit zitternder Hand auf die Tür hinter ihr.

»Los, Mengert! Hol ihm schon sein Spray.«

Hans Martinsen schloss für einen Moment die Augen, als wolle er sich bei ihr bedanken. Er stieß etwas hervor, leise und gepresst. Ein kaum verstehbares Flüstern.

»Ich habe …«

Maria beugte sich tiefer zu ihm.

Endlich! Hades ließ die Maske fallen!

»Was haben Sie?«

Es war der Moment, in dem seine Hand nach oben schnellte. Martinsen packte ihre Haare und riss ihren Kopf mit einem Ruck nach hinten. Maria schrie auf. Schon legte sich Martinsens Arm wie ein Schraubstock um ihren Hals.

Mit der anderen Hand zog er etwas aus der Tasche seiner Jacke hervor, hielt es ihr an die Schläfe und zerrte sie hoch.

Mengert kam aus der Küche gestürmt. Er griff im Laufen nach seiner Waffe. Als er sah, dass Martinsen Maria eine Pistole an den Kopf drückte, blieb er wie angewurzelt stehen.

»Herr Martinsen«, sagte Mengert ruhig. »Das sind doch Dummheiten. Sie machen sich nur noch mehr Probleme.«

»Schnauze! Sie nehmen jetzt Ihre Waffe, ganz langsam, und dann werfen Sie sie dahinten hin.«

»Herr Martinsen. Das hat doch keinen Sinn«, begann Mengert.

»Los!«

Mengert zog seine Waffe hervor und warf sie in Richtung Couch.

»Gehen Sie und schließen Sie die Tür zum Garten ab. Wenn Sie abhauen, ist sie tot.« Martinsen zwang Maria wie ein Schutzschild vor sich. »Und dann rückwärts in die Küche. Los!«

Mengert verschloss die Tür, wich Schritt für Schritt vor ihnen zurück.

Und während Martinsen Maria vor sich herschob und Mengert immer weiter in Richtung Küche drängte, sah sie das bleiche Oval. Es schwebte vor dem Fenster. Dann verschwand es wieder in der Dunkelheit.

Das musste Alsberger sein. Hatte er mitbekommen, was los war?

Martinsen dirigierte Mengert zu einer schmalen Tür, die im hinteren Teil der Küche in die Wand eingelassen war.

»Da rein. Los!«

Eine Vorratskammer. Mengert sah Maria fragend an.

»Mach schon«, raunte sie ihm zu.

Er verschwand in dem kleinen Raum.

Ohne auch nur eine Sekunde die Pistole von ihrer Schläfe zu nehmen, ließ Martinsen sie die Kammer abschließen und ihre Waffe auf den Boden werfen.

Ihre Hand zitterte. Sie bemühte sich, ruhig zu atmen, nicht dem sinnlosen Bedürfnis nachzugeben, laut um Hilfe zu schreien.

Martinsen zwang sie zurück, durch das Wohnzimmer, raus in den Flur, durch eine Tür, in einen dunklen schmalen Gang. Es roch nach Benzin. Das musste der Zugang zur Garage sein.

Er wollte zum Auto.

Der braucht mich, bis er im Wagen sitzt und sicher sein kann, dass er hier wegkommt. So lange und nicht länger. Der Gedanke raste durch Marias Kopf. Er bringt mich um, sobald er hier raus ist. Er bringt mich um. Er bringt mich um.

Aber Alsberger hatte Verstärkung gerufen. Bestimmt hatte er Verstärkung gerufen.

Noch eine Metalltür, dann standen sie in der Garage. Der silbergraue Bentley schimmerte in der Dunkelheit.

Martinsen ließ sie auf einen Schalter an der Wand drücken. Ein Summen war zu hören. Das Garagentor fing an, sich langsam nach oben zu schieben.

»Sie haben überhaupt keine Chance. Die Kollegen sind längst unterwegs.«

»Halten Sie die Klappe«, herrschte Martinsen sie an.

Das Tor schob sich hoch. Zentimeterweise gab es die Sicht auf die Auffahrt frei, die vom Licht einer Straßenlaterne erhellt wurde. Das Summen der Elektronik, die letzten Zentimeter, dann war der Blick frei.

Der Blick auf die Katastrophe.

Am Ende der Auffahrt lagen zwei der Sandsteine, die vorher die Seiten der Auffahrt begrenzt hatten. Steine, so groß, dass man mit dem Auto nicht vorbeikam. So groß, dass ein Mensch allein sie nicht vom Weg bekommen würde.

Es sei denn, es war jemand, der Hände hatte wie Schaufeln.

Oder wie ein Riese.

Marias Hoffnung, Alsberger könne sie retten, zerbarst in ihrem Kopf.

Das bleiche Gesicht vor dem Fenster. Rinkner war da!

Er musste im Garten gewesen sein. Er war dort, als Alsberger hinausging.

»Verdammte Scheiße!« Martinsen presste Maria noch fester an sich. Sie konnte die Spannung in seinem Körper spüren.

»Wo steht Ihr Wagen?«, fragte er.

»Etwas die Straße runter. Rechts.«

»Wir gehen jetzt hier raus und dann rüber zu Ihrem Auto. Eine falsche Bewegung, und ich drücke ab.«

Sein Arm gab ihren Hals frei, er zog sie neben sich, stieß ihr die Waffe in die Seite. Er spähte nach draußen, es war niemand zu sehen.

Das Licht der Straßenlaterne ließ die Büsche neben der Auffahrt lange Schatten werfen. Gestalten ohne Gesicht, aufgereiht, einer neben dem anderen.

Martinsen drängte sie aus der Dunkelheit der Garage. Langsam gingen sie die Auffahrt hinunter.

Rinkner war ganz in der Nähe. Maria wusste es. Sie konnte ihn spüren. Konnte ihn riechen. Seinen Alkoholdunst, gemischt mit dem Schweiß seines Körpers.

Nur wenige Meter, dann mussten sie an den Steinen vorbei.

Ein Geräusch. Vor ihnen eine Bewegung in den Büschen. Eine riesige Gestalt schob sich zwischen den Sträuchern hervor. Gebeugt wie ein Tier.

Rinkner hielt einen Stein in seinen Händen, der so groß war wie ein Kindskopf. Er stellte sich ihnen in den Weg, richtete sich auf, schien in den Himmel zu wachsen.

»Was soll das?« Martinsen hatte Maria panisch zur Seite gedrängt. »Hauen Sie ab! Sonst schieße ich auf die Frau!«

Rinkner machte einen Schritt auf sie zu.

»Aus dem Weg, los! Sonst bringe ich sie um!«, rief Martinsen.

Der Riese reagierte nicht. In seiner ganzen Größe stand er vor ihnen, überragte sie um Haupteslänge. Langsam hob er den Stein in die Höhe.

»Weg da! Weg da!« Martinsens Stimme überschlug sich fast.

Er richtete die Waffe auf Rinkner, sah nur noch auf seinen Angreifer.

Das war ihre Chance. Ihre einzige Möglichkeit.

Mit einem Ruck ließ Maria sich fallen und rollte zur Seite.

Martinsen war stehen geblieben, den Blick angststarr auf Rinkner gerichtet. Dann drückte er ab. Der Schuss peitschte nach vorn.

Der Riese wankte zurück, krümmte sich, als habe ihn ein Faustschlag in den Magen getroffen.

Für den Bruchteil einer Sekunde schien es, als ob die Welt erstarrt wäre. Martinsen stand reglos da, die Waffe in der Hand. Der Riese bewegte sich nicht. Maria traute sich nicht, zu atmen.

Doch dann richtete Rinkner sich wieder auf, hob den Stein höher, immer höher, weit über den Kopf, holte aus und schleuderte ihn von sich.

Er traf Martinsen mit voller Wucht am Kopf. Ein dumpfes Geräusch. Martinsen ging in die Knie. Die Waffe fiel aus seiner Hand. Seine Augen waren weit aufgerissen, der Mund wie zum Schrei geöffnet.

Der Riese ging mit kleinen tapsigen Schritten auf sein Opfer zu.

»Bleiben Sie stehen!« Maria sprang hoch, streckte sich nach Martinsens Pistole. »Rinkner! Weg da! Hören Sie auf!«

Er stockte, drehte sich zu ihr, verwundert, als komme sie aus einer anderen Welt. Schwankte hin und her.

Dann kippte er um, wie ein morscher Baum im Herbststurm.

»A« wie Anfang

Es gab keinen Ohrensessel.

Aber im ersten Stock gab es einen Raum mit einem dicken Teppich und Regalen, die bis zur Decke vollgestellt waren mit Büchern. Vor dem Fenster stand ein Schreibtisch aus dunklem Holz, die Tischplatte mit Leder bezogen, darauf eine Messinglampe mit grünem Glasschirm und eine längliche Metallschale, in der einige Stifte lagen.

Ob Martinsen hier gesessen hatte, während er seine Gedichte schrieb?

Maria schaute von dem Buch hoch, das aufgeschlagen vor ihr lag. Vom Fenster aus konnte man in den Garten sehen. Auf dem Rasen lagen die ersten gelblich verfärbten Blätter, die der Wind von den Bäumen geweht hatte.

Endlich kämpften sich wieder ein paar Sonnenstrahlen durch die Wolken. Während der letzten beiden Tage hatte es nur geregnet. Geschüttet hatte es, so sehr, dass die Blutflecke in der Auffahrt zur Garage verschwunden waren. Als hätte der Himmel dafür sorgen wollen, dass nichts mehr an diesen furchtbaren Abend erinnerte.

Sie hatten bei Martinsen keines der Gedichte gefunden, die er an Lea Rinkner und Sarah Szeidel geschickt hatte. Aber zwei Zeilen auf einem kleinen gelben Zettel, der halb zerrissen hinter dem Schreibtisch lag:

Goldstrahl durch die Wolken bricht,
verzaubert die Stadt mit sanftem Licht.

Es war Martinsens Handschrift. Das »die« vor »Stadt« war einmal durchgestrichen, dann wieder darübergeschrieben. Offensichtlich gab es Probleme mit dem Versmaß.

Maria hatte keinen Zweifel, dass mit der verzauberten Stadt Heidelberg gemeint war. Im oberen Stockwerk hingen Fotos, jede Menge schöner Heidelberger Ansichten.

Die Altstadt im Abendlicht, der Blick hinunter von der Scheffelterrasse auf den glitzernden Neckar, der Flussgott, der sich im Schlossgarten in seinem Wasserbecken rekelte.

Es gab kaum eine Ecke der Stadt, von der Martinsen keine Fotos gemacht hatte. Vor vielen Jahren war er für ein einziges Semester zum Studium in Heidelberg gewesen, aber er musste seine Zeit hier wohl in guter Erinnerung behalten haben. Er war zurückgekehrt, als er zu Geld gekommen war.

Eine Sorte Fotos gab es allerdings nicht: solche, auf denen Menschen zu sehen waren. Keine Frau, die sich an die Brüstung lehnte, niemand, der in die Kamera lachte.

War Martinsen deshalb auf die Figur des Hades gekommen? Der Gott, der unter seiner Einsamkeit gelitten hatte?

Was sie jedoch gefunden hatten, war ein Schlüssel, versteckt in einer kleinen rostigen Dose in der Garage. Es war der zu Lea Rinkners Wohnungstür. Martinsen hatte ihn trotz all seiner Vorsicht behalten. Eine Trophäe? Das Symbol für seinen Triumph über die Erpresserin?

Maria vermutete, dass er in der Nacht, in der er Lea getötet hatte, noch in ihrer Wohnung gewesen war. Er musste nach dem Geld gesucht haben und nach Hinweisen, die ihn hätten verraten können. Im Gegensatz zu Alsberger hatte Martinsen dabei wohl Plastikhandschuhe angehabt. Aber den Eintrag im Kalender, den über »Corti« und Leas Träume, den hatte er übersehen.

»Die Kollegen haben angerufen.« Alsberger stand in der Tür.

Ein bläulicher Schimmer zog sich von seinem geschwollenen Kinn die Wange hoch bis zum grün umrandeten Auge.

Rinkner hatte ordentlich zugelangt, als die beiden sich im Garten begegnet waren. Zwei Schläge, und Alsberger hatte eine ganze Weile bewusstlos mit der Nase im Gras gelegen. Wahrscheinlich war es ein Glück, dass er sofort zu Boden gegangen war, sonst würde er bestimmt noch bunter schillern.

»Bevor Martinsen das Haus hier gekauft hat, hat er noch ein halbes Jahr zur Miete gewohnt. Raten Sie mal, wo«, sagte Alsberger.

»In der Unterwelt?«

»Nein. In Handschuhsheim. Nicht allzu weit entfernt von Sarah Szeidel. Aber sie hat Ihnen doch gestern gesagt, sie kennt ihn nicht, oder?«

»Hat sie. Aber es reicht, wenn Martinsen sie mal gesehen hat und wusste, wo sie wohnt. Vom Äußeren her passte sie auf jeden Fall gut in Hades' angebliches Beuteschema.«

Maria hatte Sarah Szeidel gestern in der Rehaklinik angerufen und ihr mitgeteilt, dass der Spuk vorbei war. Sarah Szeidel hatte dreimal gefragt, ob das wirklich sicher sei, und bitterlich geweint, trotz aller Beteuerungen, dass der Täter nie vorgehabt hatte, ihr etwas anzutun. Die Angst würde sie sicher noch einige Zeit begleiten.

Alsberger war an den Schreibtisch getreten und schaute Maria über die Schulter.

»Dafür, dass der sich nicht für Lyrik interessiert, hat er aber ziemlich viel von dem Kram, was?«

»Tja, manche Leidenschaften lassen sich eben nur schwer verbergen.« Maria klappte das Buch zu. Auf dem Umschlag war eine Figur zu sehen, die sich im Handstand übte. »Der gelbe Akrobat. 100 deutsche Gedichte der Gegenwart, kommentiert«, stand darunter.

Unter den vielen Büchern gab es noch anderes, was sie bei Karel Lindnar vergeblich gesucht hatten: Literatur über griechische Götter, über die Mythen von Eleusis, ein Buch über Eichendorffs Zeiten in »Halle, Harz und Heidelberg«.

»Und, gibt es etwas Neues von der Klinik?«, fragte Maria.

»Nein, die haben sich nicht gemeldet.«

Kurt Rinkner war wieder bei Bewusstsein, die Kugel aus seinem Bauch herausoperiert. Nach Meinung der Ärzte grenzte es an ein Wunder, dass er noch am Leben war. Vernehmungsfähig sei er aber noch nicht.

Das war gestern gewesen. Maria hatte heute dreimal versucht, eine Auskunft zu bekommen, ob man nun zu Rinkner könne, und war jedes Mal von der Schwester mit dem Versprechen abgespeist worden, der behandelnde Arzt würde zurückrufen.

Sie warf einen Blick auf ihre Uhr. »Jetzt reicht es mir. Ich fahr da mal hin und sehe zu, ob ich jemanden erwische.«

Alsberger war ihr allerdings noch eine Antwort schuldig, bevor sie aufbrach.

»Und, haben Sie sich inzwischen überlegt, ob Sie Fervers Vorschlag annehmen? Er will bis heute Nachmittag Bescheid wissen, das haben Sie hoffentlich nicht vergessen?«

»Vera meint ...«

Maria wusste, was Vera meinte. Sie hatte lange mit ihr telefoniert. Und sich bei ihr entschuldigt. Es war ein Fehler gewesen, Alsberger nicht wie Veras Freund zu behandeln, ihm nicht die gleiche Offenheit entgegenzubringen, um die sie sich sonst bei den Menschen bemühte, die Vera wichtig waren.

Und sie hatte Vera erklärt, dass dieser Mann, den ihre Tochter so sehr liebte, kreuzunglücklich werden würde, wenn er von der Kripo wegginge. Und dass sie, ihre Mutter, kreuzunglücklich würde, wenn Vera wegginge.

Vera hatte ganz offensichtlich mit Alsberger geredet. Von sich aus zu kündigen war kein Thema mehr gewesen.

»Was halten *Sie* von der Sache, Alsberger? Vera muss es ja nicht tun, Sie müssen es tun.«

Ein Praktikum in der Rechtsmedizin. Es war Fervers Idee gewesen.

Alsberger schluckte. »Ich denke, ich werde es versuchen.«

»Wusste ich doch, dass Sie vor so etwas nicht davonlaufen. Sie werden sehen, nach der dritten Leiche macht Ihnen das gar nichts mehr aus.«

Ihr Chef hatte schweigend zugehört, als Maria ihm, diesmal in Alsbergers Anwesenheit, erklärte, warum sie dafür war, dass er ihr Assistent blieb. Sie hatte viele gute Gründe genannt und nicht einmal lügen müssen. Schließlich hatte Alsberger schon verstanden, dass Hades sie an der Nase herumführte, als der Rest der Abteilung sich noch den Kopf über Katharina Barbara Försters Haarfarbe zerbrach.

Ferver hatte sich über die kahle Stirn gestrichen, eine Weile gegrübelt und schließlich ausgespuckt, wie Alsberger seiner Meinung nach sein Hauptproblem bewältigen könnte. In der Rechtsmedizin würde er genügend Leichen sehen.

»Solchen Ängsten muss man sich stellen, die beste Methode, um sie zu verscheuchen«, hatte er dem schockierten Alsberger erklärt und ihm ermunternd zugenickt.

Wenn er nicht mehr umfiel oder grün wurde, durfte er wiederkommen. So hatte Maria es anschließend mit Jörg besprochen, aber Alsberger musste nicht alles wissen.

Sie stellte das Buch wieder auf seinen Platz ins Regal zurück.

»Die richtige Entscheidung, Alsberger. Freut mich. Freut mich wirklich sehr.«

*

Der Arzt war in einer Besprechung. Sie möge doch einen Moment warten.

Maria lief eine Viertelstunde im Klinikflur auf und ab, dann beschloss sie, die Angelegenheit ein wenig abzukürzen.

Sie wusste, wo sie Rinkner finden würde. Schließlich stand einer ihrer Beamten vor der Tür und hielt Wache.

Als sie ins Zimmer trat, schlug ihr der Geruch von Desinfektionsmitteln entgegen. Rinkner lag regungslos da, die weiße Bettdecke bis zum Kinn gezogen. Er sah aus wie aufgebahrt, und im ersten Moment dachte Maria, er sei tot. Aber auf einem Monitor neben dem Bett sah man eine rote Linie, in der ab und zu kleine Zacken auftauchten.

»Guten Tag, Herr Rinkner.«

Er drehte ihr den Kopf zu. Sein kantiges Gesicht war so weiß, dass es aussah wie aus Marmor gemeißelt.

»Ist das Schwein tot?«

»Wenn Sie Herrn Martinsen meinen, nein. Aber er hat ein schweres Schädel-Hirn-Trauma und liegt im Koma. Man weiß nicht, was wird.«

»Hoffentlich verreckt er.«

»Ich werde ihm Ihre Genesungswünsche ausrichten.«

Sie wusste nicht genau, wie Rinkner an seine Adresse gekommen war. Maria vermutete, dass er ihnen an dem Abend von der Polizeidirektion aus im Taxi gefolgt war. Das war die bessere Variante.

Die andere war, dass er etwas auf dem Flur mitbekommen hatte, weil sie vielleicht ihre Tür nicht zugemacht hatte, als sie mit Alsberger telefoniert und ihm Martinsens Adresse genannt hatte. Aber über diese Variante wollte sie lieber gar nicht nachdenken.

»Und, wie geht es Ihnen?«

»Sehen Sie das nicht?«

Für einen Moment überlegte Maria, wieder zu gehen. Aber sie blieb. Die Worte kamen von ganz allein.

»Das Geld in Ihrem Keller, das waren fast zweihundertfünfzigtausend Euro.«

»Interessiert mich nicht.«

Rinkner starrte nach oben, fixierte einen Punkt an der Decke.

»Sollte es aber. Herr Martinsen hat im Abstand von einigen Wochen zweimal große Aktienpakete verkauft. Sieht ganz so aus, als hätte Lea noch mal Geld nachgefordert. Dabei hatte sie wahrscheinlich schon nach dem ersten Mal genug, um irgendwo neu anzufangen. Aber sie ist hiergeblieben. Ich glaube, ich weiß warum.

Lea hatte die Gefahr verkannt, die von Martinsen ausging. Doch das war wohl nicht der einzige Grund.

»Sie haben mir erzählt, Lea hätte Sie gehasst. Ich denke, das ist nur die halbe Wahrheit. Lea hat es nicht geschafft, Sie alleinzulassen. Sie ist Ihretwegen geblieben.«

Maria trat näher an das Bett. Sie wusste nicht, warum sie das hier tat. Vielleicht, weil sie auch eine Tochter hatte und es hätte hören wollen. Vielleicht auch aus einem widersinnigen Gefühl der Dankbarkeit heraus.

Rinkner hatte Alsberger bewusstlos geschlagen und damit verhindert, dass er Hilfe rufen konnte. Aber Rinkner hatte es ihr auch ermöglicht, Martinsen zu entkommen. Wer wusste schon, wie Martinsen reagiert hätte, wenn das Haus von der Polizei belagert worden wäre.

»Ich glaube, Ihre Tochter hatte Angst, dass Sie zugrunde gehen, wenn sie sich nicht mehr um Sie kümmert. Sie hat Sie vielleicht gehasst, aber das war bestimmt nicht alles. Um jemanden, den man hasst, macht man sich keine Sorgen.«

Wenn Lea ihn nur gehasst hätte, dann wäre die Sache anders gelaufen. Dann wäre sie noch am Leben.

»Wissen Sie was?« Rinkner sah sie an. »Kümmern Sie sich um Ihren eigenen Dreck.«

Für einen Moment war Maria sprachlos. Aber was hatte sie eigentlich erwartet?

Es war egal, was sie sagte, sie würde ihn nicht erreichen.

Sie ging, war froh, als sie wieder auf dem Flur stand.

Ein Mann, der sich aufgegeben hatte, eingekerkert in sich selbst. Der seine Gefühle nur zeigen konnte, wenn er betrunken war. Ein Kind, das sich für seinen Vater verantwortlich fühlte und sich gleichzeitig nichts sehnlicher wünschte, als davon frei zu sein.

Auch damit hatte Alsberger von Anfang an recht gehabt: Was zwischen Rinkner und Lea gewesen war, das war der Grund für alles, was geschehen war. Für Leas Kurpfalzblues und ihre Sehnsucht nach einem Neuanfang.

Ihr sensibler Assistent hatte ein gutes Gespür für das Wesentliche. Nur gut, dass er ihr erhalten blieb.

Als sie aus der Klinik herauskam, hatte Maria den Eindruck, der Geruch von Desinfektionsmitteln und Krankheit hinge wie eine Wolke über ihr. Sie brauchte dringend frische Luft.

Sie ließ den Wagen stehen und ging mit raschen Schritten los. Mit jedem Meter, den sie sich von dem Gebäude und dem versteinerten Riesen entfernte, konnte sie freier atmen. Sie lief durch die Straßen, weiter und weiter, bis sie in Neuenheim vor dem Schild stand, das hoch zum Philosophenweg wies. Wie eine Aufforderung: Hier lang!

Schnaufend kämpfte sie sich den Hang hoch, vorbei am Physikalischen Institut, an den alten Villen und efeuberankten Sandsteinmauern bis zur weiß-rot gestreiften Schranke. Als sie auf der Höhe ankam, schwitzte sie, dass ihr das Wasser die Schläfen hinunterlief.

Sie holte sich am Kiosk etwas zu trinken, dann ging sie die Stufen hinunter zur Parkanlage, in der Eichendorff auf seinem Gedenkstein milde vor sich hin lächelte. Eine der Bänke war frei.

Warm war es hier oben noch. Und mit den Palmen neben sich hatte Maria fast den Eindruck, als säße sie irgendwo in einem Garten in Italien.

Wo Cloe jetzt wohl steckte? Auch unter Palmen? Thailand? Australien?

Maria hatte nach ihr fahnden lassen, aber wahrscheinlich war sie mit ihrem Rucksack voller Geld längst über alle Berge.

Karel Lindnar war auf jeden Fall noch in der Psychiatrie. Er hatte ihr ein Gedicht geschickt, es war am Morgen in ihrer E-Mail gewesen.

Als sie es las, schien es zunächst so, als habe er wieder in die Realität zurückgefunden. Bis sie gesehen hatte, was darunter stand: »Der neue Dichterfürst: Karel Freiherr von Lindendorff«. Da würde er wohl doch noch ein Weilchen in der Klinik bleiben müssen.

Maria ließ ihren Blick schweifen. Der Aufstieg hatte sich gelohnt. Am Himmel schwebten dicke Wolkenkissen, zwischen denen immer wieder ein strahlend helles Blau zum Vorschein kam. In der Tiefe unter ihr der Neckar, überspannt von den steinernen Bögen der Alten Brücke. Am Hang auf halber Höhe die Schlossruine mit ihren rötlichen Mauern.

Die Stadt da unten hatte sie alle angezogen. Die Dichter und Denker.

Arthur hatte ihr inzwischen erzählt, wie es mit Eichendorff weitergegangen war. Schon ein Jahr nachdem er Heidelberg verlassen hatte, hatte er sich verlobt. Eine Ehe, die vierzig Jahre dauern sollte, bis zum Tod seiner Frau.

Katharina Barbara Förster aber, seine Heidelberger Liebe, war in der Stadt geblieben. Sie hatte da unten in einer der kleinen Gassen als Kellnerin gearbeitet und war mit Ende vierzig gestorben. Unverheiratet.

Maria hatte inzwischen so ihre Zweifel, wer damals wem das Herz gebrochen hatte. Ob Katharina Förster Eichendorff vermisst hatte? Ob sie Sehnsucht nach ihm gehabt hatte?

Maria auf jeden Fall hatte Sehnsucht.

Manchmal mussten Menschen wohl erst weggehen, damit man spüren konnte, was sie einem bedeuteten.

Das mit Jörg war eine Schwärmerei gewesen, mehr nicht. Es hatte sich in dem Moment erledigt, als es hätte ernst werden können. Das mit Arno, das war etwas anderes, das war mehr. So viel mehr, dass sie vor lauter Panik hatte davonlaufen wollen.

Sie hatte gestern Abend lange mit Arthur darüber gesprochen. Danach war Arthur überzeugt gewesen, sie sei wohl doch eine von den Komplizierten. Dafür hatte Maria ihm vorgeworfen, er sei inkonsequent. Er hatte nämlich die Schüssel Tiramisu, die es zum Nachtisch gab, fast allein leer gegessen.

Kontrollierter Genuss sei bei seiner Diät jederzeit erlaubt, hatte Arthur behauptet und ihr lang und breit erklärt, wie er die abendliche Schlemmerei mit irgendwelchen geheimnisvollen Bewegungspunkten wieder ausgleichen würde.

Maria fand sich nicht kompliziert. Wenn man nach dreißig Jahren Ehe verlassen worden war, durfte man wohl ein bisschen Angst haben, wenn es um Beziehungen ging.

Aber wollte sie so enden wie Katharina Barbara Förster?

Allein bleiben, und das ausgerechnet in der Stadt der Romantik?

Sie holte ihr Handy hervor und suchte nach seiner Nummer.

Da stand sie, unter »A« wie Arno. Oder Angst. Oder Anfang.

Maria zögerte, dann drückte sie die Taste, hörte das lang gezogene Freizeichen.

»Herkel.«

»Ich bin es.« Ihr Herz klopfte wie verrückt. »Ich wollte dir nur sagen, dass ich noch eine Socke von dir habe.«

Einen Moment war es still am anderen Ende.

»Maria? Du?«

»Ja, ich.«

Wieder Stille am anderen Ende. In Marias Magen krampfte sich alles zusammen.

»Eine Socke?«, fragte Arno. »Lass mal sehen. Stimmt. Jetzt, wo du es sagst, fällt es mir auch auf. Mein rechter Fuß ist völlig nackt. Deshalb friere ich hier die ganze Zeit.«

»Ich könnte sie dir bringen.«

»Also … ich bin ein bisschen überrascht. Aber … das würde mich sehr freuen. Ich bin allerdings in Corniglia, in den Cinque Terre. Neuer Reiseführer, weißt du.«

»Ach, das macht nichts. Ich wollte sowieso Urlaub machen. Ich sag dir Bescheid, sobald ich weiß, wann ich hier wegkann.«

Der Druck in ihrem Magen war auf wundersame Weise verschwunden.

»Arno?«

»Ja?«

Sie hatte es schon auf der Zunge: Ich vermisse dich.

»Ich …« Sie druckste herum, räusperte sich.

Besser nichts übereilen. Für heute war es mal genug.

»Schöner Tag noch«, sagte sie.

»Ich dich auch«, sagte Arno.

Romantisches Ende

Steinerne Bögen, glitzernder Fluss,
Kopfsteine buckeln unter dem Fuß,
Affe, poliert, hält grinsend den Spiegel,
Petrus schmückt das silberne Siegel.

Zufrieden schweift des Menschen Blick,
gar mancher schwelgt im Liebesglück.
Verträumt die Gassen, grün das Tal,
verlockend scheint die Seelenqual.

Brentano, Arnim, Hölderlin,
sie all zog es zur Schönen hin.
Lieblicher Pfad an heiligem Berg,
dort machten sie sich an ihr Werk.

Verklärt der Blick auf die hold Feine,
kam es zu manchem schönen Reime.
Da wurde geliebet, geseufzet, geweinet,
mit Inbrunst bis zum Exzess gereimet.

Romantik hin, Romantik her,
das Dichten fiel hier keinem schwer.
Nur ich allein, ich tumber Tor,
bring falsches Maß und Murks hervor.

Die Wörter schwirren durch den Kopf,
nur Chaos unterm wirren Schopf:
Lust, Mutter, Ode, Heidelberg,
Fürst, Lisbeth und besoffner Zwerg.

Nichts will in Form sich fügen lassen,
fang an, das Reimen gar zu hassen.
Lauf durch die Straßen, armer Poet,
weiß nicht, wohin die Reise geht.

Des holden Knaben Wunderhorn,
zerreiß es gar in meinem Zorn.
Hab zwischen Seiten mit Eselsohren
irgendwo meinen Verstand verloren.

Der neue Dichterfürst

Danksagung

Auch bei der Entstehung dieses Buches gab es wieder Menschen, die mir hilfreich zur Seite gestanden haben. Ihnen möchte ich an dieser Stelle ganz herzlich für ihre Unterstützung danken:

Harald Kurzer, Pressesprecher der Polizeidirektion Heidelberg, der mir nun schon zum wiederholten Mal geduldig und freundlich Fragen rund um die Polizeiarbeit beantwortet hat. Auch wenn Realität und Fiktion an manchen Stellen verschiedene Wege einschlagen, ich lerne jedes Mal Interessantes dazu.

Simone Regina Adams und Vita Funke, Mitglieder der Gruppe »text7«, die den Roman wohlwollend kritisch geprüft haben und von denen ich viele gute Anregungen bekommen habe.

Vita Funke nochmals ganz besonders für das erste Lektorat des Textes, das für mich außerordentlich hilfreich war.

Dem Emons Verlag, ganz besonders Christel Steinmetz, für die gewohnt gute Zusammenarbeit und Marion Heister für ihr sorgfältiges und konstruktives Lektorat.

Meinem Mann Joachim für das schöne Umschlagfoto, seine Geduld und Ermutigung!

Marlene Bach
ELENAS SCHWEIGEN
Broschur, 192 Seiten
ISBN 978-3-89705-435-6

»Mit viel Einfühlungsvermögen schildert die Autorin ihre Charaktere, tupft ein ausgewogenes Maß Lokalkolorit hinzu und jongliert geschickt mit den Verdächtigen.«
Badische Neueste Nachrichten

»Flüssig geschrieben, wunderbar erzählt, kurz gefasst und nicht geschnörkelt verfolgt der Leser die Geschichte zweier Mütter und ihrer Sorgen mit dem Nachwuchs. Fazit: Mehr als ein Krimi!«
www.deutsche-krimi-autoren.de

www.emons-verlag.de

Marlene Bach
KURPFÄLZER INTRIGE
Broschur, 240 Seiten
ISBN 978-3-89705-520-9

»Der zweite Krimi von Marlene Bach überzeugt vollauf und ist humorvolles Lesevergnügen.«
Rhein-Neckar-Zeitung

»Eine mit viel Lokalkolorit erzählte spannende Geschichte.«
Fränkische Nachrichten

Marlene Bach
AB IN DIE HÖLLE
Broschur, 272 Seiten
ISBN 978-3-89705-609-1

»Als promovierte Psychologin richtet Marlene Bach ihren geschulten Blick nicht nur auf die einigermaßen verwickelte Handlung, sondern auch auf die großen und kleinen Schwächen ihrer Protagonisten. Das geschieht mit viel Humor, so dass der Leser trotz der düsteren Handlung bei der Lektüre mitunter auch schmunzeln darf.« Rhein-Neckar Zeitung

»Verzwickt, verteufelt und verführerisch. Sehr empfehlenswert!« www.deutsche-krimi-autoren.de

www.emons-verlag.de